Peter Rosegger

Die Schriften des Waldschulmeisters

Roman

Peter Rosegger: Die Schriften des Waldschulmeisters. Roman

Erstdrucke: Preßburg, 1875; Pest (Heckenast), 1875.

Vollständige Neuausgabe mit einer Biographie des Autors
Herausgegeben von Karl-Maria Guth
Berlin 2016

Der Text dieser Ausgabe folgt:
Peter Rosegger: Die Schriften des Waldschulmeisters. Leipzig: L. Staackmann, 1913.

Die Paginierung obiger Ausgabe wird hier als Marginalie zeilengenau mitgeführt.

Umschlaggestaltung von Thomas Schultz-Overhage unter Verwendung des Bildes: Ferdinand Georg Waldmüller, Nach der Schule, 1841

Gesetzt aus der Minion Pro, 11 pt

Die Sammlung Hofenberg erscheint im
Verlag der Contumax GmbH & Co. KG, Berlin
Herstellung: BoD – Books on Demand, Norderstedt

Die Ausgaben der Sammlung Hofenberg basieren auf zuverlässigen Textgrundlagen. Die Seitenkonkordanz zu anerkannten Studienausgaben machen Hofenbergtexte auch in wissenschaftlichem Zusammenhang zitierfähig.

ISBN 978-3-8430-5123-1

Bibliografische Information der Deutschen Nationalbibliothek

Die Deutsche Nationalbibliothek verzeichnet diese Publikation in der Deutschen Nationalbibliografie; detaillierte bibliografische Daten sind im Internet über www.dnb.de abrufbar.

Inhalt

Lebensbeschreibung des Verfassers, von ihm selbst

Einer, der vom Geschicke so hinausgestellt worden ist, daß voraussichtlich, ja schon bei seinen Lebzeiten, mythisch gestimmte Leute seine Lebensgeschichte nachdichten und weiter erzählen, ein solcher tut gut, wenn er ihnen zuvorkommt. Am Ende weiß doch jeder selbst am besten, was es mit ihm ist. Nur aufrichtig muß er sein. Bei einem Poeten tut sich das selten ganz leicht, weil die Erinnerung gerne ein wenig umgebogen wird durch eine zudringliche Phantasie.

In dem Berichte, der hier folgt, wird das nicht so sein. Knapp und der Wirklichkeit gemäß soll da mein unbedeutendes, aber nicht armes Menschenleben aufgeschrieben werden. –

Als ich mich auf dieser Erde fand, war ich ein Knabe auf einem schönen Berge, wo es grüne Matten gab und viele Wälder, und wo, so weit das Auge trug, andere Berge standen, die ich damals aber noch kaum angeschaut haben werde. Ich lebte mit Vater und Mutter und etlichen Knechten und Mägden in einem alten, hölzernen Hause, und es gab in Hof und Stall, auf Feld und Wiese und im Walde immer alle Hände voll zu tun, und das Arbeiten vom frühen Morgen bis in die späte Nacht war etwas ganz Selbstverständliches, sogar schon bei mir; und wenn ich auf dem Anger mit Steinchen, Erde, Holzstückchen usw. spielte, so hatte ich immer Angst, des Vaters Stimme würde mich jetzt und jetzt zu einer Arbeit rufen. Ich habe das Spiel mit Hast getrieben, um es noch vor der Arbeit Rande zu bringen, und ich habe die Arbeit mit Hast vollbracht, um wieder zum Spiele zu kommen. Und so hat sich eine gewisse Eilfertigkeit in mein Wesen eingewachsen, der – war es im Studium oder im Schaffen – die Geduld und Bedächtigkeit nicht immer die rechte Wage hielt.

Mein Geburtsjahr ist 1843. Den Geburtstag – 31. Juli – habe ich mir erst später aus dem Pfarrbuche zu Krieglach heraussuchen lassen, denn bei uns daheim wurde nur mein Namenstag, Petri Kettenfeier, am 1. August, und zwar allemal dadurch gefeiert, daß mir meine Mutter an diesem Tage einen Eierkuchen buk.

Unsere kleine Gemeinde, die aus etwa vierundzwanzig auf Höhen und in Engtälern zerstreuten Bauernhäusern bestand, hieß Alpel, oder wie wir sagten: die Alm; war von großen Wäldern umgeben und durch solche stundenlange Wälder auch getrennt von unserem Pfarrdorfe Krieglach, wo die Kirche und der Friedhof standen. Mitten in diesen schwarzen Fichtenwäldern, unweit von anderen kleinen Gehöften, die zerstreut lagen, und in denen es genau so zuging wie bei uns, lag denn meine Heimat mit den Hochmatten, Wiesen und Feldlehnen, auf denen das Wenige kümmerlich wuchs, was wir zum Leben brauchten.

Krieglach liegt im Mürztale, an der Südbahn, die damals schon eröffnet war. Wir waren nur drei Stunden von dieser Hauptverkehrsstraße entfernt, trotzdem aber durch die schlechten Wege, und besonders durch unsere Unbeweglichkeit, fast ganz von der Welt abgeschlossen.

Mein Heimatshaus hieß: beim Klupenegger. Mein Vater war auch in demselben geboren, ebenso sein Vater, Groß- und Urgroßvater; dann verliert sich der Stammbaum. Die Geschwister meines Vaters waren als Hausbesitzer oder Dienstboten in der Gegend zerstreut. Meine Mutter war die Tochter eines Kohlenbrenners, dieser konnte den Bücherdruck lesen, was in Alpel zu jener Zeit etwas Außerordentliches war. Er erteilte neben seinem Gewerbe auch Unterricht im Lesen, aber es sollen wenig Lernbegierige zu seiner Hütte gekommen sein. Seine Tochter – die nachmals meine Mutter geworden – hatte die Kunst in unser Haus mitgebracht. Die Geschwister meiner Mutter lebten als Holzleute und Köhler in den Wäldern.

Ich mochte fünf Jahre alt gewesen sein, als in Alpel die Mär ging, man höre auf unseren hohen Bergen die Kanonenschüsse der Revolution in Wien. Das war nun wohl nicht möglich, doch aber ein Beweis, wie die Beunruhigung auch in unsere stille Gegend gedrungen war. Was die Befreiung von Zehent und Abgaben, von Robot und Untertänigkeit bei meinen Landsleuten für einen Eindruck gemacht hat, weiß ich nicht; wahrscheinlich nicht den besten, denn sie waren sehr vom Althergebrachten befangen. Mir kleinem Jungen aber hatte die Revolution etwas Gutes gebracht.

In einer Nachbarspfarre jenseits der nahen oberländischen Grenze gerieten der Pfarrer und der Schulmeister in Zwiespalt, der Neuerungen wegen. Der Schulmeister hielt es so ein wenig mit der neuen Zeit. Als aber das Jahr 1849 kam, war der Pfarrer auf einmal wieder obenauf und verjagte den Schullehrer mit Verweigerung eines entsprechenden Zeugnisses. Nun war der Schulmann ein Bettelmann und kam als solcher auch in unsere Gemeinde Alpel. In dieser befanden sich ein paar Bauern, die dem streitbaren Pfarrer nicht grün waren und den Schulmeister aufnahmen. Der Schulmeister – sein Name war Michel Patterer – ging umher und lehrte den Kindern das Lesen, Schreiben und Rechnen. Er bekam dafür das Essen und Tabaksgeld. Die Kinder folgten ihm von Haus zu Haus, und unter ihnen war auch ich. Endlich wurde ihm ein bestimmtes Wohnhäuschen angewiesen, wo er im Jahre 1857 gestorben ist.

Mein Schulbesuch war aber ein sehr mangelhafter; da war's die größere Entfernung, oder ich wurde zu häuslichen Arbeiten – besonders zum Schafe- und Rinderhüten, oder als Botengeher, oder zum Futterschütten in der Mahdzeit, oder zum Garbentragen im Schnitt, oder zum Ochsenführen bei Fuhrwerken, oder zum Furchenaushauen beim Ackern – verwendet; dann wieder war's der ungestüme Winter, oder meine körperliche Schwächlichkeit und Kränklichkeit, die mich am Schulgehen hinderten. Ich als der Älteste unter meinen Geschwistern – wovon unser nach und nach sieben kamen – war das Muttersöhnchen, und bei meiner Mutter fand ich bisweilen sogar ein wenig Schutz, wenn ich mich der Schule entschlagen wollte; denn die Schule war mir im Grunde recht zuwider, weil ich erstens das viele Rechnen haßte und zweitens die Buben, die mich gern hänselten, da ich meine besonderen Wege ging und mich zu ihnen nicht schicken wollte. Indes, einen oder zwei Kameraden hatte ich immer, an denen ich hing und mit denen ich auch die Knabenwildheit redlich durchgemacht habe.

Noch bei Lebzeiten des alten Schulmeisters war die Rede gewesen, ich »täte leicht lernen«, hätte den Kopf voll von allerlei Dingen, ich sollte studieren. Unter Studieren verstand man gar nichts anderes, als nach Graz ins Seminar und später ins Priesterhaus gehen. Und es war richtig, ich war der eifrigste Kirchengeher und aufmerksamste Predigthörer, als welcher ich das erste Hochdeutsch vernahm; denn wir sprachen alle miteinander das »Bäurische«, nämlich die sehr altertümliche Mundart der Vorfahren, die vor Jahrhunderten aus Schwaben oder Oberbayern in unsere Gegend eingewandert sein sollen. Das Hochdeutsch des Predigers – so schlicht es von heimischen Landeskindern auch vorgetragen wurde – war wohl von den Wenigsten verstanden; für mich hingegen hatten die Kanzelreden einen großen Reiz, ich ahmte sie nach. Ich hielt, wo ich allein ging und stand, laute Predigten aus dem Stegreif, ich ging auf Suche nach geistlichen Büchern, schleppte sie – wenn ich dazu die Erlaubnis hatte – in mein Vaterhaus zusammen, las dort die halben Nächte lang laut im

Predigerton, auch wenn mir kein Mensch zuhörte, und trieb allerhand mystische Phantastereien.

Also führte mich meine Mutter zu Geistlichen umher und bat um Rat, wie ich denn in die »Studie« zu bringen wäre, »daß es nichts tät' kosten.« Denn durch Unglücksfälle, Wetterschäden, Feuer, Krankheiten waren wir verarmt. Aber die geistlichen Herren sagten, wenn kein Vermögen da wäre, so könnten sie keinen Rat geben. Nur einer war, der Dechant von Birkfeld, welcher sich erbötig machte, mich selbst im Latein zu unterrichten und später für mein Fortkommen was tun zu wollen. Ich wurde also nach Birkfeld zu einem Bauer Waxhofer gebracht, wo ich Pflege genießen und von da aus vierklassige Marktschule, sowie den zugesagten Lateinunterricht des Dechants besuchen sollte. Allein einerseits die kecken Jungen meines Wohnungsgebers, andererseits das Heimweh nach Vater und Mutter setzten mir so sehr zu, daß ich schon nach drei Tagen bei Nacht und Nebel aufbrach und den fünf Stunden langen Berg- und Waldweg bis zu meinem Vaterhause zurücklegte. In jenen Tagen ist mein Heimweh geboren worden, das mich seither nicht verließ, auf kleineren Touren wie auf größeren Reisen in Stadt und Land mein beständiger Begleiter war und eine Quelle meiner Leiden geworden ist. Es war dasselbe Gefühl, das mich später zu Weib und Kind zog und immer wieder zurück nach den heimatlichen Bergen, als ihre steilen Hänge, ihre herbe Luft meiner schwachen Gesundheit längst schädlich und gefährlich zu werden begannen.

Nun, von Birkfeld zurückgekehrt, war ich entschlossen, mich dem Stande meiner Väter zu widmen. Indes aber steigerte sich meine Neigung zum Schrifttum. In Krieglach lebte eine alte Frau, welche die Hoffnung auf mein Weiterkommen nicht aufgab und mir ihre Bücherschränke zur Verfügung stellte. Da fand ich Gedichte, Jugendschriften, Reisebeschreibungen, Zeitschriften, Kalender. Besonders die illustrierten Volkskalender regten mich an. In einem solchen fand ich eine Dorfgeschichte von August Silberstein, deren frischer, mir damals ganz neuer Ton, und deren mir näher liegende Gegenstand mich zur Nachahmung reizte. Ich war damals etwa fünfzehn Jahre alt. Ich versuchte nun auch, Dorfgeschichten zu schreiben, doch fiel es mir nicht ein, meine Motive aus dem Leben zu nehmen, sondern ich holte die Stoffe aus den Büchern. Ich schrieb nun selbst Kalender, die ich auch eigenhändig illustrierte, Gedichte, Dramen, Reisebeschreibungen aus Ländern, in denen ich nie war, alles nach alten

Mustern. Erst sehr spät kam ich darauf, daß man aus dem uns zunächst umgebenden Leben die besten Stoffe holt.

Wir hatten uns noch einmal angestrengt, daß ich in eine geistliche Anstalt käme, aber vergebens. Von jenen Herren, die später wiederholt das Bedauern ausdrückten, daß ich keiner der Ihren wäre, hat mir die Hand nicht einer gereicht. Und ich glaube, es ist gut so. Denn schon meine Weltanschauung von damals hätte im Grunde nicht mit der ihren harmoniert. Ich war mit ganzer Seele Christ. Vor mir stand der katholische Kultus groß und schön; aber meine Ideale gingen andere Wege, als die politischen der Kirche.

Durch das Wanken und Wähnen, was ich denn werden solle, war mir endlich alle Lust zum Bauernstande abhanden gekommen. Meine Körperbeschaffenheit war auch nicht dazu geeignet, und so trat ich im Sommer 1860 bei dem Schneidermeister Ignaz Orthofer Kathrein am Hauenstein in die Lehre. Bei demselben verblieb ich fast fünf Jahre und wanderte mit ihm von Haus zu Haus, um den Bauern die Kleider zu machen. Ich habe in verschiedenen Gegenden im kultivierteren Mürztale wie im verlassenen Fischbacher Walde und im sogenannten »Jackelland« in mehr als 60 Häusern gearbeitet, und diese Zeit und Gelegenheit war meine Hochschule, in der ich das Bauernvolk so recht kennen lernen konnte.

13

Nicht unerwähnt mag ich das Verhältnis lassen, in welchem ich damals zur Familie Haselgraber in Kathrein am Hauenstein stand. Der alte Haselgraber betrieb nebst einer kleinen Bauernwirtschaft und verschiedenen Gewerben auch eine Krämerei und stand also im Verkehr mit der Welt. In seinem Hause, in welchem ich wie daheim war, fand ich Bücher und Zeitungen, vor allem aber an Haselgrabers Söhnen und Töchtern gute Freunde, die wie ich ein Interesse an Büchern und geistiger Anregung hatten, denen ich auch meine Dichtungen zu lesen gab, teilweise sie ihnen widmete, und mit denen ich in langjährigem freundschaftlichsten Verkehr stand.

Die Erinnerung an diese Menschen, die heute größtenteils begraben, teils in der weiten Welt zerstreut sind, weckt jetzt noch das Gefühl der Dankbarkeit und Wehmut in mir.

Ich hatte in meiner Jugend das Glück, meist mit guten Menschen zusammenzusein; darunter vor allen zu nennen meine Mutter, meinen Vater und meinen Lehrmeister. Meine Mutter war die Güte, die Aufrichtigkeit, die Wohltätigkeit, Arbeitsamkeit selbst. Mein Vater voll herzlicher Einfalt, Redlichkeit, Duldung und echter Religiosität. Mein Lehrmeister war ein fleißiger Handwerker, der auf sein Gewerbe was hielt und mich mit milder Hand zur Arbeitsamkeit leitete. Für sein Leben gern wollte er einen tüchtigen Schneidermeister aus mir machen, aber er mag wohl früh geahnt haben, daß seiner Liebe Müh' umsonst sein werde. Trotzdem hat er mit herzlicher Neigung zu mir gehalten, bis ich ihm davonging.

Ich hatte nie das Bestreben, meinem Handwerke fortzugehen, obwohl ich mit meinen Leistungen nicht recht zufrieden sein konnte. Mich hat nämlich schon seit meiner Kindheit her eine wunderliche Idee geleitet, oder mißleitet. Sie entsprang aus meiner Kränklichkeit und war geeignet, einerseits mich zu verkümmern, anderseits mich zu erhalten. Mir war nämlich in allen meinen Zeiten zumute, daß mein Leben nur noch ein kurzes sein werde, und daher das Streben nach einer besseren Stellung zwecklos. So habe ich stets in einer gewissen, traumhaften Leichtsinnigkeit hingelebt, mit jedem nächsten Jahre den Tod, ja, mit jedem sich anmeldenden Unwohlsein resigniert das Ende erwartend. Der Weg, den ich machte, war demnach weniger ein Werk der Absicht, als des Zufalls – ich sage lieber der Vorsehung.

Auch während meiner Schneiderzeit hatte ich allerlei gedichtet und geschrieben, und durch Lobsprüche und Ratschläge veranlaßt, schickte ich eines Tages eine Auswahl von Gedichten nach Graz an das Journal: »Die Tagespost«. Ich war lüstern, einmal zu sehen, wie sich meine Poesien gedruckt ausnähmen. Der mir ganz fremde Redakteur des Blattes, Dr. Svoboda, veröffentlichte richtig einiges, war übrigens aber der Ansicht, daß mir das Lernen wohltätiger wäre, als das Gedrucktwerden. Er suchte mir durch einen warm und klug geschriebenen Aufsatz Gönner, welche mich vom Gebirge ziehen und mir Gelegenheit zur weiteren Ausbildung bieten möchten. Da war es vor allem der Großindustrielle Peter Reininghaus in Graz, der mir allsogleich Bücher schickte und mich materiell unterstützte, dann der Buchhändler Giontini in Laibach, welcher sich bereit erklärte, mich in sein Geschäft zu nehmen. Nun verließ ich völlig planlos, nur vom Drange beseelt, die Welt zu sehen, mein Handwerk und meine Heimat, fuhr nach Laibach, wo ich einige Tage deutsche, slowenische und italienische Bücher hin und her schob, dann aber, von Heimweh erfaßt, fast fluchtartig nach Steiermark zurückkehrte.

Ich habe mir den Vorwurf zu machen, Wohltätern gegenüber meine Dankbarkeit – trotzdem ich sie tief empfand – nicht immer genügend zum Ausdruck gebracht zu haben; so war's auch bei Giontini; das plötzliche Verlassen meiner neuen Stellung sah nichts weniger als dankbar aus.

Trotzdem hat Herr Giontini mir das Ding nicht übelgenommen, sondern seine Wohlgesinnung mir in manchem Schreiben bewiesen und bis zu seinem Tode erhalten.

Meine Absicht war, nun nach Alpel zurückzukehren, dort wieder Bücher zu lesen und zu schreiben und die weite Welt – Welt sein zu lassen. Allein in Graz, das ich auf der Rückfahrt berührte, ließ mich Dr. Svoboda nicht mehr fort. Nun begann dieser Mann, dem ich meine Lebenswende verdanke, neuerdings tatkräftig in mein Leben einzugreifen. Er suchte mir Freunde, Lehrer und eine Anstalt, an der ich mich ausbilden sollte. Die Landesinstitute – aus denen später mancher Tadel laut wurde, daß es mir an klassischer, an akademischer Bildung fehle – diese Institute blieben vornehm verschlossen! Eine Privatanstalt war es, und zwar die Akademie für Handel und Industrie in Graz, die mich aufnahm, deren tüchtige Leiter und Lehrer den zweiundzwanzigjährigen Bauernburschen in Arbeit und geistige Pflege nahmen.

Schon in den ersten Tagen meines Grazer Lebens bot mir der pensionierte Finanzrat Frühauf in seiner Wohnung Unterstand und Pflege gegen ein lächerlich billiges Entgeld. Reininghaus ist nicht müde geworden, mit Rat und Tat mir beizustehen. In seinem Hause erlebte ich manche Freude, und an seiner Familie sah ich ein Vorbild deutscher Häuslichkeit. Später nahm mich der Direktor der Akademie für Handel und Industrie, Herr Franz Dawidowsky, in sein Erziehungsinstitut für Studierende der Handelsakademie, wo ich unter dem Deckmantel eines Haussekretärs ein frohes Heim genoß. Drei Jahre war ich im Hause dieses vortrefflichen Mannes, den ich wie einen Vater liebte und dessen nobler Charakter günstig auf meine etwas bäuerliche Engherzigkeit wirkte. Gleichzeitig lernte ich an den Institutszöglingen, es waren Deutsche, Italiener, Engländer, Serben, Ungarn, Polen usw. – verschiedenerlei Menschen kennen, und so ging der Erfahrungszuwachs gleichen Schrittes mit den theoretischen Studien vorwärts.

Meine weit jüngeren Studienkollegen waren zumeist rücksichtsvoll gegen mich, doch, wie ich früher das Gefühl gehabt, daß ich nicht recht zu den Bauernjungen passe, so war es mir jetzt, daß ich auch nicht zu den Söhnen der Kaufleute, Bankiers und Fabrikanten gehöre. Indes schloß ich Freundschaft mit einem Realschüler, später Bergakademiker, mit einem oberländischen Bergsohn, namens August Brunlechner. Wir verstanden uns, oder strebten wenigstens, uns zu verstehen; beide Idealisten, beide ein wenig sentimental, uns gegenseitig zu Vertrauten zarter Jugendabenteuer machend und dann wieder uns zu ernster Arbeit ermunternd, uns darin unterstützend – so hielten wir zusammen, und die alte Freundschaft währt heute noch fort.

Ferner finde ich in der Liste meiner damaligen Freunde und Gönner die Namen Falb (des bekannten Gelehrten und Reisenden, damaligen Religionsprofessors an der Handelsakademie, der mir die Aufnahme an dieser Anstalt vermittelt hat), ferner v. Rebenburg, Reicher, Oberanzmayr, Kleinoscheg, Födransperg, Grein, Friedrich, Steiner, Meyer usw. Die damaligen Theaterdirektoren Kreibig und Czernitz gaben mir freien Eintritt in ihre Kunstanstalten; freundlich zog man mich zu öffentlichen Vorlesungen, und so gedachte man meiner bei verschiedenen Gelegenheiten. Mir kann also nichts gefehlt haben.

Ich hatte aber noch gar nichts geleistet. Dr. Svoboda hat es eben verstanden, durch wiederholte warme Notizen, durch Veröffentlichung manches meiner Gedichte das Interesse des Publikums für mich warm zu erhalten.

Das Studieren kam mir nicht leicht an, ich hatte ein ungeübtes Gedächtnis und für kaufmännische Gegenstände eine Begriffsstützigkeit, wie man sie bei einem Poeten nicht besser verlangen kann. Doch arbeitete ich mit Fleiß und gelassener Ausdauer und nebenbei sehnte ich mich – nach Alpel. Die Südbahn schickte mir manche Freikarte, um mehrmals des Jahres dieses Alpel besuchen zu können.

Bemerken möchte ich den Umstand, daß ich trotz meines oft krampfhaften Anschmiegens an die engste Heimat doch stets, und wohl ganz unbewußt, von einem kosmopolitischen Geiste beseelt war, der aber allemal in die Brüche ging, so oft ich in Kriegszeiten die Volkshymne klingen hörte und die schwarzgelbe Fahne flattern sah. Die ganze Welt, alle Völker, alle Menschen liebte ich, sofern sie meinem Vaterlande nicht feindlich waren.

Andere Dinge gab es, an denen ich nicht so klar unterscheiden konnte, was das Richtige war.

So zum Beispiel in Sachen der Rückhaltslosigkeit und Offenheit. Als Knabe hatte ich selbstverständlich gar keine Meinung, lächelte jeden zustimmend an, der eine Meinung dartat und konnte mich des Tages von mehreren, die verschiedene Ansichten vertraten, überzeugen lassen. Diese Unselbständigkeit dauerte ziemlich lange. Und später, als ich zu einer persönlichen und festen Überzeugung gekommen war, hatte ich lange nicht immer den Mut, dieselbe zu vertreten. Leuten, die oft ganz das Ge-

genteil von meiner Ansicht behaupteten, konnte ich in mir nicht zu nahe gehenden Dingen gleichgültig beistimmen, erstens um nicht unhöflich zu sein, zweitens um mich nicht Rohheiten auszusetzen, mit denen der Brutale den weicher gearteten Gegner in jedem Falle schlägt.

Von diesem Fehler ging ich allmählich zu einer Tugend über, die aber auch mitunter wieder in einen Fehler auszuarten drohte. Ich wurde bei mir nahestehenden Personen und in mir naheliegenden Sachen die Rückhaltslosigkeit und Offenheit selbst. Ich war nicht mehr imstande, anders zu reden, als was in mir lebte. So wurde ich oft rücksichtslos selbst gegen meine Freunde; es schmerzte mich oft, wenn ich merkte, daß ich ihnen weh getan, aber angeregt oder gereizt, mußte meine Meinung unverblümt über die Zunge. Auch gegen meine öffentlichen Widersacher hätte ich rücksichtsvoller sein dürfen, insofern sie es mit ihrer Sache redlich gemeint haben. Daß ich die Tückischen und Falschen zornig bekämpft, ja manchmal empfindlich verwundet habe, das tut mir nicht leid. 19

So bin ich zu jenem Freimute gelangt, der dem Literaten wohl anstehen mag, dem Menschen im Verkehr mit Menschen aber nicht immer zur Zierde und zum Vorteile gereicht.

Ich bin schon frühe in den unverdienten Ruf eines liebenswürdigen Burschen gekommen; selbstverständlich hat sich von nun an dieser Ruf nicht mehr gesteigert, wodurch meine innere Festigung, Selbständigkeit und geistige Spannkraft allerdings nur gewonnen hat.

Indes behaupte ich nicht, daß ich an einer einmal gefaßten Ansicht nun immer unumstößlich festgehalten hätte. Obschon meine Weltanschauung in Ganzen gleich geblieben ist, so habe ich mich einer wirklich überzeugenden Macht niemals verschlossen, habe mich im Laufe meiner Jahre, meiner Erfahrungen und Studien verbessert und mich im Leben, in der Geschichte und Philosophie soviel umgesehen, daß ich nun von einem unumstößlich fest überzeugt bin, nämlich von der Fehlbarkeit aller menschlichen Erkenntnis.

Also verrannen die Studienjahre und ich wußte nicht, was aus mir werden sollte. Im günstigsten Falle konnte mich ein Grazer Kaufmann in sein Kontor nehmen, und für diesen Fall kam mir der Gedanke, daß ich ohnehin nicht mehr lange leben werde, wirklich recht bequem.

Auf meinen Landausflügen war mir das Auge aufgegangen für etwas, was ich früher immer gesehen, aber niemals geschaut hatte, für die ländliche Natur und für die Landleute. Ich hatte allerdings schon als Kind –

und zwar ganz unbewußt – ein Auge für die für Landschaft. Wenn ich mich an die ersten Wanderungen mit Vater und Mutter zurückerinnere, so weiß ich nicht mehr, weshalb wir die Gänge machten, oder was dabei vorfiel oder gesprochen wurde, aber ich sehe noch den Felsen und den Bach und den Baumschlag und weiß, ob es Morgens war, oder Nachmittags. In dieser Zeit nun gegen Ende der Studien in der Handelsakademie – kam mir Adalbert Stifter zur Hand. Ich nahm die Werke dieses Poeten in mein Blut auf und sah die Natur im Stifterschen Geiste. Es ist mir später schwer geworden, Nachahmung meines Lieblingsdichters zu vermeiden und dürften Spuren davon in den älteren meiner Schriften wohl zu finden sein.

Den Landleuten gegenüber regte sich nun in mir ein lebhafter Drang, sie zu beobachten, und sie wurden der Gegenstand meiner Dialektgedichte.

Zahlreiche Proben davon brachte ich meinem Dr. Svoboda. Seine Beurteilung war nicht ohne Strenge; doch verstand er es, meinen oft herabgedrückten Mut allemal wieder zu wecken, was sehr not tat. Er verwies mich auf große Vorbilder; jedoch solche machten mich stets mutlos, während Leichteres, weniger Gelungenes – wenn es überhaupt in meiner Richtung lag – mich reizte und belebte, Besseres zu schaffen. Der Einfluß Dr. Svobodas auf meine geistige Entwickelung ist ein großer, obgleich mir sein hoher ästhetischer Standpunkt lange Zeit unverständlich und kaum zu erreichen schien. Als er mir einst sagte, ich müsse ein in ganz Deutschland gelesener Schriftsteller werden, lachte ich ihm dreist ins Gesicht, aber er lehrte mich Selbstzucht und die Selbstschätzung, den Ehrgeiz – damit hat er manches erreicht.

Um jene Zeit suchte ich in Graz einen Verleger für ein Bändchen Gedichte in steierischer Mundart. Ich fand einen einzigen, der sich bereit erklärte, das Büchlein herauszugeben, wenn mir Robert Hamerling dazu ein Vorwort schriebe. Schon einige Monate früher hatte ich die Kühnheit gehabt, mich selbst bei Hamerling vorzustellen. Sein mildes Wesen und das Interesse, das er für mich zeigte, ermutigten mich, ihm die Gedichte vorzulegen und dafür um ein Vorwort zu bitten. Und Robert Hamerling hat meinem »Zither und Hackbrett«, wie wir das Büchlein nannten, einen Begleitbrief mitgegeben, der mir fürs Erste bei dem Verleger, Herrn Josef Pock in Graz, ein ganz anständiges Honorar eintrug. Diesem Vorworte ist es zu verdanken, daß die Kritik dem Büchlein ihre Aufmerksamkeit zuwandte, und »Zither und Hackbrett« hatte einen schönen Erfolg.

Robert Hamerling war mir dieser ersten Tat ein treuer Freund geblieben. Sein schlichtes Wesen, seine gütige bescheidene Art, zu leiten und zu raten, seine liebreichen Gesinnungen, seine von jeder Überschwenglichkeit freie, ich möchte sagen, klassisch reine Weltanschauung war für meine Schriften, aber noch mehr für die Ausbildung meiner Denkungsart von wesentlichen Folgen. Dieser stets anregende, schöpferische Geist, dieser beruhigende versöhnende Charakter, dieses stille, aber entschiedene Hinstreben nach dem Schönen und Guten ist für mich in meinen verschiedenen Lebenslagen von unschätzbarem Werte geworden.

Ein freundlicher Zufall wollte es, daß »Zither und Hackbrett« gerade in den Tagen erschien (Juli 1869), als ich nach beendigten Studien die Handelsakademie verließ, um nun eine Stelle zu suchen. Dr. Svoboda je- 22 doch sagte: »Jetzt suchen Sie keine Stelle, jetzt mieten Sie sich ein lichtes Zimmer und studieren und dichten, auch machen Sie Reisen, schauen die Welt an und schreiben darüber. Sie haben einen glücklichen Stil, werden Ihre Schriften in den Zeitungen abdrucken lassen, und dann als Bücher herausgeben. Das Land Steiermark wird Ihnen ein Stipendium verleihen, und Sie werden Schriftsteller sein.«

So ist es auch geworden. Schon für die nächsten Monate zog ich mich in meine Waldheimat zurück und schrieb ein neues Buch in steirischer Mundart: »Tannenharz und Fichtennadeln«; später das Buch »Stoansteirisch«. (Die Dialektwerke sind bei Leykam in Graz verlegt.) Diesem folgte bald das beschreibende Werkchen: »Sittenbilder aus dem steierischen Oberlande«, später erweitert unter dem Titel »Volksleben in Steiermark«. Die Winterszeit verlebte ich in Graz, wieder bei meinem alten Finanzrat Frühauf, besuchte Vorlesungen an der Universität und trieb fleißig Privatstudien. Im Sommer reiste ich. Ich bereiste Steiermark, besonders Oberland, Oberösterreich, Salzburg, Kärnten und Tirol.

Im Jahre 1870 machte ich eine Reise durch Mähren, Böhmen, Sachsen, Preußen bis auf die Insel Rügen. Ging dann nach Hamburg, zur See nach den Niederlanden und fuhr rheinaufwärts bis in die Schweiz. Ich hatte vor, die Schweiz genau zu studieren, doch zog es mich mit solcher Macht nach der Steiermark zurück, daß mir der ausbrechende deutsch-französische Krieg eine willkommene Veranlassung war, den unter meinen Füßen brennend gewordenen Boden eiligst zu verlassen. 23

Zwei Jahre später bereiste ich Italien. Ich wollte auch nach Sizilien, doch hat mich in Neapel das Heimweh derart übermannt, daß ich umkehrte und bei Tag- und Nachtfahrten den kürzesten Weg nach Hause suchte. In den heimatlichen Tälern lag der frostige Herbstnebel, aber ich stieg auf die Berge, in den Sonnenschein hinauf und war glücklich. Die Alpenhöhen waren meine Lust. Ich ging stets allein, und diesen Wanderungen verdanke ich hohe Genüsse.

Im Jahre 1870 von meiner Reise durch Deutschland heimgekehrt, fand ich auf meinem Tische eine Aufforderung des Pester Verlagsbuchhändlers Gustav Heckenast (mit welchem ich schon früher in bezug auf seinen Freund Adalbert Stifter in Briefwechsel gestanden), für seinen Verlag ein Buch zu schreiben. Das Buch war aber schon fertig und hieß: »Geschichten aus Steiermark«. Heckenast ließ es sogleich drucken und ermunterte mich zu neuen literarischen Arbeiten. Ein Jahr später besuchte ich den fein gebildeten Weltmann auf seinem Landgut in Maróth. Er schloß sich freundlich an mich, ich mich innig an ihn, es entwickelte sich zwischen dem vornehm denkenden Kunstmäcen, dem verdienstvollen Begründer der deutsch-ungarischen Literatur und dem noch etwas unsicher tappenden steirischen Poeten ein freundschaftliches Verhältnis, das bis zu Heckenasts Tode (1878) währte und, nebst vielfachen moralischen Vorteilen für mich, meine materielle Existenz als Schriftsteller begründet hat. Ich ließ bei Heckenast innerhalb 8 Jahren nicht weniger als 14 Bände erscheinen, außerdem noch 6 Jahrgänge eines Volkskalenders: »Das neue Jahr«, dessen Plan und Redaktion er mir übertragen hatte. Zwei weitere Jahrgänge dieses Kalenders gab ich nach Heckenasts Tod beim Hofbuchhändler Hermann Manz in Wien heraus. Heckenast war es auch, der mir den Rat Dr. Svobodas, alle meine Bücher früher in Zeitschriften zu veröffentlichen, wiederholte. Mir war das häufige Auftauchen meines gedruckten Namens fast peinlich, aber da ich sah, daß es auch bei anderen der Fall war, die vielleicht nicht so sehr auf den Ertrag der Ware angewiesen sein mochten, beruhigte ich mich und gewöhnte mich daran, wie sich das nachsichtsvolle Publikum daran gewöhnt hat.

In jenen Jahren kam mir gar nichts leichter an, als literarisches Schaffen, ja es war mir ein Bedürfnis geworden, alles was ich dachte und fühlte, niederzuschreiben. Jedem kleinen Erlebnisse entkeimte ein Gedicht, jeder bedeutendere Vorfall drängte sich mir zu einer Novelle auf und ließ mir keine Ruhe, bis die Novelle geschrieben war. Selbst in nächtlichen Träumen webten sich mir Erzählungsstoffe. Es war wohl auch einmal eine Zeit, da ich auf Jagd nach Gedanken für Gedichte, oder nach Stoffen für Novelletten ausging; aber das war immer das Unersprießlichste. So auch taugten mir die Stoffe nicht, die ich in Büchern las oder erzählen hörte. Nur unmittelbar Erlebtes, oder was mir plötzlich blitzartig durch den Kopf ging, das zündete und entwickelte sich.

Häufig ist mir der Rat erteilt worden, Wald und Dorf zu verlassen, meine Stoffe aus der großen Welt zu holen und durch philosophische Studien zu vertiefen. Ich habe das versucht, habe aus den Studien schöne Vorteile für meine Person gezogen, doch in meinen Bauerngeschichten haben sich die Spuren von Bücherstudien niemals gut ausgenommen. Nur der Geist der Toleranz und Resignation, den man aus der Geschichte der [25] Menschen und ihrer Philosophie ziehen kann, mag meinen Büchern zu statten kommen. Weiteres fand ich nicht anwendbar, ja, es irrte und verwirrte mich und verflachte mich, wo es andere vertieft. Jedem ist es nicht gegeben. Mir ist es auch nicht gelungen, der sogenannten Welt genug Verständnis und Geschmack abzugewinnen; vieles, worin die »gute Gesellschaft« lebt und webt, kam mir flach, leer, ja geradezu abgeschmackt vor. Und aus den gelehrten Büchern schreckte mich nur allzu oft der Dünkel und die Menschlosigkeit zurück. Aus der Philosophie der modernen Naturgeschichte, so anregend dieselbe auch wirken mag, ist für Poeten nicht viel zu holen, und wo ich mich mit meinen ländlichen Stoffen einmal dem Zeitgeist anbequemen wollte, da kamen jene Produkte zustande, von denen mein literarisches Gewissen behauptet, sie wären besser ungeschrieben geblieben. Andere haben gerade auf diesem Felde Bedeutendes geleistet, aber ich, dessen Weltanschauung wenigstens in Grundstrichen schon gezogen war, als ich aus meinen bäuerlichen Kreisen trat, vermochte in der tausendstimmigen Klaviatur des Weltlebens den rechten Ton nicht mehr zu finden.

Es war mir auf solchen Wegen nicht wohl zu Mute, ein tiefes Unbefriedigtsein begann ich zu fühlen, auch hier kam etwas wie Heimweh über mich, und so habe ich zu mir gesagt: Du kehrst zurück in jene große kleine Welt, aus der so Wenige zu berichten wissen, du erzählst nicht, was du studierst, sondern was du erfahren hast, du erzählst es nicht in ängstlicher Anlehnung an ästhetische Regeln, erzähle es einfach, frei und treu. Und diesen Charakter, meine ich, soll nun die Mehrzahl meiner [26] Schriften tragen. Bei vielen habe ich scheinbar meine Person zum Mittelpunkt gemacht, eine Form, von der sich freilich manche Beurteiler täuschen ließen, wonach sie vielleicht die starke Selbstgefälligkeit eines Autors betonten, der immer nur von sich selbst zu sprechen liebt.

Ich hatte darauf gebaut, daß die Leser in meinen betreffenden Erzählungen meine Person für den Stab am Weinstock halten würden. Was sich dran und drum rankt, daß ist die Sache. Ich erzähle von Menschen, die ich kannte, von Verhältnissen, die zufällig auch die meinen waren, von Erfahrungen, die vor meinen Augen gemacht worden sind und deren Wert an ihnen selbst liegen muß. Meine Person darin läßt sich, wenn man will, in den meisten Fällen durch eine andere ersetzen. Ich selbst hätte vielleicht eine fremde Figur als Träger hingestellt, wenn ich Raffinement genug besäße, etwas, was ich persönlich erfahren oder was in mir geistig entstanden, einem anderen anzudichten. Die Unmittelbarkeit und Wahrheit hätte dadurch nicht gewonnen.

Wer sich nach einer Richtung hin verkernt, der wird stets einer gewissen Einseitigkeit in Stoff und Stil verfallen, und allmählich wird man ihm »Manierirtheit« zum Vorwurfe machen. Die Gefahr, manierirt zu werden, ist gerade bei solchen Autoren, die man Originale nennt, vorhanden; ich suchte mich vor ihr zu hüten, indem ich sie mir stets vor Augen hielt. Man nebelt wohl lange zwischen Extremen herum, bis man zur Einsicht kommt, daß das Natürlichste das Beste ist.

Ich bin von der Kritik belobt worden. Besondere Anerkennung hat aber meine große Fruchtbarkeit gefunden; wo noch ein Weiteres getan wurde, da stand gerne von »Ursprünglichkeit« und »Waldfrische« zu lesen. Glimpflicher ist wohl kaum einer weggekommen, als ich, so daß mir nach Heckenasts Tode einer meiner Verleger ganz unwirsch schrieb: »Machen Sie doch, daß Sie endlich einmal ein Buch fertig bringen, welches ordentlich verrissen wird, sonst müßte ich für die Zukunft ihre Manuskripte ablehnen.« Und der Mann hat, als das nächste Buch die Rezensenten auch wieder »so walddufttig und taufrisch anmutete«, wirklich abgelehnt.

Allerdings haben kirchliche Fachblätter daran Ärgernis genommen, daß ich in meinen Schriften das *allgemein* Menschliche und Gute befürwortete, daß ich die Gebote Gottes höher stellte als die der Kirche, aber sie haben das genommene Ärgernis auch redlich wieder gegeben, und zwar durch die niedrige Art und Weise ihrer Angriffe. Auch andere Kreise und Stände haben sich zeitweilig von meiner rücksichtslosen Meinungsäußerung hart verletzt gefühlt. So mitunter Advokaten, Ärzte, Jäger, Lehrer, Studenten und Professoren, auch Journalisten, Gewerbsleute und Geldmänner – alle habe ich schon beleidigt, doch viele haben mir der ehrlichen Absicht willen nicht bloß die Irrtümer, sondern auch die Wahrheiten wieder verziehen. Wer aber nicht verträglich sein kann, wer keinen anderen Standpunkt, als den eigenen gelten lassen will, das sind die theoriestarren Parteifanatiker, die deshalb für den Dichter auch gar nicht vorhanden sein sollen.

Nach dem Eintritt in die städtischen Kreise, in die Welt, ist eine bemerkenswerte Wandlung in mir vorgegangen. Ich war nämlich enttäuscht. Ich hatte dort eine durchschnittlich bessere Art von Menschen zu finden [28] gehofft als im Bauerntume, stieß aber überall auf dieselben Schwächen, Zerfahrenheiten, Armseligkeiten, aber auf viel mehr Dünkel und falschen Schein. Und diesen geschulten und raffinierten Leuten konnte ich die Niedertracht viel weniger verzeihen als dem Bauer. Es begann in mir eine Art von Mißtrauen gegen die so laut gepriesene Bildung und Hochkultur aufzukommen. Ich wendete mich schon darum mit Vorliebe den Naturmenschen zu. Selbstverständlich bin ich der Roheit auch im Bauerntume ausgewichen so gut es anging, und habe an ihm nur das Menschliche und Seelische in meinen Schriften zu fixieren gesucht. Das Elend, dem nicht zu helfen ist, kann kaum Gegenstand eines poetischen Werkes sein. Meine Schilderungen und meine Novellen aus dem Volksleben mögen sich hier und da scheinbar widersprechen; der Grund liegt darin, daß ich als Schilderer meine Stoffe aus der Regel, als Novellist meine Stoffe aus den Ausnahmen gezogen habe. Im Ganzen glaube ich die Ausdehnung und Bedeutung meines Gebietes erfaßt zu haben und die enge Beschränkung meines Talentes zu erkennen. Jenen, die mich darum etwa bedauern, sei bemerkt, daß ich mich in dieser Beschränkung niemals beengt, sondern stets frei, reich und zufrieden gefühlt habe.

Was ich jedoch fortwährend vermißte, das ist die Schulung, den gründlichen und systematischen Unterricht in der Jugend. Das läßt sich nicht mehr nachholen. In den Lehrbüchern unbewandert, hat man oft das Einfachste und Wichtigste für den Augenblick des Bedarfes nicht zur Stelle. Ein Beispiel aus der Grammatik: Ich kann über keine Deklination [29] und Konjugation, über keine Wortbezeichnung und über keinen Satzbau wissenschaftlich Rechenschaft geben. Ich habe z.B. das Wort Anekdote wohl schon dreihundertmal geschrieben und weiß es heute noch nicht auf den ersten Moment, ob man Anektode oder Anekdote schreibt. So fehlte mir auch jene gewisse, für schriftstellerische Arbeiten so vorteilhafte Gewandtheit, die aus allen Werken und Schriften rasch das Fördernde und Passende herauszufinden und zu verwerten weiß; das Studium ging, ohne mir seine Form als Handhabe zu überlassen, allerdings sachte in mein Blut über, so daß mitunter manches, was ich aus mir selbst zu schöpfen glaubte, fremden Ursprungs sein mag, während ich nicht leugnen will, daß anderes, was ich aus irgendwelchen Gründen mit fremdem Siegel versah, aus mir selbst gekommen ist.

In der ersten Zeit meiner schriftstellerischen Tätigkeit hat mich wohl auch die Eitelkeit ein bißchen geplagt. Die Rezensionen über meine Arbeiten fochten mich nur wenig an. Waren sie schmeichelhaft, so hielt ich's für selbstverständlich, daß man mit mir Rücksicht habe, daß man mein Wollen anerkenne und ermuntere. Waren die Rezensionen absprechend, so konnte es mich auch nicht wundern, daß man meine vielleicht schülerhaften, jedenfalls noch unreifen Erzeugnisse bemängelte. Ich hatte über mich keine Meinung, und so sehr mich meine Dichtungen während ihres Entstehens begeisterten, so gleichgültig waren sie mir, nachdem ich sie vom Halse hatte.

Als aber später verschiedenerlei Auszeichnungen kamen, Lobpreisungen vom Publikum, schmeichelhafte Zuschriften und Ehren von bedeutenden Persönlichkeiten, Huldigungen von Korporationen, Gemeinden usw., da drohte mich einmal der Wirbel zu überkommen. Aber nur vorübergehend. Im Hinblick auf die Geschichte wirklich hervorragender Männer, die man nicht gefeiert, sondern gelästert hat, in Anbetracht der verschiedenen Ursachen, Höflichkeitssitten, des Lokalpatriotismus oder etwa eines versteckten Eigennutzes, wurde mir die Inhaltslosigkeit eines solchen Gefeiertwerdens bald klar. Und wenn ich den Tag erlebe, da jene, die den »steirischen Dichter« einst vergötterten, ihn vergessen oder mißachten werden, so kann mich das nicht mehr treffen. Liegt in meinen Schriften Wert, so werden sie sich durchschlagen; liegt keiner drin, so ist das rasche Vergessenwerden der natürliche und beste Verlauf.

Selbstverständlich freue ich mich offenmütiger Bezeugungen von Wohlwollen und Ehren, solche sind mir stets eine Bestätigung des wohltuenden Eindruckes, den ich durch meine Schriften auf die Mitmenschen gemacht.

Ich gestehe allerdings, daß meine schriftstellerische Tätigkeit längst nicht mehr ohne Absicht ist; ich will mitarbeiten an der sittlichen Klärung unserer Zeit. Habe ich Beifall, so wird er mich der Sache wegen freuen, wird mich der Freunde und Stütze berechtigen, deren ich bedarf.

Im Januar 1872 starb meine Mutter. Sie hatte noch Freude gehabt an meiner neuen Lebensbahn, die sie aber nicht begriff. Das Heimatshaus war den Gläubigern verfallen, sie starb nach jahrelangem Siechtum in einem Ausgedinghäuschen, das einsam zwischen Wäldern stand. Mein

Vater zog später ins Mürztal, wo ihm nach mancherlei neuerlichen Drangsalen ein freundlicheres Daheim gegeben wurde. 31

Einige Zeit nach dem Tode der Mutter hatte es den Anschein, als wenn ich das Siechtum von ihr geerbt hätte. Ich kränkelte, konnte auf keine hohen Berge steigen und war schwerfällig in meinen Studien und Arbeiten. Heckenast lud mich auf sein Landgut zur Erholung. Aber dort wurde mir trotz der allerbesten Pflege und liebevollsten Behandlung noch übler, und schon nach wenigen Tagen mußte ich meinem Freunde gestehen, daß ich Tag und Nacht keinen Frieden hätte, daß ich heim müsse ins Waldhaus. Da fuhr Heckenast selbst mit in die Steiermark herein und um reiste, um mich zu zerstreuen, mit mir in Kreuz und Quer durch das schöne Land.

In demselben Sommer war es, als mir auf dem Waldwege nach meiner Heimat Alpel etwas Außerordentliches begegnete. Nämlich ein zwanzigjähriges Mädchen aus Graz, das mit seiner Freundin eine Bergpartie nach Alpel machte, um das Geburtshaus des Lieblingspoeten zu sehen. Sie glaubte mich auf einer Reise in weiten Landen und hatte mich vorher auch nicht persönlich gekannt. Die Liebe hat mich in meiner Jugend oft geneckt, und ich sie, wie es in meinen Schriften sattsam zu sehen. Aber als sie plötzlich da war, wirklich erschien – da war sie mir unerhört neu und gewaltig. – Die Folge jener Begegnung auf dem Waldwege ist, daß ein Jahr später (1873) im Waldkirchlein Mariagrün bei Graz Anna Pichler und ich uns fürs Leben die Hände reichen.

Nun kam für mich eine glückliche Zeit. Ich war wieder gesund. Wir führten ein ideal schönes häusliches Leben in Graz. Anna war die echte 32 Weiblichkeit und Sanftmut, und ihre weiche heitere Seele regte mich zu den besten poetischen Schöpfungen an, deren mein begrenztes Talent überhaupt fähig war. In jenen zwei Jahren sind auch »Die Schriften des Waldschulmeisters« entstanden. Nach einem Jahre wurde uns ein Söhnchen geboren, in welchem sich unser Glück zur denkbarsten Höhe steigerte. Im zweiten Jahre kam ein Töchterlein, und zwölf Tage später ist mir mein Weib gestorben.

Ich begann wieder zu reisen, aber allemal schon nach kurzer Zeit zog's mich zu den Kindern zurück. Ich begann wieder zu kränkeln; zu größeren Arbeiten fehlte mir die Stimmung, und doch mußte ich nach einer strengeren, zerstreuenden Tätigkeit suchen. Nun fiel mir damals ein alter Lieblingsplan ein, eine Monatsschrift für das Volk herauszugeben, mit der Tendenz, den Sinn für Häuslichkeit, die Liebe zur Natur, das Interesse an dem Ursprünglichen und Volkstümlichen wieder zu wecken. Ich begründete 1876 die Monatsschrift »Heimgarten« und fand an der altrenommierten Firma Leykam in Graz einen tüchtigen Verleger. Mir gelang es, die meisten meiner literarischen Bekannten und Freunde, als Robert Hamerling, Ludwig Anzengruber, Eduard Bauernfeld, Alfred Meißner, Rudolf Baumbach, August Silberstein, Friedrich Schlögl, ja die besten Autoren der Zeit überhaupt zu Mitarbeitern des neuen Blattes zu gewinnen, das heute noch besteht, geleitet von meinem Sohne Hans.

Zu einer weiteren Tätigkeit veranlaßten mich verschiedene Körperschaften des In- und Auslandes, die mich einluden, in ihren Kreisen Vorlesungen aus meinen Werken in steirischer Mundart zu halten, womit ich schmeichelhafte Erfolge erzielte. Das wirkte ermunternd auf meinen Gemütszustand. (An dreißig Jahre lang hielt ich nachher solche Vorlesungen, die endlich wegen sich steigernder Kränklichkeit aufgegeben werden mußten.)

Trotz der unterschiedlichen Obliegenheiten und Aufgaben war ich unstet und haltlos. Die Freude an meinen wohlgearteten, gedeihenden Kindern hatte zu viel Schmerz in sich. Den kleinen Haushalt führte mir eine meiner Schwestern. Vielen Dank schulde ich den Eltern meiner verstorbenen Gattin, welche mir in dieser harten Zeit liebevoll beigestanden sind. Auf tatkräftiges Anraten Heckenasts entschloß ich mich 1877, unweit von dem mehr und mehr in Wald versinkenden Alpel mir und den Kindern ein neues Heim zu schaffen. Ich baute in Krieglach ein kleines Wohnhaus, wo ich die Sommermonate zuzubringen pflege, während ich die Winter stets in Graz verlebe.

Die Sorgen und das Vergnügen, sowie die kleinen körperlichen Arbeiten, welche das neue Häuschen verursachte, taten mir wohl. Im Jahre 1878 erfolgte der Tod meines Freundes Gustav Heckenast, nach welchem ich meine Vereinsamung neuerdings hart empfand. Ich hatte ihn jährlich mehrmals in Preßburg besucht, wohin er übersiedelt war; er kam zu mir nach Steiermark, oder wir gaben uns in Wien ein Stelldichein. Auch standen wir in lebhaftem Briefwechsel, und seine Briefe enthalten Schätze von Herzlichkeit und Weisheit. In meiner Betrübnis über den neuen Verlust mied ich die Menschen und strebte am liebsten den finsteren Wäldern zu und schaute andererseits doch wieder nach Genossen und Freunden aus. In der Haltlosigkeit eines unsteten Gemütes war mein Tun und Lassen nicht immer zielbewußt, woraus mir manches Leid entstand – mir und anderen. – Da nahm es eine neue Wendung.

In Krieglach lebte den Sommer über die Familie Knaur aus Wien, die mir mit großer Freundlichkeit entgegenkam und der ich gerne nahte. Die Anmut, sowie die Vorzüge des Geistes und des Herzens der Tochter Anna veranlaßten in mir neuerdings die Sehnsucht nach einem verlorenen Glücke. Anna wurde (1879) mein Weib, und so hat sich der Kreis der Familie wieder geschlossen, dessen Wärme und Frieden für meine Existenz, sowie für meine geistige Tätigkeit das erste Bedürfnis ist.

Das Bild eines neuen, freundlichen Lebens breitete sich vor meinen Augen aus; ein zweites Söhnlein und unlang hernach zwei Töchterlein kamen, und sie erfüllten mich mit neuen Zukunftsträumen.

Im Jahre 1880 bewarb sich die bekannte Firma Hartleben in Wien um den Verlag meiner Werke, die dann nach meinem Rückkauf der Heckenastschen Rechte ihr übertragen wurden. Die in den ersten Jahren sich freundlich gestaltete Verbindung mit Hartleben mußte wegen Differenzen geschäftlicher und autorrechtlicher Natur 1893 gelöst werden. In diesem Jahre schloß ich einen Vertrag mit dem Hause L. Staackmann in Leipzig, das später auch meine Bücher aus dem Hartleben-Verlage erworben hat. So war ich auf ein ruhiges, sorgloses Geleise gekommen, und in dem wahrhaft freundschaftlichen Verhältnisse, das zwischen Staackmann und mir sich herausgebildet hat und das in den zwanzig Jahren durch keinen Hauch getrübt worden ist, habe ich meine Arbeitsfreudigkeit wieder gewonnen und meine reiferen Bücher geschrieben.

In meinem äußeren Leben hat sich nicht mehr viel Neues zugetragen. Den Frieden eines behaglichen Heims wahren mir Frau und Kinder, und beleben mir zeitweilig vier muntere Enkel.

Also ist aus dem Waldbauernbübel der Guckinsleben, aus diesem der Schneiderbub, aus diesem der Student, aus diesem der Schriftsteller, und aus diesem endlich der Großvater geworden. Innerlich aber ist mir beinahe ganz so wie in den fernen Jugendtagen. – –

So weit ist meine Lebensgeschichte vor Jahren aufgeschrieben worden. Seither haben sie viele andere nacherzählt, und wohl mit unbefangenerem Blick und größerem Geschick als ich tun konnte. Ich selbst habe noch das Buch »Mein Weltleben«, ersten und nun auch zweiten Band, geschrieben, in dem an die Jugend anknüpfend tiefer gründende Abschnitte meines seitherigen Lebens dargestellt werden.

Immer von neuem drängt mich meine Seele zur Arbeit, und immer von neuem mahnt mich mein erschöpfter Körper zur Rast. Es ist aber schwer zu ruhen, wenn man als Mensch noch so vieles zu tun, als Schriftsteller noch so Manches zu sagen hätte!

Ich ging als Schriftsteller einen Weg, der, wie sich's zeigte, nicht viel betreten war; ich fühlte mich auf demselben oft vereinsamt, aber ich bin nicht umgekehrt.

Mir scheint nicht alles was wahr ist wert, vom Poeten aufgeschrieben zu werden; aber alles, was er aufschreibt, soll wahr und wahrhaftig sein. Und dann soll er noch etwas dazugeben, was versöhnt und erhebt; denn wenn die Kunst nicht schöner ist als das Leben, so hat sie keinen Zweck. Furchen ziehen durch die Äcker der Herzen, daß Erdgeruch aufsteige, dann aber Samen hineinlegen, daß es wieder grüne und fruchtbar werde – so wollt ich's halten.

Ich habe es mit meinen Mitmenschen ja gut gemeint. Allerdings, sie haben mich oft verdrossen. Obgleich ich das Glück hatte, zumeist mit vortrefflichen Charakteren umzugehen, so habe ich doch auch die Niederträchtigkeit kennen gelernt und gesehen, mit welcher Wollust die Menschen imstande sind, sich gegenseitig zu peinigen – Schändlichkeiten und Übeltaten stets unter einem schönen, wenn nicht gar geheiligten Deckmantel verhüllend. Ich habe Zeiten durchlebt, da ich es für die größte Narrheit hielt, den Leuten Gutes tun zu wollen. Aber, wenn ich ihr Elend sah und das Übermaß ihrer Leiden, da dauerten sie mich. Ich bin ja einer von ihnen. Ich sehe den Jammer einer jahrtausendelangen Geschichte, den sie sich selbst im blinden Ringen nach glücklicheren Zeiten gemacht haben. Aber ich sehe auch, daß wir heute lange nicht auf dem rechten Fleck stehen. Lieber nach vorwärts und ins Ungewisse hineinstürmen, als *hier* stehen bleiben! Aber wenn ich sehe, wie im rasenden Flug, oder sagen wir, in der rasenden Flucht nach »vorwärts« das Gemüt zu Schaden kommt, dieses unser größtes Gut, und ich keinen Ersatz dafür zu ahnen vermag, so blase ich zur Rückkehr in die Wildnisse der Natur, zu jenen kleinen, patriarchalischen Verhältnissen, in welchen die Menschheit noch am natürlichsten gelebt hat. Und wenn das auch nicht geht, weil's nicht gehen kann, dann ...!

Nein doch, ich vertraue der Zukunft. Es werden Stürme kommen, wie sie die Welt noch nicht gesehen; aber wenn wir die großen Anbilder und Tugenden der Besten unserer Vorfahren und der Wenigen von heute, die Schlichtheit, die Opferwilligkeit, den Familiensinn, den Frohsinn, die Liebe, die Treue, die Zuversicht in die Zukunft hinüberzutragen vermögen, um sie neu zu beleben und zu verbreiten, dann wird es gut werden.

Ich habe mein schwaches Talent nicht vergraben. Ich habe mich nicht betören lassen von jener Lehre, daß der Poet neben dem Schönheitsprinzipe keine Absicht haben solle, und auch nicht von jener, die im Dichterwerk *nur* Zweck will, sei es nach dem Moralischen oder dem Materiellen hin. Ich habe die Gestalt genommen, wie sie das Leben gab, aber sie nach eigenem Ermessen beleuchtet. Ich habe die hellsten Lichtpunkte dorthin fallen lassen, wo ich glaube, daß das Schöne und Gute steht, damit entschwindende Güter wieder ins Auge und Herz der Menschen dringen möchten. Des Niedrigen habe ich gespottet, das Verderbliche bekämpft, das Vornehme geehrt, das Heitere geliebt und das Versöhnende gesucht. Mehr kann ich nicht tun.

Soll es nun heute sein, oder in noch späteren Tagen, willig mag ich meinen morschen Wanderstab zur Erde legen, willig meinen Namen verhallen lassen, wie des heimkehrenden Älplers Juchschrei verhallt im Herbstwind. Aber ich – ich *selbst* möchte mich an dich, du liebe, arme, unsterbliche Menschheit klammern und mit dir sein, durch der Jahrhunderte Dämmerung hin – und Weg suchen helfen – den Weg zu jener Glückseligkeit, die das menschliche Gemüt zu allen Zeiten geahnt und gehofft hat.

Peter Rosegger. 38

Prolog

»Weg nach Winkelsteg.«

Diese Worte standen am Holzarm. Aber der Regen hatte die altförmigen Buchstaben schier verwaschen und der Balken selbst wackelte im Wind.

Ringsum ist struppiger Tannenwald; über demselben stehen ein paar uralte Lärchen empor, deren kahles Geäste weit hineinragt in den Himmel. In der Tiefe einer felsigen Schlucht braust Gewässer. Unzähligemale hat die alte Bergstraße mittels schiefer, halb eingesunkener Holzbrücken über diesen Alpenbach geführt, bis da herein, wo der Bergwald rechts sich lichtet und zwischen den Wipfeln zum erstenmale die Gletscher niederleuchten auf den Wanderer, der aus bevölkerten Gegenden kommt.

Der Wildbach gießt von den Gletschern her. Die Straße aber wendet sich links, milderen Waldgeländen zu, um nach Öden und Wildnissen endlich wieder in belebte Ortschaften einzuziehen. Dem Flußgebiet entlang zieht nur ein verschwemmter steiniger Hohlweg, über welchen der Sturm Fichtenstämme geworfen hatte, die nun seit Jahrzehnten lehnen und dorren.

Hier am Scheidewege auf dem Felsen stand ein hohes hölzernes Kreuz mit drei Querbalken und den bildlich dargestellten Marterwerkzeugen, der heiligen Leidensgeschichte, als: Speer, Schwammstab, Zange, Hammer und den drei Nägeln. Das Holz war wettergrau und bemoost. Eng daneben stand der Balken mit dem Arme und der Inschrift: »Weg nach Winkelsteg«.

Dieses Zeichen wies den verwahrlosten steinigen Weg mit dem Gefälle – gegen das enge Hochtal, in dessen Hintergrunde die Schneefelder liegen. In fernster Höhe, über den licht sich hinziehenden Schneetüchern ragt ein grauer Kegel auf, an dessen Spitze Nebelflocken hängen.

Ich saß auf einem Felsblock neben dem Kreuze und blickte zu jener grauen Spitze empor. Das war der weit und breit berühmte und berüchtigte graue Zahn – das Ziel meiner Gebirgsreise.

Als ich so dasaß, hauchte jenes Gefühl durch meine Seele, von dem kein Mensch zu sagen weiß, wie es entsteht, was es bedeutet und warum es so sehr das Herz beklemmt, gleichsam mit einem Panzer der Ergebung umgürtet, auf daß es gerüstet sei gegen Etwas, das kommen muß. Ahnung nennen wir den wundersamen Hauch.

Ich hätte vielleicht noch länger geruht auf dem Steine und dem Tosen des Wildwassers gelauscht; allein mir schien, als strecke sich Holzarm immer länger und länger aus, und zum Mahnrufe wurden mir die Worte: »Weg nach Winkelsteg«.

Und wahrhaftig, als ich mich erhob, da sah ich, daß mein Schatten schon ein gut Stück länger war, als ich selbst. Und wer weiß, wie weit ab es noch lag, das letzte und kleinste Dorf Winkelsteg.

Ich ging rasch und sah nicht viel um. Ich merkte nur, daß die Wildnis immer größer wurde. Rehe hörte ich röhren im Wald, Geier hörte ich pfeifen in der Luft. Es begann zu dunkeln, und es war noch nicht Zeit zum Nachten. Über dem Gebirge lag ein Gewitter. Ein halb ersticktes Murren war zu hören, und nicht lange, so erhob sich ein Grollen und Rollen, als ob all die Felsen und Eiswuchten des Hochgebirges tausend- und tausendfach aneinander prallten. Die Bäume über mir bogen sich mächtig hin und her und in den breiten Blättern eines Ahorn rauschten schon die großen eiskalten Tropfen.

Das Gewitter ging bis auf diese wenigen Tropfen vorüber. Weiter drin aber mußte es ärger gewesen sein, denn bald brauste mir im Hohlweg ein wilder Gießbach mit Erde, Steinen, Eis- und Holzstücken entgegen. Ich rettete mich an die Lehne hinan und kam mit großer Mühe vorwärts.

Über der Gegend lag nun Nebel und an den Ästen der Tannen stieg er nieder bis zu dem feuchten Heidekraut des Bodens.

Als er gegen die Abenddämmerung ging und als die Waldschlucht sich ein wenig weitete, kam ich in ein schmales Wiesental, dessen Länge ich des Nebel wegen nicht ermessen konnte. Die Matten waren bedeckt mit Eiskörnern; der Bach hatte sein Bett überschritten und hatte die Brücke fortgerissen, die mich hätte hinübertragen sollen auf das jenseitige Ufer, von wo mir durch das Nebelgrauen ein weißes Kirchlein und die Bretterdächer einiger Häuser zuschimmerten.

Es war frostig kalt. Ich rief hinüber zu den Leuten, die am Wasser arbeiteten, Holzblöcke auffingen und den Fluß zu regeln suchten. Sie schrien mir die Antwort zurück, sie könnten mir nicht helfen, ich müsse warten, bis das Wasser abgelaufen sei.

Bis so ein Gießwasser abläuft, das kann die ganze Nacht währen. Ich wage es und will durch den Fluß waten. Aber als sie drüben diese meine Absicht bemerken, winken sie mir warnend ab. Und bald stemmt ein großer, hagerer, schwarzbärtiger Mann eine Stange an und schwingt sich mittels derselben zu mir herüber. Dann häuft er hart am Ufer einige

Steine übereinander und legt auf dieselben das Brett, welches die anderen über die Fluten herüberschieben. – Dann nahm er mich an der Hand und sagte: »Nur fest anhalten!« und führte mich über das schaukelnde Brett an das andere Ufer.

Während wir über dem Wasser schwebten, hub das Aveglöcklein an zu klingen und die Leute zogen ihre Hüte ab.

Der große schwarze Mann geleitete mich über die knisternden Eiskörner zum Dörfchen hinan. »So ist es«, brummte er unterwegs, »läßt der Herrgott was aufwachsen, haut's der Teufel wieder in die Erden hinein. Die Kohlpflanzen sind hin bis auf Stammel; und das letzte Stammel auch. Der Hafer liegt auf dem Hintern und reckt seine Knie gegen den Himmel hinauf.«

»Das Wetter hat so viel Schaden getan?« sagte ich.

»Das seht Ihr«, versetzte er.

»Und weiter draußen, da hat's kaum getropft.«

»Das glaube ich. 's ist allemal nur uns Winkelstegern vermeint. Vom heutigen Tag an darf sich eins den ganzen Sommer über wieder nicht satt essen, wollen wir für den Winter den Magen nicht in den Rauchfang hängen.« So antwortete er.

Das Dorf bestand aus drei oder vier größeren hölzernen Häusern, einigen Hütten, rauchenden Kohlstätten und dem Kirchlein.

Vor einem der größeren Häuser, an dessen Tür ein breiter, von vielen Tritten zerschleifter Antrittstein lag, blieb mein Begleiter stehen und sagte: »Kehrt der Herr bei mir ein? Ich bin der Winkelwirt.« Er deutete bei diesen Worten auf das Haus, als ob das sein Ichselbst wäre.

Bald hernach war ich in der Stube. Die Wirtin nahm mir gar behende die Reisetasche und den feuchten Überrock ab und brachte mir ein paar Strohschuhe herbei. »Nur gleich das nasse Leder und die Schliefschuhe anstecken; nur fein gleich, fein gleich, ein nasser Schuh auf dem Fuß läuft zum Bader!« Nicht lange, so saß ich trocken und bequem an dem großen Tische unter dem Hausaltar und unter Wandleisten, auf welchen der Reihe hin buntbemaltes Ton- und Porzellangeschirr lehnte. Auf dem Gläsergestelle war eine Unzahl von Kelchfläschchen umgestülpt und der Wirt fragte mich gleich, ob ich Branntwein begehre. Ich verlangte Wein.

»Ist wohl kein Tröpfel im Keller gewesen, so lang' das Haus steht«, sagte der Wirt unmutig, »aber Holzapfelmost hätt' ich einen rechtschaffenen guten.«

Das war mir schon recht; doch als er in den Keller gehen wollte, trippelte sein Weib herbei, nahm ihm hastig den Schlüssel aus der Hand: »Geh, Lazarus, schneuz' dem Herrn das Licht; sein geschwind, Lazarus, wirst schon dein Tröpfel noch kriegen.«

Ein wenig brummend kam er zum Tisch zurück, reinigte den Docht der Unschlittkerze, sah mich eine Weile so an und fragte endlich: »Der Herr ist zuletzt gar unser neuer Schulmeister? – Nicht? So, auf den grauen Zahn hinauf geht die Wander? Wird morgen wohl nicht gehen. Ist auch diesen Sommer noch kein Mensch hinaufgestiegen.

Das muß einer im Frühherbst tun; zur andern Zeit ist kein Verlaß auf das Wetter. – Nu, wie man halt schon so nachgrübelt; ich hab' gemeint, der Herr dürft' der neue Schulmeister sein. Es versteigt sich sonst wunderselten einer da herein, der nicht herein gehört. Auf den neuen Schulmeister warten wir schon alle Tag. Der alte ist uns durchgegangen; – hat der Herr nichts gehört?«

»So, Lazarus, tu schön fein plaudern mit dem Herrn«, sagte die Wirtin im zärtlichen Tone zu ihrem Manne, als sie mir den Most und zugleich auch die Abendsuppe vorsetzte.

Das Weib war nicht mehr zu jung, aber es war das, was die Wäldler »kugelrund« nennen. Sie hatte ein zweifaches und unter demselben, um den vollen Hals, eine Silberkette. Ihre Äuglein guckten klug und mild hervor, wenn sie sprach, und wenn sie, mit jedem Winkel und Nagel des ganzen Hauses bekannt und verwachsen, lustig in allen Ecken und Enden herumregierte. Wie im Scherze regelte sie alles und redete mit dem Gast und lachte mit dem Gesinde in der Küche und im Vorhause. Daß jetzt der Schauer wieder alles zerschlagen, sei freilich nicht gar lustig, meinte sie, aber besser sei es allerwege, das Eis falle vom Himmel auf die Erde, als wenn es von der Erde auf den Himmel fiele und da oben auch noch alles in Scherben schlüge. Da hätt' eins schon gar nichts mehr zu hoffen. Und wie sie so die Sache auslegte, sprudelte die Fröhlichkeit ordentlich aus ihr hervor, und der ganze Kreis um sie war heiter; und jedes schien sich so gehen zu lassen in dem, was es tat, empfand und sagte; aber es ging doch alles nach der Schnur.

»Ihr habt eine treffliche Wirtin«, sagte ich zum Wirt.

»Das wohl, das wohl«, bestätigte er leise und lebhaft, »brav ist sie, meine Juliana, aber halt – aber halt –« Das Wort blieb ihm im Halse stecken, oder vielmehr, er zerbiß es, drückte und preßte es hinab; auf sprang er und die Hände am Rücken geballt schritt er über die Stube und wieder zurück und goß sich ein Glas Wasser in die Gurgel.

Dann setzte er sich auf die Bank und war ruhig. Aber es war noch nicht ganz gut, er hatte die Fäuste geschlossen und starrte auf den Tisch. – Ich habe einmal auf einem Jahrmarkt einen Araber gesehen, eine mächtig hohe Gestalt, knochig, hager, rauh und lederbraun, schwarz und vollbärtig, glutäugig, mit langer, scharf gebogener Nase, schneeweißen Zähnen, mit dichten Brauen und einem weichen, wollartigen Haarfilze – völlig so sah der Mann aus, der jetzt schier unheimlich vor mir brütete.

»'s gibt kein Weibel mehr, so herzensgut und getreu«, murmelte er plötzlich; weitere Worte zermalmte er zwischen den Zähnen.

Ich sah, der Mann war in einer peinlichen Stimmung; ich suchte ihn aus derselben zu erlösen.

»Also durchgegangen, sagt Ihr, ist der alte Schulmeister?«

Da hob der Wirt seinen Kopf: »Man kann just nicht sagen, daß er durchgegangen ist; es hat ihm nichts weh getan bei uns. Ich denk', wer fünfzig Jahr in Winkelsteg Schullehrer, oder was weiß ich, alles ist, der läuft im einundfünfzigsten nicht davon wie ein Roßdieb.«

»Fünfzig Jahre dahier Schullehrer!« rief ich.

»Schullehrer und Arzt und Amtmann und eine Weil' auch Pfarrer ist er gewesen.«

»Und ein Halbnarr ist er auch gewesen!« schrie einer vom Nebentische her, wo sich mehrere schwarze Gesellen, etwa Holzer und Kohlenbrenner, bei Schnapsgläsern niedergelassen hatten. »Ja freilich«, rief die Stimme, »da draußen bei der Wacholderstauden ist er die längste Zeit gehockt und hat mit dem Wisch geschwätzt, und ich vermein', den Gimpeln hat er das Singen lehren wollen nach Noten. Hat er wo einen scheckigen Falter erspäht, so ist er ihm nachgeholpert den ganzen halben Tag; – ein Halterbübl könnt' nicht kindischer sein. Hat ihn 'leicht gar so ein Tier fortgelockt, hat der Alte nimmer heimgefunden, ist liegen blieben im Wald.«

»Zur Weihnachtszeit fliegen keine Falter herum, Josel«, sagte der Wirt halb berichtigend, halb verweisend, »und daß er in der Christnacht ist in Verlust geraten, das wirst wissen.«

»Der Teufel hat ihn geholt, den alten Sakermenter!« gröhlte eine andere Stimme in dem finsteren Winkel der Stube am großen Kachelofen. Als ich hinblickte, sah ich in der Dunkelheit die Funken eines Feuersteines sprühen.

»Mußt nit, Schorschl, mußt nit so reden!« sagte einer der Köhler, »mußt bedenken, der alte Mann hat schneeweißes Haar gehabt!«

»Ja, und Hörner unter demselben«, rief's vom Ofen her, »'leicht hat ihn keiner so gekannt, den alten Schleicher, wie der Schorschl! Meint Ihr, er hätt's nit abgemacht gehabt mit den großen Herren, daß wir keine was haben gewonnen beim Lotterg'spiel (Lotterie)! Wesweg hat denn der Kranabetsepp gleich in der zweiten Woch', da der Schulmeister ist weggewesen, einen Terno gemacht? Der bucklig' Duckmauser selber hat freilich Geld gehabt; hat's vergraben, auf daß, was er selber nit braucht, die armen Leut' auch nit brauchen sollen. O – 'leicht könnt' einer andere Geschichten erzählen, wären nicht so gewisse Leut' in der Stuben.«

Die Stimme schwieg; man hörte nur das Paffen der rauchsaugenden Lippen und das Zuklappen eines Pfeifendeckels.

Der Wirt stand auf, warf seinen Lodenwams weg und ging in flatternden Hemdsärmeln einige Schritte gegen den Ofen. Mitten der Stube stand er still »So, gewisse Leut' sind in der Stuben«, sagte er gedämpft, »Schorschl, dasselb' deucht mich selber; aber nit beim redlichen Tisch sitzen sie vor aller Leut' Augen; im stockfinsteren Winkel ducken sie sich, wie nichtsnutzige Schelm', –« Er brach ab, man merkte es, wie er sich Gewalt antat, gelassen zu bleiben; er zog sich schier krampfhaft zusammen, aber er bleib stehen mitten in der Stube.

»Freilich, freilich, die Branntweinbrenner haben den Alten nicht leiden mögen«, sagte einer der Köhler. Dann zu mir gewendet: »Bester Herr, der hat's gut gemeint! Gott tröst' seine arme Seel'! – Hat noch die Orgel gespielt in der heiligen Nacht, aber in der Christtagsfrüh ist kein Gebetläuten gewesen. Den Reiter Peter – das ist halt unser Musikant – hatt' er in der Nacht noch angeredet, daß der sollt' die Musik für den Christtag übernehmen; das ist sein letztes Wort gewesen, und weg ist der Schulmeister. – Du heiliger Antoni, was haben wir den Mann nicht gesucht! Spüren hat man ihn nicht können, der Schnee ist weit und breit, und gar im Wald drin, steinhart gewesen; hat jeden tragen, so weit er hat wollen gehen. Ganz Winkelsteg ist auf gewesen, ist alle Wälder abgegangen und alle Straßen draußen im Land.«

Der Mann schwieg; ein Achselzucken und eine Handbewegung deuteten an, sie hätten den Schulmeister nicht gefunden.

»Und so haben wir Winkelsteger keinen Schulmeister«, sagte der Wirt. »Ich für mich brauch' keinen; ich hab' nichts gelernt und werd' nichts mehr lernen – ich leb' so. Aber einsehen tu' ich's wohl, ein Schulmeister muß sein. Und so sind wir Gemeindebauern und Holzleute halt zusammengestanden, daß wir einen neuen –«

Ich hatte in diesem Augenblick das Mostglas an den Mund gesetzt, um den Rest des frischenden Trankes zu schlürfen. Und das war, als hätte es dem Manne die Sprache verschlagen. Er starrte nun auf das leere Glas, wollte dann sein Gespräch wieder fortsetzen, schien aber kaum mehr zu wissen, wovon geredet.

»Ich denk' mir meinen Teil«, versetzte einer der Kohlenbrenner, »und ich sag' dasselb', just und gerade dasselb' was der Wurzentoni sagt. Der alte Schulmeister, sagt er, hat ein Stückel mehr verstanden, als Birnsieden, ein gut Stückel mehr. Der Wurzentoni – nicht *ein*mal, zehn- und hundertmal hat er den Schulmeister gesehen aus einem kleinwinzigen Büchlein beten, und sind alles so Sprüchel drin gewesen und Zauber- und Hexenzeichen, lauter Hexenzeichen. Wär' der Schulmeister im Wald wo gestorben, sagt der Wurzentoni, so hätt' man den Toten finden müssen, und hätt' ihn der Teufel geholt, so wär' das Gewand zurückgeblieben, denn das Gewand, sagt der Wurzentoni, ist unschuldig, über das hat der Teufel keine Gewalt, hat keine! – Ganz was anders ist geschehen, meine Leut'! Der Schulmeister – verzaubert hat er sich, und so steigt er unsichtbar Tag und Nacht in Winkelsteg herum – Tag und Nacht, zu jeder Stund'. Das ist, weil er will wissen, was die Leut', in der Heimlichkeit tun und über ihn reden, und weil – –. Ich sag' nichts Schlechtes über den Schulmeister, ich nicht. Wüßt auch nicht was, bei meiner Treu, wüßt nicht was!«

»Ei, tät der Teufel nicht *mehr* wissen, wie der schwarz' Kohlenbrenner«, hüstelte die Stimme hinter dem Ofen, »noch heut' tät der alt' Grauschädel die Winkelsteger bei der Nasen herumführen!«

Ein gereizter Löwe könnte nicht wütender aufspringen, als es jetzt der derbe, finstere Wirt tat. Ordentlich stöhnend vor Begier, stürzte er hin in den Ofenwinkel, und dort war ein angstvolles Aufkreischen.

Da eilte die Wirtin »Geh, Lazarus, wirst dich scheren mit diesem dummen Schorschel da! Ist nicht der Müh' wert, daß du desweg einen Finger krumm tust. Geh, sei fein gescheit, Lazarus; schau, jetzt hab' ich dir dort dein Tröpfel hingestellt.«

Lazarus ließ nach; der Schorschl huschte wie ein Pudel zur Tür hinaus.

Lazarus hatte Haarlocken in der Faust. Knurrend schritt er gegen den Kasten, auf welchem ihm sein Weib ein Glas Apfelmost gestellt hatte. Fast lechzend, zitternd griff er nach dem Glase, führte es zum Mund und tat einen langen Zug. Dann hielt er starren Auges ein wenig inne, dann setze er wieder an und leerte das Glas bis auf den letzten Tropfen. Das mußte ein fürchterlicher Durst gewesen sein. Langsam sank die Hand mit dem leeren Gefäß nieder; tief aufatmend glotzte der Wirt vor sich hin.

So verging die Zeit, bis die Wirtin zu mir kam und sagte: »Wir haben ein gutes Bett, da oben auf dem Boden; aber sag's dem Herrn fein g'rad heraus, der Wind hat heut' ein paar Dachschindeln davongetragen und da tut's ein klein wenig durchtröpfeln. Im Schulhaus oben wär' wohl ein rechtschaffen bequemes Stübel, weil es für den neuen Lehrer schon eingerichtet ist; und fein zum Heizen wär's auch, und wir haben den Schlüssel, weil mein Alter Richter ist und auf das Schulhaus zu schauen hat. Jetzt, wenn sonst der Herr nicht gerade ungern im Schulhaus schläft, so tät ich schon dazu raten. Ei beileib', es nicht unheimlich, gar nicht; es ist fein still und fein sauber. Mich däucht, das ganze Jahr wollt' ich darin wohnen.«

So zog ich das Schulhaus dem Dachboden vor. Und nicht lange nachher geleitete mich ein Küchenmädchen mit der Laterne hinaus in die stockfinstere, regnerische Nacht, den Hütten entlang, an der Kirche hin über den Friedhof, an dessen Rande das Schulhaus stand. Das Rasseln des Schlüssels an der Tür widerhallte im Innern. Im Vorhause war es öde und die Schatten der Laternsäulchen zuckten wie gehetzt an den Wänden hin und her.

Da traten wir in ein kleines Zimmer, in dessen Tonofen helle Glut knisterte. Meine Begleiterin stellte ein Licht auf den Tisch, schlug die braune Decke des Bettes über und zog aus dem Wandkasten eine Lade hervor, damit ich meine Sachen dort unterbringe. Da rief sie auf einmal: »Nein, das ist richtig, daß wir uns alle miteinander schämen müssen, jetzt liegen diese Fetzen noch da herum!« Sofort faßte sie einen Armvoll Papierblätter, wie sie in der Lade wirr herumlagen: Will euch gleich helfen, ihr verzwickelten Wische, in den Ofen steckt' ich euch!«

12

»Mußt nicht, mußt nicht«, kam ich dazwischen, »vielleicht sind Dinge dabei, die der neue Lehrer noch brauchen kann.«

Verdrießlich warf sie die Blätter wieder in die Lade. Es wäre ihr in ihrer Aufräumungswut sicher eine große Lust gewesen, sie zu verbrennen, wie ja unwissende Leute häufig das Verlangen haben, alles, was ihnen nutzlos dünkt, sogleich zu vernichten.

»Der Herr kann des alten Schulmeisters Schlafhauben aufsetzen«, sagte das Mädchen hernach etwas schelmisch und legte eine blaugestreifte Zipfelmütze auf das Kopfkissen des Bettes. Dann gab es mir noch einige

Ratschläge wegen der Türschlüssel, sagte: »So, in Gottesnamen, jetzt geh' ich!« – und sie ging.

Die äußere Tür sperrte sie ab, an der inneren drehte ich den Schlüssel um, und nun war ich allein in der Wohnung des in Verlust geratenen Schulmeisters.

Was war das für ein sonderbares Geschick mit diesem Manne, und was waren das für sonderbare Nachreden der Leute? Und wie verschieden waren diese Nachreden! Ein guter, vortrefflicher Mann, ein Narr, und gar einer, den zuletzt der Teufel holt! –

Ich sah mich in der Stube um. Da war ein wurmstichiger Tisch und ein brauner Kasten. Da hing eine alte, schwarze Pendeluhr mit völlig erblindetem Zifferblatte, vor welchem der kurze Pendel so emsig hin und her hüpfte, als wollte er nur hastig, hastig aus banger Zeit in eine bessere Zukunft eilen. – Und meint ihr, ich hätte von draußen herein nicht auch die Unruh der Kirchturmuhr gehört?

Neben der Uhr hingen einige aus Wacholder geschnittene Tabakspfeifen mit übermäßig langen Rohren; ferner eine Geige und eine alter Zither mit drei Saiten. Sonst war überall das gewöhnliche Hausgeräte, vom Stiefelzieher unter der Bettstatt bis zu dem Kalender an der Wand. Der Kalender war von vorhergegangenem Jahre. Die Fenster waren bedeutend größer, als sie sonst bei hölzernen Häusern zu sein pflegen, und mit geflochtenen Gittern versehen. In diesen Gittern steckten verdorrte Birkenzweige.

Da ich einen der blauen Vorhänge beiseite geschoben hatte, blickte ich hinaus ins Freie. Es war finster, nur von einer Ecke des Kirchhofes her schimmerte es wie ein verlorener Strahl des Mondes. Das war wohl das Moderleuchten eines zusammengebrochenen Grabkreuzes oder eines Sargrestes. Der Regen rieselte; es zog ein frostiger Windhauch durch die Luft wie gewöhnlich nach Hagelgewittern.

Ich hatte die Alpenfahrt für den nächsten Tag aufgegeben. Ich beschloß, entweder in Winkelsteg schön Wetter abzuwarten, oder mittels eines Kohlenwagens wieder davonzufahren. Brauen im Gebirge selbst zur Sommerszeit ja doch oft wochenlang die feuchten Nebel, während draußen im Vorlande der helle Sonnenschein liegt.

Ehe ich mich ins Bett legte, wühlte ich noch ein wenig in den alten Papieren der Schublade herum. Da waren Musiknoten, Schreibübungen, Aufmerkblätter und allerhand so Geschreibe auf grobem, grauem Papier. Es war teils mit Bleistift, teils mit gelblichblasser Tinte, bald flüchtig, bald mit Fleiß geschrieben. Und da lagen zwischen Blättern gepreßte Pflanzen, entstaubte Schmetterlinge und eine Menge Tier- und Landschaftszeichnungen, auch eine Karte von Winkelsteg, zumeist gar recht unbeholfen gemacht. Aber ein Bild fiel mir doch auf, ein mit bunten Farben bemaltes, komisches Bild. Es stellte einen alten Mann dar. Der kauerte auf einem Baumstrunk und schmauchte eine langberohrte Pfeife. Auf dem Haupte, dessen Haare nach rückwärts gekämmt warn, hatte er eine plattgedrückte, schwarze Kappe mit einem breiten, wagrecht hinausstehenden Schilde. Aber ein Künstler war es doch, der das Bild gemacht; im Ausdruck des Angesichts war er zu spüren. Aus dem einen Auge, das ganz offen stand, blickte eine ernste und doch milde Seele heraus; aus dem andern, das halb geschlossen nur so blinzelte, sah ein wenig Schalkheit hervor. In einem Hause, aus dessen Fenstern lugen, ist's nicht gar sonderlich arm und öde. Über den, vom wohlwollenden Künstler vielleicht doch zu rosig gehaltenen Wangen war es aber fast, als ob seinerzeit Wildbäche Furchen gerissen hätten. Völlig spaßhaft hingegen nahm sich auf dem sonst glattrasierten Gesichte der lange weiße Spitzbart aus; er war unter dem vorgebeugten Kopfe wie ein vom Kinne niederhängender Eiszapfen. Um den Hals war ein hellrotes Tuch mehrfach geschlungen und vorne mehrfach zusammengeknüpft. Dann kam der Wall des Rockkragens und der blaue Tuchrock selbst, ein Frack mit niederstrebenden Taschen, aus deren einer der launige Künstler gar ein Zipfelchen hervorlugen ließ. Der Rock war eng zugeknöpft bis hinauf unter dem Eiszapfen. Die Hofe war grau, eng und sehr kurz; die Stiefel waren auch grau, aber weit und sehr lang. – So kauerte das Männchen da und hielt mit beiden Händen genußselig das lange Pfeifenrohr, und schmauchte. Leichte Ringelchen und Herzchen bildete der Rauch ....

15

Der das Bild gemacht, ist ein großer Kauz gewesen; nach dem es gemacht, der ist noch ein größerer gewesen. Einer oder der andere war sicher der alte Schulmeister, der auf unerklärliche Weise verschwunden, nachdem er fünfzig Jahre im Orte Lehrer gewesen. – »Und unsichtbar stieg er in Winkelsteg herum, Tag und Nacht – zu jeder Stund'!«

Ich stieg ins Bett und lag und sann. Ich ahnte freilich nicht, wer es gewesen war, der das Haus gebaut und vor mir auf dieser Stätte geruht.

Die Glut im Ofen knisterte matt und matter und war im Absterben. Draußen rieselte der Regen, und doch lag eine Stille über allem, so daß mir war, als hörte ich das Atemholen der Nacht. – Ich war im Einschlummern; da erhob sich plötzlich ganz nahe über mir ein lebhaftes Schallen, und mehrmals hintereinander laut und lustig klang der Wachtelschlag. Ganz täuschend ähnlich waren die Laute dem lieblichen Rufe des Vogels im Kornfelde. Die alte Uhr war es gewesen, die mir so seltsam die elfte Stunde verkündet hatte.

Und der süße Wachtelschlag hatte mein Sinnen und Träumen entführt hinaus auf das lichte sonnige Kornfeld zu den wiegenden Halmen, zu den blau leuchtenden Blumenaugen, zu den gaukelnden Schmetterlingen – und so war ich eingeschlafen an demselben Abende, im geheimnisvollen Schulhause zu Winkelsteg.

Wie mich der Wachtelschlag eingelullt hatte, so weckte mich der Wachtelschlag wieder auf. Es war des Morgens zur sechsten Stunde.

Im Stübchen atmete noch die weiche Wärme des Ofens; an den Wänden und auf der Decke lag es blaß wie Mondlicht. Und es mußte die Sonne schon am Himmel stehen; es war im Juli. Ich erhob mich und zog einen der blauen Fenstervorhänge zurück. Die großen Scheiben waren grau angelaufen; nur hie und da löste sich eine Tropfenperle und rollte hin und her zuckend nieder durch die unzähligen Bläschen und Tröpfchen, hinter sich einen schmalen ziehend, durch welchen das Dunkel des braunen Kirchendaches hereinblickte.

Ich öffnete das Fenster; frostige Luft ergoß sich in das Zimmer. Der Regen hatte aufgehört; an der Friedhofsmauer lag ein Wall zusammengeschwemmter Eiskörner, mit niedergeschlagenen Baumrinden und gebrochenen Reisigwipfeln gemischt. An der Kirchenwand lagen Schindelsplitter des Daches; die Fenster der Kirche waren mit Brettern geschützt. Einige Eschen standen am Platze, da tropfte es nieder von den wenigen Blättern, die der Hagel verschont hatte. Noch ragte dort das verschwommene Bild eines Rauchfanges; was weiter hin war, das deckte der Nebel.

Ich hatte den Gedanken an die Alpenwanderung heute gar nicht mehr hervorgeholt. Langsam zog ich mich an und betrachtete das Triebwerk der alten Schwarzwälderuhr, welches durch zwei aneinanderschlagende Holzplättchen den schmetternden Schlag der Wachtel so täuschend gab. Hernach wühlte ich, da es mir zum Frühstück noch zu zeitig war, eine Weile in den Papieren der Lade herum. Ich bemerkte, daß außer den Zeichnungen, Rechnungen und jenen Bogen, die zu Pflanzenmappen dienten, alle beschriebenen Blätter eine gleiche Größe hatten und mit roten Seitenzahlen versehen waren. Ich versuchte die Blätter zu ordnen und warf zuweilen einen Blick auf deren Inhalt. Es waren tagebuchartige

Aufzeichnungen, die sich auf Winkelsteg bezogen. Die Schriften waren aber so voll von eigenartigen Ausdrücken und regellos geformten Sätzen, daß Studium und eine Art Übersetzung nötig schien, um sie der Verständlichkeit zuzuführen.

Die Mühe däuchte mir gleich anfangs nicht abschreckend, denn ich hoffte hier Urkunden des so entlegenen Alpendörfchens und vielleicht gar aus dem Leben des verschwundenen Schulmeisters zu finden. Indem ich emsig weiter ordnete und mit dieser Arbeit schon völlig zur Rüste kam, entdeckte ich plötzlich ein dickes graues Blatt, auf welchem mit großen roten Buchstaben geschrieben stand: *Die Schriften des Waldschulmeisters.*

So hatte ich nun gewissermaßen ein Buch zusammengestellt; und das Blatt mit den roten Lettern legte ich aufs Geratewohl obenan, als des Buches Überschrift.

Mittlerweile hatte meine Wachtel die achte Stunde verkündet und auf dem Kirchturme läuteten zwei helle Glöcklein zur Messe. Der Pfarrer, ein schlanker Mann mit blassem Angesichte, schritt von seinem Hause die kleine Steintreppe heran zur Kirche. Einige Männer und Weiber zogen ihm nach, entblößten noch weit vor der Tür ihr Haupt, oder zerrten die Rosenkranzschnur hervor und besprengten sich andächtig am Weihwasserkessel des Einganges. 18

Ich ging zur Tür hinaus und über den hügeligen Sandboden hin. Und ich ging, weil die Orgel gar so freundlich klang, zur Kirche hinein. Da war es auf den ersten Blick, wie es in jeder Dorfkirche ist – und doch ganz anders.

Je ärmer sonst so ein Kirchlein ist, je mehr Silber und Gold sieht man an ihm funkeln; alle Leuchter und Gefäße sind von Silber, alle Verzierungen und Heiligenröcke und Engelsflügel und gar die Wolken des Himmels sind von Gold. Aber es ist nur Schein. Ich kann jenem Bauersmann nicht Unrecht geben, der, als er in der Kirche einmal Meßnerdienste verrichten mußte und dabei in nähere Bekanntschaft mit den Bildnissen und Altären gekommen, ausrief: »Wie unsere Heiligen von weitem funkeln und vornehm sind, so meint man, was der tausend wir für Himmelsmänner haben, und wenn man sie in der Nähe anschaut, ist alles Holz.«

In der Kirche zu Winkelsteg fand ich das anders. Freilich war auch da alles aus Holz und größtenteils aus ganz gewöhnlichem Fichtenholz, aber es war nicht geschminkt mit Goldglanz, schreienden Farben, Geflunker und Gebänder und was sonst solchen Zierat gibt; es war, wie es war, und wollte nicht anders sein.

Die Kirchenwände standen in mattem Grau und waren fast leer. In einer Ecke des Schiffes klebten ein paar Schwalbennester, deren Bewohner heute auch bei dem Gottesdienste bleiben und dem Herrn nach ihrer Art das »*Sanctus*« sangen. Den Chorboden da oben und den Beichtstuhl und die Kanzel und die Betstühle – man sah es wohl – hatten heimische Zimmerleute ausgeführt. Der Taufstein hatte auch sein Lebtag keinen Steinmetz und der Hochaltar keinen Bildhauer gesehen. Aber es war Geschmack und Zweckmäßigkeit in allem. Der Altar war ein würdevoll dastehender Tisch, zu welchem drei breite Stufen emporführten. Er war bedeckt mit einfachen weißen Linnen, und in einem Gezelte aus weißer Seide, zwischen sechs schlanken, aus Lindenholz geschnitzten Leuchtern stand das Heiligtum. Was mir aber am meisten auffiel, was mich rührte, fast erschreckte, das war ein nacktes großes Kreuz aus Holz, welches über dem Zelte ragte. Dieses Kreuz mochte nicht immer da oben gestanden haben; es war wettergrau, der Regen hatte die Fasern hervorgewaschen, die Sonne hatte Spalten gezogen. – Das war der Winkelsteger Altarbild. Ich habe nie einen Prediger ernster und eindringlicher sprechen gehört, als es dieses stille Kreuz tat auf dem Altare.

Dann fiel mir noch ein Zweites auf, was fast abstach von der Armut und Einfachheit, so in diesem Gotteshause herrschte, was aber die Stimmung und Ruhe nur noch erhöhte. An beiden Seiten des Altares waren zwei schmale hohe Fenster mit Glasmalereien. Sie tauten ein rosiges Dämmerlicht über den Altar.

Der Priester verrichtete die Handlung; die wenigen Anwesenden knieten in den Stühlen und beteten still; und die mild tönende, wie in Ehrfurcht leise zitternde Orgel betete mit, war wie eine flehende Fürsprache vor Gott für die arme Gemeinde, die seit gestern, da das Ungewitter die Feldfrucht vernichtet, neuen Kummer trug.

Als die Messe zu Ende war und die Leute sich erhoben, bekreuzten, die Kniebeugung machten und davongingen, stieg ein hübscher junger Mann die Chorstiege herab. Ich fragte ihn vor der Kirchtür, ob er es sei, der die Orgel gespielt habe. Er neigte den Kopf. Er schritt gegen das Dörfchen hinab; ich ging mit ihm und suchte ein Gespräch anzufangen. Er sah mir mehrmals treuherzig ins Gesicht, aber er sagte kein Wort; und er wendete sich bald und schritt abseits gegen den Bach. Nachher habe ich erfahren, daß er stumm ist.

Und endlich saß ich im Wirtshause bei meinem Frühstück. Es bestand aus einer Schale Milch mit gebranntem Kornmehl gewürzt. Das ist der Winkelsteger Kaffee.

Und nun – was gedachte ich zu tun?

Ich teilte der heiteren Wirtin meine Absicht und meinen Wunsch mit: das ungünstige Wetter in Winkelsteg abzuwarten, im Stübchen des Schulhauses zu wohnen und die Schriften des Schulmeisters zu lesen – »wenn ich dazu Erlaubnis hätte«.

»O mein Gott, ja, von Herzen gern!« rief sie, »wen wird der Herr denn irren, da oben! Und das alte Papierwerk schaut sonst auch kein Mensch an – wüßt' nicht, wer! Davon kann sich der Herr aussuchen, was er will. Der neue Schulmeister wird schon selber so Sachen mitbringen. Glaub's aber dieweil noch gar nicht, daß einer kommt. Ja freilich mag der Herr oben bleiben und ich laß ihm fein warm heizen.«

So ging ich wieder hinauf zum Schulhause. Nun sah ich es von außen an. Es war recht bequem und zweckmäßig gebaut, es hatte ein flaches, weit vorspringendes Schindeldach, und es hatte in diesem Vorsprunge und in seinen hellen Fenstern eine Art Verwandtschaft mit dem gutmütig schalkhaften schildkäppchenbedeckten Antlitze jenes Alten auf dem Bilde.

Dann trat ich in das Stübchen. Es war bereits aufgeräumt und im Ofen knisterte frisches Feuer. Durch die hellen Fenster starrte zwar der düstere Tag mit dem tief auf die Bergwälder hängenden Nebel herein, aber das machte das Stübchen nur noch traulicher und heimlicher.

Die Blätter, die ich am Morgen in Ordnung gebracht hatte, die rauh und grau vergilbt waren und eng beschrieben, Zeile an Zeile, die nahm ich nun aus der Schublade und setzte mich damit zum rein gescheuerten Tisch am Fenster, so daß das Tageslicht freundlich auf ihnen ruhen konnte.

Und was hier ein seltsamer Mann niedergeschrieben hatte, das begann ich nun zu lesen.

Was ich las, das gebe ich hier, besonders dem Inhalte nach, schlecht und recht wieder.

Doch mußte an der Urschrift in der Form manches geändert und geglättet, es mußte gestrichen, ja beigefügt werden, wie es zum Verständnisse nötig, und so weit es mir nach Durchforschung der Zustände erlaubt und möglich war. Ferner mußten die absonderlichen Ausdrücke in Klarheit, die regellos hingeworfenen Sätze in Regeln und Zusammenhang gebracht werden. Indes sei bemerkt, daß ältere Sprachformen und Wendungen, die in den Blättern sich vorfanden, tunlichst beibelassen wurden, um der Schrift von ihrer Eigenart zu wahren.

– – – Das erste Blatt sagt nichts und alles; es enthält vier Worte:

Die Schriften des Waldschulmeisters

Die Schriften des Waldschulmeisters

Erster Teil

»Lieber Gott!

Ich grüße Dich und schreibe Dir eine Neuigkeit. Heute ist mein Vater gestorben. Er ist schon zwei Jahre krank gewesen. Die Leut' sagen, es ist ein rechtes Glück. Die Muhme-Lies sagt es auch. Jetzt haben sie den Vater schon fortgetragen. Der Leib kommt in die Totenkammer, die Seel' geht durch das Fegfeuer in den Himmel hinauf. Lieber Gott, und da hätt' ich jetzt recht eine schöne Bitt'. Schick meinem Vater einen Engel entgegen, der ihn weist. Für den Engel leg ich mein Patengeld bei; es sind drei Groschen. Mein Vater wird recht eine Freud' haben im Himmel, und führ' ihn gleich zu meiner Mutter. – Ich grüße Dich tausendmal, lieber Gott, den Vater und meine Mutter.

Andreas Erdmann.

Salzburg, im 1797er Jahr,
am Apostel Simonitag.«

Dieser Brief ist zufällig erhalten geblieben, mit ihm hebe ich an. Ich weiß noch den Tag. Ich habe in meiner sehr großen Einfalt die drei Groschen wollen in das Papier legen. Kommt selbunter die Muhme-Lies herbei, liest mit ihrem Glasauge die Schrift und schlägt die Hände zusammen. »Du bist ein dummer Junge!« ruft sie aus, »ein sehr dummer Junge!« Eilends nimmt sie mein Patengeld, läuft davon und erzählt meine Sach' im ganzen Hause, vom Torwartgelaß an bis hinauf zum dritten Stock, wo ein alter Schirmmacher wohnt. Jetzt kommen die Leut' alle miteinander zusammen in unser Zimmer herein, zu sehen, wie ein sehr dummer Junge denn ausschaut.

23

Gelacht haben sie, und so lang' haben sie gelacht, bis ich anfang' zu weinen. Jetzund haben sie noch ärger gelacht. Der alte Schirmmacher mit seinem himmelblauen Schurz ist auch da; der hebt die Hand auf und sagt: »Ihr Herrschaften, das ist ein närrisches Lachen; etwan ist er gescheiter, wie ihr alle miteinand. Geh her zu mir, Büblein; heute ist dein guter Vater gestorben; deine Muhme ist viel zu gescheit und ihr Haus zu klein für dich, du kleinwinziger Bub'. Geh mit mir, ich lehre dich das Regenschirmmachen.«

Was hat jetzo die Muhme gegreint überlaut! Aber das kann ich mir denken: insgeheim ist es ihr recht gewesen, da ich mit dem Alten die zwei Treppen hinaufgestiegen bin.

Selbunter, wie mir mein Vater gestorben, werd' ich im siebenten Jahr gewesen sein. Ich weiß nur, daß meine Eltern mit mir bis zu meinem fünften Jahr im Waldland gelebt haben. Im Waldland am See. Felsberge, Wald und Wasser haben die Ortschaft eingefriedet, in der mein Vater Salzwerksbeamter gewesen. Wie die Mutter gestorben, hebt mein Vater kränkeln; hat seine Stelle aufgeben müssen, ist mit mir zu seiner wohlhabenden Schwester in die Stadt gezogen. In einem leichteren Amt hat er wieder arbeiten wollen, um seiner Schwester, die sich stets der Tugend der Sparsamkeit beflissen, Dach und Nahrung redlich erstatten zu können. Aber in der Stadt ist er krank Jahr und Tag; nur daß er mir zur Not das Lesen und Schreiben lehrt, sonst hat er gar nichts getan. Und es ist gekommen, wie ich es im frühern aufgeschrieben habe.

Bei dem alten Mann im dritten Stock bin ich mehrere Jahre gewesen. Wie er, so habe auch ich einen himmelblauen Brustschurz getragen. Man erspart dadurch an Gewand. In der ersteren Zeit bin ich mehrmals zur Muhme hinabgegangen auf Besuch; aber sie hat mich fortweg und solange einen sehr dummen Jungen geheißen, bis ich nicht mehr hinabgegangen bin. Selbunter hat mein Meister einmal das Wort gesagt: »Gib acht, Andreas, daß du nicht so gescheit wirst wie deine Frau Muhme!«

Wir haben lauter blaue und rote Regenschirme gemacht, haben sie dann in großen Bünden auf Jahrmärkte getragen und verkauft. Einen breiten Schirm haben wir über unsere Ware gespannt, und die Marktbude ist fertig gewesen. Und wenn das Geschäft so gut ist gegangen, daß wir letztlich auch die Bude verkauft, so sind wir allbeide in ein Wirtshaus gegangen und haben uns was gut sein lassen. Ansonsten aber haben wir die Ware in Bünden wieder nach Hause getragen und daheim eine warme Suppe genossen.

Wie mein Meister über die siebzig Jahre alt ist, wird ihm die Welt nicht mehr recht; hat müssen eine andere haben – ist mir gestorben. Gestorben wie mein Vater.

Ich bin der Erbe gewesen. Zweithalb Dutzend Schirme sind da; die pack' ich eines Tages auf und trag sie dem Markte zu. Auf demselbigen Markt hab' ich Glück gehabt. Er ist in einem Tal nicht gar weit von der

Stadt; Menschen in Überfluß, aber die wenigsten werden sich zur Morgenfrühe gedacht haben, sie gehen auf den Markt, daß sie Regenschirme kauften.

Kommt zur Mittagszeit jählings ein Wetterregen; wie weggeschwemmt sind die Leute vom Platz, und mit ihnen meine Schirme. Ein alleinziger ist mir noch geblieben für mich selber, daß ich trocken bliebe mitsamt meinem gelösten Geld. Was läuft doch über den Platz ein Mann daher, daß alle Lachen spritzen! Meinen Regenschirm will er kaufen.

»Hätt' ich selber keinen!« sage ich.

»Hab' schon manchen Schuster barfuß laufen sehen«, lachte der Mann, »aber hörst, Junge, wir richten uns die Sach' schlau ein. Bist du aus der Stadt?«

»Ja«, sag ich, »aber kein Schuster.«

»Das macht nicht. Ein Wagen ist dahier nichts zu haben; so gehen wir zusammen, Bursche, und benützen den Schirm gemeinsam; letzlich magst ihn behalten oder das Geld dafür haben.«

Gottesschad' wär's um den feinen Rock, den er anhat, denk ich, und sag: »So ist es mir recht.«

Arm in Arm bin ich, Schirmmacherbursch mit dem vornehmen Herrn in die Stadt gegangen. Wir haben unterwegs miteinander geplaudert. Er hat es so zu fügen gewußt, daß ich ihm nach und nach all meine Umstände und meine ganze Lebensgeschichte erzählt hab.

Der Regen hörte auf; die Sonne scheint, ich trage den Schirm noch offen über der Achsel, daß er trocknen mag. Wir kommen zur Stadt, da will ich zurückbleiben – nicht schicksam, daß ich mit einem so feinen Herrn durch die Stadt gehe. Er hat mich aber freundlich eingeladen, nur mit ihm zu kommen. Er hat mich zuletzt mit in sein Haus geführt, hat mir Speise und Trank vorsetzen lassen, hat mich endlich gar gefragt, ob ich nicht bei ihm bleiben wolle, er stehe einer Bücherei vor und benötige in ihr einen Handlanger.

26

Was weiß ich unfertiger Mensch mit der Schirmmacherei anzufangen? Ich werde Handlanger in der Bücherei.

Damalen hab' ich's gut gehabt. Mit meinem Herrn bin ich zufrieden gewesen; der hat mir das Regenschirmdach reichlich erstattet; kein Lüftlein hat mich beleidigt unter seinem Dach. Aber die Handlangerarbeit hat mir nicht von statten gehen wollen. Der helle Fürwitz ist's gewesen; mit jedem Buch, das ich zur Hand bekommen, hätt' ich auch gleich Bekanntschaft machen mögen. Allerweile hab ich's mit den Aufschriftblättern und Inhaltsverzeichnissen zu tun gehabt, und ich hab das, was mir insonderheit erfahrungswert geschienen, gar zu lesen angefangen. Auf das Zurechtstellen und Ordnen der Bücher hab ich vergessen.

Was sagt mein Herr eines Tages zu mir? – Bursche, für das Auswendige der Bücher bist du nicht zu brauchen, du mußt in das Inwendige hinein. Mir dünkt es gut, daß ich dich in einer Lehranstalt unterbringe.

»Ja freilich, ja freilich – das ist mein heimlich Verlangen.«

»Es wird gelingen, dich in die dasige Gelehrtenschule[1] zu stellen, du wirst rechtschaffen und fleißig sein, wirst Unterstützung finden; es geht rasch aufwärts und kehr' die Hand, wird's heißen: Herr Doktor Erdmann!

Ganz heiß wird mir bei diesen Worten. Nicht gar lange nachher und mir ist noch heißer geworden. Mein Brotherr hat es durchgesetzt; ich bin in die Gelehrtenschule gekommen und schnurgerade mitten hinein in das Innere der Bücher. Aber in der Schule, da werden einem trutz die allerlangweiligsten Bücher in die Hand gegeben; die kurzweiligen sind allesamt verboten. Dinge, die mich auswendig und einwendig gar nichts angegangen, hab ich müssen in meinen Kopf hineinpressen. Das ist eine Pein gewesen; denn damalen haben mir meine Jahre und Lebensumstände den Kopf schon hübsch vollgepfropft gehabt mit anderen Dingen.

Eine siebenfältige Speiskarte ist mein Wochenkalender gewesen. Mein Mittagstisch ist gestanden: Am Montag bei einem Lehrer; am Dienstag bei einem Freiherrn; am Mittwoch bei einem Kaufmann; am Donnerstag bei einem Schulgenossen, der ein reicher Tuchmacherssohn gewesen und mich zu sich in einen Gasthof geladen hat. Am Freitag hab ich bei einem alten Obersten gegessen; am Samstag bei sehr armen Leuten in einer Dachstube, denen ich dafür die Kinder im Rechnen unterrichtet; und am Sonntag bin ich bei meinem Schutzherrn gewesen, dem Vorsteher der Bücherei. Auch habe ich von all diesen Menschen Kleider an meinem Leibe getragen.

So ist es jahrelang gewesen. Da hat mich mein Dienstag-Tischherr für sein Söhnlein zum Hauslehrer bestellt. Jetzo ist's schon besser gegangen. Zuerst habe ich den armen Leuten in der Dachstube das Mittagsmahl nachgelassen, aber die Pflicht empfunden, den Unterricht ihrer Kinder doch fortzusetzen. Ein weiteres ist gewesen, daß ich einmal meinen Frack

1 Hier scheint ein Irrtum obzuwalten; unseres Wissens hat zu jener Zeit in Salzburg keine Gelehrtenschule bestanden. Vielleicht ist der wahre Name der Anstalt absichtlich verhüllt worden. Der Herausgeber.

anziehe – der ist sehr fein und vornehm, ist auch für mich nicht gemacht worden – und meine Muhme besuche. Meine Muhme macht zierliche Bücklinge und nennt mich ihren lieben, sehr lieben Herrn Vetter.

Wie freudig ich auch anfangs d'rein gegangen bin in meinem Lernen, es ist mir gar bald verleidet worden. Da habe ich vormalen immer gemeint, in einer Gelehrtenschule würde man Himmel und Erde erfassen, und alles was darin ist, im schönen Zusammenhange erkennen lernen; sie tun ja so, als ob sie das alles inne hätten, die Herren Gelehrten, wenn sie in hoher Würde über die Gasse gehen. Das hat mich sauber betrogen. Für einen, der nur studiert, um ein lustiger Student sein zu können; für einen, der nur lernt, um dereinstmalen als »Gelehrter« zu prangen oder als solcher sein Brot zu erwerben – für so einen mag diese Gelehrtenschule taugen. Für einen nach wahrem Wissen und Erkennen Strebenden aber ist sie ein erbärmlich Ding. Ein sehr erbärmlich Ding.

Schöne Gegenstände sind auf dem Lehrplan gestanden. Schon in den unteren Abteilungen haben wir Erdbeschreibung, Geschichte, Meß- und Größenlehre, Sprachlehre usw. gehabt. Die verkehrte Welt ist's gewesen. In der Erdbeschreibung haben wir statt Länder- und Völkerkunde nur die Größe der Fürstentümer und ihrer Städte vor Augen gehabt. In der Geschichte haben wir, anstatt der naturgemäßen Entwicklung der Menschheit nachzuspüren, spitzfindige Staatenklügelei getrieben; der Lehrer hat allfort nur von hohen Fürstenhäusern und ihren Stammbäumen, Umtrieben und Schlachten geschwätzt; sonst hat der Wicht nichts gewußt. In der Meßlehre haben wir uns mit Beispielen abgeplagt, die weder der Lehrer noch der Schüler verstanden und im Leben selten vorkommen. Die Sprachlehre ist schon gar ein Elend gewesen. Ach, die schöne arme deutsche Sprache ist zugerichtet, daß einem das Herz möcht' brechen. Seit vielen Jahren ist sie von der welschen belagert, ja hochnotpeinlich auf die Folter gespannt. Und wollt's ein deutscher Bursche einmal versuchen, seine reinen Mutterlaute wieder zu Ehren zu bringen, allsogleich taten die hochgelahrten Herren herbeistürzen mit ihrem Griechisch und Latein, um mit dem toten Buchstaben der toten Sprachen auch den deutschen Laut zu töten. Ich weiß recht gut, welchen Segen die Sprache des Homer und Virgil in sich trägt; davon zeugt unser Klopstock und Schiller. Aber die gelehrten Pharisäer, von denen ich rede, gehen auf den Buchstaben und nicht auf den Geist. Mit überflüssigen Dingen pferchen sie uns den Kopf voll. Die unsinnigsten Lehrsätze, vor Jahrhunderten von verkehrten Köpfen erfunden, müssen wir auswendig lernen; .... ja, wenn ich all das Erbärmliche wollte beschreiben! – Und wer das dürre Zeug nicht mag und kann, der wird von den Lehrern mißhandelt. Wir sind schutzlos; sie haben uns in ihrer Gewalt. Beliebt es ihnen, Späße zu machen, so müssen die uns ergötzlich sein. Haben sie Zahnschmerz, so müssen wir es entgelten. Ach, das ist ein böses Gehetze und Geplage; für unbemittelte Bursche schon gar ein Elend!

Während ich in der Anstalt gewesen, haben sich zwei Schüler ums Leben gebracht. – Auch gut, hat der Leiter der Schule gesagt, was sich nicht biegt, das muß brechen. Und das ist die Grabrede gewesen.

Da ist am ersten Tage nach einem solchen Selbstmord, daß ich daran komme, in der lateinischen Sprache über das Wesen der römischen Könige vor meinen Lehrern und Lerngenossen eine Rede zu halten. Ich komme geradewegs von der Bahre meines unglücklichen Kameraden und hocherregten Gemütes besteige ich den Redestuhl. »Ich will vergleichen zwischen den Römern und den Deutschen«, rufe ich, »die alten Tyrannen haben den Körper geknechtet, die neuen knechten den Geist. Da draußen in der finsteren Kammer, verlassen und aller Ehre beraubt, liegt einer, zu Tode gehetzt ....«

Ich mag noch einige Worte gesagt haben; dann aber nahen sie und führen mich lächelnd vom Redestuhl herab. »Der Erdmann ist verwirrt«, sagte einer der Lehrer, »nicht deutsch, sondern lateinisch soll er sprechen. Demnächst wird er's besser machen.«

Bin nach Hause getaumelt wie ein Narr. Heinrich, der Tuchmacherssohn, mein Tisch- und Schulgenosse, eilt mir nach: »Andreas, was hast du getan? was hast du geredet?«

»Zu wenig, zu wenig«, sage ich.

»Das wird dich verderben, Andreas; kehre sogleich um und leiste den Herren Abbitte.«

Da lache ich dem Freunde in das Gesicht. Er faßt mich jedoch bewegt an der Hand und sagt: »Wahr ist es, bei Gott, es ist wahr, was du gesprochen. Wir empfinden es alle, aber just deswegen werden dir die Herren das Wort nimmer verzeihen.«

»Das sollen sie auch nicht«, entgegne ich in meinem Trotze.

Heinrich schweigt eine Weile und geht neben mir her. Endlich sagt er: »Ein wenig klüger mußt du werden, Andreas; und jetzt geh' und fasse dich.«

Meine Hand zittert, da sie das schreibt; es ist aber alles schon vorbei.

Ein Jahr vor dieser obigen Begebenheit hat mir mein Freund Heinrich die Unterrichtsstelle vermittelt, und zwar in dem vornehmen Hause des Freiherrn von Schrankenheim. Meine Aufgabe ist nicht groß, einen Knaben habe ich zu unterrichten und für die Lehrgegenstände der Hochschule vorzubereiten. In diesem Hause ist es mir gut ergangen und ich habe nicht mehr nötig gehabt, mein Mittagsbrot an verschiedenen Tischen zu erbetteln. Mein Schüler Hermann, ein prächtiger, lernbegieriger Jüngling hat mich lieb gehabt. So auch seine Schwester, ein außerordentlich schönes Mädchen – ich bin von Herzen ihr Freund gewesen.

Aber, wie die Zeit so hingeht, da wird mir zuweilen kindisch zumute, wird mir fortweg schwüler und unbehaglicher in dem reichen Hause. Ein wenig ungeschickt und linkisch bin ich immer gewesen – jetzund wird's noch ärger. Ich habe keinen festen Boden unter den Füßen und zuweilen kein rechtes Vertrauen zu mir selber. Die Leute im Hause wissen es alle, daß ich ein blutarmer Junge bin, und sie vergessen es keinen Augenblick; 32
sie zeigen sich gar mitleidig und selbst die Dienerschaft will mir oftmals Geschenke zustecken.

Gerade mein Zögling hat Feingefühl, ist lustig und zutraulich zu mir; und das Mädchen – o Gott, o mein Gott, das ist ein schönes, schönes Kind gewesen.

Wenn ich des Abends gewandelt bin außer der Stadt und über entlegene Wiesen, oder an buschigen Lehnen hin, und es hat mir ein Blütenblatt um das Haupt getanzt, oder es ist mir eine Heuschrecke über den Fuß gehüpft, da hab' ich oftmals bei mir gedacht, was es doch eine Glückseligkeit wäre, schön und reich zu sein. Die Zwerge von dem nahen Untersberg und den Kaiser Karl habe ich angerufen in meiner Einfalt. Heiß ist mir geworden in der Brust; geschwärmt habe ich von »Blumen und Sternen und ihren Augen«. – Von wessen Augen? Da schrecke ich auf – Jesus, was ist das? Andreas, Andreas, was soll daraus werden? –

Dazumal bin ich achtzehn Jahre alt gewesen. Aus Rand und Band bin ich eines Tages zu meinem Freunde Heinrich gelaufen – hab' ihm alles anvertraut. Heinrich hat mich sonst am besten verstanden von allen Menschen. Aber diesmal hat er mir den Rat gegeben, ich möge mich bezwingen; es ginge fast allen jungen Leuten so wie mir, aber es ginge vorüber. – Kaum um fünf Jahre älter als ich, hat er so gesprochen.

So bin ich ganz allein. Da denke ich bei mir: Gleichwohl jung an Jahren, kann ich die Sache doch auch ruhig überlegen – trutz altkluger Leute. Daß ich arm bin, das verspürt keiner so, als ich selber; daß ich bescheidener Herkunft bin, das treibt mich, aus mir selber etwas zu machen. Recht hat er, ich werde mich bezwingen; aber nur, wenn ich vor meinen Lehrern stehe. Ich werde meine eigenmächtig strebenden Neigungen der Weile bezähmen und mich mit Fleiß und Ausdauer der Anstalt unterwerfen. Trotz all des Unsinnes und der Ungerechtigkeit, so durchlaufen werden muß, man in ein paar Jahren Doktor, hochweiser Magister.

Und hochweise Magister dürfen um Freiherrntöchter freien. Ein Mann, werde ich hintreten und um sie werben. –

Noch habe ich meine Absicht in mir verschlossen; habe mich aber mit festem Willen meinem Studium ergeben, bin unter meinen Genossen einer der ersten gewesen. Prächtig ist es vorwärts gegangen und meinem Ziele näher und näher. Schon sehe ich den Tag, an welchem ich, ein Mann von Stand und Würde, die Jungfrau freien werde. Im Hause haben sie mich alle lieb; der Freiherr ist nicht adelsstolz und mag vielleicht gerne einen Gelehrten zum Tochtermann haben. Bin wohl in Freude und Glück gewesen. Da haben mich meine Lehrer bei der Hauptprüfung – niedergeworfen.

Schnurgerade bin ich nach Hause gegangen an demselbigen Tag, bin hingetreten vor den Vater meines Zöglings: »Herr, ich habe großen Dank für Ihre Güte zu mir. Länger kann ich in Ihrem Hause nicht bleiben.«

Er sieht mich sehr verwundert an und entgegnet nach einer Weile: »Was wollen Sie denn beginnen?«

»Ich muß fortgehen von dieser Stadt.«

»Und wo werden Sie hingehen?«

»Das weiß ich nicht.«

Der gute Mann hat mir mit ruhigen Worten gesagt, daß ich überspannt und wohl krank sein müsse. Was mir geschehen, könne auch anderen geschehen; er wolle mich pflegen lassen, und im Frieden seines Hauses würde ich mich wieder erholen und übers Jahr die Prüfung gewiß mit Glück bestehen.

Hierauf habe ich meine Absicht, fortzugehen, noch bestimmter dargetan; ich habe es wohl gewußt, die Ursache meines Falles ist die deutsche Rede über die lateinischen Könige gewesen, und in solchen Verhältnissen würde ich eine Hauptprüfung nimmer bestehen. Heinrich hat recht gehabt.

»Gut, mein eigensinniger Herr«, ist der Bescheid des Edelmannes, »ich entlasse Sie.«

Bei wem soll ich mich verabschieden? Bei meinem jungen Zögling? Bei der Jungfrau? Herrgott, führe mich nicht in Versuchung! Sie ist noch gar so jung. Sie hat mich freundlich und heiter entlassen. Ein Schlucker geht davon, ein gemachter Mann kehrt wieder zurück. Mehr Trotz als Mut ist in mir gewesen.

Meine alte Muhme habe ich noch besucht. Jetzund, wie ich nicht mehr im feinen Frack, sondern in einem groben Zwilchrock vor ihr stehe und ihr meinen Entschluß sage, daß ich fort ginge, fort, vielleicht zur Rechten, vielleicht zur Linken hin – – da hat nicht viel gefehlt, daß ich wieder die ausdrucksvolle Bezeichnung bekomme. »Nein«, ruft sie, »nein, aber du bist ein – ein – recht absonderlicher Mensch! Da ist er schier ein braver, rechtschaffener Mann gewesen, und jetzt – ach, geh' mir weiter!«

Sie ist meine einzige Verwandte auf der Welt.

Zu Heinrich bin ich endlich gegangen: »Ich danke dir zu tausendmal für deine Lieb', du getreuer Freund, wie tut es mir weh, daß ich sie dir nicht lohnen kann. Du weißt, was geschehen ist. Wie du mich hier siehst, so gehe ich davon. Habe ich etwas Bedeutendes vollbracht, so werde ich wiederkehren und dir vergelten.«

Es ist mir nicht mehr erinnerlich, ob ich ihm von ihr auch noch was gesagt habe. Jung, sehr jung bin ich freilich gewesen, als ich meinen Fuß hab' in die weite Welt gesetzt.

Heinrich hat mich eine weite Strecke begleitet. Am Scheidewege hat er mich gezwungen, seine Barschaft anzunehmen. Brust an Brust haben wir uns ewige Treue gelobt, dann sind wir geschieden.

O, Heinrich! du goldgetreues Herz, du hast es gut mit mir gehalten. Und wie habe ich es dir gelohnt, mein Heinrich, mein Heinrich! ....

Die Sonne geht von Morgen gegen Abend; sie hat mir meinen Weg gewiesen. »Ade, Welt, ich gehe nach Tirol!« hab ich gesagt; im Tirolerland tun sich jetzund die Leut' zusammen gegen den Feind. Der Höllenmensch Bonaparte führt die Franzosen ein, will uns das Vaterland zertreten ganz und gar.

Nach etlichen Tagen steig' ich zu Innsbruck die Burgtreppen hinan. »Mit dem Andreas Hofer will ich reden!« sag' ich zum Torwart.

»Wer wehrt dir's denn!« sagt der und stößt seinen Spieß auf den Marmelstein, daß es gerade klingt. Ich geh' durch der Zimmer dreie oder vier, eines vornehmer wie das andere; große Spiegel an den Wänden, güldene Kronleuchter an den Decken, und gar der Fußboden glänzt, wo nicht bunte Webematten gebreitet sind, wie Glas und Edelholz. Bauernbursche gehen aus und ein, singen, pfeifen, poltern, rauchen Tabak und sind in Alpentracht von den derben Nägelschuhen bis hinauf zu dem spitzen

Hahnenfederhut. Letztlich stehe ich in einer großen Stube; sitzen ein paar bäuerliche Männer am Schreibtisch, ein paar andere stehen daneben, laden ihre großen Pfeifen mit Tabak, halten bayerische Geldnoten über eine brennende Kerze und zünden sich damit das Rauchzeug an.

»Will mit dem Andreas Hofer sprechen«, sage ich. Sollt' warten, heißt's, er tät gerad' regieren. Ich stelle mich an. Allerhand Leute gehen aus und ein. Ein junges Menschenpaar ist mir noch im Kopf, das ist arg verzagt, wie es eintreten soll. »Daß sie uns gerad erwischt haben müssen!« knirscht der Bursche der Maid zu, »desweg sag' ich ja allemal: nur in keiner Hütten nit!«

»Ach, leider Gottes!« sagt sie, »und jetzt setzen sie uns den Strohkranz auf oder tun uns was anderes an, daß wir uns nimmer haben können. Der Sandwirt ist so viel gestreng.«

Sie werden vorgerufen. Da höre ich drinnen aufbegehren: »Luderei leid' ich keine! Wer seid's denn?« – Der und die. – »Seid's nit etwan blutsverwandt?« – »Ah, das nit.« – Habt's euch wirklich gern?« – »Freilich wohl.« – »Auf der Stell' z'sammheiraten!«

Ich habe meiner Tage nicht so viel lustige Gesichter gesehen, als die gewesen, womit das junge Menschenpaar jetzund ist heraus und davongelaufen. Die sind arm allzwei, und dennoch geht's so leicht. Nun komme ich daran.

Da steht ein Mann in Hemdärmeln mit einem großmächtigen Vollbart auf: »Was willst denn?«

»Ich will zur Wehr gehen!«

Der bärtige Mann – es ist der Hofer über und über – schaut mich an und nicht allzu laut sagt er: »Bist gleichwohl noch recht jung. Hast Vater und Mutter?«

»Nimmermehr.«

»Bist vom Land Tirol?«

»Nicht, aber gleich von der Nachbarschaft her.«

»Wohl ein Studiosus? Willst Geistlich werden?«

»Zur Wehr möcht' ich gehen und fürs Vaterland streiten.«

Nun greift er in den Ledergurt, zieht Silbergeld heraus, legt's auf den Tisch: Da, Bursche, Gott gesegne's; magst nach Wien gehen und dich beim Karl werben lassen. Bist ein unerfahrener Mensch. Bist auch unser Landsmann nicht.«

Ich mach' meine Begrüßung und will mich kehren.

»He, da!« ruft er mir nach, schiebt mir das Silbergeld vor.

»Ich sage meinen Dank. Das Geld brauch' ich nicht.«

Jetzund, wie ich gesagt, hebt dem Mann das Aug' an zu glühen: »Das ist wacker, das ist brav«, ruft er. »Kannst schreiben? Brauch' einen Schreiber, der eine gute Schrift und ein gutes Gewissen hat.«

»Mein Gewissen ist auch für einen Soldaten gut genug«, sage ich finster.

»He, Seppli!« ruft drauf der Hofer, »weis' dem Mann Messer und Stutzen bei! – Schau, das ist brav!« er preßt mir die Hand, »Arbeit werden wir schon kriegen, selbander.« 38

Ich bin Kriegsmann, Tirolerschütz'. Arbeit hat es bald gegeben.

Die Franzosen und die Bayern und etwan auch die Österreicher hinten haben es nicht gelitten, daß in der Burg zu Innsbruck ein Bauer sollt' König sein. Mit Haufen ist der früher von den Tirolern dreimal geschlagene Feind eingebrochen ins Land. Der Stutzen ist mir besser in die Hand gegangen, als ich vermeint. All Vergangenes hab ich vergessen, nur meinen Freund Heinrich hätt' ich an der Seit' mögen haben gegen den Feind. Eine welsche Fahne hab' ich genommen, und wie ich die zweit' will holen, haben sie mich ertappt. Drei bärtige Franzosen haben mir wütenden Knaben lachend das Wehrzeug abgenommen .... Gefangen haben sie mich dann davongeschleppt, durch das Bayern- und Schwabenland hinein in das Frankenreich.

Ich mag die Zeit nicht wieder beschreiben. Eine Hundenot ist es gewesen. Eine Hundenot, nicht weil ich drei Jahr' lang gelegen bin in der Gefangenschaft eines fremden Landes; sondern weil ich ein Empörer gegen mein eigen Land. Gegen unseres Kaisers Willen – hat es geheißen – hätten sich die Tiroler erhoben, denn von seiner Hand seien sie den Bayern zugeteilt gewesen. Deutsche Landsleute selber haben es gesagt, und so ist mein Herzensunglück angegangen. – Anstatt ein Heldenwerk hast du eine böse Tat vollführen helfen, Andreas; als Empörer liegst du in Ketten.

Von einem großen Feldzug nach Rußland und ins Morgenland hinein wird gesprochen. Selbunter werde ich, wie viele andere meiner Landsleute, frei. Viele andere haben der Heimat zugestrebt. Ich weiß von einer Heimat 39 nichts; *darf* nichts wissen. Blutarme Narren, wie ich einer bin, sind in der Heimat übler daran als anderswo. Und als Empörer, der ich nun bin, kehre ich schon gar nicht heim. Ich will das arge Fehl sühnen, daß ich gegen den großen Feldherrn rechtlos die Waffen geführt, ich will mit seinen Scharen ziehen, um die Völker des Morgenlandes befreien und der Hut des Abendlandes unterordnen zu helfen. – Ein großes Ziel, Andreas, aber ein weiter Weg! Die Deutschen haben uns den Weg schwer gemacht, aber der Feldherr ist wie ein Blitz hingefahren in die zerrissenen Völkerfetzen, die keinen großen Gedanken gehabt und keine große Tat. Und das Heer der Russen haben wir vor uns hingeschoben über die wilden Steppen und endlosen Schneeheiden, viele Wochen lang. Aber zu Moskau hat der Russe den Feuerbrand geschleudert zwischen sich und uns, mitten in seine eigene Hauptstadt hinein. – Jetzund stehen wir tief im Lande des ewigen Winters, und sind ohne Halt und Stätte und Mittel. Mensch und Schöpfung allmitsamt ist unser Feind gewesen. Da hat's der Feldherr gesehen, es geht bös' in die Brüch', und wir haben uns zur Umkehr gewendet. – Ach großer Gott! Die weiten Sturmwüsten, die hundert Eisströme, die unendlichen Schneefelder, die gewesen sind zwischen uns und dem Vaterland! – Wer marschieren kann und seine erstarrten Beine mag abschleifen bis auf die Knie; wer dem sterbenden Gefährten den letzten Fetzen vom Leib mag reißen, um sich selber zu decken; wer das warme Blut will saugen aus seinen eigenen Adern und das Fleisch von gefallenen Rossen und getöteten Wölfen will verzehren; wer mit den Decken des Schnees sich kann erwärmen und mit den Wellen des Wassers und mit den Schollen des Eises versteht zu ringen, und obendrein den Schreck und den Gram und die Verzweiflung weiß zu besiegen – vielleicht, daß er seine Heimat sieht.

Erstarrt wie mein Leib ist meine Seel' und mein Gedanken – in einer Wildnis, unter den schneebelasteten Ästen einer Tanne bin ich liegen geblieben ....

Ein räucherig Holzgelaß, und ein lebendig Feuer, und ein langbärtiger Mann und ein braunfärbig Mädchen haben mich umgeben, als ich erwacht bin auf einem Lager von Moos. Eine Pelzhaut ist auf meinem Körper gelegen. Draußen hat es wie ein Wasser oder wie ein Sturm. – Das sind gute, freundliche Augen gewesen, die aus den zwei Menschen mich angeschaut haben. Der Mann hat des Feuers gepflegt; das Mädchen hat mir Milch in den Mund geflößt. In ihrer rauhen Sprache haben sie Worte gewechselt; ich hab' kein einziges verstanden. An Heinrich habe ich gedacht, an den lieben Laut seiner Worte .... Mein Leib hat mich geschmerzt; der Mann hat ihn in ein nasses Tuch geschlagen. Das Mädchen hat mir ein kleines Kreuz mit zwei Gegenbalken vor die Augen gehalten und dabei etwas gemurmelt wie ein Gebet. – Sie betet den Sterbesegen, Andreas!

Du liebes Freundeshaus in Feindesland, was in dir weiter mit mir gewesen ist, das weiß ich nicht mehr zu denken. Das braune Mädchen hat seine Hand oftmals an meine Stirne gelegt. Wär's dazumal dazu gekommen, es wär' ein schönes Sterben gewesen. Es hat sich anders zugetragen. Noch heute hör' ich den Schlag, der die Hüttentür hat zertrümmert. Kriegsgefährten sind eingedrungen, haben den alten Mann mißhandelt und das braunfärbige Mädchen von meinem Lager gestoßen. Mich haben sie davongetragen, hin durch den Sturm und hin durch die Wildnisse – dem Heere nach. 41

Mir aber ist gewesen, als täten sie mich schleppen aus der Heimat fort .... Gottes ist die Welt überall. Aber die Gefährten haben mich nicht zurückgelassen; das hat mich doch wieder im Herzen gefreut. Fest und treu will ich sein, will zu ihnen halten und meinem großen Feldherrn dienen.

Am Rhein bin ich genesen. Und zur neuen Frühjahrszeit ein neues Leben hab' ich in mir empfunden. Ein Bursch, der dreiundzwanzig Jahre zählt, hab' ich geglüht für das Hohe und Rechte, für das Gemeinsame, für die Menschenbrüder aller Himmelsstriche; hab' in Begeisterung mit meinen Scharen ausgerufen: »Ein Gott im Himmel und ein Herr auf Erden!« Er ist der Befreier, der Fürstenhader muß enden. Die Stämme müssen ein großes einiges Volk werden! – Solche Gedanken haben mich begeistert. Des Feldherrn finsteres Aug', wie ein Blitz in der Nacht, hat uns alle entflammt. Gegen das Sachsenland sind wir gezogen, um dort den Streit für unseren Herrn auszukämpfen, und das schöne deutsche Land unter seinen Schutz zu stellen.

Bei Lützen hab' ich einem welschen Feldherrn das Leben geschützt; vor Dresden hab' ich dem Blücher das Roß niedergeschossen; bei Leipzig hab' ich meinen Heinrich erschossen .... – – – – – – – – – – – –

»Andreas!« das ist sein Todesschrei gewesen. An dem hab' ich ihn erkannt. Mitten aus der Brust ist der Blutquell gesprungen. – –

Jetzt kommt mir die Besinnung. Mein Gewehr hab' ich um einen Stein geschlagen, daß es zerschmettert; waffenlos bin ich in die Schlacht gerast; mit seinem eigenen Schwert hab' ich einem Franzosenführer den Schädel gespalten. 42

Was hat's genützt? Ich hab' doch gegen mein Vaterland gestritten, gegen die Brüder, die *meine* Sprache reden, während ich meine welschen Gefährten kaum verstanden. Und ich hab' meinen Heinrich erschossen. Ach, wie spät gehen mir die Augen auf!

– Bist ein unerfahrener Mensch. Geh' nach Wien zum Karl! – Du getreuer Hofer, hätt' ich deinen Wink befolgt! – *Deine* Fahne ist gut gewesen, und herrlicher, als alle anderen im weiten Land. Von der Stund' an, da mir der Glauben an sie aus dem Herzen gerissen worden, ist mein Unglück angegangen. Die Lieb' zur freien Welt hat mich in die Gefangenschaft gebracht; mein freiwillig Büßen hat mich in Schuld gestürzt; die Treue zu meinem Feldherrn und die Sehnsucht nach einem Großen und Gemeinsamen hat mich zum Verräter meines Vaterlandes, zum Mörder meines Freundes gemacht. – Andreas, wenn schon die Tugend dich *dahin* geführt, wohin erst hätte dich böse Absicht gestürzt? – Den treuen Führer hast du stolz abgelehnt, da hat dir Erfahrung und Führung gemangelt. – Andreas! du hast dich dem Handwerk und der Wissenschaft und dem Soldatenleben zugewendet; Elend, Wirrnis und Reue hast du geerntet. Fremde Menschen haben dich gehegt und gepflegt wie einen Sohn und Bruder; sie sind dafür mißhandelt worden. Du bringst der Welt und den Menschen nichts Gutes; Andreas, du mußt in die tiefste Wildnis gehen und ein Einsiedler sein! – Im Sachsenlande, unter dem Balken einer Windmühle hab' ich mir diese Wahrheiten gesagt. Und danach bin ich davon, bin geflohen durch das Böhmen- und Österreicherland, bin nach vielen Tagen in die Stadt Salzburg gekommen. Daß in dieser Stadt mich armen, kranken, herabgekommenen Gesellen noch wer erkennen sollt' hab' ich nicht gefürchtet. Im Peters-Friedhofe liegt mein Vater begraben, den Hügel hab' ich sehen wollen, ehe ich mir die Höhle suche in einer verlassenen Waldschlucht der Heimat. Und wie ich so auf der kalten gefrorenen Erden liege und weinen kann aus dem Herzen, über mein noch so blutjunges und so unglückseliges Leben, da kommt ein Herr zwischen den Gräbern gegangen, frägt nach meiner Kümmernis und schlägt die Hände zusammen. »Erdmann«, ruft er aus, »Sie hier? Und wie sehen Sie aus! Kaum vier Jahre davon und kaum mehr zu erkennen!«

Herr von Schrankenheim steht vor mir, der Vater meines einstigen Zöglings.

Ich bin mit ihm zwischen den Hügeln auf und ab gegangen, hab' ihm alles erzählt. Mit fast hartem Ernst drückt mir der Mann Geld in die Hand: »Da, schaffen Sie sich Kleider und kommen Sie dann in mein Haus. – Einsiedler werden, pah, das ist kein Gedanke für einen jungen, braven Burschen. Ihre Kleinmut müssen Sie überwinden, ein weiteres wird sich geben.«

Mit großer Angst bin ich in sein Haus gegangen; denn die eine Narrheit hab' ich noch nicht überwunden gehabt.

Der Herr von Schrankenheim hat mich seinem Sohne vorgestellt. Das ist schon ein recht hochgewachsener, zierlicher Herr geworden. Die Hände am Rücken, hat er eine stille Verbeugung vor mir gemacht und nach kurzer Weile noch eine, und ist abgetreten. Hierauf hat mich der Vater in sein Arbeitsgemach geführt, hat mich auf den weichsten Sessel niedersitzen geheißen.

»Erdmann«, hebt er nachher an zu reden, »ist es Ihr wahrhaftiger Ernst, daß Sie in die Wildnis gehen und Einsiedler werden wollen?«

»Das ist für mich das Beste«, antworte ich, »ich tauge nicht unter die Menschen, die in Lust und Freuden leben; mich haben die wenigen Jahre meiner Jugend herumgeworfen in Irren und Wirren, von einem Land in das andere, und in der Völker Not. Herr, ich kenne die Welt und bin ihrer satt.«

»Sie sind kaum an die vierundzwanzig Jahre und noch nicht auf der Höhe ihrer Kraft; und Sie wollen verzichten auf die Dienste, die Sie den Mitmenschen würden leisten können?«

Da horche ich auf; das Wort faßt mich an.

»Wenn Sie meinen, Sie haben bislang nur übles gestiftet, warum wollen Sie sich aus dem Staube machen, ohne der Welt, dem Gemeinsamen auch das Gute zu geben, das gewiß in reichem Maße in Ihnen schlummert?«

Da erhebe ich mich von meinem Sitze: »Herr, so weisen Sie mir die Wege dazu!«

»Wohlan«, sagt der Herr von Schrankenheim, »vielleicht kann ich es, wenn Sie wieder Platz nehmen und mich anhören wollen. – Erdmann, ich wüßte eine tiefe und wahrhaftige Einsiedelei, in welcher man den Menschen dienen und vielleicht Großes für das Gemeinsame wirken könnte. Weit von hier, drinnen in den Alpen, dehnen sich zwischen Felsgebirgen große Waldungen, in welchen Hirten, Schützen, Holzschläger, Kohlenbrenner beschäftigt sind, in welchen auch andere Menschen wohnen, wie sie sich etwa redlich zurückgezogen, oder unredlich geflüchtet haben, und die nun durch erlaubten oder unerlaubten Erwerb ihr Leben fristen. Wohl wahr, es sind finstere Menschen, in deren Herzen das Unglück oder noch was Ärgeres nagt. Sie haben weder einen Priester, noch einen Arzt, noch einen Schullehrer in ihrer Nähe; sie sind ganz verlassen und abgesondert, und nur auf ihre Unbeholfenheit und auf ihr eigenes ungezügeltes Wesen angewiesen. – Ich bin der Eigentümer der Waldungen. Ich habe seit längerer Zeit schon die Absicht, einen Mann in diese Gegend zu senden, der die Bewohner derselben ein wenig leite, ihnen mit redlichem Rate beistehe und die Kinder im Lesen und Schreiben unterrichte. Der Mann könnte sich gar sehr verdient machen. Es findet sich wahrhaftig so leicht keiner dafür; es wäre denn einer, der weltsatt in der Einsamkeit leben und doch für die Menschen wirken wolle. – Erdmann, was meinen Sie dazu?«

Nach diesen Worten ist mir jählings gewesen, als ob ich sogleich meine Hand hinhalten und sagen müßte: Ich bin der Mann dazu. Mit den Zuständen dieser alten Welt zerfallen, will ich in der Wildnis eine neue gründen. Eine neue Schule, eine neue Gemeine – ein neues Leben. Lasset mich heute noch hinziehen! – So ist das Feuer doch nicht ganz tot; es sind aus der Asche Funken gestoben.

»Wir haben den Winter vor der Tür«, redet der Herr weiter, »Sie bleiben den Winter über in meinem Hause und pflegen reiflicher Überlegung, und wenn wieder der Sommer kommt, und es gefällt Ihnen mein Antrag noch, so gehen Sie in die Wälder.«

So oft ich im Vorzimmer ein Kleid hab' rauschen gehört, bin ich erschrocken, und letztlich hab' ich den Herrn gebeten, er möge mich über den Winter ziehen lassen; mit den Schwalben würde ich wieder kommen und seinen Vorschlag annehmen.

Er hat sich's nicht nehmen lassen, mir die »Mittel« für den Winter zu spenden; dann aber bin ich geflohen. Im Vorsaale ist eine Frauengestalt gestanden, an der bin ich vorübergehuscht wie ein Wicht.

Einen Tag bin ich gewandert, bis ans Waldland an den See, wo meine Kindheit und meine Mutter begraben liegt. Und hier im Ort hab' ich mir für den Winter ein Stübchen gemietet. Oftmals steige ich die Schneelehnen hinan und stehe unter bemoosten Bäumen, wo es mir ist, als sei ich einmal mit meiner Mutter, mit meinem Vater gestanden; oftmals gehe ich über den gefrorenen See und denke an die Tage, in welchen ich im Kahn bei Vater und Mutter über die weichen Wellen gefahren bin. Das Abendrot ist auf den Bergen gestanden, der Sangschall einer Almerin hat an die Wände geschlagen. Mein Vater und meine Mutter haben auch gesungen. Das ist voreh gewesen; voreh ....

Ich bin in Frankreich auf der Festung gelegen; ich bin krank und sterbend in den Wüsten Rußlands geirrt, und nun leb' ich in dir, du stilles, trautes Stübchen am See. – Es wär' ja alles gut, die Zeit der Not versinkt wie ein Traumbild; – nur du solltest nimmer aufgegangen sein unglückseliger Tag im Sachsenland, du wirst mich ewig brennen. – Heinrich, ich fürchte mich nicht vor deiner Grabgestalt; nur ein einzigmal tritt zu mir; daß ich dir sag': es ist in Blindheit geschehen, ich kann nicht mehr anders – mit meinem Leben will ich's löschen ....

Nun ist es gut. Ich habe mich seit vielen Tagen geprüft; habe mein Vorleben erforscht und es in kurzen Worten hier aufgeschrieben, auf daß es mir stets um so klarer vor Augen liege, wenn neue Wirrnis und Trübsal über mich kommen wird. Ich denke wohl, daß ich die Schule des Lebens vielleicht um ein Weniges besser bestehen mag, als die Schule der Bücher und toten Lehrsätze. Ich bin zur Erkenntnis gekommen und mein Gemüt ist ruhig geworden. Wie ich meine Erlebnisse und Verhältnisse, meine Eigenschaften und Neigungen genau überdacht habe, so glaube ich, es ist keine Vermessenheit, den Vorschlag des Freiherrn von Schrankenheim anzunehmen.

Bin ich von außen gleichwohl noch recht jung, von innen bin ich hochbetagt. Von einem alten Mann ein guter Rat wohl den Waldleuten willkommen sein.

Salzburg.
Am Tage des heiligen Antoni von Padua 1814.

Es ist richtig, ich gehe in den Wald. Ich bin ausgerüstet und mit allem fertig. Der Freiherr hat mir in allem seinen Beistand zugesagt. Sein Sohn Hermann hat mich wieder mit einer freundlichen Verbeugung begrüßt. Der junge Herr ist ein wenig blaß; er wird viel lernen. Seine Schwester .... (Hier waren in der Urschrift zwei Zeilen so vielfach durchstrichen, daß sie vollständig unlesbar geworden sind.)

48

Meiner Muhme soll es wohl gehen. Ich habe ihr nicht das Leid antun mögen, das sie bei meinem Aussehen und Vorhaben empfunden hätte; habe sie nicht mehr besucht. Nun bläst das Posthorn. Lebe wohl, du schöne Stadt.

Schon drei Tage auf der Reise. Das ist doch ein freundlicheres Wandern, wie jenes auf den Wintersteppen.

Vorgestern hat grünes Hügelland mit malerischen Gebirgsgegenden gewechselt. Gestern sind wir in ein breites Tal gekommen. Heute geht es fort Berg auf und ab, durch Wälder und Schluchten und an Felswänden hin. Jetzt wird die Straße allweg schmaler und holperiger; zuweilen müssen wir aus dem Wagen steigen und niedergebrochene Steinblöcke beseitigen, daß wir weiter fahren können. Gemsen und Rehe sehen wir mehr, als Menschen. Die heutige Nachtherberge habe ich schuldig bleiben müssen. Die Geldnote, die ich bei mir habe, können die Leute dieser Gegend nicht wechseln. Ich hätte dem Wirt ein Pfand gelassen, aber er hat gemeint, wenn es sei, wie ich sage, daß ich in die Wälder der Winkelwässer gehe und alldorten verbleibe, so würde sich wohl einmal eine Gelegenheit bieten, ihm den geringen Betrag zuzuschicken. Es käme zuzeiten ein Bote aus jenen Waldungen gegangen, der dies gerne besorge. – Die Geldnoten muß ich dem Herrn zurückschicken und um kleine Münzen bitten.

An diesem vierten Tage bin ich ausgesetzt worden.

Die Postkutsche ist ihren Weg weiter gerollt; ich habe noch eine Weile das helle Horn klingen gehört im Walde, darauf ist alles still gewesen und ich sitze da bei meinem Bündel, mitten in der Wildnis.

Durch die Waldschlucht rauscht ein Bach heraus, der die Winkel heißen soll, und dem entlang ein Fußsteig geht. Er geht über Gestein und Wurzeln, ist mit dürren Fichtennadeln vergangener Jahre besät und sieht aus wie von wilden Tieren getreten. Diesen Weg muß ich wandeln.

Dort, durch die Wipfel sehe ich eine weiße Tafel blinken, das ist ein Schneefeld. – Und da drin sollen noch Menschen wohnen? – – –

So weit hatte ich in den Schriften gelesen, da läutete es auf dem Turme zum Zeichen der zwölften Stunde. Gleich darauf klopfte es ans Fenster: Die Wirtin schicke mir einen Regenschirm, wenn ich zum Essen gehen wolle. – Es strömte der Regen und in grauen Strähnen rieselte es vom Dache.

Nach Tische las ich weiter.

Im Winkel

So will ich alles aufschreiben. Für wen, das weiß ich nicht; etwan für den lieben Gott, wie vormaleinst das Brieflein, als mein Vater gestorben. All das Seltsame und Bewegende, das ich erlebe, müßt' mir das Herz zersprengen dürft' ich es nicht ausplaudern. Ich erzähle es dem Blatt Papier. Vielleicht findet sich dereinst ein Mensch, dem ich's mag vertrauen, und sollt' er mich auch nur zum halben Teil erkennen. Ihr stillen weißen Blätter wollt jetzund meine Freunde sein und teilnehmen an den Tagen, die mir nun kommen mögen. Ich trag' heute noch ein dunkles Haar, und ihr seid grau zumal; etwan überlebt ihr mich weit und seid mein zukünftig Geschlecht.

Ein Blättchen Papier kann älter werden,
Wie das frischeste Maiblatt auf Gottes Erden,
Wie das flinkeste Gemslein am Felsenwall,
Wie das lockige Kind im lieblichen Tal
Ein Blättchen Papier weiß und mild
Ist oft das treueste einzige Bild,
Das der Mensch zurückläßt künftigen Zeiten,
Da über seinen Staub die Urenkel schreiten.
Das Gebein ist zerstreut, der Grabstein verwittert,
Das Haus zerfallen, die Werke zersplittert;
Wer weist in der ewigen, großen Natur,
In der wir gewaltet, unsere Spur?
Neue Menschen ringen mit neuem Geschick,
Keiner denkt an die alten zurück.
Da ist ein Blatt mit seinen bleichen
Tintenstrichen oft das einzige Zeichen,
Von dem Wesen, das einst gelebt und gelitten,
Gelacht, geweint, genossen, gestritten;
Und der Gedanke, dem Herzen entsprossen
In Schmerz oder Lust und tollen Possen,
Sinkt hier nieder, und der Ewigkeit Kuß
Verhärtet ihn zu einem ehernen Guß.
O, möge er geläutert in fernen Zeiten
Wieder in die Herzen der Menschen gleiten!

Meine Ankunft hier ist an einem Samstag gewesen. Als ich am Winkelbach hereingestolpert bin, ist mir schon hie und da so ein Waldteufel begegnet, wie sie braun und bärtig, voll Moos und Harz in ihren Lodenkitteln hier herumgehen. Sie sind wie heimlose dürrästige Baumstrünke, die nach einem frischen Erdboden suchen, auf dem sie wieder wachsen und gedeihen mögen. Da sind sie gerne vor mir stehen geblieben, haben mit Schwamm und Stein Tabakfeuer geschlagen und mich finster oder verwundert angeschaut. Mancher Augen haben so Funken geworfen, wie ihre Feuersteine. Andere sind wieder treuherzig und weisen mir den Weg. Ein sehr derber und sehr stämmiger Bursche, der eine Rückentrage mit Säge, Axt, Mehlkübel und anderen Dingen getragen hat, ist, als er mich des Weges schreiten sieht, mißtrauisch beiseite gestanden und hat gemurmelt: »Gelobt sei Jesu Christ!«

51

»In Ewigkeit, Amen!« ist meine Antwort, und als er diese hört, wird er zutraulich und geht eine Strecke mit mir.

Endlich öffnet sich ein wenig das Tal. Es ist ein kleiner Kessel, in welchen aus verschiedenen Schluchten, und über das Gewände hernieder, das sich zu meiner linken Hand erhebt, Wässer zusammenfließen. Diese bilden die Winkel. Hier ist ein sehr dicker, oberseitig plattgehackter Baumstamm über den Bach gelegt, auf welchem der Fußsteig hinüberführt zu einem hölzernen Hause, das am Waldhange steht. Das ist die Försterschaft, das einzige größere Haus in diesen Wäldern. Weiterhin in den Gräben und Hochtälern sind Hirten- oder Holzschlägerwohnungen, und jenseits der bewaldeten Bergrücken, wo schon große Blößen geschlagen sind und ein Kohlenweg angelegt ist, stehen Dörfer von Köhlerhütten.

Dieses kleine Tal heißen sie »im Winkel«. Es ist noch fast in der Urtümlichkeit, nur daß das stattliche Haus mit seiner kleinen, häuslichen Umgebung darin steht und der Fußpfad und der Steg dahin führt.

Das Försterhaus nennen sie auch das Winkelhüterhaus. Ich bin in dasselbe gegangen, habe in dem Flur mein Bündel auf eine Truhe gestellt und mich selbst daneben hingesetzt.

Der Förster ist just mit Arbeitsleuten beschäftigt, die ihre Rait, das heißt, ihren vierwöchentlichen Arbeitslohn einheben, wie es bei den Holzleuten so Herkommen ist.

Der Förster, ein sehr herrischer und ein sehr rotbärtiger Mann, hat die Leute rauh und kurz abgefertigt; und die Leute haben sich die Rauheit sehr gerne gefallen lassen und gar artig schweigsam ihr Geld eingestrichen.

Nachdem das Geschäft geschlichtet worden, steht der Förster auf und reckt seine stämmigen Glieder, die in echter und rechter Jägertracht stecken. So trete ich jetzund zu ihm und überreiche ihm ein Schreiben, das ich von dem Eigentümer der Wälder mitgebracht habe.

In diesem Schreiben wird alles Wesentliche gestanden sein. Es ist mir eine gut eingerichtete Stube angewiesen worden. Eine kernige Frau, die da ist und umsichtig alles ordnet, wie es ihr scheint, daß es nötig und gut, ist mit in die Seiten gestemmten Armen jählings vor meiner offen Tür stehen geblieben und hat laut und hell gerufen: »Jerum, jerum, so schaut ein Schulmeister aus?!«

Sie hat in ihrem Leben noch keinen Schulmeister gesehen.

Ich bin bald eingerichtet, habe meine mitgebrachten Habseligkeiten in Ordnung. Da tritt der Förster in meine Stube. Er hat schier höflich angeklopft. Er besieht meine Wohnung und frägt: »Ist sie Euch gut genug?«

»Sie ist gut und wohnlich.«

»Seid Ihr zufrieden?«

»Ich hoffe, daß ich es sein werde.«

»So wird es recht sein.«

Darauf geht er mehrmals über die Dielen auf und ab und die beiden Hände in die Hosentaschen gesteckt, bleibt er letztlich vor mir stehen:

»Und nun seht zu, wie Ihr anheben und fortkommen mögt. Ich gehe morgen davon und komm nur jeden Samstag in das Winkel herein. Die übrigen Tage habe ich in anderen Gegenden zu schaffen, meine Wohnung ist in Holdenschlag, vier Wegstunden von hier. – Gleich eine Schule aufrichten, lieber Mann, das schlagt Euch wohl aus dem Kopfe. Erst müssen wir mit den Alten fertig werden. Ihr, ich sag's, das sind Steinschädel! Und daß Ihr's nur gleich wißt, wir haben allerhand Leut' in unseren Wäldern. Nachweisen läßt sich keiner was Arges, aber sie sind hergezogen von Aufgang und Niedergang – wesweg, das weiß der Herrgott. Zumeist sind es wohl Bauersleut' von den vorderen Gegenden herein, die sich in die Wälder geflüchtet haben, um der Wehrpflicht zu entrinnen. Gibt auch Gesellen unter ihnen, denen man in der dunklen Nacht nicht gerne begegnet. Wildschützen sind sie alle. Solange sie nur auf das Tier des Waldes schießen, lassen wir sie frei herumgehen; das ist nicht zu ändern und man braucht ihrer Hände Arbeit. Wenn sie aber auch einmal einen Jäger niederbrennen, dann lassen wir sie aus dem Wald führen. Beweibet sind meisten, aber jeder hat die Seine nicht vom Traualtar geholt. Werdet Leute antreffen, die in diesem Jahrhundert noch keine Kirchenglocke gehört und keinen Chorrock gesehen haben. Werdet bald merken, was das bei den Leuten für Folgen hat. – Tut es, auf welche Weise Ihr glaubt, aber Ihr müßt vorerst die Leute kennen lernen. Und wenn Ihr dann meint, Ihr würdet auf sie einzuwirken vermögen, dann werden wir Euch darin unterstützen. Ihr seid noch recht jung, mein Freund, gebt ach und seid gescheit! – Wenn Ihr wollt, so nehmt Euch die erste Zeit einen Buben, der Euch mit der Gegend bekannt macht. Und wenn Ihr was benötigt, so wendet Euch an mich. Gehabt Euch wohl!«

54

Nach diesen Worten ist er davongegangen. Das scheint es, ist nun mein Herr; möge er auch mein Schützer sein!

Schon in der ersten Nacht habe ich in dem Strohbette sehr gut geschlafen. Das Rauschen, das vom Bach heraufkommt, tut mir wohl. – Es ist der Brachmonat, aber die Sonne kommt spät über den Waldberg herauf, daß sie freundlich in meine Stube luget.

Ich bin des Morgens hinaus in das Freie gegangen. Wie ist es da frisch und grün und tauschimmernd, und an den Waldbergen, so weit sie von dem engen Tal aus zu sehen, spinnt sich das bläuliche Sonnentuch über die Lehnen. Gegen die Abendseite hin streben die Vesten der Felsen auf und oben am Rande stehen wie Schildwachen verwittere Fichtenzwerge in die Bläue des Himmels hinein. Der Rand da oben soll aber noch lange die höchste Zinne nicht sein. Darüber kämen erst die Matten der Almen, wo jetzt in Sträuchen die roten Rosen blühen sollen; hernach kämen wieder Felswände, an denen das milde Edelweiß prangt und die roten Tropfen der Kohlröschen zittern, wie ich das als Studiosus auf Ausflügen mehrmals gefunden habe. Über diesen Felsen legt es sich wohl hin in weiten unwirtlichen Feldern des Schnees und des Eises, wie ich sie gestern als eine weiße Tafel schimmern hab' gesehen.

Wenn ich in meinen Aufgaben hier unten glücklich bin, so will ich einmal emporsteigen zu den Gletschern.

Und über den Gletschern ragt letzlich der graue Zahn, von dessen Spitze aus, wie mir meine Wirtin hat gesagt, in weitesten Weiten das große Wasser soll zu sehen sein. Bin ich glücklich hierunten, so gönne ich mir, daß ich von dem hohen Berge aus einmal das Meer anschaue.

Ich bin in Krieg und Sturm durch die halbe Welt gerast und hab' nichts gesehen, als Staub und Stein; und jetzt im Frieden der Einsamkeit geht mir ein Auge auf für die Schöpfung.

Aber – Wildschützen, Soldatenflüchtlinge, Gesellen, denen man zur Nacht nicht gerne begegnet! – Andreas, das wird ein heißes Tagwerk geben!

Urwaldfrieden

Mir ist es schon recht im Walde. Die wenigen Leute, die mich in den Wald gehen sehen, lugen mir nach und können es nicht verstehen, daß ich, ein junger Bursche, so in der Einschicht herumsteige. Ei ja freilich, ich werde von Tag zu Tag jünger und hebe an zu blühen. Ich genese. Das macht die urtümliche Schöpfung, die mich umwebt.

Gefühlsschwärmerei treibe ich nicht. Wie er einzieht durch die Augen und Ohren und all die Sinne, der liebe, der schöne Wald, so mag ich ihn genießen. Nur der Einsame findet den Wald; wo ihn mehrere suchen, da flieht er, und nur die Bäume bleiben zurück.

Sie sehen den Wald vor Bäumen nicht. Ja, noch mehr, oder zwar noch weniger, sie sehen auch die Bäume nicht. Sie sehen nur das Holz, das zum Zimmern oder Verkohlen, das Reisig, das zum Besen dient. Oder sie machen die grauen Augen der Gelehrtheit auf und sagen: Der da gehört in diese Klasse, oder in diese – als wie wenn die hundertjährigen Tannen und Eichen lauter Schulbuben wären.

Mir ist schon recht im Walde. Ich will, solange ich ihn genieße, von seinem Zwecke, wie diesen Zweck die Gewinnsucht der Menschen versteht, kein Wort noch gehört haben; ich will so kindlich unwissend sein, als wär ich erst heute vom Himmel gefallen auf das weiche, kühle Moos im Schatten.

Ein Netz von Wurzeln umgibt mich, teils saugt es aus der Erde seinen Bäumen die Muttermilch, teils sucht es den Moosboden und den Andreas Erdmann darauf mit sich zu verflechten. Ich ruhe sanft auf den Armen des Netzes – auf Mutterarmen.

Gerade empor ragt der braune Stamm der Fichte und reckt einen Kranz von knorrigen Ästen nach allen Seiten. Die Äste haben lange graue Bärte – so hängen die filzigen Flechtenfahnen nieder von Zweig zu Zweig. Wohl geglättet und balsamtriefend ist die silberig schimmernde Tanne. In den rauhen, furchigen, verschnörkelten Rinden der Lärchen aber ist mit den geheimnisvollen Zeichen der Schrammen die ganze Weltlegende eingegra- 57 ben, von dem Tage an, als der verbannte Brudermörder Kain zum ersten Male unter dem wilden Astgeflechte der Libanonlärche geruht hat, bis zur Stunde, wo ein anderer, auch ein Heimatloser, den Wohlduft der weichen, hellgrünen Nadeln friedlich trinkt.

Dunkel ist's wie in einem gotischen Tempel; der Nadelwald baut den Spitzbogenstil. Obenhin ragen die hunderttausend Türmchen der Wipfel; dazwischen nieder auf den schattigen Grund leuchtet, wie in kleinen Täfelchen zerschnitten, die tiefe Himmelsbläue. Oder es segeln hoch oben weiße Wölklein hin und suchen mich zu erspähen, mich, den Käfer im Waldfilz, und wehen mir einen Gruß zu – von .... Nein, sie ist geborgen unter stolzem Dach von Menschenhand; ihr Wolken habt sie nicht gesehen, oder habt ihr sie? – Ach, sie wehen von fernen Oden und Meeren.

Da flüstert es, da säuselt es; es sprechen miteinander die Bäume. Es träumt der Wald.

Eine schneeweiße, große Blüte weht heran; blühen die Nadelwälder denn nicht in den Blutstropfen ihrer purpurnen Zäpfchen? Woher die weiße Blüte? Es ist ein Schmetterling, der sich verirrt von seiner sonnigen Wiese und nun im Dunkel des Waldes angstvoll gaukelt.

Wer bricht aber in den verwachsenen Kronen die Äste entzwei, daß sie krachen und prasseln und in dürren Zweigen niedertänzeln? Ein Habicht braust dahin mit einem grellen Pfiff und ein armes Waldhuhn muß sein Leben enden. Alle Wildtauben sind auf und girren ihr Sterbegebet – da knallt es, und nieder inmitten des schimmernden, wogenden Kranzes der Tauben stürzt der getroffene Raubvogel. Unterwegs zum Grab will seine Klaue noch ein Opfer haschen und in dem brechenden Auge funkelt lange noch die Raubgier.

All mein Lebtag hab' ich keine so merkwürdige Webematte gesehen, als dieses bunte, wunderbare Flechtwerk des Moosbodens. Das ist ein Wald im Kleinen und in dem Schoße seines Schattens ruhen vielleicht wieder Wesen, die wie ich das ewige Gewebe der Schöpfung betrachten. Hei, wie die Ameisen eilen und rennen, wie sie mit ihren haardicken Armen der kleinen Dinge kleinste umklammern, mit ihrem ätzenden Saft alles Feindliche zu vergiften meinen; sie wollen gewiß auch noch die Welt gewinnen vor dem Jüngsten Tag.

Ein glänzender Käfer hat ihnen lange zugesehen, er denkt verächtlich über die mühsam Kriechenden, denn er selbst hat Flügel. Jetzt flattert er übermütig empor und funkelnd kreist er hin, und plötzlich ist er umgarnt und gefesselt in Stricken. Die Spinne hat an diesem Dinge schon lange still und emsig gearbeitet; ein Schleier, wie zarter keiner geflochten wird auf Erden, ist des strahlenden Käfers Leichenkleid geworden.

Die Vöglein im Geäste wollen auch ihr Kunstwerk stellen, sie flechten, wo das Reisig am dichtesten ist, aus Halmen und Zweigen ein Wiegenkörbchen für ihre liebe Jugend. Und wenn ihnen die Sonne just recht am Himmel steht, so singen und jauchzen sie bei ihrer Arbeit, daß es ihn allen Nadeln und Bäumen wiederklingt, sonst aber hocken sie im Nest und schnäbeln und legen die zarten, buntstreifigen Eier.

Ob es denn wahr ist, daß sich derselbe eine rote Faden fortspinnt durch alle Geschlechter des Menschen und Tierreiches bis hinab zum allerkleinsten Wesen? Ob denn alles nach dem einen und selben Gesetze geht, was der König Salomon getan auf seinem goldenen Throne, und was die träge sich wälzende Raupe tut unter dem Stein? Das möcht' ich wohl wissen.

Husch, dort hüpft ein Hase, bricht sich der gekrönte Hirsch Bahn durch das Gestrüppe. Jeglicher Strauch tut auch so geheimnisvoll, als ob er hundert Leben und Waldgeister in sich verberge. Jetzund höre ich das

Läuten der Hummel. Wenn in diesen Wäldern einmal eine Kirche gebaut würde und eine Glocke auf den Turm käme – so müßte sie klingen. – Auf dem Erdgrunde liegen die scharf geschnittenen Schattengestalten und darüber hin spinnen sich die Saiten des Lichtes. Und die Finger des Waldhauches spielen in diesen Saiten.

Ich trete hinaus in die Lichtung. Ein zitternder Lufthauch rieselt mir entgegen, schmeichelt mit den Locken, küßt die Wangen, daß sie röten. Hellgrünes Haidegebüsch mit den roten Blütenglöckchen der Beeren hier, und dunkelglänzendes Preiselbeerkraut, der immergrüne Lorbeer unserer Alpen für den würdigen Dichter des Waldes, so einer zur Welt geboren wird. Die Waldbiene surrt herum auf den Sträuchern und jedes Blatt ist für sie ein gedeckter Tisch.

Und über dieser dämmernden, duftenden Flur erhebt sich ein schwarzer Strunk, mit dem gehobenen Arm seines kahlen Astes trotzig dem Himmel drohend, weil dieser durch einen nächtlichen Blitzstrahl ihm das Haupt gespalten. Und es erhebt sich dort graues, zerklüftetes Gestein, in dessen Spalten sich behendig die Eidechse birgt, und die schimmernde Natter, und an dessen Fuße die zierlich durchbrochenen Blätter der Farnkräuter, und die blauen, allfort grußschwankenden Hütchen der Enziane wuchern. Weiterhin, wo sich die Quelle befreit und aus ihrem dunkelschattigen Grunde schimmert, wachsen an ihrem Ufer die tausend Herzen des Sauerklees und der heilsamen Wildkresse, die der Hirsch so gerne pflückt und das Reh, auf daß sie ihre Lunge nicht verlasse zur Stunde der Flucht.

An der Lehne neben Dornstrauch und wilden Rosen liegt vom Sturme hingeworfen seit vielen Jahren das Gerippe einer Fichte, schier weiß, wie Elfenbein. Hoch ragen ihre Wurzeln auf, wie einst ihr Wipfel, und eine Schnecke hat sich verirrt in einen starren Zweig der Wurzel hinaus und kann ihren Weg zum Erdreich kaum finden.

Wo kein Weg geht, dort geht der meine – wo es am steilsten ist, wo das Gestrüppe der Erlenbüsche und Dornsträucher am dichtesten ist, wo die Hundsbeere wächst, wo die Natter raschelt im gelben Buchenlaub des vergangenen Jahres. Wildhühner erschrecken vor mir und ich vor ihnen, und meine Füße sind das Elementarunglück der Ameisen, und mein vordringender Körper ist die Geißel Gottes den Spinnen, deren Bau zugrunde geht an diesem Sommertage.

Es ist eine Lust, so in die Wildnis zu dringen, ins Dämmerige und Ungewisse hinein; was ich ahne, reizt mich mehr, als das, was ich weiß;

was ich hoffe, ist mir lieber, als das, was ich habe. Vielleicht geht es anderen auch so.

Ich stehe am Rand einer Wiese, die von jungem Fichtenwalde umfriedet ist. In meiner nächsten Nähe, aus dem Dickicht, ist ein Tier aufgefahren, welches in Sprüngen über die Wiese hinsetzt und am jenseitigen Rande stehen bleibt. Es ist ein Reh. Dort steht es nun, hält hoch seinen Kopf und lauert. Ich halte mich wie ein Baumstrunk. Ich dürste sonst nicht nach Blut, es wäre denn bisweilen nach dem der Trauben – aber jetzt folge ich einer angeborenen des Neigung des Menschen, hebe meinen Wacholderstock, lege ihn an die Wange, wie ein Gewehr, und ziele gegen die Brust des Wildes. Das steht dort, etwa hundertundzwanzig Schritte von mir entfernt, und blickt zu mir herüber. Es weiß recht gut, daß ein Wacholderner nicht losgeht. Endlich hebt es zu grasen an. Ich setze den Stock wieder zur Erde und trete weiter auf die Wiese hinaus. Das Reh hebt rasch sein Haupt und ich meine, jetzt und jetzt werde es davonstieben. Aber es eilt nicht, es leckt an seinem Hinterkörper, und mit seinem Fuße graut es sich hinter den Ohren – dann sieht es mich wieder an und beginnt zu grasen.

»Rehlein«, sage ich, »du vergissest den schuldigen Respekt gegen den Menschen! Hältst du mich nicht für fähig, dir gefährlich zu werden? Mich wundert's, hierzulande streifen Jäger und Wildschützen. Du scheinst sonst kein heuriger Hase zu sein, stellst dich aber sehr unerfahren. Unter uns Leuten würde man ein solches Betragen Dummheit nennen.«

Das Tier grast ganz allmählich gegen mich heran, hält nicht selten ein, um mich anzuschauen, wirft aber stets erschrocken den Kopf in die Höhe, so oft es von irgendeiner andern Seite ein Geräusch hört, und bereitet sich zum Sprunge. Es muß was wittern, denn einmal macht es ein paar große Sprünge, wodurch es mir aber noch um mehrere Schritte näher kommt. Dann beruhigt es sich wieder und grast mit Hast und Lust. Die Ohren sind immer gespitzt und das ganze Wesen ist ein Bild ängstlicher Wachsamkeit und Fluchtbereitschaft.

»Du weißt es doch«, sage ich – »daß du in Feindesland bist? Keine Minute sicher vor dem Schuß – das muß wohl recht bange machen.«

Ich rücke ihm allmählich näher; das Reh beachtet es nicht und grast mir entgegen. Oft hält es ein und sieht mich an mit Ruhe und Vertrauen, während es jeder anderen Richtung mit ängstlichem Mißtrauen zu begegnen scheint.

»Mich freut es ungemein«, sage ich, »daß du mir nicht abgeneigt bist. Es läßt sich nicht leugnen, daß ich zu jenen Ungeheuern gehöre, die auf zwei Beinen gehen. Aber *alle* Zweibeinigen sind nicht gefährlich. Ich schon gar nicht, ich habe vorhin ein oder zwei Verslein gedichtet, wenn ich sie dir vorsagen darf ...«

Da machte das Tier im Schreck einen weiten Sprung abseits.

»Es wäre nicht lang gewesen«, sage ich bedauernd, daß ich das Reh verscheucht, aber es kommt mir grasend bald wieder näher.

»Es ist nicht schlau von dir, daß du mich kränkest. Das Lied ist für meinen Schatz gemacht. Es lebt irgendwo eine, die ich im Grunde des Herzens lieb habe, aber kein Mensch ahnt es, und sie selber auch nicht. Da habe ich ihr denn diese Verse gedichtet. Sie müssen aber wieder vergessen werden. – Wie hältst *du's* in solchen Sachen? –

Das Tier tritt mir wieder um zwei Schritte näher und hebt zu schnup- 63 pern an. Da wird mir ganz vorwitzig zumute.

»Liebes Reh!« sage ich und halte ihm die Arme entgegen. »Ich kann nicht sagen, wie du mich anmutest. Hätte ich was bei mir, ich schösse dich nieder. – Nein, von mir fürchte nichts. Ich schieße nimmer. Du atmest dieselbe Luft, wie ich, dein kleines Auge sieht denselben Sonnenschein, wie ich – dein Blut ist so warm wie das meine – warum soll ich dich umbringen? – Einmal habe ich zwar zu mir gesagt: Bist ein niederträchtiger Bursch'! – 's ist schon lange vorbei und seither manches geschehen, was dafür, und manches, was dawider spricht. Aber aus Passion bringe ich nichts um. In der Notwehr ist's was anderes, da achte ich kein Leben, außer das meine; und wenn ich Hunger habe und eine Büchse, so schieße ich dich doch nieder, da hilft dir alles nichts.«

Trotz alledem kommt das Rehlein immer näher auf mich zu. Ich stehe wie eine Säule da und zehn Schritte vor mir das Tier und sieht mich an. Es ist mir schier unheimlich. Das muß kein rechter Mensch sein, zu dem das Wild sich gesellt ....

»Du bist neugierig«, sage ich, »wie sich so einer von der Nähe anschaut. Nun, betrachte mich nur recht. Aber diese Lappen aus Leinwand und Wollenzeug gehören nicht dazu. In Wahrheit sehen wir anders aus. Und wenn du uns sähest so nackt und bloß, wie du selber bist, alle Angst und Furcht müßest du vor uns verlieren. Von Haus aus können wir nicht schießen, können nicht so laufen wie du, können uns nicht nähren von diesem Kraute, können nicht wohnen im Dickicht. So armselig sind wir. Wir – so heißt es – hätten es wohl einmal gekonnt, aber in dem Maße, 64 als unsere Vernunft gewachsen, sei unser Körper abhängig geworden, sei fein und empfindlich und verweichlicht und schwächlich geworden. Und wenn es so fortgeht, löst sich der ganze Mensch in Geist auf; dieser wieder muß vergehen, wie die Flamme stirbt, wenn Docht und Öl verzehrt ist. – Dann sind wir fertig und ihr kommt an unsere Stelle.«

Der ganze, aschgraue Leib des Tieres ist schön, kräftig und geschmeidig; wenn es den Kopf recht hoch erhebt, ist es fast stolz und seine Augen sehen so klug und gutmütig auf mich her.

»Ich weiß nicht«, sage ich, »ob denn du auch immer suchest, ohne zu wissen, was; ob du dich abmühest Tag und Nacht, um ein Gut zu erreichen, das dich dann, wenn du es besitzest, doch nicht befriedigt. Ich weiß nicht, ob der Haß es ist, der dich belebt, der Ehrgeiz, der dich peitscht, die Liebe, die dich unglücklich macht, die Lust, die dich tötet. Bei uns ist es so. – Nun stehen wir beide uns gegenüber und blicken uns an. Bedauere ich dich, oder bedauerst du mich? Du hast und genießest voll, was du haben und genießen kannst; *uns* werden die süßen Freuden des Herzens von der Erbarmungslosigkeit des Verstandes und auch der Vorurteile vergällt. Unser Fühlen artet in Denken aus, und das ist unser Unglück. *Wollen* wir noch was Gutes haben, so müssen wir uns euch nähern. – Was? Du schüttelst das Haupt, du verneinst es, Reh? Du möchtest am Ende gar auch ein Mensch sein? Nein, so weit bist du noch nicht vorgeschritten, daß du unzufrieden wärest. Deine Not ist der Jäger, so wie die unsere – der Mensch. Uns drohen die größten Gefahren von unseresgleichen. Ist dir das neueste Wochenblatt schon zu Gesichte gekommen? Ei so, du liesest keine Blätter, du frissest sie. Ist auch gesünder, nur vor Druckblättern hüte dich, die sind giftig. Sie wären es nicht, aber sie saugen das Gift aus dem Boden, auf dem sie stehen, aus der Luft, die sie umweht, aus der Zeit, der sie dienen. – Gottlob, daß sie in den Winkelwäldern nicht wachsen. Da wächst der Sauerklee, und das ist was für dich, und der Pilzling, das ist was für mich. Übrigens, mein liebes Ricklein, wie lange werden wir denn hier stehen bleiben? Wie steht's mit dem Ausderhandfressen?«

Ich reiße Gras aus dem Boden, ein Geschäft, das mein Reh mit Kennerauge verfolgt.

– Knallt ein Schuß. Ein kurzes Pfeifen ist durch die Luft gegangen, das Reh hat einen Sprung gemacht – und läuft nachher mit vollster Entfaltung seiner Schnellkraft über die Wiese und schnurgerade ins Dickicht hinein.

Im nahen Gestämme verzieht sich langsam der schwefelige Rauch. Ich eile, den Wildschützen zu suchen, um ihn dem Gericht zu überliefern, weil er geschossen, und um ihn freizubitten, weil er nicht getroffen. – Ich sehe weder den Schützen noch das Reh, und ich bin rasend in dem Gedanken, das Reh könne mich für den Mitschuldigen, für den Verräter oder gar für den Meuchelmörder halten, und ich will in seinen Augen weder ein schlechter Freund, noch ein schlechter Schütze sein.

– Was nützt all das? Der Schwärmer hält nicht vor; im Spätherbste, wenn mir, wie ich es verhoffe, der Rehbraten auf den Tisch kommt, werden die freundschaftlichen Gefühle sicherlich wieder erwachen, aber nicht aus dem Herzen werden sie kommen, sondern aus dem Magen. – 66

Der Mensch kann ein Schelm werden, und das ist bisweilen gut. Es hat ja nicht gar lange angehalten. Bald ist wieder was anderes da.

Das jauchzende Brüllen eines Stieres hallt heran, oder das Schellen und Meckern einer Ziege. Der Hirtenjunge hüpft herbei. Mit den Wacholdersträuchern mag er nichts zu schaffen haben, die Nadeln stechen, die blauen Beeren sind bitter. Aber Erdbeeren pflückt er in die Haube, oder was ihm lieber ist, in den Mund. Dann pflückt er das schmale, spitzige Blatt vom Bocksbartkraut, führt es zur Lippe und bringt durch dasselbe einen Pfiff hervor, der weithin hallt in den Hängen und den in der Ferne andere Hirtenjungen wieder zurückgeben. Das ist dem Völklein des Waldes das Zeichen seiner Brüderlichkeit.

Durch das Himbeergestrüppe windet sich ein Waldrauchsammler, der aus dem Ameisenhaufen die Harzkörner hervorschafft. Aus diesen Harzkörnern bereitet er den Weihrauch, das wundersame Korn, dessen Wolkenschleier der Sterblichen Augen bezaubert, daß sie hinsinken vor das Opferbrot und den Herrn sehen.

Am Rain bei purpurnen Eriken, unter Brombeerlaub wuchert die Süßwurzel; das ist des Hirtenknaben leckeres Gewürze, und auch die Sennin nascht gerne davon, auf daß sie eine klingende Stimme kriege zum Jodeln auf der Alm. Der Sennin – merk' ich – geht es oft sonderbar, wohl hat sie viele, gar rechtschaffen viele Worte auf der Zunge, aber das rechte für ihre Herzenslust ist nicht dabei, und so drückt sie sich denn anders aus und singt ein Lied *ohne* Worte, daß sie hier, so weit es klingt, den Jodler heißen.

67 Ich ziehe durch einen von Wildwässern des Kares ausgerissenen Hohlweg abwärts. Bäume und Sträucher wölben ihn zu einer Laube. Ein kühler Lufthauch fächelt, da stehe ich am Ufer eines Waldsees. Finstere

Gewände und schlanke braune Stämme des Urwaldes schließen ihn ein. O, so still – so still ist's über dem See. Das verlorene Blatt einer Buche oder Eiche raschelt heran, ich höre jenes ewige Klingen der tiefsten Lautlosigkeit.

Es ist wo ein Glöcklein im Weltenraum, wir wissen nicht im Erdengrund hienieden, oder im Sternenkranze – das ruft uns allerwege. Und zur geruhsamen Stund' erfaßt unsere Seele den traulichen Klang und sehnt sich .... und sehnt sich –

Urwaldfrieden, du stille, du heilige Zuflucht der Verwaisten, Verlassenen, Verfolgten – Weltmüden; du einziges Eden, das dem Glücklosen noch geblieben! –

Horch, Andreas! Hörst du noch das Klingen und Hallen des wortlosen Liedes? Das ist das Jauchzen der Hirten in ihrem Paradiese. – Hörst du auch das ferne Pochen und Schallen? Das ist der Holzhauer mit der Axt – der Engel mit dem Schwerte.

Bei den Hirten

Das Hirtenvolk ist das erste gewesen. Die Hirten sind von den Menschen, denen man in diesen Waldbergen begegnen kann, die harmlosesten. So habe ich mit dem Hirtenvolke angefangen.

Hab' jetzund auch schon ein gut Stück Schäferleben ausgekundschaftet. Bis auf die zweie oben in der Miesenbachhütte sind sie aber nicht allhier daheim; die Hirten sind nirgends recht daheim, sind Wandersleute. Zur Winterszeit leben sie draußen in den vorderen Gegenden, hausen in Bauernhöfen, denen sie angehören. Sie leben zwar dort bei den Menschen, schlafen aber bei den Rindern und Ziegen. Dann kommt das Frühjahr; die Ähren auf dem Felde gucken schon ein wenig aus den grünen Hülsen hervor und gen Himmel auf, zu sehen, ob nicht die Schwalben schon da sind. Die Frühlingsgießbäche schwinden und trocknen. – Jetzt tun sie ihren Viehstand aus dem Stall und ziehen selbander den Almen zu. Die Kühe tragen schellende Blechglocken, die Kalben und Stiere tragen grünende Kränze, wie am Gottsleichnamstag die Menschenkinder.

Bei dem Auftriebe zur Alm, wenn junge Leute und Rinder mitsammen wandern, geht das Bekränzen ohn' Ärgernis ab; wenn aber nach vielen Flitterwochen auf lichten Höhen die Rinder zum Spätherbst wieder mit frischen Kränzen zurück ins Tal kommen, so trägt nicht immer auch die Sennin den grünen Zweig noch im Haar. Auf der Alm gibt es viel Sonne und wenig Schatten, und das frische Wasser muß der Almbub' weiten Weges herbeischleppen – da verdorrt bigott nichts leichter als so ein zart Sträußlein im Lockenhaar.

Zur lieben Sommerszeit ist es da oben gut sein. So sind sie denn gut froh, und ich – wahrhaftig und bei meiner Treu, ich bin's mit ihnen. Gram und Herzweh sind wie Glashauspflanzen, die wollen in der frischen Alpenluft nicht gedeihen. Gar der Alte, der sonst brumbeißige Ochsenhalter, der seine schwerfällige Schar auf den Almen weidet, hat ein hölzern Pfeiflein bei sich, das trotz der heisergewordenen Lunge des Alten noch rechtschaffen hell mag jauchzen. Allerweil singen und blasen, sonst wird er mager, der arme, einsame Narr, und das Öchslein nicht fett.

Und in der Sennerei, da ist's gut bestellt; da ist hübsch alles beisammen. An dem Herd mit der Flamme und den rußigen Töpfen sitzt die Häuslichkeit. Vor dem wackelnden Tisch an dem kindisch aufgeputzten Hausaltar kniet die Religion. Und wo die Bettstatt steht, da hätte Gott nichts Besseres mehr hinzustellen vermögen. Aus rauhen Brettern ist das Bett gezimmert, mit Moos und Binsen gefüttert – weiter geht's mich nichts an. In der Nebenkammer stehen Kübel und Töpfe; da ist das Milch- und Buttergeschäft, dessen Erträgnis dem Eigentümer der Sennerei redlich zugeliefert wird.

Die ganze Wirtschaft schließen vier Holzwände ein, in denen die Almerin nächtlicherweile das Goldmännlein klöpfeln hört; dieses Klöpfeln bedeutet ihr die Erfüllung des Herzenswunsches. – Ich habe der gläubigen Aga nicht sagen mögen, daß ich meine, das klöpfelnde Goldmännlein dürft' ein fleißiger Holzwurm sein. Was der tausend gingen auch den Holzwurm ihre Herzenswünsche an! Diese werden aber doch erfüllt; die einfältigen Leute da herum haben lauter Wünsche, die erfüllbar sind. Und wie die Maid in der Hütte, so schlummert im Stall der Hirtenbursche. Sein Wunsch ist: ausschlafen!

Am Morgen, da schreit die helle Sonne zum Fenster herein. Sie schreit, es sei Zeit! Da will die Sennin mit dem Kübel in den Stall, wo unter vier Füßen die weißen Milch- und Butterbrünnlein fließen. Auf die Milch wartet schon die Flamme des Herdes und auf die Suppe der Hirtenbursche. Er jodelt und jauchzt, da vergeht die Zeit. Das Einfachste aber ist schon, wie's der Berthold macht: er legt sich unter die Bäuche der Kühe und trinkt das Frühstück gleich aus dem Euter heraus.

Just bei dem Berthold und der Aga in der Miesenbachhütte hab' ich meine Erfahrungen gemacht. – Nimmt nach der Morgensuppe die Aga den Korb auf den Rücken und stiegt hinab gegen die Futterwiese der Talmulde, auf daß sie als sorgsame Hausfrau ihrem vierfüßigen Gesinde den Tisch bereite, bei dem es sich melken läßt. Mahl hält die Herde den ganzen Tag; schon zur Morgenfrühe leitet sie der Berthold auf die taufrische Weide.

Ich habe zu solcher Stunde einmal der Aga zugehört. Sie trillert und singt und ich schreibe mir so Sachen gerne auf:

»Wan da Winkelboch va Milch wa,
Und da Hochkogl va Butta,
Und is Winkeltol vul Sterz dazua,
Däs war a Fressn, mei Bua!«

Der Berthold hört's, besinnt sich nicht lange; auf ein so sachlich Lied gehört ein noch sachlicheres. Er steht auf der Wand und singt dem Mädchen zu:

»Wan dei rot's Hor va Guld wa,
Und dei Kröpfl vul Tola,
Und dei Miada vul Edlstoan,
Däs wa ma recht, däs kunt's toan!«

Und drauf sie:

»Die Tola tatn dih juckn,
Die Edlstoan tatn dih druckn,
A guldanas Hor war olls z'viel zort
Fü dein borstadn Bort.«

Sie bleiben einander nichts schuldig im Schnaderhüpfelgefecht.

Wie es aber nur kommen mag, daß im Waldland für Lieb' und Zärtlichkeit nicht so viele Worte wachsen wollen, als für Spott und Posse? Ist schon die Lieb' da *unten* nicht gar geschwätzig, so ist sie hier oben bei den Legföhren und Kohlröschen stumm wie der Fisch im Wasser. Der Kuß wird hier auch nicht so abgeschäckert, wie anderswo. Es ist, möchte ich sagen, als wie wenn sich das warme Blut nicht Zeit nehme, bis an die Lippen heraufzusteigen zu einer Weile, wo es anderwärtig so viel zu tun gibt. In die Arme fährt alles hinaus und weiß sich so ein verliebter Bursche mit seiner Empfindung nicht anders zu helfen, so faßt er sein Mädchen, wie der Müller den Kornsack, und schwingt es hoch in die Luft und tut ein Jauchzen dabei, daß schier die Wolken auseinanderfahren, wenn ihrer am Himmel stehen.

Der Berthold macht es um kein Tüpfelchen anders. – Es sind zwei junge, blutarme Leute, auf der einsamen Alpenhöh' sich selbst überlassen. Was ist da zu beginnen? Je nun, je nun, ich denk', für mich dieweilen noch gar nichts.

Bei den Waldteufeln

In dieser Wildnis gibt es Gewerbe, von denen ich keine Ahnung gehabt habe. Buchstäblich von der Erde, von dem Gestein heraus graben die Leute ihr Brot. Und von den Bäumen schaben sie es herab, und aus dem allebendigen Ameishaufen wühlen sie es hervor, und aus ungenießbaren Früchten zwingen sie es durch die hundertfältigen Mittel ihrer Schlauheit. Daß der Mensch doch so alles zu finden und zu nützen weiß! Hat er aber schon alles gefunden und genützt? Und die Bedürfnisse, sind sie schon dagewesen, ehe die Mittel gefunden worden, oder sind sie die Folgen der errungenen Dinge? – Wäre das letztere der Fall, ich hielte die tausenderlei Errungenschaften für keinen Gewinn.

Die verkommenen oder verwegenen »Waldteufel« stehen mit den Menschenscharen draußen in engerer Verbindung, als man meint, und als sie es vielleicht selbst ahnen mögen. Na doch, sie wissen es gar wohl. Da ist gleich der Wurzner. Seine Lodenkutte geht ihm schier bis zu den Waden hinab; sein Hut ist ein wahres Familiendach, das aber stellenweise schon durchlöchert ist und bricht. Schon von weitem kennt man ihn. Da oben im Gestein klettert er herum und wühlt mit seinem krummen Stecheisen die Speikwurzel hervor. Dabei brummt er denn gar zuweilen sein schlecht Liedel:

»Wan ih speikgrobn tua
Auf der Olm, do herobn,
Do denk ih gern auf d'Weibaleut.
Daroth's es, wo da Speik hinkimmt?
In's Türknlond für d'Weibaleut,
Damit s' an bessern Gruchn kriagn,
Im Türknlond, de Weibaleut!«

Ich weiß es noch nicht, ob es wahr ist, daß Speik von hier in die Türkei wandert. Aber sie glauben es und so ist es ihnen so viel als wahr. Dieses stolze Bewußtsein des Wurzners, daß er die Frauenwelt des Morgenlandes in einen besseren Geruch bringe, wird angefochten.

Dort auf der Felswand steht ein alter Gefährte, der hört das Lied; er häkelt die Messinghäftchen seines Wamses auf und öffnet seinen Mund:

»Wanst ollaweil auf die türkischn
Weibaleut denkst,
Du Loter, do hot's an Fodn.
Geh gwürz dih liaba selba
Mit Speik auf der Olm,
Kon da nit schodn.«

So necken sie sich, und das ist ihre harmlose Seite. Aber der Waldteufel hat seinen Pferdefuß. Der rechte Waldmensch hat einen doppelläufigen Kugelstutzen; der eine Lauf heißt »Gemsennot«, der andere »Jägertod«. Könnt' er schreiben, mit seinem krummen Messer hätte er diese Namen in den Stahl gegraben; aber, er merkt sich's im Kopf, das von Gemsennot und Jägertod.

Längst hätt' er das Graben aufgegeben und wollt' ganz dem Wildern leben, aber er vermeint, unter den Steinen und Wurzeln einmal einen vergrabenen Schatz zu finden. Schatzgraben, Gold und Edelstein unter der Erde, das hat er im Märchen gehört und kann es nimmermehr vergessen.

Gold und Edelstein unter der Erde! Schatzgraben! – Das Märchen hat recht; der Wurzelgräber hat recht; der Ackersmann hat recht; der Bergknappe hat recht. Aber der Schatzgräber hat nicht recht.

Meine Wirtschafterin sagt, das traurigste Schatzgraben sei ihr gewesen, als sie vorzeit ihren Schatz begraben.

Das acht ich, daß ich den Wurzner, oder den Pechschaber, oder den Ameisenwühler nicht beleidige. So Leute heben gar mit dem Wettermachen an, daß all des Teufels ist. Blitz und Hagel kann die Wälder vernichten weit und breit. Darum in den Alpengegenden die vielen schweren Gewitter, weil dahier die Wettermacher daheim. Wie sie es aber anfangen, daß die Nebel aufsteigen aus den Schründen und Wetterlöchern, daß die Taustäubchen zu Wasser verdichten, daß die Tropfen zu Eiskörnern erstarren, daß die Eiskörner zu Schloßen sich kochen, daß aus den Wolken das Feuer sprüht, daß die flammenden Wurfspieße der Blitze hinsausen durch die Nacht und daß die ungeheuren Rollen der Donner sich wälzen, bis endlich alles niederbricht zu den zitternden Menschen und Tieren der Erde – wie sie das anfangen, das soll ein tiefes Geheimnis der wilden Gesellen sein; ich habe es bislang nicht zu erfahren vermögen.

Eines ist gewiß. Der Bauer der vorderen Gegenden hat eine Art Ehrfurcht vor den Wildlingen im Gebirge und liefert ihnen oft Lebensmittel gegen geringes Entgelt; es ist doch allfort besser, im Beutel kein Gewinn, als auf dem Felde Schaden.

Wahrhaftig, das ist ein verhängnisvoller Wahn dieser Menschen, daß sie durch eigenes Wollen und eigne Kraft Dinge zu wirken vermeinen, von denen die Schöpfung den menschlichen Witz ausgeschlossen hat; und daß sie dagegen Dinge verabsäumen, in denen sie durch eigenes Wollen und eigene Kraft Großes hervorzubringen vermöchten. – Es ist jedoch draußen, wo die Macht- und Geistesstolzen wohnen, auch nicht besser, nur daß dort andere und schädlichere Irrtümer sind, denn sie werden mit bedeutenderen Mitteln und in größerem Maße begangen als hier. – Glorreich, o Menschheit, sind deine Fortschritte, aber in deinen ungeheuerlichen Vorurteilen bist du noch immer ein sehr erbärmlich Ding.

Da oben hinter dem Bergrücken ist eine umwaldete Talmulde, die sie die Wolfsgrube nennen. Vor kurzem bin ich in dieser Wolfsgrube gewesen. Ich komme eben zurecht, wie sie einen Mann begraben, der weder Wurzner, noch Ameiswühler, noch Pechschaber, noch Branntweinbrenner, noch ein Wilderer gewesen war. Aber der allermerkwürdigste Waldteufel. Die Sache hab' ich teils selbst erfahren, teils ist sie mir erzählt und verbürgt worden.

Gearbeitet hat er gar nichts. Das ist einer gewesen, der sich durch Essen sein Brot erworben hat. Sie haben ihn allerwärts den »Fresser« genannt; einen anderen Namen, halt ich, hat er gar nicht gehabt. Das soll ein ganz verkommener Mensch gewesen sein, aber gewaltig stark am Leibe. Sein Haupthaar ist durch Schweiß und Harz zu einem unlöslichen Filz verworren gewesen; da hat er keines Hutes bedurft. Sein Bart ist gewesen wie aus verdorrten Fichtennadeln so stachelig; seine mächtigbreite Brust wie übersponnen mit zehnfachem Spinnenweb; da hat er den Brustlatz erspart. An seinen wuchtigen Füßen hat sich eine völlige Hornhaut gebildet; da ist ihm das Schuhwerk überflüssig gewesen. Eine wüste Erscheinung! Ich hab' ihm noch vor einigen Tagen im Winkel begegnet. Hebt, wie er mich sieht, eine Handvoll Sand vom Boden auf und will den Sand verschlingen, wenn ich ihm eine kleine Gabe dafür wollt' reichen. – Oft ist er hinaus auf die umliegenden Dörfer auf Kirchtage gegangen, hat den Leuten was vorgefressen. Nicht Werg und Bänder und derlei Dinge, wie es sonst Taschenspieler tun, hat er verschlungen, sondern Tuchstücke, Leder und Glasscherben. Selbst Schuhnägel, und sie mögen noch so rostig gewesen sein, hat er verzehrt. Gerne hat er einen alten Stiefel oder Filzhut zerissen, die Fetzen mit Essig und Öl bereitet und gegessen. Das hat ihm Geld eingebracht und sein Beutel wie sein Magen haben wohl verdaut. Unsereinem tät so ein Essen nicht taugen, hat der Rüpel gesagt, freilich wohl, ein Schnäpslein muß dazu sein, das beißt im Magen auch die Kieselsteine klein. – Jahr und Tag hat er's getrieben, aber ein End' nimmt's mit allem, und der Ostersonntag hat nicht viel größere Läng', wie der Charfreitag. Just beim Schnäpslein ist er gesessen in Kranabethannes Hütte, und hat in seinem Übermut gesagt: »Kiefel (kaue) dein Schwarzbrot nur selber, Hannes, ich trink' den Branntwein und beiß' das Gläselein dazu.« – Ist jetzund vom finsteren Herdwinkel ein alter Wurzner hervorgekrochen: »'s schwarz' Brot willst verachten? du!« Darauf der Fresser: »Geh her, Wurzner, dich freß' ich mitsamt deiner Krax (Rücktrage)!« Hat der Alte ein Würzlein hervorgezogen: »Da tät ich wohl was haben, großer Herr, das ist noch ein wenig stärker, wie du!« – »Her damit!« schreit der Fresser, errafft das Würzlein und steckt es in seinen Schlund. – »Bist hin!« hat der Alte gekichert, ist davon in den Wald. – Steht nicht lang an, springt der Fresser auf und hinaus auf den Anger. Dort stürzt er nieder und ist tot über und über. Da haben wir's wohl gewußt, was das Ding bedeutet. Den alten Wurzner hat kein Mensch gekannt – der Teufel ist's gewesen.

Halb Tat, halb Mär, so hat es der Leute Aberglauben aufgefaßt und mir erzählt. Sie haben den Mann auch nicht hinausgetragen auf den Holdenschlager Kirchhof. Im Moorboden der Wolfsgrube, wo nur die Binsengarbe wuchert und ihre Glockenfähnlein wiegt, haben sie eine Grube gemacht. In dichtes Fichtengeäste haben sie den Mann geschlungen, mit einer Stange haben sie ihn an das Grab gewälzt, bis er hinabgekollert.

Zur selbigen Stund' ist eine kleine Schar von Betern über die Moorheide und durch die Wolfsgrube gezogen. Sie waren in einem Kare des Hochgebirgsstockes gewesen, wo ein Kreuz stehen soll im Gestein. Diese kleine Schar ist an der Grube stehen geblieben und hat laut für den Toten ein Vaterunser gesprochen. Da hat jählings eine braune Kohlenbrennerin das Wort ergriffen und in ihrer Art ausgerufen: »Ihr Hascher, dem hilft euer fromm Gebet just so viel, wie dem Fisch im Wasser ein trocken Pfaidlein tät nutzen. Der ist schon dort, wo die Hühner hin pissen, das ist ja der Glasscherbenfresser!«

»Nachher gilt das heilig Vaterunser für unsern Viehstand daheim!« sagen die Beter und gehen davon.

Ein einziger Mann, ein blasser, schwarzlockiger, niedergebeugter und seltsam hastender Mann ist noch stehen geblieben an der Grube, hat hinabgestarrt, hat eine Scholle auf den Leichnam im Reiserkleide geworfen, hat in der Runde umhergeblickt und die Worte gesagt: »Mit Erden werden sie ihn doch bedecken. Seines guten Magens wegen wird ihn der Teufel nicht geholt haben; und etwan ist sein Herz schlechter gewesen, als sein Magen.«

So die Grabrede. Und hierauf kommen ein paar Männer und scharren Erdreich in die Grube.

Ich bin später mit dem gebeugten, blassen Mann, den sie den Einspanig nennen, wieder zusammengekommen. Da habe ich an ihn die Frage getan: »Was ist das mit dem Glasscherbenfresser? Das ist doch eine märchenhafte Geschichte.«

»Märchenhaft ist das ganze Waldland«, spricht der blasse Mann. »Und der Aberglauben ist dieser Leute geistiges Leben.«

Nach diesen Worten hat er sich gewendet und ist emsig von hinnen geholpert.

Wie, Alter, bist nicht auch du selber ein Sohn des Waldlandes? Bist wahrhaftig seltsam und märchenhaft genug. – Den Einspanig, den Einsamen nennen sie ihn, sonst wissen sie schier nichts von ihm zu sagen. –

Auch mit den Pechern hab' ich schon Bekanntschaft gemacht. Der Pecher, das ist schon auch ein wunderlicher Geselle. Man riecht ihn schon von weitem und man sieht ihn glitzern durch das Dickicht. Die Hacke glitzert, mit der er das Harz von den Bäumen schabt; die Steigeisen glitzern, mit welchen er an den glatten Stämmen emporklettert, wie eine Waldkatze, um den Baum auch an seiner Höhe abzuernten, oder wenn keine Ernte ist, zu verwunden, auf das für künftig das Harz hervorquelle. Und die Lederhose glitzert, und der mit Pech völlig überzogene Lodenspenser glitzert, und die Scheide des langen Messers an den Lenden glitzert, und letztlich das Glutauge. Wenn eine Blüte oder eine niederfallende Tannennadel ihn streift, so bleibt sie kleben an seinem Arm, an seinen Haaren, an seinem Bart. Wenn eine Fliege herumtanzt oder ein Falter, oder eine Spinne – das Tierchen bleibt kleben an dem Manne; und bunt besetzt ist sein Kleid mit kleinen aus dem Pflanzen- und Tierreiche, wenn er in Wald- und Abenddunkel heim in seine Klause kehrt. Der Pecher verwundet die Bäume arg und bringt sie zuletzt um's Leben. Der Urwald ist dem Untergang verfallen. Die alten Tannen und Fichten sind durch den Pecher zu Krüppeln geworden; jetzt strecken sie ihre langen Arme nach ihm aus, möchten den Todfeind am liebsten erschlagen.

Aus dem Harze bereitet der Pecher durch das Verfahren des Abdunstens das Terpentin und andere Öle, wie sie in den Waldgegenden gegen allerhand Krankheiten und Gebrechen in großen Mengen verwendet werden. Ich habe schon mehrmals zugesehen auf so einer Brennstelle, wie die schwarze Masse kocht und brodelt, bis sie in geschlossene Tonbehälter kommt, aus welchen ihr zu gewinnender Gehalt durch Röhren in die Zuber und Flaschen übergezogen wird. Mit diesen Zubern und Flaschen in einem großen Korbe geht nun der Mann hausieren. Der Holzschläger kauft Pechöl gegen jegliche Verletzung, die er sich in seinen Kämpfen mit dem Walde zuzieht. Der Kohlenbrenner kauft Pechöl gegen Brandwunden; der Kohlenführer für sein Roß; der Branntweinbrenner für sein Fäßlein. Der Wurzner kauft gegen Verrenkungen und gegen Bauchgrimmen, das er sich durch seine meist ungekochte Nahrung zuzieht. Das Kleinbäuerlein weiter draußen kauft Pechöl für sein ganzes Haus und Vieh, gegen alle bösen Zustände.

Du Pechölmann! Mir nagt seit lang schon im Herzen ein kleinwinzig Käferlein – wär's nicht zu tilgen mit deinem gallbitteren Öl? –

In des Pechers Klause darf man sich nicht niedersetzen, man bliebe kleben. Und gleich kämen die kleinen, ungewaschenen und zerzausten Rangen heran und krabbelten empor und ritten gar auf den Nacken und man käme ihrer nicht mehr los. – Das sind die lebendigen Sünden der Alten, sagt meine Haushälterin. – Besser lebendige, als wie tote, sage ich.

Des Pechers Wohnung ist einfach genug. Unterhalb der nackte Erdboden, oberhalb das schieferige Baumrindendach, seithalb die Wand aus rohen Stämmen gezimmert und mit Moos verstopft. Der holperige Steinherd ist gleich als Tisch eingerichtet. Unter der Bettstatt ist die Vorratskammer für Erdäpfel, Schwämme und Holzbirnen. Der wurmstichige Kleiderschrank ist das allerheiligste des Hauses, er bewahrt die geweihten Andenken der Voreltern, das Taufangebinde der Kinder und den Wettermantel des Pechers, wenn er nicht am Leibe ist. Die Fenster haben kaum so viel Glas, wie die Leut' sagen, der »Fresser« sich daran hätte satt essen können. »Lappen und Strohpapier sind auch so gut wie Spiegelscheiben, wenn einer kein sauberes Gesicht durchgucken lassen kann«, meint der Pecher. Wohl, der weiß von Spiegelscheiben was, der ist nicht allfort im Wald gewesen. Gar weit, weit in der Wienerstadt etwan ist er wachgestanden vor Spiegelscheiben – hat ihm nicht gefallen, ist durchgegangen, ist eingefangen worden, ist spießrutengelaufen, ist wieder durchgegangen und in die Wildnis herein, – läßt sich nicht mehr fangen.

Hinter dem Schrank hängt das Schießgewehr. Tritt einmal der herrschaftliche Jäger ins Haus und sieht er's, so ist's gut – eine Waffe muß sein, im Wald gibt es Wölfe.

Sieht er's nicht, so ist's besser.

Bei des Pechers Hauswirtin ist's auch so; sieht man sie, so muß man bedenken, daß im vierzigsten Jahr bei niemandem ein neuer Frühling mehr anbricht, daß, wie das Sprichwort sagt, am Halse ein Kropf besser ist als ein Loch, das einäugig und nicht blind, und daß ein wenig säbelbeinig weder Schande noch Prahlerei ist. Sieht man sie nicht, so ist's besser.

81

Wie ich aber schon wahrgenommen hab', bleibt an manchem Pecher zuweilen auch ein junges kleben. Viele Landmädchen sind um ein gut Teil anders, wie die Stadtfräulein.

Die Stadtfräulein haben es zumeist nicht ungern, wenn ihre Liebhaber recht schön weiß und zart und schlank und gefügig sind, und zärtlich wie Tauben. Die Landdirnen wieder mögen einen, der recht derb und rauh und struppig und eckig und wild ist. Wenn eine die Wahl hat zwischen einem, der ihr schäkernd die Strümpferln stopfet, und einem andern, der sie anwettert mit jedem Wort – so nimmt sie den Wetterer.

Sie hat ihn ja doch im Sack. Wie geht das Lied, das der Pecher gern gern singt?

»Fürs Pech hon ih mei Hackel,
Fürs Haserl mei Bix;
Für'n Jager a por dicke Fäust,
Fürs Mensch hon ih nix.
Nix is ollszweng, hot s' gsogt,
Hot mih ba da Tür ausgjogt;
Hiazt geh ih, und prügl an Jager o,
Daß ih an Unterholtin ho.«

Mag sein, daß nicht viel Schönes dran ist, indes wer einmal so ein Lied singt, der tut dem Jäger nichts. Wer mit finsteren Gedanken umgeht, der singt kein heiter Lied.

Unter den Waldteufeln der Gehobeltste, der Geschmeidigste und meines Ermessens der Gefährlichste ist schmeidigste und meines Ermessens der Gefährlichste ist der Branntweiner. Er trägt ein feineres Tuch wie die andern und schneidet allwöchentlich seinen Bart. Er trägt allerwege so ein Fläschlein mit sich herum, mit dem er vertraulich jedem aufwartet, der ihm in den Weg kommt. »Du«, sagt er zum Wurzner, zum Pecher, wenn es heißer Sommer ist, »du, ein kühl, frisch Tröpfel hätt' ich da!« Und wenn es kalter Winter ist: »Du, los (horch) auf, das höllisch Feuer hätt' ich da!«

Wer trinkt, der ist ihm verfallen, der kommt ihm in die Schenke.

Der Branntweiner erntet zweimal. Fürs erste von den Ebereschen die roten Beeren, von den Hagebutten, Wacholdersträuchern, vom Heidekraut, von allem, was hier Früchte hervorbringt. Der Branntweiner glaubt an den Geist der Natur, der in allen Geschöpfen lebt, und beschwört ihn hervor aus den Früchten des Waldes, und – wie jener Zauberer im Märchen – hinein in die Flasche; – flugs den Stöpsel darauf, daß er gefangen ist. Seine Brennerei ist ein förmlicher Zauberkreis unter dem hohen, finsteren Tann, ein Kreis, wie ihn auch die Spinne zieht und einwebt. Bald sind ein paar Fliegen da und zappeln im Netze. Die Waldleute, wie sie herum- und ihren Geschäften nachgehen, zuletzt aber kleben bleiben in der Schenke – das sind der zweibeinigen Spinne die Fliegen, an denen der Branntweiner nun seine zweite Ernte hält.

Jedes Weib rät dem Mann, er möge nicht den Weg über den Tann nehmen, der sei so finster und uneben, er sei auch weiter als jeder andere. Der Mann sieht's ein, hat auch gar nichts auf dem Tann zu tun, aber – 's ist eben ein wandelbar Ding, die Gesundheit – wie er so hinschreitet, da empfindet er jählings ein Drücken in der Gurgel, ein Grimmen im Bauch – ein schlimmes Grimmen, schier wie die Magengicht. Pechöl hat er keines bei sich, da weiß er nur noch ein Mittel und – er nimmt den Weg über den Tann. – »Das erste Gläschen – sagt der Rüpel – lindert den Schmerz; das zweite macht warm ums Herz, das dritte macht noch wärmer; das vierte macht den Beutel nicht mehr ärmer; das fünfte tut erst die Glieder spannen; bei dem sechsten wackeln schon die Tannen; bei dem siebenten geht es glühheiß durch den Leib; bei dem achten verlangt sich's nach dem Weib.«

Heimwärts wankend aber flucht der gute Mann über das »schlechte« Weib, daß es ihm in diesem schaudervollen Nebel mit keinem Licht entgegenkommt; und wenn er endlich den Hut tief und schief in die Stirne gedrückt, zur Hütte hereintorkelt, so weiß das was Weib schon, was es geschlagen hat und was es noch schlagen könnte, wenn es nicht sich nicht beeilte, sofort auf den Dachboden oder anderswohin zu entkommen.

Mich närrischen Jungen stimmen meine Entdeckungsreisen heiterer, als ich's je vermeint hätte. Es liegt ein traurig Geschick über diesem Völklein, aber dieses Geschick macht zuweilen ein unsäglich spaßhaftes Gesicht. Ich halte diese Waldleute auch nicht für so verdorben. Verwahrlost und ungeschlacht sind sie. Es ließe sich vielleicht was aus ihnen machen; – nur Sauerteig muß dazu kommen, daß sie aus ihrer Versunkenheit einmal auflockern.

Aussterben wird das Geschlecht nicht so leicht. Gerade in dem feuchten, dunkeln Waldboden gedeihen die kleinen Rangen wie die Pilze. Die Jungen gehen den Weg der Alten und tragen die Wurzelkrampe, oder den Hirtenstab, oder die Pechhacke, oder die Holzaxt.

84

Beim Pfarrer draußen in Holdenschlag ist bekannt, daß die Waldkinder lauter Mädchen sind. Die Knaben werden zumeist getauft mit dem Wasser des Waldes; sie sind in kein Pfarrbuch geschrieben, auf daß sie vergessen bleiben draußen im Kreisamte und im Verzeichnisse der Wehrpflichtigen. Die Männer hier sagen, die Landesregierung und was dazu gehöre, koste ihnen mehr, als sie ihnen wert wäre, und sie verzichten darauf. Das lasse ich gelten, aber die Regierung verzichtet nicht auf die gesunden Winkelstegerleute.

Die Mädchen, werden sie ein wenig flügge, gehen bald auch ins Ameisen- und Wurzelgraben, ins Kräutersammeln und sie wissen für alles Absatz, und sie pflücken die Erdbeeren und die Hagebutten- und Wacholderfrüchte für den Branntweiner. Und die Jungen, denen noch das Höschen nicht trocken wird den ganzen Tag, helfen schon auch den Branntwein trinken.

Vor einiger Zeit habe ich einer Kinderschar zugesehen. Sie spielen unter Lärchenbäumen. Die niedergefallenen Lärchzapfen sind ihre Hirsche und Rehe, denen sie grünes Reisig vorlegen zum Fressen. Andere laufen umher und spielen hinter Gebüsch »Verstecken«, »Salzhalten«, »Geier austreiben«, »Himmel- und Höllfahren«, und wie sie die Schalkheiten und Leibesbewegungen alle heißen. – Man sieht ihnen gerne zu; sie sind zwar alle halbnackt, haben wohlgebildete und gesunde Glieder, und ihre Spiele sind so kindlich heiter, wie ich anderwärts noch nie Kinder spielen gesehen habe. – Hier ist die verwundbare Stelle des »Waldteufels«, der am Ende ein gehörnter Siegfried ist!

Ich habe den Kleinen unter den Lärchen fortwegs zugelächelt, aber sie haben mich kaum angeblickt; nur daß sich die Jüngsten vor mir gefürchtet. Nach einer Weile hab' ich es versucht, mich in ihre Spiele zu mengen; wie sich da die meisten gleich verblüfft zurückgezogen haben! Nur wenige geben sich mit mir ab; wie ich aber von diesen wenigen im Wettlaufen und Haschen einige Male überlistet werde, da kommen auch die anderen wieder herbei. Und bald bin ich in dem tollschwirrenden Kreise dieser jungen Menschen ein guter und gern gesehener Bekannter. Ich schwätz' ihnen manches vor, noch öfter aber lasse ich mir von ihnen erzählen. Ich gehe zu den Kindern in die Schule, um die Schulmeisterei zu lernen.

Von oben durch einen Strick zur Höhe ziehen lassen sich die Waldleute nicht; wer sie für die Höhe gewinnen will, der muß ganz zu ihnen niedersteigen, muß sie Arm in Arm und wohl auf weiten Umwegen emporführen.

Im Felsentale

An den Lehnen der Voralpe und an den Hängen des Hochzahn und seiner Gletscherketten ziehen sich fort und fort die Waldberge hin in der Richtung gegen Abend. Von oben gesehen, liegen sie da in der Bläue, wie ich mir das Meer denke, bergend in ihren Gründen die ewigen Schatten und die seltsamen Menschen.

Eine Tagreise vom Tale der Winkel gegen Abend hin, fernab von der letzten Klause, ist jene Stelle, von der die Waldleute sagen, da sie die Welt mit Brettern verschlagen.

Mit Steinen vermauert, wäre besser gesagt. Senkrecht aufsteigende, tiefklüftige Wände schließen hier das Waldland ab. Es beginnt der Urstock der Alpen, in welchem die Felsschichten nicht mehr liegen noch lehnen, sondern fallrecht gegen Himmel ragen. Ein Meer von Schnee und Eis mit Klippen, an denen ewige Nebel hängen, soll unabsehbar hingebreitet sein über die Riesenburgen, die da oben ragen und vormaleinst ein Eden gewahrt haben, das heute versteinert und in Starrnis versunken ist. So die Sage. Daß doch dieser wundersame Traum von einer einstigen verlorenen Glückseligkeit die Herzen *aller* Völker und Volksschichten durchdämmert!

Daß jenseits des Alpenstockes wieder menschenbewohnte Gegenden beginnen, das wollen mir viele Leute hier gar nicht glauben. Nur ein alter, schlau blinzelnder Kohlenbrenner sagt, sein Großvater hätte wohl einmal erzählt, es seien da hinten drüben Menschenwesen, die so hohe und spitze Hüte trügen, daß, wenn sie des Nachts auf den Bergen herumgingen, sie nicht selten damit einen Stern vom Himmel stechen täten. Und der Herrgott müßt des Abends jedmal sorgsam die Wolken vorschieben, sonst hätt' er längst mehr kein einzig Sternlein an seinem Himmel.

Der Schalk hat die Spitzhüte der Tiroler gemeint.

Wo nun dieses Waldland von dem Felsgebirge begrenzt wird, sind verrufene Stellen. Dort hat man schon manchen toten Gemsjäger gefunden, dem ein Körnlein Blei durch die Brust gegangen. Auch bricht, sagen die Leute, aus einer der zahlreichen Felsenhöhlungen zuweilen ein Ungeheuer hervor, das alles verschlingt, das aber im Gebirge einen unermeßlichen Schatz von Edelgestein bewacht. Wenn das Waldland noch eine Weile besteht, so muß ein heldenhafter Mann kommen, der das Ungeheuer besiegt und die Schätze hebt. Bislang ist noch kein solcher dagewesen.

Ich meine, ich wollte es erkennen und nennen, das Ungeheuer …

Den finsteren Sagen angepaßt ist jene Gegend. Sie ist ein totes Tal, in welchem kein Finklein will singen, keine Wildtaube will glucken, kein Specht will hacken, in welchem die Einsamkeit selbst ist eingeschlummert. Auf dem grauen Sandmoosboden liegen zerstreut Felsblöcke umher, wie sie von dem hohen Gewände niedergebrochen sind. Dort und da ist ein vorwitziges Fichtenbäumchen hinangeklettert auf einen solchen wettergrauen Klotz und blickt stolz um sich, und meint, es sei nun besser, als die anderen, halb verkommenen Gewächse unten auf dem Sandboden. – Wird nicht lange dauern, so wirst du verhungern und verdursten auf dem dürren Felsboden und herniederfallen. Hierum kann der Wald nicht gedeihen, und steigt doch wo eine schlanke, kerzengerade Fichte empor, so sind ihre Tage gezählt. Jählings kommt ein Sturmwind niedergefahren von den Felsmulden und legt den schönen jungen Stamm mitsamt der losgelösten Wurzel fast sanft hin über den Boden. Und da tut er jetzund, als wollte er eine kleine Weile sich nur ausrasten und bald wieder aufstehen mit seinen grünen Zweigen und weiter wachsen; und indessen fallen ihm schon die Nadeln ab und es schrumpft und springt die Rinde, und die Käfer lösen sie los, und nach einer Zeit liegt das nackte, bleiche Gerippe da, das immer mehr und mehr in die Erde hinein versinkt, aus der das Bäumchen einst hervorgewachsen war.

87

Und doch muß eine Zeit gewesen sein, in welcher der Wald hier glücklicher gediehen ist; es ragt ja noch hier und da der graue, gespaltene Rest eines gewaltigen Tannenbaumes empor, oder eines uralten Ahornes, in dessen Höhlen das Wiesel wohnt, oder durch die der Fuchs den Eingang hat zu seiner unterirdischen Behausung.

Die Kiefer allein ist noch kampfesmutig, sie will die steilen Lehnen hinanklettern zwischen den Wänden, will wissen, wie es da oben aussieht bei dem Edelweiß, bei den Alpenrosen, bei den Gemsen, und wie weit es noch hinauf ist bis zum Schnee. Aber die gute Kiefer ist dich keine Tochter der Alpen, balde faßt sie der Schwindel und sie bückt sich angstvoll zusammen und kriecht mühsam auf den Knien hinan, mit ihren geschlungenen, verkrüppelten Armen immer weiter vorgreifend und rankend, die Zapfenköpfchen neugierig emporreckend, bis sie letztlich in den feuchten Schleier des Nebels kommt und in demselben planlos umherirrt zwischen dem Gestein.

Auf einem der niedergestürzten Felsblöcke dieses letzten Tales des Waldlandes steht ein Kreuz. Es ist unbeholfen aus zwei rohen Holzstücken gezimmert; es hängt stellenweise noch die Rinde daran. Still steht es da in der verlorenen Öde; es ist, wie die erste Kunde von dem Welterlöser, welche der heilige Bonifaz vormaleinst in den deutschen Wildnissen aufgepflanzt hat. Die Eidechse schlüpft auf dem Felsengrunde dahin; ein Reh trippelt heran mit seinen schlanken Füßen und blickt mit hochgehobenem Kopf und klugen Augen zu dem Kreuzbilde empor. Es will ihm schier bedünken, das Ding sei nicht so geradewegs gewachsen auf dem Stein; es hebt ängstlich an, hin und her zu lugen, es schwant ihm von jenem schrecklichen Wesen, das schlank wie ein Baum auf zwei Beinen einherzieht und den knallenden Blitzstrahl schleudert nach ihm, dem armen, harm- und wehrlosen Tiere. Des Entsetzens voll schlägt es seine Beine aus und eilt von dannen.

Ich habe schon mehrmals nach der Bedeutung jenes Kreuzes gefragt. Seit Gedenken steht es auf dem Stein, kein Mensch kann sagen, wer es aufgestellt. Der Sage nach sei es gar nicht aufgestellt worden. Alle tausend Jahre flög ein Vöglein in den Wald und das brächte ein Samenkorn mit aus unbekannten Landen. Alle anderen Körner seien bislang verloren gegangen, oder man wisse nicht, sei die Giftpflanze mit der blauen Beere, oder der Dornstrauch mit der weißen Rose oder ein anderes Schlimmes oder Gutes daraus entwachsen. Das letzte Korn aber habe jenes Vöglein auf den Klotz im Felsentale gelegt, und daraus sei das Kreuz entsprossen.

Man gehe zuweilen hin, um davor zu beten; manchmal habe das Gebet daselbst schon Segen gebracht, manchmal aber sei auch ein Unglück darauf gekommen. Man wisse also auch vom Kreuze nicht, ob es zum Heile oder zum Unheile sei. Den Einspanig sehe man noch am öftesten im Felsentale und er verrichte seine Andacht vor dem Bilde; aber man wisse auch vom Einspanig nicht, ob er Gutes oder Schlimmes bedeute.

Nach mehreren Tagen der Wanderung bin ich wieder einmal zurückgekehrt in mein Haus an der Winkel. Mehrmals über das Kreuz im Felsentale und den Einspanig nachdenkend, hab' ich im Winkel ein weniges erfahren.

Erstlich, wie ich eintrete in das Haus, wundere ich mich daß, daß meine sonst recht gutmütige Hauswirtin heute gar aufgebracht ist. Die Sache soll so gewesen sein: am Försterhause geht der Einspanig vorüber. Die Haushälterin schaut just zur Tür hinaus und denkt: Ei, wenn sich nur mit diesem seltsamen Menschen einmal ein kleines Plaudern anheben ließ, daß eins doch ein bißchen was von ihm erfahren könnt'. Und kaum er so zufällig sein Haupt gegen die Tür wendet, lädt sie ihn artig ein, an der Bank ein wenig abzurasten. Er tut's, sie bringt ihm eilig Milch und Brot herbei und frägt ihn in ihrer Weise: »Ihr guter Mann Gottes, wo kommt Ihr denn her?«

»Von dem Felsentale hernieder«, ist die Antwort.

»Ihr Närrchen!« ruft das Weib aus, »das soll ja so viel eine böse Gegend sein. Da oben im Felsental ist die Welt mit Brettern verschlagen.«

Darauf der Einspanig: »Wo ist die Welt mit Brettern verschlagen? Gar auf keinem Fleck. Die Berge gehen weit, weit zurück hinter den Hochzahn, dann kommen die Hügelländer, dann kommen die Ebenen, dann kommt das Wasser. Viele tausend Stunden breitet sich das Wasser, dann kommt wieder Land mit Berg und Tal und Hügeln, und wieder Wasser, und wieder Land und Wasser und Land und Land –«

Hat ihn die Haushälterin unterbrochen: »Jesus, Einspanig, wie weit denn noch?!«

»Bis heim, bis in unser Land, in unseren Wald, in das Winkel, in das Felsental. – Ehrsame Frau, gibt Euch Gott Flügel und Ihr fliegt fort gegen Sonnenuntergang, und fort und immerfort, der Nase und der Sonne nach, so kommt Ihr eines Tages von Sonnenaufgang her geflogen gegen Euer friedsam Haus.«

Darauf die Hauswirtin: »O du Fabelhans, fable wen andern an, ich bin die Winkelhüterin. Die Milch schenk' ich Euch und redlicher alter Leut'

Wort dazu: es ist ein Fleck, da ist die Welt mit Brettern verschlagen. So ist der alte Glauben und in dem will ich leben und sterben.«

Der Mann soll darauf gesagt haben: »Weib, Eueren alten Glauben hoch in Ehren! Aber ich bin den Weg schon gegangen, gegen Niedergang hin und von Anfang her.«

Und dieses Wort hätte das Weib vollends erbittert; »Du bist eine Lugentafel!« soll sie gerufen haben, »auf dich hat der Teufel seinen Heimatschein geschrieben!«

Und hierauf sei der Mann kopfschüttelnd davongezogen.

Das gute Weib muß schon schwer auf mich gewartet haben, um sich weiters Luft zu machen. Als ich nach Hause komme, ruft sie mir über den Gadern (Bretterzaun) her entgegen: »Mein Eid, mein Eid! Was es doch auf der lieben Erde Gottes für Leute gibt! Jetzund glauben sie gar nimmer ans End' der Welt! Ich aber sag: unser Herrgott hat's recht gemacht, und ich bleib' bei meinem alten Glauben, und die Welt ist mit Brettern verschlagen!«

»Freilich, freilich Winkelhüterin!« gebe ich bei und steige über die Bretter des Hausgaderns: »Wohl richtig – mit Brettern verschlagen!«

Und so bleiben wir beim alten Glauben!

Bei den Holzern

Daß doch der Wald, wie er sich so hinbreitet über Höhen und Täler – unabsehbar, wie er daliegt, grün und dunkel und weiterhin duftig blauend am sonnigen Sehkreis – der stille, unendliche Wald – daß er doch auch seine Feinde hat!

Wie ist das eine schöne, säuselnde, rauschende, brausende allebendige Ringmauer, schützend vor dem wüsten Unfrieden draußen! Aber – Waldfried ist gestorben.

Im Forste braust der Sturmwind, schlägt manchem jungen Tannling den lustig winkenden Arm weg, bricht manchem trotzigen Recken das Genick. Und in der Tiefe rauscht und schäumt in weißen Gischten und Flocken – wie ein brandender Wolkenstrom – der Wildbach, und wühlt und gräbt und nagt das Erdreich von den Wurzeln, immer weiter und weiter hinein, daß der wuchtige Baum zuletzt schier in der Luft dasteht und sich oben mit starken Armen nur noch an den Nachbarn hält, um nicht zusammenzubrechen, endlich aber doch niederstürzt in das Grab, das ihm jenes Wasser heimtückisch gegraben hat. Jenes Wasser, welches er durch seinen Nebeltau gestärkt, durch seine dichte Krone vor dem Lechzen des Windes geschützt, durch seine Schatten vor dem zehrenden Kusse der Sonne bewahrt hat. – Und auf den luftigen Wipfeln hackt der Specht, und unter den Rinden frißt die Borke, und das Sägerad der Zeit geht allerwege, und die Späne fliegen – im Frühlinge als Blüten, im Herbste als gedörrte Nadeln und Blätter.

Es geht ewig zu Ende und im Ende keimt ewig der Anfang.

Da naht nun der Mensch mit seiner Zerstörungsgier. Da schallt das Schlagen und Pochen, da surrt die Säge, da klingt das Beil auf das Stemmeisen im dunkeln Grunde; – wenn du oben hinblickst über das stille Meer der Wipfel, so ahnst du es nicht, welchen es angeht.

Aber das Stemmeisen und der Keil dringen tiefer und tiefer; da schüttelt einer der Hundertjährigen sein hohes Haupt, er weiß doch gar nicht, was die Menschlein wollen da unten, die kleinen, possierlichen Wesen – er kann nicht begreifen und schüttelt wieder das Haupt. Da geht ihm der Stoß ins Herz; – unten knistert es, schnalzt es, und nun wankt der Riese, knickt ein, rauschend und pfeifend in einem weiten Bogen kreist er hin, mit wildem Krachen stürzt er zu Boden. Leer ist es in der Luft, eine Lücke hat der Wald. Hundert Frühlinge haben ihn emporgehoben mit ihrer Liebe und Strenge; jetzt ist er tot, und die Welt ist und bleibt ganz auch ohne ihn – den lebendigen Baum.

Still stehen die zwei, drei Menschlein, sie stützen sich auf den Beilstiel und blicken auf ihr Opfer. Sie klagen nicht, sie jauchzen nicht, eine grausame Kaltblütigkeit liegt auf ihren rauhen, sonnverbrannten Zügen; ihr Gesicht und ihre Hände sehen auch aus wie von Fichtenrinden. Sie stopfen sich ein Pfeiflein, schärfen die Hacken und gehen wieder an die Arbeit. Sie hauen die Äste von dem hingestreckten Stamme, sie schürfen ihm mit einem breiten Messer die Rinde ab, sie schneiden ihn vielleicht gar in klafterlange Stücke; – und nun liegt der stolze Baum in nackten Klötzen.

Der Holzhauer denkt nicht daran, kann nicht daran denken, nur daß er sich, wenn der »Meisterknecht« nicht zugegen, ein wenig auf den weißen Stock mit den Jahresringen setzt und wieder ein Pfeifchen stopft, oder – wie das bei den Waldleuten schon eine absonderliche Gewohnheit ist – sich gar einen Ballen Tabak in den Mund steckt, um einen halben Tag an ihm zu kauen. Das Tabakkauen ist dem Holzschläger ein eigener Genuß, es ist ihm, wie er sagt, das halbe Essen und dreiviertel Arzenei.

Die Baumstämme werden in diesen Gegenden zumeist zu Kohlen verwandelt und zu diesem Zwecke zu Scheitern oder längeren Stücken, »Dreilingen« (drei hackenstiellangen Strünken) zerkleinert. Die Kohlen werden entweder zu Wagen, oder wo der Weg zu elend ist, auf den Rücken der Pferde oder Halbpferde hinausbefördert zu den Hammerwerken der Vorgegenden. Nur die schönsten Stämme werden als Bauholz verwendet. Die Buchen und Ahorne und andere Laubhölzer, wie sie hier wachsen, werden am wenigsten benützt, nur daß sie ihr Laub für Streu und Lagerstätten liefern; sonst bleiben sie sich selbst überlassen, bis sie inwendig verfault, ausgehöhlt, nach und nach absterben und zusammenbrechen. Dann entstehen schwammartige Auswüchse auf den vermodernden Strünken, und es kommt der Pecher oder der Wurzner, schlägt die Auswüchse los, mörsert sie platt, beizt sie ein und bereitet so den Feuerschwamm.

Der Holzhauer weiß freilich nichts von der Schönheit der Wildnis. Dem Holzhauer ist der Wald nichts anderes als dem Bauer das Feld, auf dem er erntet. Aber er erntet für andere. Wie ist das ein langes Tagwerk von der Morgenfrühe bis zur Abenddämmer, eine einzige Ruhestunde nur zu Mittag. Während der Waldteufel sein eigener Herr, ist der Holzhauer der Herren Knecht. – Was die Nahrung anbelangt, so ist der Holzschläger ein Geschöpf, das sich von Pflanzen nährt; außer er wäre ein tüchtiger Wilderer und ließe sich nicht erwischen. Doch schwelgt er in der Einbildung und nennt seine Mehlnocken gerne nach den Tieren des Waldes. So genießt er zum Frühstück, zum Mittagsmahle, zum Abendbrot nichts als Hirschen, Füchse, Spatzen, und wie er seine Mehlnudeln schon tauft. – Mich hat ein junger Mann eines Freitags zu einem »Hirschen« eingeladen. Ei, denke ich, der hält den Fasttag nicht, das ist sicher der Evangelischen einer, die von den Bauernkriegen her in den Alpen zurückgeblieben sein sollen. Aber jene »Hirschen« sind harmlose Mehlküchlein gewesen.

Achtzehn Groschen Arbeitslohn des Tages, das ist schon eine gute Zeit; mancher Wäldler hat sich davon ein Häuschen, Weib und Kind und eine Ziege angeschafft. Das ist dann ein eigener Herd, da kommt zu dem Mehlgerichte noch eine fette Ziegenmilchsuppe, und zu der Suppe ein Häuflein schreiender Rangen – da geht's schon hoch her!

Indes ist der Aufwand in der Waldhütte nicht übertrieben. Es wird zum Glücke von braven Familienvätern nicht viel verlangt.

»Jo, won ma's holt hot,
Kon ma lebn noch sein Gschmock,
Für die Kinder a Brot
Und für mih an Tabok!«

heißt ein Lied des Waldhäuslers.

Andere freilich, und wohl die meisten, ertränken ihr Erworbenes und ihre anspruchslose Zufriedenheit im Branntwein. Solche Junggesellen wohnen zusammen zu Dutzenden in einer einzigen Hütte, kochen ihr Mahl an einem gemeinsamen Herd, der in der Mitte der Klause steht. An den Wänden ringsum sind die Strohlager aufgestellt.

In jeder Hütte haben sie einen »Goggen« und einen »Thomerl«; der Gogg ist ein Holz- und Eisengestell auf dem Herde, welches die Kochpfannen über dem Feuer hält – es sind deren oft ein Halbdutzend um die Flammen aufgerichtet. Der Thomerl ist ein Mensch, der aber auch Hansl oder Lippl, oder wie er will, heißen kann, aber gewöhnlich einen großmächtigen Kopf, hohe Achseln und kurze Füße hat, der die Hände gerne bis zu den Knien hinabhängen läßt und allweg grinst und lächelt, ohne daß er selbst weiß, warum. Er ist das Stubenmädchen, der Küchenjunge, der Holz- und Wasserträger, allfällig der Ziegenhirt, die Zielscheibe für ledige Späße und – die Hausehre. Jede ordentliche Holzknechthütte muß einen Thomerl haben.

Ferner sind in der Holzknechthütte in irgendeinem Winkel, unter irgendeiner Diele stets geladene Kugelstutzen verborgen.

Der Werktagsanzug der Holzschläger hat keinen ausgeprägten Grundzug; er ist zum Teile ein zerfasertes Lodengewebe, zum Teile ein mattfarbiges Strickwollenzeug, zum Teile eine hornähnliche Lederrinde, alles mehr oder minder mit Harz überklebt, ausgiebig den inneren Menschen verdeckend. Das Wahrzeichen aber ist der hohe, gelblich grüne Hut mit dem Federbusche. Der Federbusch muß wohl in Ordnung sein, daran hängt, weiß Gott, eine Wilderer- oder Liebesgeschichte oder ein »saggerisch Raufen«.

Aber wenn einmal die Kirchweih kommt! – Die Kirchweih muß es sein, denn Sonntage gibt's hier nicht, fehlt ja doch des Sonntags Herz – die Kirche.

Zur Kirchweih ziehen sie hinaus zu den ferneren Orten, und da sind sie angetan, diese rauhen Waldmenschen, mit Frack und »Zylinder«; – 's ist kaum zu glauben. Aber der Frack ist ja aus grobem Loden, mit grünem

Tuche verbrämt; ganze Bäumchen aus grünem Tuche geschnitten, prangen am Rücken über den Schößen und an den Ärmeln, und große Messingknöpfe leuchten in die Ferne, und ein mächtig hoher Stehkragen bildet die Feste um den Kopf, auf welchem nun der ebenfalls aus groben Haaren, aber mit einem breiten grünen Bande und funkelnder Messingschnalle, breitkrempige, oben weit ausgeschweifte Zylinder sitzt.

Bis in die Alpenwildnis herein also die welsche Mode gedrungen!

Zum größten Teile sind es gutmütige Menschen; gereizt aber können unglaublich wild werden. Da hebt ihr Blut an zu brausen, wie ein Sturmwind im Forst, und der kleinste Funken leidenschaftlicher Erregung wird zu einem Waldbrande. Die Augen dieser Waldmenschen, so tief sie stecken mögen hinter den Brauen, sind klar und glühend. Deutlich ist die Gutherzigkeit darin zu lesen und der Jähzorn.

Aber fromm sind sie, schier verdächtig fromm. Jeder hat sein Weihwasserfläschel und sein Anhängsel an der Brust; jeder betet seinen Rosenkranz, mit Einschließung »aller armen Seelen im Fegfeuer, und zur Erlangung von Geld und Gut, so nutzlos vergraben ist in der Erden«. Und jeder hat in seinem Leben zum mindesten ein Gespenst gesehen.

Wie ich diese Leute bis jetzt kennen gelernt habe, ist ihnen ein blutiger Raufhandel etwas Gewöhnliches, schier Selbstverständliches, ein Totschlag nichts so Seltenes. Hingegen Diebstähle kommen nicht vor.

So sind sie in den Hochwäldern. Der Holzbauer wird geboren unter dem Baume, sein Vater gibt ihm – möcht' ich schier sagen – fast eher den Axtstiel in die Hand, als den Löffel, und anstatt nach dem Zulp greift der Kleine nach der Tabakspfeife. Wer Tabak nicht zu kaufen vermag, der macht sich ihn aus Buchenblättern.

Just sonderliche Armut ist ihnen nicht angeboren. Die stille Freude kennen sie kaum; sie fahnden nach gellender Lust. Selbst der Schmerz greift nicht recht an. Wenn einer sich mit dem scharfen Beil in das Bein fährt, so sagt er, es tät ein bißchen »kitzeln«. In wenigen Tagen ist alles wieder heil. Haut sich einer unversehens einen Finger weg, so ist das zuwider, des – Tabakfeuerschlagens wegen.

Tannenharz und Pechöl, und ein alter Beinbrucharzt und Zahnbrecher sind in dieser waldschattigen Welt die ganze medizinische Fakultät.

Heimweh ist, wenn sie hinauskommen, ihr Seelenleid. Heimweh die Heimatlosen? – Das Leid heißt Sehnsucht nach den Waldbergen, in welchen sie einmal den Jahreslauf durchlebt.

Der schwarze Mathes

Im Hinterwinkel steht die unheimliche Hütte. Ich bin vor kurzem in ihr gewesen und hab' den Raufbold Mathes, den Menschen mit der herben Schale gesehen. Es ist ein kleines, hageres Männchen, liegt hingestreckt auf einem Mooslager und hat Arm und Kopf in Fetzen gewunden. Er ist arg verletzt.

Die Fenster der Klause sind mit Lappen verdeckt; der Mann kann das Licht nicht vertragen. Sein Weib, jung und anmutig, aber abgehärmt zum Erbarmen, kniet neben ihm und netzt ihm mit Holzapfelessig die Stirn. 99 Sein Auge starrt sie fast leblos an, aber sein Mund mit den weißen Zähnen ist, als wollte er lächeln. Der Mann riecht stark nach Pechöl.

Als ich eintrete, hocken ein blasser, schwarzlockiger Knabe und ein helläugiges Mädchen zu seinen Füßen und diese Kinder spielen mit Moosflocken.

»Das wird ein Gärtelein«, sagt das Mädchen »und da baue ich weiße Rosen an!«

Der Knabe bildet aus Hölzlein ein Kreuz und ruft: »Vater, jetzt weiß ich es: ich mache den Holdenschlager Freithof!«

Die Mutter erschrickt und verweist den Kleinen das gellende Geschrei; der Mathes aber sagt: »Je, schreien magst sie schon lassen; den Freithof wird auch noch einer brauchen. Aber, eines, Weib, laß dem Lazarus seinen Jähzorn nicht gelten. Um des Herrgotts Willen, nur das nicht! Du schweigst? Du willst mein Wort nicht halten? Meinst etwan, du verstündest es besser, als ich? du! ich sag' dir's, Weib mach' mich nit wild!«

Die Lappen reißt er von den Armen und will sich aufrichten. Das Weib sagt ihm liebreiche Worte und schiebt ihn sanft zurück. Mehr noch aber schiebt die Schwäche und er sinkt auf das Lager.

Die Kinder sind aus der Hütte gewiesen worden, und auf dem sonnigen Wiesenplane bin ich eine Weile bei ihnen gewesen und habe mich mit ihnen unter Spielen und Märchenerzählen ergötzt.

Ein paar Tage später komme ich wieder hinauf. Da geht es dem Kranken ein gut Teil schlechter. Er kann sich nicht mehr aufrichten, wenn die Wut kommt.

Was ihm denn eigentlich fehle? 100

»So viel geschlagen ist er worden«, hat mir das betrübte Weib mitgeteilt.

Ich bin anfangs durch die Kinder eingeführt worden und genieße im Hause des Mathes einiges Vertrauen. Ich gehe öfters hinauf; ich will allzumal auch das Elend im Walde kennen lernen.

Einmal, als der Mathes in einem ruhigen Schlummer liegt und ich neben dem Lager sitze, atmet das Weib schwer auf, als trüge sie eine Last. Dann sagt sie die Worte: »Ich getrau' mir's wohl zu sagen, auf der Welt gibt es keine bessere Seel', als der Mathes ist. Aber wenn ein Mensch einmal so gepeinigt worden von den Leuten, und so niedergedrückt und so schwarz gemacht, wie er, so müßt' er kein frisch' Tröpfel Blut im Leib haben, wollt' er nicht wild werden.«

Und ein wenig später fährt sie fort: »Ich wüßt' zu reden, ich hab' ihn von Kindeszeit auf gekannt.«

»So redet«, habe ich entgegnet, »in mir habt ihr einen Menschen vor Euch.«

»Lustig ist er gewesen, wie ein Vöglein in den Lüften; hell zuckt hat alles an ihm vor lauter Freud' und Lebendigkeit. Und er hat's damalen noch gar nicht gewußt, daß er zwei großmächtige Meierhöf' erben sollt'; hätt's auch nicht geachtet; am liebsten ist ihm die Erden Gottes gewesen, wie sie daliegt im Sonnenschein. – Wartet nur, 's ist nicht allerweg' so fortgegangen.«

Und nach einer weiteren Weile fährt das Weib fort: »In seinem zwanzigsten Jahr herum mag's gewesen sein, da ist er einmal mit einer Kornfuhr in die Kreisstadt gefahren. Das Fuhrwerk hat ein Überreiter (Gendarm zurückgebracht; der Mathes ist nicht mehr heimgekommen.

»Oho! Heimgekommen schon!« unterbricht sie der Kranke, und will sich heben. – »Es ist nichts Unrechtes, das du erzählst, Weib, aber wissen wirst es nicht recht, bist ja nicht dabeigewesen, Adelheid, wie sie mich erwischt haben. Ich erzähl's selber. Wie ich in der Stadt mein Geschäft fertig hab', geh' ich ins Wirtshaus, daß ich mir ein wenig die Zunge netz'. Auf dem Kornmarkt, müßt' Ihr denken, wird das Red'werk trocken, bis der letzte Sack vom Wagen geschwätzt ist. – Wie ich in die Wirtsstuben tret', sitzen ihrer drei, vier Herren bei einem Tisch, laden mich ein, daß ich mich zu ihnen setz' und mit ihnen Wein trink'. – Freundlich sind die Herren gewesen, eingeschenkt haben sie mir.«

Der Mann unterbricht sich, um Atem zu schöpfen; sein Weib bittet ihn, daß er sich schone. Der Kranke hört es nicht und fährt fort: »Von den Welschen haben sie erzählt, die in Ewigkeit keine Ruh' geben wollen, und von den Kriegszeiten und dem lustigen Soldatenleben; und gleich darauf fragen sie wieder, wie das Korn geraten, was der Scheffel koste. Ich bin lustig worden, hab' meine Freud' gehabt, daß sich mit weltfremden Leuten so schön über allerhand plaudern läßt. Da hebt einer das Glas: unser König soll leben! – Wir stoßen an, daß schier die Gläser springen; ich schrei dreimal lauter als die andern: der König soll leben!« – Der Kranke bricht ab, es zittern ihm die Lippen. Nach einer Weile murmelt er: »Mit diesem Ruf ist mein Unglück angegangen. – Wie ich wieder fort will, springen sie auf, halten mich fest: oho, Bursch, du bist unser! – Unter die Werber bin ich geraten. Fortgeführt haben sie den jungen, noch gar 102 nicht ausgewachsenen Menschen; – unter die Soldaten haben sie mich gesteckt und verkauft bin ich gewesen.«

Mit den knochigen Fingern zerballt der Mathes eine Moosflocke.

»Gräm' dich nicht, Weib«, stößt er hervor, »bin schon besser. Mit meinen letzten Worten will ich das Gezücht' noch niederschlagen. Das kann ich wohl sagen: auf weitem breiten Feld bin ich nicht so wild gewesen, wie dazumal. – Heim hätt' ich mögen, heim hat's mich zogen mit schweren guldenen Ketten. Und einmal, mitten in der stürmischen Winternacht bin ich fort und heimzu geflohen. Im Rainhäusel hab' ich mich aufgehalten bei meiner alten Base. Und jetzt haben mich meine eigenen Landsleute verraten. Auf einmal sind die Überreiter da, daß sie mich fangen. Just, daß ich noch aus dem Häusel und in den Wald hinaufhusch' und denk', wenn sie mich überlistet haben, so überlist' ich sie wieder. Zwei große Fanghunde haben umhergeschnuppert, aber ich bin durch den Bach gelaufen und in demselben eine gut Läng' hinan, daß die Äser meine Spur haben verloren. Und die Überreiter im Häusel haben alles durchstöbert; ins Bettstroh und ins Heu haben sie gestochen mit ihren Messern, die Höllteufel, und die ganze Hütte hätten sie schier umgestürzt. Wie sie mich aber nicht haben gefunden, hat einer sein Brennscheit meiner alten Base auf die Brust gesetzt: auf der Stell' sag', wo er ist, oder ich schieß dich nieder wie einen Hund! – Ja, *da* ist er gewesen, und wo er jetzt ist, das kann ich nicht sagen. – Vor die Tür hinaus haben sie drauf das Weibel geschleppt, drei Gewehrläuf' sind auf ihre Brust gerichtet und insgeheim haben sie ihr zugemunkelt: aber gleich schrei, so laut du kannst: 103 geh nur her, Hiesel, die Überreiter sind lang' schon wieder davon! Willst es nicht tun, wirst morgen begraben. Von all dem hab' ich im selbigen Augenblick nichts gewußt, wie ich so im Dickicht versteckt bin. Hab' aber lang gelauert und gemeint, es wäre hell erlogen, daß sie mich fangen. Da hör' ich die Base rufen: geh her, Hiesel, die Überreiter sind lang' schon davon! – Ich spring' auf und der Hütte zu, da seh' ich das Weibel die Händ' über den Kopf zusammenschlagen, da hör' ich schon das Lachen und ich steh' mitten drin unter den Überreitern. Herrgotts Kreuz! da bin ich wohl nach meinem Taschenfeitel gefahren! Hat mir aber einer den Kolben an den Arm geschlagen. – Und ein paar Tag darauf geht's über mich los. – Die funfzig Rutenstreiche damalen haben den Teufel in mich hineingeschlagen. – Mein zerfetzter Rücken ist mit Essig und Salz eingewürzt worden, der Heilung wegen. Es hat Eil' gehabt. Der Welsche ist ins Land gefahren, wie der bös' Feind. Da bin ich freilich auch in die Hitz' gekommen und hab' drein gefeuert. Ein' einzige Pulverladung hab' ich noch gehabt, wie der Feind ist zurückgeworfen; für dieselbig' Kugel hätt' ich noch wen andern gewußt; bei uns herüben auf hohem Roß. Aber das nicht, das nicht! hab' ich mir gedacht, Aug' in Aug' ist gescheiter. Und nachher bin ich wieder durchgegangen in die Heimat.«

»Und wenn Ihr Eure Heimat so geliebt, warum habt Ihr nicht für sie streiten wollen?« unterbreche ich ihn, »warum seid Ihr davongegangen?«

»Mag sein, daß es eine Schurkerei gewesen«, sagt der Mathes, »mag sein. Oder 'leicht – mag's auch nicht sein.«

»Mag das sein, wie es will«, ist meine Antwort, »ich kenne einen Mann, der hat nicht nur nicht *für* sein Land gestritten, sondern *gegen.*«

»Ich bin in meiner Heimat nicht verblieben«, fährt der Mathes fort, »mein Eigentum hab' ich im Stich gelassen und hab' mich, daß sie mich nimmermehr finden, in diese hinterste Wildnis verkrochen. – Gehetzt, gehetzt, Herr Jesus! Und dahier bin ich erst das wilde Tier worden. Mein Weib, du weißt es.«

Ein stöhnender Aufschrei war es gewesen; aber die Worte sind wie im Entschlummern gelallt. Er schweigt und schließt die Augen. Wie ein letztes Auflodern und ein Verlöschen.

»Für einen Hascher haben ihn die Leut' gehalten, da er ist zurückgekommen«, setzt das Weib fort, »Groschen und Pfennige haben sie zusammengeworfen in einen Hut und ihn denselbigen Hut wollen schenken. Dafür hätt' der Mathes bald ein paar totgeschlagen; er will nichts geschenkt haben. Wie ihn darauf die Leut' zu Dutzenden verfolgt, ist er auf einen Lärchenbaum geklettert, hat sich von einem Wipfel auf den andern geschwungen wie eine Waldkatz; und da haben die Leut' gesehen, daß er doch wer ist. Aber das Hieselein haben sie ihn spottweise geheißen. – Nachher – ja freilich wohl – hat er sich ein Mädel ausgesucht –«

»Das allerschönste im Wald!« unterbricht sie der Kranke wieder, »und ein solcher Hoffartsteufel ist in ihm gewesen, daß er – der Halbkrüppel – demselbigen Mädchen die Treu' nur versprochen, im Fall er kein schöneres mehr sollt' finden. Heiliges Kreuz, was ist da nicht gerauft worden! Andere haben das Mädel auch haben wollen. Dem Vornehmsten und Saubersten hab' ich die Adelheid an der Nase vorbei heimgeführt, und eine Bravere hätt' ich nimmer finden mögen.«

Wieder schweigt er und überläßt sich dem Halbschlummer.

»Fürchterliche Schläg' hat er oftmalen bekommen«, sagt das Weib, »aber auf den Füßen ist er geblieben, und da hat ihn einer herumschleudern mögen, wie der Will'. Zu jedem Samstagabend hat er sein Messer geschärft für das Erlholzschneiden; aber oftmalen hab' ich gebeten: lieber Mann, um Christi willen, laß das Messerschärfen sein! – Allerweg hat's mir geschwant, einmal werden sie ihn bringen auf der Tragbahr. – Und sonst, wenn er nüchtern gewesen, da hat's gar keinen besseren, fleißigeren und hilfreicheren Menschen gegeben im ganzen Waldland, als den Mathes. Da hat er lustig sein und wie ein Kind lachen können. Freilich ist ihm, weil er Soldatenflüchtling, sein Heimatsgut draußen im Land verfallen gewesen; aber mit bluteigenen Händen hat er die Kinder ernährt, und gar für andere Leut', die sich nichts mehr erwerben mögen, hat's noch gelangt. Wegen seiner Redlichkeit und Verläßlichkeit haben sie ihn im Holzschlag zum Meisterknecht gemacht. Und dennoch hat zum Sonntag der Wirt die Händ' über den Kopf zusammengeschlagen, ist das Hieselein gekommen, das sie nun schon allfort das schwarze Hieselein geheißen haben. Ist es auch voll Gemütlichkeit zur Tür hereingegangen, so ist doch darauf zu schwören gewesen, daß es ohne Raufen nicht abgeht. Er hat's nicht lassen mögen. Dasselb' ist aber wahr, nüchtern geworden, hat er jedem alles wieder abgebeten. – Zuletzt aber, du meine heilige Mutter Gottes, da ist das Abbitten nicht mehr angegangen. – Die Holzschläger sind all' zusamm' gekommen, daß sie dem Raufer, gleichwohl er ihr Meisterknecht, im Wirtshaus den Herrn einmal zeigen. Erstlich, wie sie sehen, daß er Branntwein trinkt, ein Glas ums andere, haben sie angefangen, ihn zu necken und zu höhnen, bis er wild wird und drein fährt. Sie sind all' über ihn her. Und zur selbigen Stund' hat ihn der Schutzengel verlassen; eine Hand frei, fährt er nach dem Messer, stößt es dem Köhler Bastian in die Brust. – Jetzt haben sie den Mathes geschlagen, daß er liegen geblieben auf der Erden. Zwei Wurzner haben ihn heimgetragen.«

Drauf spricht er: »Das aber sag' ich, daß ich so nicht versterben mag. Aufsteh' ich und geh' zum Gericht, und klag' andere an, daß ich den Bastian hab' erstochen. Von den hinterlistigen Werbern an, die mich aus meinem Jugendfrieden in die blutige Welt geliefert haben, wo ich geschändet worden – – bis auf den Köhler Bastian, der mir mit Hohn und Spott selber noch das Messer aus der Scheiden hat gelockt – – alle ruf' ich vor den Richterstuhl, alle müssen dabei sein, wenn mir der Henker den Hals bricht.«

Das Weib kreischt auf; der Mann sinkt röchelnd auf das Moos zurück.

Da hüpfen und jauchzen die Kinder zur Tür herein. Sie zerren ein weißes Kaninchen bei den Ohren mit sich, lassen es in der Stube frei und der Knabe verfolgt es. Das bedrängte Tier hüpft zum Mooslager und dem Kranken über die Beine. Im Winkel bleibt es sitzen und schnuppert und sieht mit seinen großen Augen angstvoll hervor. Der Knabe schleicht ihm bei und erwischt es bei den Beinen. Da winselt es und beißt den Verfolger in den Finger. – »Wart du! wart du, Rabenvieh!« wütet der Knabe und wird glührot im Gesicht, und seine Finger graben sich krampfig in den Hals des Tieres – und ehe noch Mutter und Schwester dazwischen kommen – ist das Kaninchen tot.

Der Mathes schlägt sich die Hände in das Gesicht und ruft: »Jetzt lebt der Zornteufel auch in meinen Kindern fort, das muß ich noch erfahren!«

Wenige Minuten hernach bricht der Mann in Tobsucht aus. Noch an demselben Abend ist er gestorben.

Den schwarzen Mathes haben sie im Wald eingescharrt. Das Weib hat unsäglich geweint auf dem Hügel, und als sie endlich von dannen geführt ist worden, da ist der Einspanig gekommen und hat auf das Grab ein Tannenbäumlein gepflanzt.

Am Tage der Geburt Mariens 1814

Und so bin ich in den Winkelwäldern herumgegangen. Ich bin im Hinterwinkel gewesen und in den Miesenbachschluchten, und in den Karwäldern und in den Lautergräben und in der Wolfsgrube und im Felsentale und auf den Triften der Almen, und drüben in der Senke, wo der schöne See liegt. Ich habe diese wundersame Alpengegend kennen gelernt und zum großen Teile auch die Menschen, die in ihr wohnen. Ich habe mich bei den Alten eingeführt und mit den Jungen bekannt gemacht. Es kostet Mühe und es gibt Mißverständnisse. Die besten dieser Leute sind nicht so gut und die schlechtesten nicht so schlecht, als ich mir vorzeiten gedacht habe. Ein paar Ausnahmen aber – deucht mir schier – gibt es doch. 108

Ich muß sogar ein wenig unredlich sein; sie dürfen es nicht wissen, weshalb ich da bin. Viele halten mich für einen Flüchtling und sind mir deshalb gewogen. Ein Mensch, den diese Wäldler gern haben mögen, muß von der Welt verachtet und verbannt sein, muß schier so wild und glück- und sorglos sein, wie sie selbst. Ich habe mich denn auch um eine Arbeit umsehen müssen. Ich flechte Körbe aus Rispenstroh und Weiden, ich sammle und bereite Zunder, ich schnitze aus Buchenholz Spielsachen für Kinder. Ich habe mich schon so sehr in dem Zutrauen der Leute befestigt, daß sie mich das Schärfen der Arbeitswerkzeuge lehren, so daß ich den Holzschlägern die Beile und Sägen scharf zu machen verstehe. Das bringt mir manchen Groschen ein und ich nehme ihn an – muß ja angewiesen sein auf meiner Hände Arbeit, wie alle hier. In meiner Stube sieht es bunt aus. Und da sitze ich, wenn draußen schlecht Wetter oder der lange Herbstabend ist, zwischen den Weidenbüscheln und Holzstücken und den verschiedenen Werkzeugen, und schaffe. Selten bin ich allein dabei; es plaudert mir meine Hauswirtin vor, oder es sitzt ein Pecher oder Wurzner, oder Kohlenbrenner neben mir und schmaucht sein Pfeifchen und sieht mir schmunzelnd zu, wie ich das alles anfange und zu Ende bringe, und greift letztlich wohl gar selber an. Oder es sind Kinder um mich, denen ich Märchen erzähle, oder die mit den Schnittspänen spielen, bis auch das Spielzeug in meiner Hand fertig ist. An Sonntagen sitzt gar der Förster stundenlang bei mir und hört meine Erfahrungen und Pläne wegen der Winkelwaldleute. Wir besprechen allerlei, und zuweilen 109 schreibe ich einen langen Brief an den Herrn des Waldes.

Die Holzschläger, die früher drüben in den Lautergräben gerodet haben, ziehen sich immer mehr gegen das Winkel herüber, und schon einige Male hab' ich durch den stillen Wald das Donnern eines fallenden Baumes vernommen. Von der Lauterkuppe schaut seit einigen Tagen eine blaßrote Tafel herab, die sich von Tag zu Tag ausdehnt und in der Morgensonne fremd zwischen dem dunkeln Grüne des Waldes niederleuchtet.

In den Schluchten der Winkel gegen die Straße hinaus arbeiten Steinbrecher und Teichgräber; es wird ein Fahrweg angelegt, daß die Kohlen und Holzstämme besser hinausbefördert werden können.

Ich gehe gern zu den Arbeitern herum und sehe ihnen zu, und spreche mit ihnen, auf daß ich mir in den Dingen einige Erfahrungen sammle.

Zuweilen aber sind die Leute doch ein wenig mißtrauisch gegen mich und begegnen mir mit ihren Vorurteilen. Ich trage gern ein Büchel von Wolfgang Goethe mit mir herum, und wo so ein schönes lauschiges Plätzel ist, da setze ich mich auf einen Rasen oder auf einen Stein und lese in dem Buche. Dabei bin ich schon mehrmalen aus dem Hinterhalte beobachtet worden. Und da schleicht im Walde das Gerücht herum, ich sei ein Zauberer und hätte ein Büchlein mit lauter Zaubersprüchen.

Ich habe nachgedacht, ob mir dieser seltsame Nimbus für meine Pläne anfangs nicht einigen Vorteil brächte. Gewiß sind die Eltern leicht zu bewegen, ihre Kinder von mir das Lesen lernen zu lassen, wenn ich ihnen sage: versteht einer nur erst die Zaubersprüche in dem Büchlein, so kann er teufelbeschwören, schatzgraben, wettermachen, oder je nach Bedarf die Wettermacher unschädlich halten nach Belieben. Ich denke, daß selbst Erwachsene und gar Grauköpfe ihre Arbeitswerkzeuge fallen lassen und zu mir in die Schule gehen würden. – Von mir aber wäre es schändlich und ich täte dadurch nur das Verkehrte erreichen von dem, was ich will. Nicht, daß die Leute lesen und schreiben lernen ist die Hauptsache, sondern, daß sie von den schädlichen Vorurteilen befreit werden und ein reines Herz haben. Freilich könnte ich ihnen später Bücher der Sittenlehre unterschieben und sagen: da drin stehen die echten Zaubersprüche, aber die Getäuschten hätten kein Vertrauen mehr zu mir, und das Übel wäre größer, anstatt kleiner.

Nicht auf Umwegen wollen wir schleichen; eine gerade Straße hauen wir durch das Urgestämme.

Ich habe aus dem Buche den Leuten einige Male Lieder vorgelesen; den Mädchen das »Heideröslein« und den Burschen das »Christel« gelehrt. Gleich haben sie – ich weiß gar nicht, woher – eine Weise dazu, und jetzt werden die Lieder im Walde schon gesungen.

Und so ist nun der Herbst gekommen. Der Himmel ist, wenn die Morgennebel in den Tälern sich lösen, hell und rein und alle Wolken sind aufgesogen. Die Nadelwälder sind dunkelbraun, die Laubhölzer sind gelb oder rot, und auf der Talwiese grünt es frisch, oder es liegt auf derselben das Silber des Reifes. In diesen Wäldern ist der Herbst buntfarbiger und fast lieblicher, als der Lenz. Der Frühling ist ein übermütiges Glitzern und Schillern, Singen und Jauchzen allerwege; der Nachsommer hingegen ist, wie ein stiller, feierlicher Sonntag. Da horcht und gehorcht nichts mehr der Erde; da lauscht alles ahnungsvoll dem Himmel und der Atem Gottes säuselt stimmungsvolle Lieder durch die goldenen Saiten der milden Sonne.

Der Himmel ist ja so redlich geworden, er hält tagsüber mehr, als er des Morgens mit seinen nebeltrüben Augen verspricht. Man schaut in sein blaues, stilles Aug' ....

Dort sitzt an einem Waldfeuer der Hirtenknabe. Er tut runde Dingelchen aus dem Sack und schiebt sie in die Glut.

»Sage mir, Junge, woher hast du die Erdäpfel?«

Er wird rot und sagt: »Die Erdäpfel, die – die hab' ich gefunden.«

»Gesegne dir sie Gott, aber ein andermal finde sie nicht mehr, sondern gehe die Winkelhüterin an, wenn du Hunger hast; sie schenkt sie dir.« – Geschenkte schmecken nicht, gefundene tun's besser, ist auch das Salz schon dabei, gelt?

Dort steht ein Strauch, der hat sich gestern abends mit einem Kettlein von Tauperlen geschmückt; heute ist der Tau erstarrt und brennt der Pflanze schier das Herze ab.

Ich habe an einem solchen Nachsommertage einmal eine sehr alte Frau im Walde sitzen gesehen. Diese Frau hat einst ein Kind gehabt. Das ist in die neue Welt gegangen, ins heiße Brasilien, um das Gold zu suchen. Der herbstliche Gesichtskreis ist so grenzenlos klar, daß die Mutter in die ferne Vergangenheit vermag zu schauen, wo der Liebe Knabe steht. Sie schaut ihn an, sie lächelt ihm zu, sie schlummert ein. Am andern Morgen sitzt sie noch auf dem Stein und hat einen weißen Mantel um. Der Schnee 112 ist da, der Nachsommer ist vorbei. Und über das Wasser schifft ein Blatt Papier, das zieht gegen die heißen Zonen Südamerikas. Einem sonnenverbrannten Mann gibt es Nachricht vom fernen Daheim: Mutter im Walde gestorben. – Ein kleines Tränlein windet sich mühsam zwischen den Wimpern hervor, die Sonne saugt es rasch auf und nach wie vor heißt die Losung: Gold! Gold!

Käme noch ein einziger Brief zurück ins alte Mutterland, er müßte erzählen: der Sohn im Golde erdrückt. –

Was träume ich hier? Es ist der Weltlauf, der mich nichts angeht. Ich will Frieden haben mitten im stillen Herbsten dieses Waldes.

Dort oben in der Buchenkrone löset sich ein müdes Blättchen los, sinkt von Ast zu Ast und tänzelt an unendlich zarten schillernden Spinnfäden vorüber und hernieder zu mir auf den kühlen Grund. – Die Menschen in der Ferne, mit denen ich vormaleinst gelebt, was werden sie treiben?

Das außerordentliche Mädchen blüht immer – immer – auch im Herbst; – im Sachsenland werden die dürren Blätter wehen über Gräbern ....

Einsamkeit kann einsam Leid nicht bannen. – – Ich muß mich nach Dingen umsehen, die mich zerstreuen und erheben und die mich nicht einseitig werden lassen in meiner Umgebung.

Ich habe begonnen, Pflanzenkunde zu treiben; ich habe mit meinen Augen aus Büchern herausgelesen, wie die Eriken leben und die Heiderosen und andere; und ich habe mit meinen Augen dieselben Pflanzen betrachtet, stunden- und stundenlang. Und ich habe keine Beziehung gefunden zwischen dem toten Blatt im Buche und dem lebendigen im Walde. Da sagt das Buch von der Genziane, diese Pflanze gehöre in die fünfte Klasse, unter dieser in die erste Ordnung, komme in den Alpen vor, sei blaublütig, diene zur Medizin. Es spricht von einer Anzahl Staubgefäßen, von Stempel und Fruchtknoten usw. Und das ist der armen Genziane Tauf- und Familienschein. O, wenn so eine Pflanze ihre eigene, mit eitel Ziffern gezeichnete Beschreibung selbst lesen könnte, sie müßte auf der Stelle erfrieren! Das ist ja frostiger, wie der Reif des Herbstes.

Das wissen die Waldleute besser. Die Blume lebt und liebt und redet eine wunderbare Sprache. Was wissen die nicht von der Schlüsselblume, vom Frauenschühlein, vom Muttergotteshäuberl, vom Schneeglöckel, vom Vergißmeinnicht für schöne Geschichten! So gaukeln die kleinen Blumenseelen im Gemüte des Älplers umher. – Aber ahnungsvoll zittert die Genziane, naht ihr ein Mensch; und mehr bangt sie vor dessen leidenschaftglühendem Hauche, als vor dem todeskalten Kusse des ersten Schnees.

So bin ich der nicht Verstehende und Unverstandene. Sinnlos und planlos wirble ich in dem ungeheuren lebendigen Rade der Schöpfung.

Verstünde ich mich nur erst selbst. Kaum nach dem Fieber der Welt zur Ruhe gekommen und mich des Waldfriedens freuend, drängt es schon wieder, einen Blick in die Ferne zu tun, so weit des Menschen Auge kann reichen. – Dort auf der blauen Waldesschneide möcht' ich stehen und weit hinaus ins Land zu anderen Menschen sehen. Sie sind nicht besser wie die Wäldler und wissen auch kaum mehr; jedoch sie sterben und ahnen und suchen dich, o Herr! ....

Auf der Himmelsreiter

Eines schönen Herbstmorgens habe ich mich aufgemacht, daß ich den hohen Berg besteige, dessen höchste Spitze der graue Zahn genannt ist. – Bei uns im Winkel herunten ist doch allzu viel Schatten, und da oben steht man im Lichtrunde der weiten Welt. Es ist kein Weg, man muß gerade aus, durch Gestrüppe und Gesträuche und Gerölle und Zirmgefilze.

Nach Stunden bin ich zu der Miesenbachhütte gekommen. Das junge heitere Paar ist schon davon. Die lebendige Sommerszeit ist vorbei; die Hütte steht in herbstlicher Verlassenheit. Die Fenster, aus der sonst die Aga nach dem Burschen geguckt, sind mit Balken verlehnt; der Brunnen davon ist verwahrlost und sickert nur mehr, und das Eiszäpfchen am Ende der Rinne wächst der Erde zu. Die Glocke einer Herbstzeitlose wiegt daneben, die läutet der versterbenden Quelle zu ihren letzten Zügen.

Das Gartenbeet, das die Sennin im Sommer so sorgsam gepflegt hat, auf welchem lieblich die hellen Blüten haben geflammt, wuchert jetzt wild, halbverdorrt, zernichtet. O, wie sehnsuchtsvoll wartet im jungen Frühling unser Auge auf die ersten Blumen des Gartens! Mit all unseren Mitteln stehen wir dem Beete bei in seinem Keimen; wie schützen wir es in seinem Grünen und Blüten, und mit welch' stolzer Freude bewundern wir sein hochzeitliches Prangen! – Nun aber beginnt unsere Liebe für den Garten mählich zu erkühlen, wir reichen ihm nicht mehr unsere Hände. Allein prangt er weiter und wird eine wuchernde Wildnis von unsäglicher Schönheit. Aber umsonst – des Menschen Gemüt ist satt geworden und der Garten wuchert und verwuchert und verblaßt – unverstanden und unbeklagt.

In *meinem* Gärtlein wachsen brennende Nesseln und Hummeln summen darin. Ich sollt' wohl irgendwen haben, der es bestellt! .... Geht hinweg, ihr bösen Geschichten! Ein Narr könnt' einer werden, wollt' man dran denken ....

Ich habe mich auf den Kopf des Wassertroges gesetzt und mein Frühstück verzehrt. Das ist ein Stück Brotes aus Roggen- und Hafermehl gewesen, wie es hier allerwärts genossen wird. Das ist ein Essen, wie es – buchstäblich – den Gaumen kitzelt, recht grobkörnig und voll Kleiensplitter. Draußen im Land, wo Weizen wächst, tät' so ein Backwerk nicht schmecken; hier ist es ganz der Gegenstand der Bitte: gib uns heut' unser täglich Brot! – Gibt aber auch Zeiten in dieser Gegend, in welcher der Herrgott selbst mit dem Haferbrote kargt; da kommt gedörrtes Stroh und

115

Moos unter den Mühlstein. – Mir gesegne Gott das Stück Brot und den Schluck Wasser dazu! Mit dieser Zubereitung ihr Herrenköche, schmeckt alles gut.

Nachher heb' ich an, weiter zu steigen. Zuerst bin ich über das Kar hingegangen, aus dessen Mulden überall verwaschene Steine hervorquellen. Dazwischen stehen falbe Federgrasschöpfe und Flechtengefilze. Einige zarte, schneeweiße Blümlein wiegen sich auch und blicken ängstlich um sich, als hätten sie sich gar sehr verirrt in die Felsenöde herauf und möchten gerne wieder zurück. Von dem einst so schönen roten Meere der Alpenrosen stehen die spießigen Struppen des Strauches. Ich steige weiter, umgehe einige Felswände und die Kuppe des Kleinzahn, dann schreite ich einer Kante entlang, die sich gegen den Hauptgebirgsstock hinzieht. Da habe ich die augenblendenden Felder der Gletscher vor mir, glatt, leuchtend wie Elfenbein, sich hinlegend in weiten, sanften Lehnen und Mulden oder in schründigen, vielgestaltigen Eishängen von Höhe zu Höhe. Dazwischen ragen starre Felstürme auf, und dort in luftiger Ferne über die lichten Gletscher erhebt sich ein dunkelgrauer, scharfzackiger Kegel, weit emporragend über die höchsten Gipfel des Gebirges. Das ist mein Ziel, der graue Zahn.

Ein scharfkalter Luftstrom hat gerieselt von den Gletschern her und das ganze unmeßbare Himmelsrund ist fast finsterblau gewesen, daß ich über den grauen Zahn herüber jenen Stern hab' erblickt, den wir zur ersten Morgen- oder Nachtstunde so wundersam leuchten sehen und den sie die Venus heißen. Es ist aber doch die Sonne gestanden hoch in dem Gezelt. Die fernen Schneeberge und Felshäupter sind so klar und niedlich gewesen, daß ich schier vermeint, sie lägen wenige Büchsenschußweiten vor mir und wären aus gleißendem Zucker geformt.

Gegen Morgen hin fällt die Gegend ab in den welligen Grund des Waldes. Und die sonst so hochragenden Almweiden liegen tief wie in einem Abgrunde, und dort und da liegt das graue Würfelchen einer Almhütte. Von der Mitternachtsseite heran gähnen die schauerlichen Tiefen des Gesenkes, in deren Schatten das glanzlose Auge des Sees starrt.

Nun bin ich ein paar Stunden den beschwerlichen und gefährlichen Weg der Kante entlang gegangen bis zu den Gletschern. Hier habe ich meine Steigeisen an die Füße gebunden, das Ränzlein enger geschnallt und den Bergstock fester in die Hand genommen. Der Bergstock ist ein Erbstück von dem schwarzen Mathes. Es ist in diesem Stock eine Unzahl kleiner Einschnitte, die aber nicht andeuten, wie oft etwan sein früherer

Eigner den Zahn oder einen anderen Berg bestiegen, sondern wie viele Leute er im Raufen mit diesem Knittel zu Boden geschlagen hat. Ein unheimlicher Geselle! – und mir hat er emporhelfen müssen über die weite, glatte Schneelehne, hinweg über die wilden Eisschründe und letztlich hinan den letzten steilen Hang auf die Spitze des Zahn. Hat's getreulich getan. Und wie gerne hätte ich von diesem hohen Berge aus dem nachgerufen in die Ewigkeit: Freund, das ist ein guter Stock, wärst hoch mit ihm gekommen, hättest ihn verstanden! –

Stehe ich jetzt oben? Geht's nicht mehr weiter?

Wenn ich so ein Wesen tät' sein, das sich an den Sonnenfäden könnt' emporspinnen in das Reich Gottes ....

Unter einem Steinvorsprung auf verwitterten Boden hab' ich mich hingesetzt, hab' die Dinge betrachtet. Hart um mich sind die feinen zerbröckelten Zacken der senkrecht liegenden Schiefertafeln gewesen. Über mir wogt vielleicht ein scharfer Luftstrom hin; ich höre und fühle ihn nicht; mich schützt der Felsvorsprung, die höchste Spitze des Zahn. Auf meine Glieder legt sich die freundliche Wärme des Sonnensternes. Die Ruhe und die Himmelsnähe tut wohl. Ich sinne, wie das wäre in der ewigen Ruh .... Und selig sein! – ewig zufrieden und schmerzlos leben; nichts wünschen, nichts verlangen, nichts fürchten und hoffen durch alle Zeiten hin ... Ob das nicht doch ein wenig langweilig wird? Ob ich mir nicht etwan doch einmal Urlaub nehmen möcht', daß ich hier unten wieder könnt' die Welt anschauen. Mein Gutsein dahier geht leichtlich in eine Nußschale hinein. Aber ich meine, wenn ich einmal oben wär': herunten wollt' ich wieder sein. 's ist ein Eigenes um irdisch Freud' und Schmerz! 118

Nur eines wollt' ich mir bedenken; ginge ich auf Urlaub zurück. Ein gutes Engelein müßte mir seine Flügel mitleihen; wie wollt' ich fliegen über die weißen Höhen und sonnigen Gipfel und Kanten, bis in die Ferne dort, wo die Säge der Gebirgskette den lichten Himmel durchschneidet; und auf jenem letzten weißen Zähnchen wollt' ich ruhen und hinblicken in die Weiten des Flachlandes und zu den Türmen der Stadt. Vielleicht könnte ich den Giebel des Hauses erblicken, oder gar das Gefunkel des Fensters, an dem sie steht ....

Und tät ich das Gefunkel desselbigen Fensters erblicken, dann wollt' ich gern umkehren und zurück in den Himmel.

Ob es wohl wahr ist, daß man von dieser Spitze aus das Meer kann sehen? – Meine Augen sind nicht klar, und dort in Mittag zittert das

Graue der Erde mit dem Grauen des Himmels ineinander. – Den festen Boden kenne ich; was Moder ist, nennen sie fruchtbare Erde. Könntest du, mein Augenblick, nur ein einzigmal das weite Meer erreichen! – –

Als endlich die Sonne sich so hat gewendet, daß der blaue Schatten ist erschienen auf meiner steinigen Ruhestatt, da habe ich mich erhoben und bin emporgestiegen auf den allerhöchsten Punkt. Ich habe den Rundblick getan in die ungeheuere Zackenkrone der Alpen.

Und danach bin ich niedergestiegen an den Felshängen, den Gletscherschründen, den Schneefeldern; bin hingegangen auf dem langen Grat, bin endlich wieder herabgekommen auf die weichen Matten. Da sind vor mir wieder die Waldberge gewesen; aus den Tälern ist die Dämmerung gestiegen. Diese hat mir fast wohlgetan; vor meinem überreizten Auge hat es noch lange geflimmert und gefunkelt. Eine Weile habe ich die Hand davorgehalten. Und als ich meinen Blick wieder vermocht zu heben, da hat auf den Höhen das Gold der untergehenden Sonne geleuchtet.

Wie ich zu der Miesenbachhütte komme, vor der ich des Morgens eine Weile gesessen bin, veranstaltet der schalkhafte Zufall eine Begebenheit.

Ich denke, da ich so vorübergehen will, just darüber nach, wie freundlich und heimatlich ein bewohntes Menschenhaus dem Wanderer entgegengrüßt, hingegen aber, wie so eine leere verlassene Stätte gespensterhaft dasteht, schier wie ein hochragender Sarg. Da höre ich von der Hütte her plötzlich ein Gestöhne.

Meine Füße, sonst recht müde schon, sind auf einmal federleicht geworden, haben davonlaufen wollen, aber der Kopf hat sie nicht fortgelassen, und die Ohren haben angestrengt gelauscht, und die Augen haben gelugt. Unter einem Winkel des Dachvorsprunges ist ein Pfauchen und Schnaufen, und da sehe ich gar was recht Sonderbares. Aus der braunen Holzwand ist ein Menschenhaupt mit Brust, zwei Achseln und einer Hand herausgewachsen, und allsamt ist es lebendig und zappelt, und von innen höre ich, wie die Füße poltern.

Aha, denke ich, ein Dieb, der sich da drin vielleicht die Taschen ein wenig zu voll angestopft hat und beim Herauskriechen unselig stecken geblieben ist. – Es ist ein junger Kopf mit krausem Haar, aufgestrichenem Schnurrbärtl, weißem Hemdkragen und rotseidenem Halstuche, wie man das sonst Wäldern selten findet.

Wie er mich gewahr wird, schreit er hell: »Du heiliges Kreuz, aber das ist ein Glück, daß da einer kommt. Erweiset mir die Guttat und helfet mir ein wenig nach, es braucht ja nur ein klein Ruckel. Das ist schon ein verflixt Fenster das!«

»Ja, Freund«, sage ich »da muß ich dich früher wohl ein wenig ausfragen. Wissen tät ich's, wer dich am leichtesten könnt' herauskriegen; der Gevattersmann mit der roten Pfaid, der tät' dir schön sachte das Stricklein an den Hals legen, ein wenig anziehen – gleich wärst in der freien Luft.«

»Dummheiten«, entgegnet er, »als ob der ehrlich Christenmensch nicht kunnt stecken bleiben, ist das Loch zu eng. Ich bin der Holzmeistersohn von den Lautergräben und geh' heut über die Alm in den Winkelegger Wald hinab. Wie ich da an der Hütten vorbeigeh', seh' ich die Tür angelweit offen, daß sie der Wind allfort hin- und herschlägt. 's ist nichts drin, denk' ich bei mir selber, gar nichts drin, was der Müh' wert wäre, daß sie's forttrügen, aber eine offene Tür in einem stockleeren Haus mag eins nicht leiden; über den ganzen Winter hindurch der Schnee hereinfliegen, das ist keine gute Sach'. Die Sennin muß es eilig gehabt haben, wie sie ab ins Tal getrieben hat – das ist schon die Rechte, die alles offen läßt. – Nu, ich geh' darauf hinein, mach' die Tür zu und weil gar kein Schloß ist, rammle ich von innen ein paar Holzstücke vor, steig' nachher auf die Bank, will durchs Rauchfenster hinaus und verklemm mich da, daß schon des Teufels ist.

Ich hab' dem Burschen aber noch nicht getraut und guck' ihm eine Weile zu, wie er zappelt.

»Und stecken bleiben, meinst, wolltest nicht da unter dem Dach, bis morgen ein paar Leut' kommen und dich kennen täten?«

Da knirscht er mit seinen Zähnen und macht die heftigsten Anstrengungen, aus seiner bösen Lage zu entkommen.

»Muß morgen in aller Früh zu Holdenschlag sein«, murmelt er.

»Was willst denn zu Holdenschlag?« sage ich.

»Nu, mein Gott, weil eine Hochzeit ist!« brummt er unwirsch.

»Und mußt 'leicht wohl dabei sein?«

Er will nicht mehr antworten. »Jessas und Anna, weil ich dazu gehör'!« stößt er endlich heraus.

»Nachher freilich, nachher müssen wir schon trachten, daß wir dich loskriegen«, sage ich, klettere an der Wand ein wenig empor und heb' an dem Burschen zu zerren an, bis wir die zweite Hand heraus haben; dann geht's schon leichter. Nicht lange darauf, so steht er am Boden, sucht seinen davongerollten Spitzhut auf, schlingt sich die steif gewordenen Arme und Beine ein, blickt mit hochrotem Gesicht nochmals empor zu dem Rauchfensterlein und ruft: »Du Höllsaggra, da hat's mich derwischt gehabt!«

Dann sind wir in der Dämmerung zusammen hinabgestiegen gegen den Winkelegger Wald. Der Bursche hat nicht recht mit mir reden wollen. Ich habe versucht, meine Bosheit gut zu machen, habe ihm versichert, daß ich's ja gleich erkannt, er sei kein Dieb.

»Und morgen wirst also zu Holdenschlag bei der Hochzeit sein? Bist zuletzt gar der Brautführer, he?«

»Der Brautführer, nein, derselb' bin ich nicht.«

»'leicht hätten sie's zu Holdenschlag auch allein gemacht, wärst da oben stecken geblieben.«

Er zieht den Hut über die Augen und blickt auf die Baumwurzeln, über die wir nun hinabsteigen.

»Allein«, meint er endlich, »nein, dasselb' glaub' ich nicht. Wisset, die Sach' geht halt so zu, allein machen sie es schon deswegen nicht, weil – weil's völlig so ausschaut, wie wenn ich der Bräutigam wär'.«

Dieses Wort gehört, bin ich stillgestanden, hab' den Burschen eine Weile angestarrt und gedacht, wie das böse wäre, wenn unten die Braut und die ganze Hochzeit harren und harren täten und der Bräutigam steckt oben im Rauchfenster der Sennhütte. Der junge Mann hat mich hierauf höflich zu seinem Ehrentag eingeladen. Er hat mich geführt; wir sind hinabgestiegen durch den finsteren Wald bis zum engen Tal des Winkelegg.

Ein Berg von ausgeschälten Holzblöcken liegt da; das ist der Winkelegger Wald, der auf einer langen Riese Stamm an Stamm herangerutscht gekommen ist. Neben dem Holzhaufen stehen die drei schwarzen, großmächtigen Betten der Meiler, über denen langsam und still milchweißer Rauch emporqualmt zu den Kronen der Schirmtannen.

Der Holzmeistersohn von den Lautergräben hat mich genötigt, mit ihm in die Klause zu treten, die unter den Schirmtannen steht.

In der Klause sind drei Menschen, zwei Hühner, eine Katze und die Herdflamme. Sonst habe ich kein lebendiges Wesen gesehen.

Ein junges Weib steht am Herd und legt Lärchengeäste kreuzweise über das Feuer. Mein Begleiter sagt mir, dieses junge Weib sei seine Braut.

Hinter dem breiten Kachelofen, der schier bis zur rußigen Decke der Stube emporgeht, und der mich, den fremden Eindringling, mit sehr großen, grünen Augen anglotzt, sitzt ein Mütterlein und zieht mit unsicheren Fingern die Buntriemen durch ein neues Paar Schuhe, wobei es sich allfort die Augen wischt, die schon recht abgestanden sein mögen, wie ein altes Fensterglas, das viele Jahre lang im Rauche der Köhlerhütte gestanden. Mein Begleiter sagt mir, dieses Weib sei die Mutter seiner Braut, welche von den Leuten allerwege die Rußkathel geheißen wird.

Weiter hin, im dunkelsten Winkel, sehe ich eine derbe, männliche Gestalt mit entblößtem Oberkörper, die sich aus einem breiten Holzbecken mit solcher Gewalt wäscht und abreibt, daß sie schnauft wie ein Lasttier.

»Das ist meiner Braut der Bruder«, erklärt mir mein Begleiter, »er ist der Köhler dahier und sie heißen ihn den Ruß-Bartelmei.«

Dann tritt der Holzmeistersohn zu seiner Braut und sagt ihr, daß er da sei und daß er an mir jenen Menschen mitgebracht habe, der allweg in den Wäldern herumgehe und die hohe Gelehrsamkeit habe und der ihnen zum Hochzeitstag die Ehre erweisen werde.

Das junge Weib wendet sich wenig gegen mich und sagt: »Schauet, daß Ihr wo niedersitzen mögt, 's geht halt so viel zerrissen zu, bei uns; wir haben nicht einmal einen ordentlichen Sitzstuhl.«

124

Hierauf spricht der junge Mann eine Weile leise mit seiner Braut. Ich halte, er hat ihr die Geschichte von der Sennhütte erzählt, weil sie auf einmal ausgerufen: »Aber na, du bist doch ein rechter Närrisch! Mußt denn überall hineingucken, oder bist es von eher so gewohnt worden, da oben bei der Sennhütten?«

Der Bursche wendet sich zu seiner Schwiegermutter: »Gebt her die Schuh', Ihr laßt ja doch die Löcher zur Hälfte aus; für so feine Arbeit mögt Ihr nimmer lugen.«

»Ja, du Paul, dasselb' ist wohl wahr auch«, keifelt die Alte gemütlich aus ihrem zahnlosen Munde, »aber hörst, Paul, mein Ahndl hat meiner Mutter die Brautschuh eingeriemt, meine Mutter hat's mir getan; und ich, für was wär' ich altes Krückel denn auf der Welt, wollt' ich für meine Annamirl nicht auch einriemen.«

»'leicht kriegt Ihr bald andere Arbeit, Mutterle, beim Heideln (Wiegen) braucht Ihr nicht zu lugen«, versetzt der Paul schalkhaft.

Da hebt die Annamirl den Finger: »Du!«

Und im dunkeln Winkel ist das vorige Plätschern und Schnaufen. Ein Mensch, der einmal so angeschwärzt ist, wie der Ruß-Bartelmei, der vermag sich nicht mehr so leicht weiß zu waschen vor der Welt, und sollte seine Schwester gar den Holzmeistersohn von den Lautergräben heiraten.

Und mein Holzmeistersohn zieht die Riemen in die Schuhe seiner Braut. Die Alte, einmal zu den ersten Worten veranlaßt, kommt ins

25 Schwätzen: »Und vergiß mir's ja nicht, Annamirl«, sagt sie, »mußt es auch probieren. Einmal wird's doch anschlagen.«

»Daß ich den Patengroschen[2] sollt' anbauen, Mutterle?«

»Dasselb', ja. Und unter einer Zwieseltann' mußt du in der Hochzeitsnacht den Groschen vergraben. Das ist der Geldsamen, und wirst sehen, in drei Tagen wird er blühen, und in drei Monaten kann er gleichwohl schon zeitig sein. Die Vorfahren haben es auch so gemacht, aber allen ist's nicht gelungen. Gewesen ist's so: mein Ahndl hat die Zeit versäumt, meine Mutter hat die Zwieseltann' nicht mehr gefunden und ich hab' einen unrechten Groschen in die Erden tan. Deswegen, meine Tochter, merk' dir die Stund' und die Zwieseltann', und der Groschen wird aufgehen und Geld genug wirst haben dein Lebtag lang.«

Die Annamirl öffnet eine alte Truhe und beginnt in den Kleidungsstücken und anderen Geräten herumzukramen. Ich glaube, sie hat den Patengroschen gesucht.

Der Köhler im Winkel wäscht und reibt sich. Mehrmals wechselt er das Wasser, und immer wird es schier schwarz wie Tinte. Endlich aber bleibt es nur grau, da läßt der Ruß-Bartelmei ab und trocknet sich; dann kleidet er sich an, setzt sich auf die Türschwelle, und aufatmend sagt er: »Ja, Leut', die eine Haut hätt' ich jetzt herunter und die andere ist noch ein wenig oben.« Dieselbe aber, die noch ein wenig oben, ist sehr rot geworden, ist stellenweise gar noch ein bißchen braun, und es soll doch immer noch der Ruß-Bartelmei sein, der morgen seiner Schwester zur
26 Hochzeit geht.

Ich werde eingeladen, daß ich über die Nacht in der Hütte bleibe und die Braut setzt mir gastlich eine Eierspeise vor, weil ich der »gelehrte Mann«, der, käme die Zeit und hätten die Kinder einen guten Kopf, leicht zu brauchen wäre.

Der Rauch hat die Hühner aus ihrer Abendruh' aufgetrieben; da kommen sie nun zu mir auf das Tischchen und machen, zuckend, hohe Krägen über den Topfrand in meinen Kuchen hinein. Wollen sie zuletzt gar ihre Eier wieder zurückhaben?

Auch die Alte kommt mir immer näher, tut zweimal den Mund auf und unverrichteter Sache wieder zu, und murmelt dann in ihr blaues Halstuch hinein: »Ich red's doch nicht – 's wird gescheiter sein.«

2 Taufmünze, so die Braut einst von ihrem Paten erhalten.

Ich bin ihrer Furchtsamkeit zu Hilfe gekommen: »Allfort wohlauf, Mutterle?«

»Dank Euch Gott die Frag'«, entgegnete sie sogleich und rückt mir noch näher, »diemal ja, – unberufen. Was noch kommen wird, weiß unsereins nicht. Und daß ich's nur daher red', wie ich's versteh': er ist ein gelehrsamer Mann, sagen die Leut', nachher wird er das Wahrsagen wohl auch kennen? – Gar nicht? – Aber das, hätt' ich gemeint, sollt' so ein Mensch wohl lernen. Und von wegen dem Lotterg'spiel, weil wir schon so weit bekannt sind: weiß er keine Nummern?«

»Jestl und Josef«, schreit jetzt das junge Weib plötzlich auf, »eilet, eilet, Mutterle, mir deucht, das Kätzl ist ins Wasserschaff gekugelt!«

Da wackelt die Alte gegen den Winkel hin, in welchem früher der Bartelmei gewesen; aber das Kätzlein ist schon fort, ist vielleicht gar nie im Wasser gewesen. Die Annamirl wird sich der kindischen Fragen ihrer 127 Mutter schämen, und hat ihnen durch obige List ein Ende gemacht.

Am andern Tag, als die Morgenröte durch den weißen Kohlenrauch hat geglüht, sind von allen Seiten des Waldes her Leute gekommen. Schmuck und geschmeidig sind alle gewesen, wie ich sie hier noch nie so gesehen. Sie bringen Hochzeitsgaben mit. Der Pecher kommt mit dem glänzenden schwarzen Pechöltopf: Und er meint es wohl so: Für die Brautleut' zur Gesundheit. Was will das Pechöl sagen? Habt ihr im Leben auch Pech zu tragen, müßt Ihr ihm gleich das Öl der Geduld zuteilen. Das will das Pechöl sagen. Wurzner kommen mit Gesäme und duftenden Kräuterbüscheln; die Ameisgräber kommen mit »Waldrauch«; Kinder bringen Wildobst in Fichtenrindenkörbchen; Holzhauer tragen Hausgeräte herbei. Der Schwamelfuchs, ein altes, verhöckertes und verknorpeltes Männlein, schleppt eine großmächtige Tonschüssel heran, einen rechten Familientopf, wohl für ein ganzes Dutzend Esser. Andere bringen hölzerne Löffel dazu; wieder andere kramen Mehl- und Schmalzkübel aus und ein Kohlenbrennerweib kommt ganz verlegen hereingetorkelt und steckt der Braut ein sorgsam umwickeltes Päckchen zu. Als diese, mit unbehilflichen Worten die Spenderin lobend, es öffnet, kommen zwei wackergestopfte Kapauner zum Vorschein. Das erspäht die alte Rußkathl, die, bereits auch festlich angezogen, erwartungsvoll an den Wänden herumschleicht, und sie flüstert zu ihrer Tochter: »Weißt wohl, Annamirl, wo die best' Brautgab' hinkommen muß? Ja wohl in den kühlen Erdboden hinein. Nachher kommt eine schöne Frau in guldenem Wagen gefahren, und an den guldenen Wagen sind zwei Kätzlein gespannt, die graben mit ihren Pfoten 128 die Brautgabe aus, und die Frau nimmt die Gab' in ihre schneeweißen Händ' und fährt dreimal um die Hütten herum; nachher kann kein Elend kommen in eueren heiligen Eh'stand.« – So klingt das Märchen von der Freya noch fort im deutschen Walde.

Die Annamirl schweigt eine Weile und dreht die schweren, säuberlich gerupften und gefüllten Geflügel in der Hand um und um, als wären sie schon am Bratspieß, dann versetzt sie: »Ich halt', Mutter, in der Erden kunnten sie verfaulen, oder es fräßen sie die Kätzlein, und deswegen ist es, daß ich sag': wir essen sie selber.«

Zuletzt naht gar der feine Branntweiner mit seinem großen vollbauchigen Plutzer, der gleich einen weingeistigen Geruch verbreitet in der ganzen Hütte. Das riecht der Ruß-Bartelmei, der sofort herbeieilt, um zu sehen, wie so ein Tonplunzer eigentlich gemacht und zugestopft ist.

Aber da kommt die Annamirl dazwischen: »Dank dir zu tausendmal Gott, Branntweinhannes, das ist schon gar zu viel, das können wir nicht abstatten. Das ist 'leicht das best' Brautgeschenk, und so tu' ich damit den alten Brauch.«

Behendig zieht sie den Stöpsel aus dem Plutzer, gießt den funkelnden, rauchenden Branntwein bis auf den letzten Tropfen auf den Erdboden.

Die Alte kichert und keift: »Du Närrisch du, allbeid' Kätzlein werden dir rauschig; wird aber das ein Gehetz sein!«

Als alle beisammen sind, hat schon die Sonne zur Tür hereingeleuchtet. In der Nacht ist ein Mahl gekocht worden, das die Leute nun mit gutem Appetit und lustigen Worten verzehren. Ich habe ebenfalls davon genossen und habe mich unter die Kinder gemacht, die da gewesen und denen ich von den Speisen in ihre hölzernen Schüsselchen gefaßt, auf daß sie auch etwas bekommen.

Darauf sind wir alle davongegangen. Bei den Kohlenmeilern bleibt ein einziger alter Mann zurück, der mit seinem Eisenhaken lange vor der Tür steht, ein kurzes, hochtürmiges Pfeiflein schmaucht und uns nachblickt, bis wir in dem waldschattigen Hohlweg ihm verschwunden. Dann liegt nur noch die stille Morgensonne auf den Schirmtannen.

Viele Männer des Hochzeitszuges haben sogar Schußgewehre bei sich getragen; aber nicht nach den Tieren zielen sie heute, in die freie Luft schießen sie hinein, und sie halten es für eine große Feierlichkeit und Pracht, wenn es recht knallt und hallt.

Gesungen und gejauchzt wird, daß der Sommertag zittert. Herzensfreudige Lieder habe ich da gehört; Schalkheiten werden getan, althergebrachte

Spiele unterwegs gehalten, und es ist schon Mittag, als wir zur Pfarrkirche von Holdenschlag gelangen. Fünf Männer kommen uns entgegen mit Trompeten, Pfeifen und einer gewaltig großen Trommel. Mit einer wahren Festfreudenwut haut der Trommelschläger drein; und das ist ein Gehetz und mächtiges Gelächter, als der Schlägel plötzlich das so sehr gemarterte Fell durchbricht und in den Bauch hineinschießt, um seinem Takte auf dem andern Felle noch rechtzeitig nachzukommen. Ein Bursche schleicht lauernd um den Zug und will uns nach alter Sitte die Braut entführen, allein der Brauthüter wacht. Er wacht eigentlich mehr über seinen Geldbeutel als über die Braut; denn wäre ihm diese abhanden gekommen, der [130] Entführer hätte sie in ein entlegenes Gasthaus geschleppt und der Brauthüter hätte müssen die Zeche zahlen.

Der Bräutigam geht neben der ersten Kranzjungfrau; erst nach der Trauung gesellt er sich als Ehemann zu seiner Gattin, und nun geht der frühere Brauthüter mit der Kranzjungfrau, auf daß gleich der Keim zu einer neuen Hochzeit gelegt ist. Der Brauthüter ist mir wohl bekannt, er heißt Berthold, die Kranzjungfrau heißt Aga.

In der Kirche wird Wein getrunken und der Herr Pfarrer hält eine sehr erbauliche Rede von dem Ehesakramente und den Absichten Gottes. Der gute alte Herr hat sehr schön gesprochen, aber die Leute aus dem Walde verstehen sein Hochdeutsch nicht recht. Erst im Wirtshause, als wir schon alle gegessen, getrunken und Schabernack getrieben haben, ist für die Leutchen die rechte Predigt. Da erhebt der alte, bärtige Rüpel sein Weinglas und hebt an zu reden:

»Ich bin kein gelehrter Mann, hab' keinen Doktornzipf auf und keine Kutten an. Tät' ich mein Weinglas nit haben zur Hand, bei meiner Treu', Leut' ich brächt' kein gescheit Wörtl zustand. Daß die Zung' mir wird gelöst, wie es Moses ist gewest, desweg' trink ich den Wein; fällt mir auch leichter ein schicksam Wörtl ein. – Ich bin als der alte Bibelreiter bekannt; wär' ich Rittersmann, ich ritt auf einem Schimmel durchs Land. Und in der Bibel, da hab' ich einmal ein Sprüchel erfragt, der Herrgott, das Kreuzköpfel, hat's selber gesagt: ist der Mensch allein, sagt er, so tut er kein gut; aber sind ihrer viel, so tun sie auch kein gut; so probier ich's halt justament zu zwein und zwein, und sperr' sie paarweis' in die Hütten [131] ein. Aber schaut's, da wird gleich die Hütten zu klein. Sie brauchen großmächtiges Haus; zuletzt ists heilig Paradeis zu eng, sie müssen in die weit' Welt hinaus. Müssen hinaus in den wilden Wald und auf stockfremde Heiden, müssen leiden und meiden und zuletzt wieder scheiden. Da hat der lieb' Herrgott seinen Sohn geschickt, daß er sollt die Schäflein weiden. Ich hör' auf das Kreuz wohl drei Hammerschläg' klingen, zur Rechten, zur Linken, zu Füßen – da möcht' einem das Herz zerspringen. Darauf ist geronnen das rosenfarbne Blut, das tut uns den Himmel erwerben. Dir bring' ich das Glas, o Gotteslamm, für dein heiliges Leiden und Sterben!«

Da ist es still gewesen in der ganzen, weiten Stube, und der alte Mann hat das Glas ausgetrunken.

Bald aber füllt er es zum zweitenmal und spricht: »Ihm sei die Ehr', aber es soll der Herr nun in *Freuden* auch bei uns sein, und darum laden wir zu diesem Ehrentag auch den Herrn Jesus ein, wie auf der Hochzeit zu Kana in Galilä, auf daß er uns mache das Wasser zu Wein, den ganzen Winkelbach, heut' und alle Tag'. Und der Wein ist hell und rein, weiß und rot zusammengossen, wie die zwei jungen Herzen sein zusammengeschlossen in Lieb' und Ehr', und sonst keiner mehr. Der Wein wird gewachsen sein bei Sonn- und Mondenschein zwischen Himmel und Erden, so wie unsere Seel' von oben ist, und der Leib von der Erden. Und der süße, guldene Wein soll Braut und Bräutigam zur Gesundheit sein.«

Das ist jetzt eine Lust und ein Geschrei, und die Pfeifen und Geigen klingen drein, und der Braut gießen sie Wein auf ihren grünen Kranz.

Jeder hebt nun sein Glas und bringt seinen Hochzeitsspruch, sein Brautlied aus dem Stegreif dar. Zuletzt torkelt die alte Ruß-Kath empor und mit unglaublich heller Stimme singt sie:

»Schneid Birnbam,
Schneid Buxbam,
Schneid birn-buxbam'ni Ladn,
Mei Schatz will a buxbamas Bettstadl habn!«

Das ist ihr Trinklied und Hochzeitsspruch gewesen. Wie's jetzt angegangen, da hab' ich gemeint, der Hall und Schall drücke alle vier Wände hinaus in den ruhsamen Abend.

Nach und nach ist es wohl wieder stiller geworden und die Leute haben ihre Augen auf mich gelenkt, ob ich, der gelehrte Mann, denn keinen Brautspruch wisse.

So bin ich denn aufgestanden: »Glück und Segen dem Brautpaar! Und wenn nach fünfundzwanzig Jahren seine Nachkommen in den Ehestand treten, so wird es in der Pfarrkirche am Stege der Winkel sein. Das möge kommen! Ich leere den Becher!«

So hat mein Brautspruch gelautet.

Darauf ist ein Gemurmel und Geflüster gewesen und einer der Ältesten ist an meinen Platz getreten und hat mich höflich gefragt, wie die Rede gemeint. –

Die ganze Nacht hin hat in dem Wirtshause zu Holdenschlag die Musik geklungen, haben die Hochzeiter getanzt und gesungen.

Am anderen Morgen haben wir das Ehepaar aus seiner Kammer hervorgeholt. Dann ist eine lange Weile der Brauthüter gesucht und nicht gefunden worden. Wir hätten den Berthold zu einem uralten Hochzeitsspiele, dem Wiegenholzführen, benötigt.

Wer hätte gedacht, daß der wildlustige Bursche in des Pfarrers Stube steht, eine ganze Alpenglut auf seinen Wangen trägt und mit beiden Händen die Krempen seines Hutes zerpreßt.

Der Pfarrer zu Holdenschlag – das muß ein scharfer Mann sein – geht würdigen Schrittes in der Stube auf und ab und sagt mit väterlicher Stimme die Worte: »Zähme dich, mein Sohn und bete, verlängere dein Abendgebet dreimal oder siebenmal, wenn es nötig ist. Die Versuchung wird weichen. – Heiraten! Ein Habenichts, wozu denn? Hast du Haus und Hof, hast du Gesinde, Kinder, daß du ein Weib brauchst? – Nun also! – Auf den Bettelstab heiraten, die Narrheit geht nicht an. Wie alt bist du denn?«

Auf diese Frage errötet der Bursche noch mehr. Es ist eine schauderhafte Blödheit, wenn einer sein Alter nicht weiß. Und er weiß es nicht. Um zehn Jahre wird er nicht fehlen, wenn er auf geradewohl zwanzig sagt.

»Werde dreißig, erwerbe dir Haus und Hof, und dann komme wieder!« ist des Pfarres Bescheid. Darauf geht er in die Nebenstube, und der Berthold bleibt stehen und ihm ist, als müsse er noch was sagen – ein gewichtig Wort, das alle Einwände zu Boden wirft und der Herr beigeben muß: ei, das ist ganz was anders, dann heiratet in Gottesnamen.

Aber der Bursche weiß kein Wort, das es vermöchte zu deuten und hell zu künden, warum er eins – ewig eins sein will mit Aga, dem armen Almmädchen.

Da Herr Pfarrer nicht mehr zurückkehrt aus der Nebenstube, sondern in derselben sein Frühstück verzehrt, wendet sich der Bursche endlich traurig der Tür zu und steigt die Treppe nieder, auf der er vorher, wie auf einer Himmelsleiter mit voller Zuversicht emporgestiegen war.

Aber auf der grünen Erde angelangt, ist er ein anderer. Und es ist ein Arg' gewesen, wie der Bursche sich an diesem zweiten Hochzeitstage übermütig toll gebärdet hat.

Am Nachmittage hat sich gepaart Mann und Weib, Bursch und Magd; der Andreas Erdmann hat sich zum alten, bärtigen Rüpel gesellt, und so 35 sind wir alle wieder zurückgegangen in die Wälder der Winkel.

Zweiter Teil

1815.

Vor mehreren Jahrhunderten sollen in der Gegend der Winkelwässer Menschen gewohnt haben, die sich von Getreidebau, Viehzucht und Jagd ernährt. – Die Winkel ist vorsorglich eingedämmt, an ihren Ufern hin grünen gepflegte Wiesen und ein Fahrweg führt hinaus zu den vorderen Gegenden. An den Bergen grünen Felder. – So soll es gewesen sein. Unweit von dem Platze, wo jetzt das Holzmeisterhaus steht, zeigt ein Mauerrest die Stätte, wo eine Kirche gestanden haben soll. Zwar geht die Meinung, es sei keine Kirche gewesen, sondern ein Götzentempel, in welchem sie noch den Wuotan Met zugetrunken und Tiere geopfert, so oft der Vollmondschein durch die Blätter der Linden gerieselt. Zur selben alten Zeit sei jedes Jahr ein schneeweißer Rabe niedergeflogen von den Alpenwüsten, und diesem habe man Korn auf die Steine gestreut, der Vogel habe das Korn aufgepickt und hierauf sei er wieder von dannen geflogen. Einmal aber habe man dem weißen Raben keine Körner gestreut, weil ein Mißjahr gewesen, und weil ein Mann die Sache für etwas Albernes ausgelegt habe. Darauf sei der Rabe nicht mehr gekommen. – Aber kaum der Winter vorüber, da seien von Sonnenaufgang her wilde Völkerscharen herangeströmt 136 mit häßlichen braunen Gesichtern, blutroten Hauben und Roßschweifen, auf wunderlichen Tieren reitend, seltsame Waffen schleppend – und gar in die Winkelwälder hereingezogen. Diese Rotten haben geplündert und die Bewohner zu Hunderten davongeschleppt, so daß die Gegend menschenleer geworden.

Dann sind die Häuser und der Tempel verfallen, das Wasser hat die Dämme und Wege zerstört und die Wiesen mit Schutt oder Gestein übergossen. Obstbäume sind verwildert; auf den Feldern sind Lärchenwälder gewachsen, die Lärchen aber durch Tannen und Fichten verdrängt worden. Und es sind die finsteren, hundertjährigen Hochwälder entstanden.

Es ist nicht zu bestimmen, ob der Kern der heutigen Waldleute von jenen vor Jahrhunderten abstammt. Ich glaube vielmehr, so wie die alten Bewohner durch eine an die Alpen brandende Welle wilder Zeiten fortgeschwemmt worden sind, so sind nach vielen Jahren in den Stürmen der Zeit Splitter anderer Stämme in diese Wälder verschlagen worden. Man sieht es den Leuten ja an, daß sie nicht auf sicherem Boden der Heimat fußen, daß sie aber geichwohl den Drang haben, sich in den Waldboden einzuwurzeln und den Nachkommen ein gesichertes und geregeltes Heim zu bereiten.

Dennoch aber dämmert auch in diesen Menschen die Waldesgöttermär der alten Deutschen fort. Sie lassen im Herbste die letzten Früchte auf den Bäumen, oder behängen mit denselben ihre Kreuze und Hausaltäre, um für ein nächstes Jahr Fruchtbarkeit zu erlangen. Sie werfen Brot in das Wasser, wenn eine Überschwemmung droht; sie streuen Mehl in den 37 Wind, um dräuende Stürme zu sättigen – so wie die Alten den Göttern haben geopfert. Sie hören zur heiligen Zeit der Zwölfen die wilde Jagd, so wie die Alten schaudernd Vater Wuotans Tosen haben vernommen. Sie erinnern sich an Hochzeitsfesten der schönen Frau mit den zwei Katzen, so wie die Alten die Freya haben gesehen. Und wenn die Winkelwäldler draußen in Holdenschlag einen begraben, so leeren sie den Becher Metes auf sein Andenken. Überall klingt und schimmert sie durch, die alte germanische Sage und Sitte. Im Vordergrund aber tönt und webt Herrschendes das hohe Lied vom Kreuze.

Wohl die meisten der Winkelwäldler müssen es empfinden, was hier fehlt; nur die Wenigsten wissen es zu nennen. Aber jener Speiker hat es getroffen, als er vor einem Jahre bei der Köhlerhochzeit die Worte gesagt: »Um uns schiert sich kein Pfarrer und kein Herrgott. Dem Elend und dem Teufel sind wir verschrieben. Für uns ist auch ein Hundeleben gut genug; wir sind ja die Winkler!«

Aber der Speiker kann's noch erleben und mein Trinkspruch wird in Erfüllung gehen. Ich bin seit der Hochzeit wieder um ein Jahr jünger geworden. Die Winkelwäldler werden eine Kirche bekommen.

Will ein Volk aus wilder Ursprünglichkeit sich aufbauen zu einer schönen, ebenmäßigen Höhe, so muß der Gottestempel zu dem Baue das Erste sein.

Darum beginne ich in den Winkelwäldern mit der Kirche.

Ich habe drängen und dringen müssen. Der Herr von Schrankenheim hat seinen Palast mitten in der Stadt; da schallt zu jedem Fenster eine andere Kirchenglocke herein, und zwischen den Fenstern auf zierlichen 38 Gestellen prangen hundert Bücher für Herz und Geist. Wer ahnt es da, was in den fernen Wäldern so ein Klang und ein Predigtstuhl bedeutet! Endlich aber hat es der Gutsherr doch eingesehen, und heute sind schon Männer da, um die Baustelle zu prüfen.

Da drüben neben dem Winkelhüterhaus, schnurgerade vom Steg herauf, der über die Winkel führt, ist ein erhöhter Felsgrund, sicher vor Gesenken, Lahnen und Wildwasser. Er liegt zwischen dem Hinter- und Vorderwinkel, und von den Lautergräben, dem Miesenbachtale und dem Karwasserschlag ist völlig die gleiche Weite bis hierher zu dem erhöhten Felsgrund. Das ist der rechte Platz für das Gotteshaus. Ich habe einen Plan eingereicht, wie ich mir denke, daß so ein Waldkirchlein sein soll.

Das Kirchlein sei nicht gar zu klein, damit alle darin Platz haben, die kummervollen und bedürftigen Herzens sind, wie es deren im Waldlande viele gibt und fürder geben wird. Es sei nicht gar zu niedrig, denn der hohe Wald und die Felswände haben den Sinn verwöhnt und geweitet; und ist es auch, daß die Menschenwohnungen hier sehr gedrückt sind, so wird es dem Blicke doppelt wohl tun, wenn er sich in der Wohnung Gottes erheben kann. In den Kirchen der Städte sollte stets ernste Dämmerung herrschen, damit sie dem licht- und genußvollen Leben der Reichen und Großen einen Gegensatz darbieten; in dem Gotteshause des Waldes aber muß lichte und milde Freundlichkeit lächeln, denn ernst und dämmerig ist der Wald und des Wäldlers Haus und Herz. So soll die Art der Gottesverehrung das Leben ausgleichen und ergänzen; und was der Werktag und das Haus verweigert, das soll der Sonntag und die Kirche bieten. Der Tempel soll die Schutzstätte in den Stürmen dieser Welt und er soll der Vorhof der Ewigkeit sein.

139

Der Turm des Waldkirchleins sei schlank und luftig, wie ein aufwärts weisender Finger, mahnend, drohend oder verheißend. Drei Glöcklein mögen die Dreizahl in der Einheit Gottes verkünden und das dreitönige Lied singen von Glaube, Hoffnung und Liebe. Einen recht guten Platz möchte ich der Orgel bestimmen, denn der Orgelton muß den Armen im Geiste, so die Predigt nicht verstehen, das Wort Gottes sein.

Vergoldete Bilder und prunkende Zieraten in der Kirche sind verwerflich; die Gottesehre soll nicht liebäugeln mit Schätzen dieser Erde. Mit dem Einfachen und durch das Einheitliche kann man am beredtsten und würdigsten den Gott- und Ewigkeitgedanken versinnlichen.

Es muß aber noch des weiteren das Zweckmäßige bedacht werden. So habe ich für die Mauern der Trockenheit wegen Backsteine vorgeschlagen. Die Bänke und Stühle müssen zum Ausruhen eingerichtet sein, denn der Sonntag ist ein Ruhetag. Wenn während des Orgelklingens auch einmal einer einnickt, was weiter? Er träumt in den Himmel hinüber. – Für den Fußboden sind die Steinplatten zu feucht und zu kalt, dicke Lärchenbretter sind dazu geeignet. Für das Dach sind des häufigen Hagelschlages wegen weder Ziegeln, noch größere Bretterlatten anwendbar; dazu sind kleine Lärchenschindeln am besten.

Mein Plan ist angenommen worden.

Es werden bereits Wege ausgeschlagen und Baustoffe herbeigeschafft. Im lehmigen Binstal wird eine Ziegelei errichtet; an der Breitwand ist ein Steinbruch angelegt worden.

Die Waldleute stehen da und sehen den fremden Arbeitern zu. Sie haben auch ihre Gedanken dabei.

»Eine Kirche wollen sie uns bauen«, sagt einer, »gescheiter, sie täten das Geld den Armen teilen. Der Herrgott soll sich nur selber ein Haus bauen, wenn er nicht unter freiem Himmel bleiben und im Winkelwald wohnen will.«

»Was sie uns nur für einen Kirchenheiligen einlegen werden?«

»Den Huberti, denk' ich.«

»Den Huberti? Je, der ist Weidmann gewesen, der hält's nicht mit uns Arbeitsleuten, der mag nur die Jäger leiden. Ich sag', für uns wären die vierzehn Nothelfer recht.«

»Geh', die täten uns zu viel kosten. Und der große Christof ist auch dabei; für den wäre ja gar keine Kirchtür weit genug.«

»Wer verlorne Sachen finden will: Sankt Antoni tut Wunder viel!« sagt Rüpel, der alte Borstenbart, bei dem sich jedes Wort im Gleichklang zum andern fügt, er mag die Zunge wenden, wie er will.

Andere wünschen zum Kirchenheiligen den Florian, der gegen das Feuer ist; aber die am Wasser wohnen, möchten den Sebastian haben.

Ein Weiblein hat gar nicht uneben bemerkt, in den ganzen Winkelwäldern sei kein Mensch, der die Orgel spielen könne, da wisse man doch, daß als Pfarrheilige nur Cäcilia die rechte.

Darauf entgegnet ein alter Hirt: »So eine Red' ist keine Sach'. Die Leut' können sich selbander helfen; aber auf das arme Vieh müßt ihr denken! Der heilige Erhart (das ist ein Viehpatron) geht uns schon herein in das Winkel.«

Danach ein anderer: »Mit dem Vieh halt ich's nicht. Wir brauchen die Kirche für die Leut'. Und weil sich einer schon was kosten läßt, so muß was Rechtes werden. Ich bin kein Heid' und ich geh' in die Kirche und ich bin für ein sauberes Weibsbild.«

»Versteht sich, alter Loter!« schreit sein Weib, »daß du nur alleweil fürs schlechte Beispiel bist!«

»Hast recht, Alte, für euch muß eine sein, die mit *gutem* Beispiel vorangeht.«

So rechten sie, halb im Spaß und halb im Ernst. Den ganzen Himmel haben sie durchstöbert, und keinen Heiligen gefunden, der allen recht gewesen wäre.

Und es muß doch eines kommen, das allen recht ist. Ich habe darüber schon meine Gedanken.

Die Waldberge lichten sich immer mehr und mehr, wie wenn es Tag würde aus der Dämmerung. Die Höhenschneiden werden schartig und es dehnt sich der Himmel. Mancher Marder kommt um seinen hohlen Baum, mancher Fuchs um seine Höhle. Unschuldige Vöglein und raubgierige Geier werden heimatlos, da Wipfel um Wipfel hinstürzt auf den feuchten Moosboden, den endlich wieder einmal die Sonne bescheint. Winter und Sommer hindurch sind die Holzschläger tätig gewesen. Draußen im Lande haben Holz und Kohlen in gutem Begehr gestanden.

In diesem Sommer habe ich nicht mehr viele freie Zeit. 142

Draußen ist Krieg, der, Gott weiß es, nicht mehr enden will. Zu Holdenschlag sind schon wieder die Hämmer geschlossen worden und es kommt kein Kohlenwagen in den Wald. Die Holzarbeit ist eingestellt; die kräftigsten Männer streichen müßig umher. Da drüben in den Lautergräben sollen vor kurz zwei Holzschläger eines Beutels Tabak wegen bös gerungen haben.

Ich habe den Männern den Rat gegeben, zu den Vaterlandsverteidigern zu gehen. Davon wollen sie nichts hören. Sie haben keine Heimat, sie wissen von keinem Vaterlande. Willkommen sind ihnen die Welschen, wenn sie Geld mitbringen und eine bessere Zeit.

Gott gebe die bessere Zeit und halte die Welschen fern!

Für mich ist es ein Glück, daß ich kühlen Blutes bin. Das wilde Jahr hat die Sprossen meiner Leidenschaft getötet. Nun darf ich mein ganzes Streben auf das eine Ziel lenken: aus diesen zerstreuten, zerfahrenen Menschen ein Gemeinsames, ein Ganzes zu bilden. Ist dieses gelungen, so haben wir alle einen Halt. – Ich werde ihnen und mir eine Heimat gründen. Vor allem kömmt es darauf an, den Freiherrn zu stimmen, sonach muß auf die Waldleute eingewirkt werden.

Eine übermäßige Kraft scheint mir dazu nicht nötig zu sein, wohl aber ein zähes Bemühen. Diese Menschen sind wie Lehmkugeln; ein Anstoß, und sie rollen eine Weile fort. Weiter kommen sie selbst, nur geleitet müssen sie werden, daß sie einem und demselben Ziele zustreben. Glieder sind genug, aber spröde und unschmiegsam selbander. Wenn nur erst die Kirche fertig ist, daß die Gemeinde ein Herz hat; dann machen wir uns an den Kopf und bauen das Schulhaus.

Im Herbste 1816.

In einer der letzten Wochen bin ich mit einem Papierbogen zu allen Hütten des Waldes herumgegangen. Da habe ich die Hausväter nach dem Stande ihrer Wirtschaft, nach der Zahl ihrer Familie, nach den Geburtsjahren und Namen der Leute gefragt. Das Geburtsjahr kann zumeist nur nach Geschehnissen und Zeitumständen angegeben werden. – Der ist geboren im Sommer, in welchem das große Wasser gewesen; die ist zur Welt gekommen in demselbigen Winter, als man Strohbrot hat essen müssen. Solche Ereignisse sind ragende Marksteine.

Das Namensverzeichnis wird nicht gar zu mannigfaltig. Die Bewohner männlicher Art heißen Hannes oder Sepp, oder Berthold, oder Toni, oder Mathes; die Leute weiblicher Gattung sind Kathrein benamset, oder Maria, welcher Name in Mini, Mirzel, Mirl, Mili, Mirz, Marz umgewandelt und ausgesprochen wird. Ähnlich geht es mit anderen Namen; und kommt einer von draußen, so muß er sich eine Umwandlung nach den Zungen der Hiesigen sogleich gefallen lassen. Mich haben sie einige Zeit den Andredl geheißen; aber das ist ihnen ein zu großer Name für einen so kleinen Menschen, und heute bin ich nur mehr der Redl.

Von Geschlechtsnamen wissen schon gar die wenigsten was. Viele mögen den ihren verloren, vergessen, andere einen solchen nie gehabt haben. Die Leute gebrauchen eine eigene Form, ihre Abstammung und Zugehörigkeit zu bestimmen. Beim Hansl-Toni-Sepp! Das ist ein Hausname, und es ist damit angezeigt, daß der Besitzer des Hauses Sepp heißt, dessen Vater aber Toni und dessen Großvater Hansel genannt worden ist. – Die Kath-Hani-Waba-Mirz-Margaret! Da ist die Kathi die Ururgroßmutter der Margaret. – Der Stamm mag doch schon lange in der Waldeinsamkeit stehen.

Und so wird eine Person oft durch ein halbes Dutzend Namen bezeichnet und jeder schleppt die rostige Kette seiner Vorfahren hinter sich her. Es ist das einzige Erbe und Denkmal.

Das Wirrsal darf aber nicht so bleiben. Die Namen müssen für das Pfarrbuch vorbereitet werden. Zu den Taufnamen müssen Zunamen erfunden werden. Das wird nicht schwer gehen, wenn man der Sache am Kern bleibt. Man benenne die Leute nach ihren Eigenschaften, oder Beschäftigungen oder Stellungen; das läßt sich leicht merken und für die Zukunft beibehalten. Ich nenne den Holzarbeiter Paul, der die Annamirl geheiratet, nicht mehr den Hiesel-Franzel-Paul, sondern kurzweg den Paul Holzer, weil er die Holzstrünke auf den Riesen zu den Kohlstätten befördert und die Leute diese Arbeit »holzen« heißen. Der Schwammschlager Sepp, der seines Vaters Namen vergessen, soll auch nicht mehr anders heißen als der Schwammschlager, und er und seine Nachkommen mögen angehen, was sie wollen, sie bleiben die Schwammschlager. Eine Hütte in den Lautergräben nenne ich die Brunnhütte, weil vor derselben eine große Quelle fließt. Wozu den Besitzer der Hütte Hiesel-Michel-Hiesel-Hannes heißen? Er ist der Brunnhütter und sein Weib ist die Brunnhütter, und wenn sein Sohn einmal in die Welt hinausfährt, Soldat wird oder Fuhrmann oder was immer, er bleibt der Brunnhütter allerwegen. So haben wir nun auch einen Sturmhanns; der hat oben auf der stürmischen Wolfsgrubenhöhe sein Haus.

145

Einen alten, sehr dickhalsigen Zwerg, den Kohlenführer Sepp, heißen sie seit lange schon den Kropfjodel. Da habe ich letztlich das Männlein gefragt, ob es zufrieden sei, wenn ich es unter dem Namen Josef Kropfjodel in meinen Bogen einschreibe. Er ist gerne dazu bereit. Ich habe ihm noch vorgestellt, daß aber auch seine Kinder und Kindeskinder Kropfjodel heißen würden. Da grinst er und gurgelt: »Zehnmal soll er Kropfjodel heißen, mein Bub!« Und ein wenig später setzt der Schelm bei: »Den Namen, gottdank, den hätten wir! – Ei, hätten wir den Buben auch!«

Drüben im Karwasserschlag stehen drei buschige Tannen, die der Holzschläger-Meisterknecht, der Josel-Hansel-Anton zu Schutz für Mensch und Tier hat stehen gelassen. Zu Lohn heißt der Mann Anton Schirmtanner für ewige Zeiten.

Die neuen Namen finden Gefallen, und jeder, der einen solchen trägt, hebt seinen Kopf höher und ist zuversichtlicher, selbstbewußter, als er sonst gewesen. Nun weiß er, wer er ist. Jetzund kommt es darauf an, dem neuen Namen einen guten Klang zu erwerben und ihm Ehre zu geben.

Schauderlich erschreckt hat mich nur der Almbursche Berthold. »Einen Namen«, ruft er, »für mich? ich brauch' keinen Namen, ich bin ja niemand. Zu einem Weib hat mich Gott nicht gemacht, und ein Mann sein,

das erlaubt der Pfarrer nicht. Die Ehe ist mir verwehrt, weil ich bettelarm
46 bin. Heißet mich den Berthold Elend! Ich brech' die Satzung und mein Fleisch und Blut verrat ich nicht!«

Nach diesen Worten ist er wie ein Wütender davon geeilt. Der einst so lustige Bursche ist kaum mehr zu erkennen. Ich habe in den Bogen den Namen Berthold geschrieben und ein Kreuz dazu gemacht.

Auch noch ein anderer streicht in den Winkelwäldern herum, von dem ich nicht weiß, ob und welchen Namen er trägt. Wenn doch, so kann's ein böser sein. Der Mann weicht am liebsten den Leuten aus, vergräbt sich oft für lange Zeit, und man weiß nicht wo, taucht zu seltsamen Stunden wieder auf, und man weiß nicht, warum. Es ist der Einspanig.

Im Mai 1817.

In diesem Winter habe ich eine schwere Krankheit zu bestehen gehabt. Die Ursache derselben ist das Unglück des Markus Jäger, den ein Wildschütze angeschossen hat. Der Jäger ist drüben in einer Hütte der Lautergräben gelegen. Ich gehe mehrmals zu ihm hinüber, weil der Brand in die Wunde zu kommen droht, und weil sonst niemand ist, der den Kranken pflegen will und kann. Anstatt daß die Leute hier eine Wunde mit lauem Wasser und gezupften Linnen rein halten täten, kleben sie allerlei Schmieren und Salben hinein. Das muß schon eine kräftige Natur sein, die sich trotz solcher Hemmnisse aufrafft. Ich habe recht zu tun gehabt, daß mir der Jäger nicht unterlegen ist.

Als ich das letztemal bei ihm bin, ist ein stürmischer Märztag. Auf dem Rückwege sind die Pfade schauderhaft verschneit und verweht. Stellenweise
47 ist mir der Schnee bis zur Brust emporgegangen. Viele Stunden habe ich mich so fortgekämpft, aber es bricht die Nacht herein und ich habe das Winkeltal noch lange nicht erreicht. Eine unsägliche Ermüdung kommt über mich, der ich zwar lange widerstehe, die endlich aber nicht mehr zu überwinden ist. Da habe ich schon gar nichts anders mehr gemeint, als daß ich so mitten im Schnee würde umkommen müssen, und daß sie mich im Frühjahr finden und an der neuen Kirche im Winkel vorüber nach Holdenschlag tragen würden. – Dahier im Waldesfriedhof möcht ich liegen. Aber noch lieber darauf stehen.

Erst nach Wochen habe ich es erfahren, daß ich nicht erfroren bin, daß mir an demselbigen Abende zwei Holzhauer auf Schneeleitern entgegengekommen sind, mich bewußtlos gefunden und ins Winkelhüterhaus getragen haben. Als ich nachher viele Tage lang in der schweren Krankheit gelegen, sollen sie sogar einmal den Bader von Holdenschlag zu mir gerufen haben. Und der Bote, der den Arzt geholt, hätte, wie er mir seither selbst erzählt, den Auftrag gehabt, gleich auch mit dem Totengräber zu reden. Der Totengräber hätte gesagt: »Wenn mir der Mann nur das nicht antäte, daß er jetzt stürbe; 's ist ja kein Loch zu machen in dieser steinhart gefrornen Erden!«

Es freut mich recht, daß ich dem guten Mann die Mühe hab' ersparen mögen.

Als die Gefahr der Krankheit vorbei, hat mich erst ein recht hartnäckiges Augenleiden verfolgt, das noch nicht ganz gehoben ist. Ich muß noch eine lange Zeit in der Stube verbleiben, wohl so lange, bis draußen das Tauen eingetreten und das Wildwasser vorbei. Mir ist gar nicht einsam. Ich schnitze in Holz, ich will mir eine Zither zusammenleimen oder so etwas, daß ich mich in der Tonkunst übe, bis in der Kirche die Orgel fertig sein wird.

Es sind oft Leute gekommen, die sich neben mir auf die Bank gesetzt und gefragt haben, ob ich schon recht gesund sei. Die Ruß-Annamirl, die jetzund mit den Ihren in das Holzmeisterhaus der Lautergräben gezogen ist und nach der neuen Ordnung Anna Maria Ruß heißt, hat mir in der vorigen Woche drei große Krapfen herübergeschickt. Dieselben sind von denen, die zur Festfreude gebacken worden, da ein kleinwinziger Ruß angekommen ist. Sie haben den Kleinen mit Krapfen getauft.

Auch die Witwe des schwarzen Mathes ist einmal zu mir gekommen. Sie hat mich in großem Kummer gefragt, was mit ihrem Buben, dem Lazarus zu machen, der habe die wilde Wut. Die wilde Wut, das sei, wenn einer über den geringsten Anlaß in Zorn ausbreche und alles bedrohe. Der Lazarus sei so; er habe das in noch höherem Grade, als es sein Vater gehabt; Schwester und Mutter seien in Gefahr, wenn der Knabe nur erst kräftiger würde. Ob es gegen ein solches Elend denn gar kein Mittel gäbe. Was kann ich der bedrängten Frau raten? Eine stete, gleichmäßige Beschäftigung und eine liebreiche, aber ernsthafte Behandlung sei dem Knaben angedeihen zu lassen, habe ich vorgeschlagen.

Unter allen Menschen der Winkelwälder dauert mich dieses Weib am meisten. Ihr Mann ist nach einem unglückseligen Leben gewaltsam erschlagen und ehrlos begraben worden. Dem Kinde steht nichts Besseres bevor. Und das Weib, vormaleinst an bessere Tage gewöhnt, ist so weichherzig und milde.

49 Ehgestern kommt ein Knabe zu mir, der einen Vogelkäfig mit sich schleppt. Der Junge ist so klein, daß er mit seinem Händchen gar die Türklinke nicht erreichen kann und eine Weile zaghaft klöpfelt, bis ich ihm öffne. Er steht noch in der Tür, als er anhebt: »Ich bin der Bub' vom Markus Jäger, und mein Vater schickt mich her – der Vater schickt mich her …«

Der Schlingel hat die Ansprache auswendig gelernt und bleibt stecken und wird rot und will sich wieder von dannen wenden. Ich habe Mühe, bis ich es erfahre, daß sein Vater mir sagen lasse, er sei völlig geheilt und mir wünsche er dasselbe, und er komme demnächst zu mir, um sich zu bedanken, und er schicke zwei übermütige Schopfmeisen, und er möchte mir, da ich, wie er wisse, noch nicht in das Freie gehen könne, das ganze Frühjahr in die Stube senden.

Was fange ich mit den kleinen Tieren an? sie flattern, wenn man ihnen nahe kommt, wirr im Käfig umher und zerstoßen sich vor Angst die Köpfchen an den Spangen. Ich lasse sie in unseres Herrgotts Vogelkäfig, in den Mai hinausfliegen.

Und als endlich die Zeit erfüllt, da bin ich eines frühen Morgens auch selber hinausgetreten in den freien Mai. – Der Haushahn kräht, der Morgenstern guckt helläugig über den dunkeln Waldberg. Der Morgenstern ist ein guter Geselle; der leuchtet getreulich, so lange es noch dunkel ist, und tritt bescheiden in den Hintergrund, sobald die Sonne kommt.

Leise schleiche ich durch das Haustor, daß ich die Leute nicht wecke, die haben sich nicht wochenlang so ausgerastet, wie ich; denen liegt noch der gestrige Tag auf den Augenlidern, die der heutige schon wieder wach 50 begehrt.

Im Walde ist bereits das zitternde, rieselnde Erlösen aus tiefer Ruhe. Wie ist eines Genesenen erster Ausgang so eigen! Man meint, der ganze Erdboden schaukelt mit einem – schaukelt sein wiedergeborenes Kind in den Armen. O du heiliger Maimorgen, gebadet in Tau und Wohlduft, durchzittert und durchklungen von ewigen Gottesgedanken! – Wie gedenke ich dein und deines Märchenzaubers, der sich zu dieser Stunde von der Glocke des Himmels und von den Kronen des Waldes niedergesenkt hat in meine Seele!

Und dennoch habe ich zur selbigen Stunde ein seltsam Weh empfunden. – Mir ist die Jugend gegeben und ich lebe sie nicht. Was ist mein Zweck? Was bedeute ich? – Kurz vor diesen Tagen bin ich seit Ewigkeit her ein Nichts gewesen; kurz *nach* diesen Tagen werde ich ein Nichts sein in

Ewigkeit hin. Was soll ich tun? Warum bin ich an dieser kleinen Stelle und zu dieser kurzen Zeit mir meiner bewußt worden? Warum bin ich erwacht? Was muß ich tun? –

Da habe ich mir's von neuem gelobt, zu arbeiten nach allen meinen Kräften, und auch zu beten, daß mir so schwere, herzverbrennende Gedanken nicht mehr kommen möchten.

Als die Sonne aufgeht, stehe ich noch am Waldessaume. Unten rauscht das Wasser der Winkel und aus dem Rauchfange des Hauses steigt ein bläulich Schleierband auf und im Kirchenbaue hämmern die Maurer.

Meine Hauswirtin hat es gleich wahrgenommen, daß ich des Morgens nicht in der Stube, und hat gezetert über meinen Leichtsinn. Und als sie erst gar erfährt, daß ich in der kühlen Frühe auf feuchtem Moosboden geruht, da fragt sie mich ganz ernsthaft, ob es mir denn zu schlecht sei 151 in ihrem Hause, oder ob ich sonst was auf dem Herzen hätte, daß ich mir so ans Leben wolle; ja, und ob ich nicht wisse, daß der, welcher sich so auf den Tauboden des Frühjahrs hinlege, dem Totengräber das Maß gebe! –

Sonnenwende 1817.

Das ist ein seltsamer Waldgang gewesen, und ich ahne, er läßt sich nicht verantworten im Himmel und auf Erden. Wo in den schattigen Felsschluchten des Winkelegger Waldes das Wässerlein rieselt, da bleibe ich stehen. – Hier auf diesen Wellen lasse deine Gedanken schaukeln ohne Zweck und Ziel. Du kennst die Mär vom Lethestrom der Griechen. Das ist ein eigen Wasser gewesen, wer davon getrunken, hat der Vergangenheit vergessen; die Wellen des Waldbächleins sind ein noch eigeneres Wasser, wessen Seele auf denselben schaukelt, und trüge er auch den Winter im Haar, der findet wieder die längst vergangene Zeit seiner Kindheit und Jugend. – Sollte nicht der Lethe für mich besser taugen?

Ich gehe tiefer hinein in die Wildnis und ruhe im Moose und lausche der immerdar klingenden Ruhe. Manches erst aufgeblühte Blümlein wiegt nah' an meiner Brust und will leise anklopfen an der Pforte meines Herzens. Und mancher Käfer krabbelt ängstlich heran, er hat im Dickicht der Gräser und der Moose etwan den Weg verloren zu seinem Liebchen. Jetzund hebt er seinen Kopf empor und frägt nach dem rechten Pfad. Weiß ich ihn selber? – Sag' du uns an, wo wird die Sehnsucht gestillt, die mit uns ist auf allen Wegen? – Eine Spinne läßt sich nieder vom Geäste; sie hat sich emporgerungen zur Höhe, und nun sie oben ist, will sie wieder 152 unten sein auf der Erden. Sie spinnt Fäden, ich spinne Gedanken. Wer ist der Weber, der aus losen Gedankenfäden ein schönes Kleid weiß zu weben? –

Wie ich noch so träume, rauscht es im Dickicht. Es ist kein Hirsch, es ist kein Reh; es ist ein Menschenkind, ein junges, glühendes Weib, erregt und angstvoll, wie ein verfolgtes Wild. Es ist Aga, das Almmädchen. Sie eilt auf mich zu, erhascht meine Hände und ruft: »Weil Ihr's nur seid, weil ich Euch nur finde!« Dann schaut sie mich an, und es stockt ihr der Atem, und sie vermag den Aufruhr in ihr nicht niederzudämpfen. »Es hat einen bösen Schick!« schreit sie wieder, »aber ein ander Mittel weiß ich nimmer. Der bös' Feind stellt mir nach, mir und ihm gleichwohl auch. Wir fürchten die Leut' jetzund, aber Euch bin ich zugelaufen; Ihr seid fromm und hochgelehrt! Ihr helft uns, daß wir nicht versinken allbeid', ich und der Berthold! Wir wollen in Ehren und Sitten leben, gebt uns den Eh'spruch!«

Ich weiß anfangs nicht, was das bedeutet, und als sie es klar tut, sage ich: »Habt Ihr den treuen Willen, so wird Euch der Ehesegen von der Kirche nicht vorenthalten werden.«

»Mein Gott im Himmel!« schreit das Mädchen, »mit der Kirche heben wir nichts mehr an, die versagt uns die Ehe, weil wir nichts haben. Aber wenn der Herrgott bös' auf uns tät' werden, das wäre arg! – Das Gewissen läßt mir keine Ruh', und zu tausendmal bitt' ich Euch, schenket uns den Segen, den jeder Mensch kann schenken. Ihr seid wohl selber noch jung, und habt Ihr ein Lieb, so werdet Ihr's wissen, es gibt kein Lösen und Lassen. Wir leben in der Wildheit zusammen, weil wir uns lassen mögen; wir haben keine Seel', die unser Freund wollt' sein und uns das Glück wollt' wünschen von Herzen. Ein gutes Wort möchten wir hören, und wenn nur einer tät' kommen und sagen: wollet mit Gottes Willen und Segen einander verbleiben bis zum Tod! So ein einzig Wort und wir wären erlöst von der Sünd' und ein Eh'paar vor Gott im Himmel!«

Diese Sehnsucht nach Befreiung von der Sünde, dieses Ringen nach dem Rechten, nach der menschlichen Teilnahme, nach dem Frieden des Herzens – wen hätte das nicht zu rühren vermögen!

»Ihr herzgetreuen Leut'!« rufe ich aus, und reck' die Arme: »der Herrgott mög' mit Euch sein, ich wünsche es Euch!«

Da ist schon auch der Bursche neben dem Mädchen gekniet. Und so habe ich mit meinen Worten etwas getan, was von mir gar nicht zu verantworten ist im Himmel und auf Erden. Ich habe eine Trauung vollzogen mitten im grünen Wald.

Am Peter- und Paulitag 1817.

Doch seltsam, was in diesem Jungen steckt, in des schwarzen Mathes Sohn. Er hat das Herz seiner Mutter und das Blut seines Vaters. Nein, er hat ein noch größeres Herz als seine Mutter und ein dreimal wilderes Blut, als sein Vater. Dieser Knabe wird ein Heiland oder ein Mörder.

Die alte Ruß-Kath siecht seit Monaten. Die Leute sagen, es fehle ihr an gesundem Blut. Das hat auch der kleine Lazarus gehört, und gestern ist er zu mir gekommen mit einem hölzernen Töpfel und dem großen Seitenmesser seines Vaters und hat mich aufgefordert, ich möge aus seiner Hand Blut ablassen und es der Ruß-Kath schicken.

Er glüht im Gesicht, ist aber sonst ruhig. Ich verweise ihm sein Ansinnen. Er schießt davon. Und bald danach hat er im Hofe des Winkelhüterhauses eine Taube erwürgt – aus Zorn, aus Liebe – ich mag es nicht entscheiden.

Ich trete hinaus zu dem toten Tiere. »Lazarus«, sage ich, »jetzt hast du eine Mutter umgebracht. Siehst du die armen, hilflosen Jungen dort? Hörst du, wie sie weinen?«

Bebend steht der Knabe da, blaß wie Stein, und ringt nach Luft und zerbeißt sich die Unterlippe. Ich drehe ihm den eingezogenen Daumen aus und gieße Wasser auf seine Stirn.

Ich führe ihn in seine Hütte zurück. Dort fällt er erschöpft auf das Moos und sinkt in einen tiefen Schlaf.

Es muß was geschehen, um das Kind zu retten. Wie, wenn es zu mir nähme, sein Vater und sein Bruder wäre, es zähmte und leitete nach meinen Kräften, es unterrichtete und zur Arbeit anhielte und in aller Weise seine Leidenschaft zu töten suchte?

Etwan hat der Knabe doch zu viel Blut … meinen die Leute.

Hundstage 1817.

Der Sturmhanns hat ein Hündlein, ein gar possierlich Tier, weiß recht klug dreinzuschauen und freundliche Augen zu machen und anhänglich schweifzuwedeln, daß man meint, man müsse es frei liebhaben, wie ein Menschenkind. Und da ich ihm in die Nähe gekommen bin – schwapp! hab' ich eins in den Waden. – Wie dieser Hund, so sind auch die Hundstage. Das ist ein Glitzern und Sonnenleuchten des Morgens und ein Vogelzwitschern und alle Blumen heben ihre Köpfeln zur Höhe und grüßen und lachen dich an. Und die Sonne streichelt dich und küßt dich und die Sonne umarmt die Welt mit glühender Lieb' – wer wollte da nicht hinausstreichen in den wohligen Schatten der Wälder? Du wandelst frei dahin und schauest zur grünen Erde und denkst: du lieber, du holder Tag! – Da sind auf einmal die finsteren Wolken über dir und der Sturm reißt dir den Hut vom Haupt und der Regen schlägt dir rasend ins Gesicht – birg dich rasch – es kommt auch Eis gesaust.

Die Hundstage. Kann denn auch die Natur untreu sein? Der Mensch ist's, der ihr Böses zeiht, weil sein Denken unvernünftig und seine Weisheit mangelhaft ist. Es gibt nichts Böses und nichts Gutes, außer in dem Herzen des einen Wesens, dem der freie Wille gegeben ist.

Wenn wir uns den freien Willen abstreiten könnten, dann wären wir alles Gewissens los. Im Walde gibt es manchen, dem das recht wäre.

Am Jakobitag 1817.

Heute bin ich wieder im Hinterwinkel, im Hause des Mathes gewesen. Das Weib trostlos. Seit zwei Tagen ist der Knabe Lazarus verschwunden.

Das Schreckliche ist geschehen. In seinem Jähzorn hat er einen Stein nach der Mutter geschleudert. Als das geschehen, hat er einen grausen Schrei getan und ist davongegangen.

Auf der Grabstätte des Mathes hat man gestern frische Spuren zweier Knie entdeckt.

Wir haben Leute aufgeboten, daß sie den Knaben suchen. In einer dar Hütten ist er nicht. Es wird auch an den Abgründen und Bächen nachgespürt.

»Er hat mich nicht treffen wollen!« jammert die Mutter, »und das ist ein *kleiner* Stein gewesen, aber auf dem Herzen liegt mir ein großer. Einen größeren hätt' er nimmer nach mir schleudern mögen, als daß er davon ist.«

Drei Tage später.

Keine Spur von dem Knaben. Wohl eine andere Spur haben die Leute gefunden: große Pfoten mit vier und fünf Zehen. Wölfe und Bären gibt es in der Gegend.

Es geht das Gerücht, drüben in den Lautergräben habe ein Holzhauer gestern die halbe Nacht mit einem Bären gerungen, bis es dem Manne endlich gelungen sei, seinen Arm dem Tiere in den Rachen zu stoßen, daß es daran erstickt. Ich bin heute in den Lautergräben gewesen, dort wissen sie nichts von der Mär.

Dagegen hat mich einer von dort gefragt, ob es wohl wahr, daß im Winkel drüben, ganz nahe am Hause ein Rudel Wölfe den Erdmann gefressen hätte.

Das sei nicht wahr, habe ich geantwortet.

Aber der Mann behauptet, er wisse das zwar ganz bestimmt. Die Leute täten es allerwärts erzählen, und hundert Schritte vom Kirchenbaue hintan sehe man das Blut auf dem Sandboden und Fetzen von der Bekleidung.

Ich entgegne, daß ich das Blut auch gesehen habe, daß dasselbe aber von einem Lämmlein herrühre, welches die Winkelhüterin gestern abends eben für den Erdmann ausgeweidet habe; daß den Erdmann also nicht die Wölfe aufgefressen hätten, sondern daß der Erdmann das Lämmlein aufgegessen habe, und daß besagter Erdmann ich selber sei. 157

Der Mann ist darauf recht verlegen und meint, er habe mich nicht erkannt, sonst hätte er das Gerücht nicht nacherzählt, ihm möge ihm nur verzeihen, daß die Sache nicht wahr ist.

Am Petri-Kettenfeiertag 1817.

Das ist wie ein knatterndes Lauffeuer durch den Wald gegangen. Im Karwasserschlag wissen sie es, in Miesenbach wissen sie es, in den Lautergräben wissen sie es; und ich im Winkel weiß es, daß es *die* bereits alle wissen, was doch erst heute morgens geschehen ist.

Das Töchterlein des Mathes besucht zuweilen die Grabesstätte des Vaters und bepflanzt sie mit Hagebuttensträuchern. Heute zur Frühe, wie es wieder hinkommt, leuchtet ihm etwas entgegen. Auf dem Hügel ragt ein Stab und daran flattert ein Papier. Das Mädchen läuft heim zur Mutter, diese läuft zu mir in das Winkelhüterhaus, daß ich kommen und sehen möge, was das sei.

Es ist sehr merkwürdig. Eine Nachricht ist es von dem Knaben. Auf dem Papier stehen in fremden Zügen die Worte:

»Meine Mutter und meine Schwester! Habt keinen Groll und keine Sorge. Ich bin in der Schule des Kreuzes.

Lazarus.«

– –

158 Die Leute richten ihre Blicke auf mich. Der Knabe kann nicht lesen und nicht schreiben, fast niemand kann es im Walde. Die Leute meinen, ich sei hochgelehrt, ich müsse von allem wissen.

Ich weiß von nichts.

Allerseelen 1817.

Das ist ein lautloses Auf- und Niedergehen der Menschen.

Ein Tröpflein sammelt sich am hohen Zweig des Baumes, sickert hinaus auf die letzte Nadel, wiegt sich und glitzert und funkelt, oft grau, wie Blei, oft rot, wie Karfunkel. Kaum noch hat es die Farbenpracht des Waldes und des Himmels in sich gespiegelt, so zieht ein Lufthauch und das Tröpflein löst sich von dem wiegenden Tannenzweig und fällt nieder auf den Erdengrund. Und der Erdboden saugt es ein und keine Spur ist mehr von dem funkelnden Sternchen.

So auch lebt des Waldes Kind und so vergeht es.

Draußen ist es anders. Draußen erstarren die Tropfen in dem frostigen Hauch der Sitte, und die Eiszapfen klingeln aneinander und im Niederfallen klingeln sie und ruhen, eine Weile noch der Welt Herrlichkeit in sich spiegelnd, auf dem Erdboden, bis sie zerfließen und vertauen, wie der Gedanke an einen lieben Toten.

Draußen sind ja die Friedhöfe nicht für die Toten, sondern für die Lebendigen. Der Lebende feiert dort das Andenken an seine Vorfahren und er feiert seine künftige Friedhofsruhe. Für den Lebenden ist das Rosenbeet und die Inschrift. Der Lebende empfindet in seinem Gemüte die Ruhe, wenn er an den Schläfer denkt, der von Drangsal erlöst ist. Der Lebende 159 fühlt das Hinabsinken des Toten und hofft für jenen die Urständ. – Niemand geht unbelohnt über Friedhofserde; diese Schollen kühlen die Leidenschaften und erwärmen die Herzen, und nicht allein des Todes Frieden steht auf den Blumenhügeln geschrieben, sondern auch des Lebens Wert.

Der Wald legt Ruhe, wohin Ruhe gehört. Dort hat der tote Schläfer kein Nachtlicht, wie der lebendige keines gehabt. »Das *ewige* Licht leuchte ihnen!« ist das einzige Begehren. Die Spätherbstsonne lächelt matt und verspricht ihren ewigen Glanz, und der nächste Frühling sorgt für Blumen und Kränze.

Nicht der toten Leiber wird im Walde gedacht, sondern ihrer lebenden Seelen Wehe, wenn diese sündig verstorben im Fegefeuer schmachten!

Als der hungernde Hans seinem hungernden Nachbar auf der Au das Stück Brot hat gestohlen und darauf war verstorben, da war der Urwald noch nicht gestanden. Der Leib war verwesen, der Hans vergessen, die Seel' ist im Fegfeuer gelegen. Die Au ist zum Walde, der Wald ist zur Wildnis geworden; die Wölfe heulen und kein Mensch ist weit und breit; an den Hängen des Gebirges wogen Sommerlüfte und Winterstürme, und mit jeder Minute ein Körnlein Sand; und mit jedem Jahrhundert eine Bergeswucht rollt in die Tiefe der Schluchten. Und die arme Seele liegt im Feuer. Wieder kommen Menschen in die Einöden und die Hochwälder fallen, und Hütten und Häuser erstehen und eine Gemeinde wird gebildet – die Seele aus alten, längst untergegangenen Sonnen liegt in den Gluten des Fegfeuers und ist verlassen und vergessen.

Aber ein Tag geht auf im Jahre, solch' vergessenen Seelen zum Troste. 160

Als Christus der Herr am Kreuz ist gestorben und nur noch der letzte Tropfen Blut in seinem Herzen ist gewesen, da hat ihn sein himmlischer Vater gefragt: »Mein lieber Sohn, die Menschheit ist erlöst; wem willst du den letzten Tropfen deines rosenfarbenen Blutes zukommen lassen?« – Da hat Christus der Herr geantwortet: »Meiner lieben Mutter, die am Kreuze steht; auf daß ihre Schmerzen sollen gelindert sein.« – »O nein, mein Kind Jesus«, hat darauf die Mutter Maria geantwortet, »wenn du den bitteren Tod willst leiden für die Menschenseelen, so mag ich die Mutterpein auch noch ertragen, ist sie gleichwohl so groß, daß sie nicht das Meer kann löschen, und wär' die ganze Erden ein Grab, sie nicht kunnt begraben. Ich schenke den letzten Tropfen deines Blutes den vergessenen Seelen im Fegfeuer, auf daß sie einen Tag haben im Jahr, an dem sie von dem Feuer befreit sind.«

Und so sei – nach der Sage Deutung – Allerseelentag entstanden. An diesem Tage sind auch die verlassensten und vergessensten Seelen von ihrer Pein befreit und stehen im Vorhofe des Himmels, bis der letzte Stundenschlag des Tages sie wieder in die Flammen ruft.

Das ist im Walde der Sinn und Gedanke des Festes Allerseelen, und manche gute Tat wird geübt auf die Meinung, den abgeschiedenen Seelen die Feuerspein zu lindern.

Über den einsamen Gräbern aber brauen die Spätherbstnebel, und junger Schnee verbirgt des Hügels letzten Rest, und darauf haben etwa die Klauen eines Hähers ein Kettchen gezogen – als einziges Zeichen des Lebens, das hier oben noch waltet – des unauflöslichen Bandes Deutung: 161
um Leben und Tod ist eine ewige Kette gewunden.

Heute muß ich oft an den Lucas denken. Ein Brenner, der in den Lautergräben begraben liegt. Dem Holzmeister Luzer ist in einer Nacht ein Ziegenbock gestohlen worden, unweit von der Lucas-Hütte haben sie hernach vom Tiere Haut und Eingeweide gefunden. Da ist's offenbar: der Lucas ist der Dieb. Und wie im Walde schon überall die Lässigkeit herrscht, so klagen sie den Brenner nicht an und so kann er sich nicht rechtfertigen. Gleichwohl hat er gemerkt, wie er bei den Leuten im Arg steht. Und einmal hat er ausgerufen: »Hättet ihr mir meine Hände abgehauen, hättet ihr mir das Augenlicht genommen, ich wollte zufrieden sein. Aber ihr habt mir meine Ehre weggenommen – jetzt ist's vorbei.« Die Leute haben gesagt: »Mag er sich winden und wenden wie er will, den Ziegenbock hat er doch gestohlen. Ist der Lucas darüber närrisch geworden. »Diebe muß man hängen«, soll er gesagt haben – und hat man ihn nachher an dem Aste einer Föhre gefunden. Von jeher haben sich Selbstmörder ihren Grabplatz selber gewählt; so haben sie den Lucas zwischen den roten Wurzeln der Föhre verscharrt.

Erst vor wenigen Wochen hat er sich ereignet, daß ein arbeitsloser Holzmann auf dem Totenbett das Geständnis abgelegt, er wäre es, der dem Luzer den Bock davongetrieben hatte. – Ich werde heute doch noch zum Grabe des Lucas in die Lautergräben gehen. –

Dann gibt es in den Winkelwäldern noch ein Grab, das die Leute wissen und verachten. Und dennoch ist es an diesem Tage des Gedächtnisses nicht einsam gewesen.

62

Das Töchterlein des schwarzen Mathes hat am Grab des Vaters wieder ein Blatt gefunden.

»Mir geht es wohl. Ich denke an meine Mutter, an meine Schwester und an meinen Vater. Lazarus.«

Das ist die Botschaft. Die einzige Botschaft von dem verschwundenen Knaben seit vielen Tagen. Die Schriftzüge sind dieselben, wie auf dem ersten Blatte.

Keine Menschenspur geht außer der des Mädchens zum Grabe hin, keine davon. Pfade von Füchsen und Rehen und anderen Tieren ziehen in Zick und Zack durch den winterlichen Wald.

Am Katharinentag 1817.

Es ist ein Brief geschrieben worden, daß der Knabe um Gottes und der Mutter willen zurückkehren möge in die Hütte. Der Brief ist gut verwahrt über dem Grabe an dem Kreuzlein befestigt worden. Bis zum heutigen Tage ist er noch dort, niemand hat ihn erbrochen.

Weihnacht 1817.

Heute habe ich Heimweh nach den Glockenklängen, nach in Wehmut erlösenden Orgeltönen. Ich sitze in meiner Stube und spiele Krippenlieder auf der Zither. Meine Zither hat nur drei Saiten; eine vollkommenere habe ich mir nicht zu schaffen gewußt.

Die drei Saiten sind mir genug; die eine ist meine Mutter, die andere mein Weib, die dritte mein Kind. Stets in seiner Familie begeht man die Weihnacht.

Nur wenige der Waldleute gehen mit Spanlunten hinaus nach Holdenschlag zur nächtlichen Feier. Es ist auch gar zu weit. Die übrigen bleiben in ihren Hütten; aber schlafen wollen sie doch nicht. Sie sitzen beisammen und erzählen sich Märchen. Sie haben heute einen sonderartigen Drang, aus ihrer Alltägigkeit herauszutreten und sich eine eigene Welt zu schaffen. Mancher übt alte, heidnische Sitten aus und vermeint durch dieselben einem unsäglichen Gefühle des Herzens zu genügen. Mancher strengt seine Augen an und blickt hin über die nächtigen Wälder und meint, er müsse irgendwo ein helles Lichtlein sehen. Er horcht nach Feierglockenklingen und lieblichen Engelsstimmen. Aber nur die Sterne leuchten über den Waldbergen, heute wie gestern und immer. Ein kalter Lufthauch weht über den Wipfeln; Eisflämmchen flimmern nieder von den Kronen und zuweilen schüttelt ein Geäste seine Schneelast ab.

163

Aber anders berührt in dieser Nacht das Flimmern und das Fallen des Schnees, und die Menschengemüter zittern in sehnsuchtsvoller Erwartung des Erlösers.

Ich habe ein einfältig Christbäumlein, wie man sie in nordischen Ländern haben soll, zusammengerichtet und dasselbe der Anna Maria Ruß in die Lautergräben geschickt. Ich denke, die Kerzenflammen müssen freundlich spiegeln in den Äuglein ihres Kleinen. Vielleicht, daß gar ein Funke ins junge Herz hineinzuckt und dort nimmer verlischt.

In der Hütte der Witwe kann kein Christbaum sein. Auf dem Grabe des Mathes liegt sehr viel Schnee; das Briefgehäuse aus Reisig hat eine hohe Haube. Der flehende Brief der Mutter an das Kind muß verderben, ohne erbrochen und gelesen worden zu sein.

64

März 1818.

In einem Winkel der Karwässer drüben hat sich der Berthold eine Klause erworben. Er ist zu den Holzleuten gegangen.

Die Aga hat gestern ein Kindlein geboren. Es ist ein Mädchen. Sie haben es nicht nach Holdenschlag getragen. Ich bin geholt worden, daß ich es taufe. Ich bin kein Priester und darf dem Kirchenkalender keinen Namen stehlen. *Waldlilie* habe ich das Mädchen geheißen und mit dem Wasser des Waldes habe ich es getauft.

Ostern 1818.

Wann wird der Engel kommen, der den Stein hinwegwälzt?

»Jerum, jerum, unser Herrgott ist gestorben! Aber wie ich schon sag', es erfährt ein's halt nichts in dieses Hinterland herein. Schau, schau, ist eh' nimmer jung gewesen, hab' schon mein Lebtag von ihm gehört. Hat halt doch auch einmal fort müssen. Uh, wem bleibt's aus!« – Das hat der alte Schwammelfuchs gesagt, als er erfahren, daß zu Holdenschlag am Charfreitag von der Kanzel verkündet worden, unser Herrgott sei gestorben zu Jerusalem.

In ernster und in höchster Verwunderung meint es der Alte, der doch zu jedem Abendgebete die Worte sagt: »Gelitten unter Pontius Pilatus, gekreuziget, gestorben.«

Es ist Zungengebet. Das wahre Gebet betet nur das Herz in seiner Not, in seiner Freude, aber die Leute werden sich desselben nicht bewußt. In Untiefen begraben liegt noch das Ding, das wir wahre Gottesehre oder 65 Frömmigkeit heißen.

Die Leute eilen in der Osternacht oder am Morgen in den freien Wald hinaus, zünden Feuer an, lassen Schießpulver knallen und spähen in der Luft nach dem päpstlichen Segen, der am Ostermorgen von der Zinne der Peterskirche zu Rom ausgestreut werde nach allen vier Winden.

Es ist immer das unbewußte Sehnen und Ringen. Man merkt, es liegt etwas begraben in den Herzen, was nicht tot ist. Wann aber wird der Engel kommen, der den Stein hinwegwälzt?

Am Sankt-Markustag 1818.

Der Schnee ist geschmolzen. Drüben im Gesenke donnern noch die Lahnen. Vor einem Jahre haben wir einige Obstbäume gepflanzt; diese grünen jetzt ganz frisch und der Edelkirschbaum treibt fünf schneeweiße Blüten.

Der Kirchenbau hat wieder begonnen. Die Maurer haben sich auch schon an den Pfarrhof gemacht. Der wird ein stattliches Haus nach dem Plane des Waldherrn. Warum muß der Pfarrhof denn größer sein als etwan das Schulhaus? Das Schulhaus soll ja für eine ganze Familie und für eine Schar junger Gäste eingerichtet sein; der Pfarrhof herbergt nur einen oder ein paar einzelne Menschen, deren Welt sich nicht nach außen breitet, sondern im Innern vertieft.

Aber der Pfarrhof soll das Heim und die Zuflucht sein für alle Rat- und Hilfebedürftigen; eine Freistatt für Verfolgte und Schutzlose – und auch der Mittelpunkt der Gemeinde.

Als Neues in der Jahreszeit kehrt stets das Alte wieder, die Leute leben in ihrer gewohnten Beschäftigung und unbewußten Armut fort. 166

Ich kann nicht mehr so im Walde herumgehen, um mit den Leuten zu verkehren, von ihnen zu lernen und ihnen dafür anderweitig zu nützen. Ich kann nicht mehr flechten und schnitzen, nicht mehr so in der Schöpfung leben und Baum- und Blumenkunde treiben und das Erdreich ausspähen, was etwan aus demselben für uns zu holen wäre. Ich muß stetig dem Baue sein; die Arbeiter und Vorarbeiter gehen auf meinen Rat. Ich muß viel nachdenken und Bücher und fremde Erfahrungen zu Hilfe ziehen, daß wir nicht auf Irrwege geraten.

Mir behagt aber die Sache bei all der Anstrengung und ich werde jünger und kräftiger.

Gestern ist der Dachstuhl aufgesetzt worden. Viele Menschen sind dabei anwesend gewesen; jeder will zur Kirche sein Scherflein beitragen. Die Witwe des Mathes und ihre Tochter arbeiten auch im Bau. Sie sprechen kein Wort mehr von dem Knaben. Aber letzthin hat das Weib ein Steinchen mit aus ihrer Hütte gebracht und die Worte gesagt: »Ich möchte gern, daß dieses Sandkorn unter dem Altar liege.«

Es ist der Stein, den der Knabe nach der Mutter geworfen.

Pfingsten 1818.

Das erste Fest der neuen Kirche. Aber nicht in derselben, sondern vor derselben. Gestern ist das Turmkreuz aufgerichtet worden. Es ist von Stahl und vergoldet – ein Geschenk des Freiherrn.

Eine große Menge Leute hat sich versammelt; es gibt doch viele Bewohner in den Wäldern.

Von Holdenschlag aber soll kein Mensch dagewesen sein, nicht einmal der Pfarrer. Letztlich gönnen sie uns etwan gar die neue Kirche nicht? – Wohl aber ist jenseits des Winkelbaches der Einspanig gesehen worden. Er schleicht und lauert, zerrt sein aschenfarbig Lodentuch über das bewüstete Haupt; hastet am Bache hin und wieder und endlich hinein in das Dickicht. – Das ist ein seltsamer Mensch; mehr und mehr zieht er sich zurück von den Leuten und nur an bedeutsamen Tagen wird er gesehen. Niemand weiß, wer er ist, von wannen er kommt und was er webt, das weiß kein Weber.

Auch der Holzmeister nimmt an dem Feste teil, ist ganz außerordentlich aufgeziert und hat gar seinen roten Vollbart gekämmt. In der Hand hat er einen beknopften Stock getragen, da merke ich gleich, es geht nicht gewöhnlich. Und richtig, er hält eine Rede, in welcher er sagt, daß er heute im Namen des Waldherrn der neuen Gemeinde die neue Kirche übergebe.

Das Kreuz trägt ein kräftiger Mann an den Arm gebunden hinauf. Es ist Paul, der junge Meisterknecht aus den Lautergräben. Von dem Turmfenster, durch das er heraussteigt, ist ein sehr einfaches Gerüste an dem beinahe senkrechten Schindeldach empor bis zur Spitze. Gelassen klettert der Träger an den Balken hinan. Zur Spitze angekommen, steht er frei aufrecht und löst sich das Kreuz vom linken Arm. – In der Menschenmasse ist es still, und ringsum kein Laut, als ob noch die Urwildnis wäre an den Ufern der Winkel. Jeder hält den Atem an, als wäre ein unbewachter Hauch imstande, dem Manne auf schwindelnder Höhe das Gleichgewicht zu stören.

Der Paul hütet seinen Blick und seine Bewegungen sind langsam und regelmäßig. Ich vermeine schon ein Zucken und Wenden zu bemerken, das nicht zur Sache gehört, schon faßt mich der Schreck – da senkt sich das Kreuz in seinen Grund und steht fest. In demselben Augenblick strauchelt der Mann – da schallt herunten in meiner Nähe ein Schrei. Aber Paul steht oben.

Der Schrei ist aus dem Munde der Anna Maria gekommen. Sie ist blaß und ohne noch einen Laut zu tun, setzt sie sich auf einen Stein.

Und jetzund wird's erst lustig. Der Paul zieht ein Glas hervor, hebt es, leert es und schleudert es nieder auf den Boden. Es zerspringt in tausend Scherben und die Leute ringen untereinander um diese Scherben, um solche für ihre Enkel zu erhaschen und dereinst sagen zu können: sehet, das ist ein Teil des Glases, aus dem bei der Aufrichtung unseres Kirchturmkreuzes getrunken worden.

Noch steht der Paul auf hoher Spitze, Arm in Arm mit dem Kreuze; da kommt im Turmfenster der graubärtige Kopf unseres Fabelhans-Rüpel zum Vorscheine. Der zwinkert so gewaltig mit den weißen Augenbüschen, daß man es gar herunten bemerken kann, und hebt so an zu reden:

»Weil ich mich nicht auf die Spitz' getrau, so ich zu diesem Fenster herausschau. Auf der Spitz' steht ein junger Mann, dem steht das Trinken an; das Reden aber mir Alten. Will euch doch keine Predigt halten; dafür wird unten die Kanzel gebaut und die selb' einem rechtschaffenen Pfarrer vertraut. Neben der Kanzel werdet ihr einen Taufstein erblicken; dem hab' ich nichts mehr zu schicken; aber es gibt Leut' in der Pfarr', die brauchen so ein Waschtrog alle Jahr'; der Taufbrunn' darf nicht zu klein, im Holzhauerland muß das ein starker Brunnen sein. Aber gleich daneben tut der Beichtstuhl steh'n, da tragen sie alle Sünden hinein, sind sie groß oder klein. Gott wird sie verzeih'n; der Beichtvater aber soll die Ohren verschließen, der kann die Sünden von sich selber wissen. Dann ist der Hochaltar, da schüttet man seinen Kummer aus und geht wieder frisch und jung nach Haus. Und der liebe Gott wird zwölf Engel senden, die werden die Gemeinde bewachen an allen Enden. Da hör' ich, was auf dem Turm das Glöcklein spricht, und seh' leuchten das heilige Kreuz im Sonnenlicht, wie ein Wegweiser, ein göttliches Zeichen, daß wir allzusamm' mit Gottes Gnad' den Himmel erreichen. – Und weil ich heut' auf diesem Turm schon die Glocken muß sein, so ruf' ich es weit ins Land hinein, daß es hallt und schallt über Berg und Wald, bis hin in die schöne Stadt, wo unser braver Herr seinen Wohnsitz hat. Ich und wir all' und die ganze Gemein' bedanken uns wohl von Herzen fein für's Gotteshaus zur schönen Zier! und der Engel soll uns leiten all' zur himmlischen Tür. – Das ist mein armer Gruß; und noch tät' ich meinen zum Schluß: eh'vor wir selbander im Himmel uns freu'n, wollen wir auf Erden noch lustig sein!«

169

In den Herzen haben die Worte gezündet, und ich hätte gleich meinen eigenen Schutzengel mögen schicken, daß er dem Herrn in der Stadt den lieblichen Dankesgruß gebracht.

Als hierauf der Paul glücklich vom Turme zurückkommt auf den festen Erdengrund, hat ihn sein Weib mit beiden Armen empfangen: »Gott gibt dich mir mit eigenen Händen zurück!«

70

Darauf gehen sie dem Hause zu, das heute eine laute Schenke geworden ist. Und siehe die Fügung, da ist der Paul nach wenigen Stunden auf dem breiten, ebenen und grundfesten Boden des Wirtshauses nicht mehr so sicher gestanden, wie oben auf der Spitze.

Das erhöhte Kreuz aber hat seinen Arm huldreich ausgebreitet über die Kirche und über das Wirtshaus.

Einige Tage später.

Es wird aber nicht wahr sein, was man über den Sohn unseres Waldherrn redet. Der junge Herr soll es toll treiben. Es haben auch der Reichtümer allzuviel auf ihn gewartet, als er in dieser Welt ist angekommen. Ei freilich läßt sich mit klingendem Namen und klingender Münze im Leben etwas machen!

Aber ich habe dem guten Hermann ja gesagt, woher das Brot kommt und was Arbeit heißt. Freilich, das eine hat mir nicht gefallen wollen, daß er niemals auf die Arbeiter des Feldes und auch niemals auf die Blumen des Frühlings und auf die Blätter des Herbstes hat geachtet.

Doch nein, Hermann, du kannst so sehr nicht irren. An deiner Seite steht ja der heiligste, treueste Schutzgeist, den die Erde und der Himmel geboren hat. –

Komme doch einmal herein in unseren schönen, stillen Wald!

Morgenrot und Edelweiß

Im Sommer 1818.

Zuweilen ist mir im Winkel hier doch gar recht einsam zu Herzen. Ich weiß nun aber ein Mittel dagegen; ich gehe zu solchen Stunden hinaus in die noch größere Einsamkeit des Waldes; und ich bin in derselben sogar schon nächtlicher Weile gewesen und habe die schlummernde Schöpfung betrachtet und Ruhe empfunden.

71

Nacht liegt über dem Waldlande. Der letzte Atemzug des vergangenen Tages ist verweht. Die Vöglein ruhen und träumen und dichten künftige

Lieder. Aber die Käuze krächzen und Äste seufzen in ihren Stämmen. Die Welt hat ihr Auge geschlossen, aber ihr Ohr tut sie auf, der ewigen Klage der Menschen. Wozu? Ihr Herz ist Felsgestein und nimmer zu wärmen. Nein, sie wärmt ja mit ihrer Ruhe und mit ihrem Blick. – Oben drängt sich Gestirn an Gestirne, es tanzt seinen Reigen und freut sich des ewigen Tages. – Auch dem Walde naht der Morgen wieder, schon winken ihm die Zweige.

Es naht der junge König auf Wolkenrossen vom Aufgang her geritten und bohrt seine glutlodernden Lanzen in das Herz der Nacht, und diese stürzt nieder in dämmernde Schluchten, und von felsiger Zinne rieselt das Blut.

Alpenglühen nennen es die Leute, und wenn ich ein Dichter wäre, ich wollte es besingen.

Zu dieser Jahreszeit wäre es auf dem grauen Zahn gut sein. Zur Nachtszeit, während unten in den Tälern die Menschen ausruhen von Mühsal, und träumen von Mühsal, und sich stärken zu neuer Mühsal – stehen da oben die ewigen Tafeln in stiller Glut, und um Mitternacht reicht über dem Zahn ein Tag dem andern die Hand.

»O, das ist ein schönes Licht!« hat der alte Rüpel einmal ausgerufen, »das leuchtet hinaus in die weite Fern', das leuchtet mir hinein in mein tiefes Herz, das leuchtet mir hinauf zu Gott dem Herrn!«

172

In meiner Seele ist zuweilen eine so seltsame Empfindung; Sehnsucht nach dem Weiten, nach dem Unbegrenzten ist nicht ganz der rechte Name dafür; Durst nach dem Lichte möchte ich sie heißen. – Mein armes Auge, du vermagst der dürstenden Seele nicht genug zu tun; du wirst in dem Meere des Lichtes noch ertrinken und sie wird nicht gesättigt sein.

Ich bin dieser Tage wieder auf dem Zahn gewesen. Bald werde ich ja an den Glockenstrick geknüpft sein, wenn andere Leute Feiertag haben. Es sei, der Glockenstrick ist ein langer Atem, der sagt mit jedem Zug den Menschen was Gutes und lobet Gott.

Ich habe von dem hohen Berge aus nach den Niederungen geschaut, aber das Meer hab' ich nicht gesehen. Ich habe gegen Mitternacht geschaut bis zu den fernsten Kanten hin, von da aus man vielleicht das Flachland könnt' sehen, und die Stadt und den Giebel des Hauses, und das Gefunkel der Fenster …

Und wie lang' müßtest du fliegen, du Blick meines Auges, bis hin ins Sachsenland zum Grabe! …

Der scharfe Wind hat meine Gedanken abgeschnitten. Da bin ich wieder niederwärts gestiegen.

An einem Überhang des Grates habe ich etwas Freundliches gefunden.

Das habe ich am Gestade des fernen Sees von meiner Ahne schon gehört, und das habe ich von den Menschen dieses Waldlandes wiederholt vernommen, daß in der Sonne d'rin die heilige Jungfrau Maria am Spinnrade sitzt. Sie spinnt Wolle von schneeweißen Lämmlein, wie sie im Paradiese weiden. Da ist ihr einmal, als sie bei dem Spinnen eingeschlummert und vom Menschengeschlechte hat geträumt, ein Flöcklein der Wolle auf die Erde gefallen, ist hängen geblieben an einem hohen und Felsen, und die Leute haben es gefunden und Edelweiß geheißen.

Zwei Sternchen davon hab' ich abgepflückt und sie an meine Brust getan. Das eine, das ein wenig rötlich leuchtet, sei Heinrichrot genannt, das andere, schneeweiße, das … lasse ich bei seinem alten Namen.

Als ich gegen Abend zu den Wäldern und Geschlägen niederkomme, stößt mir was unsäglich Liebliches zu. Da sehe ich unweit meines Fußsteiges eine Schichte frischgrünen Grases; es duftet mir einladend entgegen, und so denke ich, daß ich hinschreite dazu und meine ermüdeten Glieder darauf ein wenig rasten lasse. Und wie ich nun zur Grasschichte komme, sehe ich darin ein Kindlein schlafen. Ein blütenzartes, herziges Kindlein, in Linnen gewickelt. Ich bleibe stehen und wahre meinen Atem, daß er nicht in Verwunderung ausbreche und so das Wesen wecke. Ich vermag kaum zu denken, wie es komme, daß dieses hilflose, blutjunge Menschenkind zu dieser Stunde an dieser entlegenen Stelle sei. Da klärt es sich schon auf. Von der Talmulde wankt eine Grasladung heran und unter derselben schnauft die Aga, die für ihre Ziegen Futter sammelt, und das Kind ist ihr Töchterlein – meine Waldlilie.

Das Weib ladet hierauf den Grasvorrat auf ihren Rücken und das Kind auf ihre Brust, und wir gehen zusammen dem Tale zu.

Ich bin an demselben Abende in ihre Klause eingekehrt und hab' Ziegenmilch getrunken. Der Berthold ist spät vom Holzschlage heimgekommen. Die Leutchen führen ein kümmerliches Leben; aber sie sind guten Mutes, und die junge Waldlilie ist ihre Glückseligkeit.

Als der Berthold an meiner Brust das Edelweiß sieht, sagt er, mit dem Finger drohend: »Ihr, gebt acht, das ist ein gefährlich Kraut!«

Ich verstehe ihn nicht, da setzt er bei: »Das Edelweiß hätt' schier meinen Vater getötet und das Edelweiß will mir die Lieb' zu meiner schon verstorbenen Mutter vergiften.«

»Wie so, wie so, Berthold?« frage ich.

Da erzählt er mir folgende Geschichte: Auf der andern Seite des Zahn, vom Gesenke hinaus, ist ein Forstjunge gewesen, der hat ein Sennmädchen lieb gehabt. Aber das ist gottlos stolz gewesen und hat eines Tages zum Forstjungen gesagt: »Bist mir ja recht und ich mag dein werden, aber eine Gewährschaft mußt du mir geben von deiner treuen Lieb'. Bist ein flinker Bursch; schlagst mir's ab, wenn ich ein Edelweiß verlang' von der hohen Wand herab?«

»Mein Leben, ein Edelweiß sollst du haben!« jauchzt der Bursch, denkt aber nicht daran, daß sie die hohe Wand die Teufelsburg heißen, weil sie unbesteigbar ist, weil an ihrem Fuß Martertafeln stehen, von Wurznern und Gemsjägern zeugend, die herabgestürzt. Und die Sennin bedenkt es nicht, das sie eine neue Martertafel begehrt.

Aber dasselb' ist wohl wahr, daß einem die Lieb' toll den Kopf verrückt. Der Forstjunge hat sich aufgemacht noch an demselbigen Tag.

Er besteigt das niedrigere Gewände, über welches der Holzhauer mit seiner Kraxa noch wandeln muß; er erklettert Hänge, an denen der Wurzner seinen Speik aussticht; er schwingt sich über Schründe und Klippen, denen kaum mehr der Gemsjäger traut. Und er erreicht endlich jene schaudervollen Stellen an der Teufelsburg, die unter sich den zerrissenen Abgrund, über sich das senkrecht aufsteigende Getürme haben.

175

Auf einem nächsten Felsvorsprung ist ein Gemslein gestanden, das hat lustig sein Haupt erhoben und spottend auf den Burschen herübergeschaut. Es ist nicht geflohen, da oben ist das Wild der Jäger und der Mensch das hilflose Wild. Das Gemslein scharrt mit dem Vorderfuß, da fliegen weiße Flaumschüppchen auf. – Edelweiß.

Der Bursche weiß wohl, er hat seine Auge zu wahren, daß das Rad in dem Haupte nicht anhebt zu kreisen. Er weiß wohl: blickt er empor am Gewände, so ist er der Abschied vom Himmelslicht, und senkt er sein Auge niederwärts, so schaut er in sein Grab.

Nicht die Gemse, der Boden, auf dem sie steht, ist heute sein Ziel. Einstemmt er den Alpenstock und windet sich und schwingt sich. Blau und grau wird es um sein Auge. Funken tauchen auf und kreisen und vergehen. Nichts sieht er mehr als das Lächeln der Sennin, da schleudert er den Stock von sich, da hebt er an und hüpft und springt in weiten Sätzen. Und die Gemse macht sich auf und setzt wild über sein Haupt, und der Forstjunge sinkt hin auf das weiße Bett ins Edelweiß.

Am zweiten Tage nachher hat der Oberförster bei den Leuten nachfragen lassen, ob der Forstjunge nicht gesehen worden sei. Am dritten Tage haben sie das Sennmädchen gesehen im Walde laufen mit gelösten Haaren. Und an dem Abende desselben Tages ist der Forstjunge auf einen Stock gestützt durch das Tal geschritten.

Wie er herabgekommen von der Teufelsburg, das hat er keinem Menschen erzählt, noch vielleicht erzählen können. Edelweiß hat er bei sich getragen – einen Strauß an der Brust – einen Kranz auf dem Haupte; schneeweiß, edelweiß sind seine Haare gewesen.

Und das Sennmädchen, das sich in seinem Übermut an dem braunen Lockenkopf versündigt, hat jetzund das Weißhaupt geliebt und gepflegt, bis es selbst ein solches geworden in späten Jahren. –

Fast schön hat der Berthold diese Geschichte erzählt und letztlich beigesetzt, daß er von dem Forstjungen und der Sennin das Kind sei.

Im Herbst 1818.

Wenn ich in den Wäldern herumgehe zu großen und kleinen Leuten, und von den ersteren lerne und die letzteren lehre, so sehne ich mich oftmals zurück zum Steg der Winkel. Da haben die letzten Jahre her die Leute um das Winkelhüterhaus mit Axt und Hammer so herumgearbeitet und ich habe selber zuweilen ein wenig meine Hand daran gelegt. Und nun ich die Augen einmal aufmache und die Dinge betrachte, sehe ich, daß wir ein Dorf haben.

Neben dem Hause sind ein paar Hütten aufgerichtet worden, anfangs nur für die Bauarbeiter, und nun werden sie zu ständigen Häusern eingerichtet. Und da ist der Martin Grassteiger, ein Kohlenbrenner, aus den Lautergräben herübergekommen und hat zwei solche Hütten um eine ganz erkleckliche Summe erkauft und zur Verwunderung der Leute gleich bar ausbezahlt. Aus den pechschwarzen Kohlen werden funkelnde Taler gemacht, hat die alte Ruß-Kath einmal gesagt. Und mit blanken Talern hat der Grassteiger die Hütten bezahlt, und nun ist er ein ansehnlicher Mann.

Der Pfarrhof ist der Vollendung nahe und die Kirche ebenfalls, und danach kommt das Schulhaus dran; – o Gott, ich erlebe eine sehr große Freude in diesen Wäldern.

Gestern zur Abendstunde haben wir die Kirche zum erstenmal zugesperrt. Es ist der Baumeister, der Tischler aus Holdenschlag, der Holzmeister dabei gewesen, aber ich weiß nicht, wie es gekommen, daß, wie wir auseinander gegangen, der Schlüssel mir in den Händen ist verblieben. Ja so – ich bin der Schulmeister. Ich weiß es selber kaum, daß ich es bin, und da schreibt mir letztlich der Waldherr, er sei mit meinem schulmeisterlichen Wirken im Walde recht zufrieden. Was tue ich denn? Geschichten erzähle ich den Kindern, und weise ihnen mancherlei Kleinigkeiten des Waldes, die sonst zeitlebens kein Mensch hier noch beachtet hat, mit denen aber die Kinder tolles Wesen treiben und ihre Freude haben.

Die vordersten Fenster in der Kirche, zwischen welchen der Altar kommt, sind mir nicht ganz recht. Die Scheiben sind so hell, und das tut mir zuweilen im Auge weh. Und es schaut die Waldlehne und der Holzschlag herein. Ei, das wäre was rechtes für den Sonntagsbeter, da tät' er im Gedanken allfort Holz hacken, statt seine arme Seele demütig dem lieben Gott vorzuführen, und er tät die geschlagenen Stämme zählen und die Stöcke und die Reisighaufen und solche Dinge, um deren Anzahl er sich sonst die ganze Woche nicht kümmert. Da muß das Gebet schon wie ein Blutquell aus dem Herzen strömen, wenn der Gedanke dabei nicht durchzugehen trachtet, und weil das nicht immer ist, so muß man die Kirche wie eine Burg bewahren, daß der Sonntag nicht hinaus und der Werktag nicht herein kann.

178

Die beiden Fenster müssen mit Glasmalereien versehen werden, und das will ich besorgen. Ich habe mir rotes, gelbes, blaues und grünes Papier kommen lassen und arbeite nun schon seit Tagen als Bildschnitzer bei verschlossenen Türen.

Über den Kirchenheiligen sind die Leute noch nicht einig geworden. Aber ich habe darüber meine Gedanken. Stellen wir gar keinen auf. »Leute«, habe ich gesagt, »stellen gar keinen auf. Jeder soll sich den seinen denken nach Belieben. Die Heiligen sind unsichtbar und im Himmel; wir können sie nur aus schlechtem Holz nachmachen, und das täte sie leicht verdrießen.«

»'s mag wohl richtig sein«, haben einige auf diesen Vorschlag geantwortet, »und wir ersparen die Unkosten.«

Den Altartisch hat ein Vorhacker vom Karwasserschlag gezimmert. Der Vorhacker ist ein armer Mann mit reichem Kindersegen; er hat aber für die Kirchenarbeit kein Entgelt genommen. – »Auf eine gute Meinung tu' ich's«, hat er gesagt, »für die Meinigen tu' ich's, auf daß mir keines stirbt und keines mehr dazukommt.«

Der liebe Gott muß nicht recht verstanden haben; kaum ist der Altartisch fertig, rückt dem Vorhacker der neunte Bub auf die Welt.

Um zu zeigen, daß es eine Ehre ist für den Wald, wenn so ein armer Mann ein gemeinnütziges Werk vollbringt, so nennen wir den Vorhacker, 79 weil er auch einer ist, der seinen Namen nicht weiß, – den Ehrenwald. – Der Name reicht für seine neun Buben und für weiteres.

Der Franz Ehrenwald ist ein geschickter und strebsamer Kopf. Weil ihm der Altartisch gelungen ist, so will er sich nun ganz auf das Zimmer- und Tischlerhandwerk verlegen. Er hat sich schon eine Unzahl Werkzeuge gesammelt und zwei Körbe voll von Hobeln, Reifmessern, Bohrern, Sägen, Beilen, Stemmeisen und Dingen verschafft, die er gar nicht anzufassen weiß und sein Lebtag nicht brauchen wird. Aber die Werkzeugkörbe sind sein Stolz, und seine Buben können ihm keinen größeren Ärger verursachen, als wenn sie in ihren eigenmächtigen Tischlerarbeiten ihm etwan einen Bohrer verschleppen oder ein Messer schartig machen. Sie mögen nur brav das Handwerk lernen, die zwei Körbe werden ja einmal ihre Erbschaft sein.

Ich habe mehrere Pläne für Wohnhäuser gezeichnet, wie sie gebaut werden sollen, daß sie dauerhaft, licht, luftig, leicht heizbar, für die Lebensweise der Leute geeignet und geschmackvoll sind. Nach solchen Plänen hat der Franz Ehrenwald bereits mehrere Häuser begonnen. Eines davon gehört dem Meisterknecht Paul in den Lautergräben. Die Bauten sind nicht kostspielig, da der Waldherr das Holz dazu umsonst gibt; auch sollen sie, sagt man, steuerfrei bleiben.

So fängt das Geschäft des Meisters Ehrenwald gut an; er muß sich Gehilfen nehmen und seine Buben werden ihm bald zu wenig sein. Auch geht er bereits mit einem Plan für sein eigenes Haus um. Letztlich, als ich einmal unten am Bache stehe und Forellen fische, kommt er sachte, 80 ich weiß gar nicht von woher, auf mich zu und lispelt mir geheimnisvoll ins Ohr: »Glaubt mir, mein neues Haus wird saggrisch toll, saggrisch toll wird's!« Kein Mensch sonst ist in der Nähe gewesen und die Fische sind auch in der Winkel taub. Aber saggrisch toll – flüstert er leise – wunderprächtig wird sein Haus! Der Mann ist schier kindisch vor Stolz; er ist auf seinem Fahrwasser; früher ist es gar keinem eingefallen, daß man auch in den Winkelwäldern stattliche Wohnungen bauen könne.

Auf dem Kreuzwege

Im Herbst 1818.

Oben, in der Öde des Felsentales steht ein hölzernes Kreuz. Es ist dasselbe, welches emporgewachsen sein soll aus dem Samenkorne des Vögleins, das alle tausend Jahre in den Wald fliegt.

Ich bespreche mich mit dem Förster und einigen der Ältesten. Hernach frage ich den alten Bartkopf und Fabelhans Rüpel, der sonst auch just kein wichtig Geschäft hat, ob er mit mir gehen wolle hinauf in die Karwässer und in das Felsental, und ob er mir das bemooste Kreuz wolle herabtragen helfen in das Winkel.

Und so gehen wir an einem hellen Herbstmorgen davon.

Beiden ist uns unsäglich wohl gewesen. Dem schattendunkeln Winkelbach haben wir Dank gesagt für sein Schäumen und Rauschen. Dem Wiesengrün haben wir Dank gesagt, daß es Wiesengrün ist, dem Taue und den Vöglein und dem Reh und dem ganzen Wald haben wir Dank gesagt. – Wir steigen über glatten Waldboden, wir steigen über verwittertes Gefälle und bemoostes Gestein. Die Bäume sind alt und tragen lange Bärte, mit jedem steht der Fabelhans auf brüderlichem Fuße. Auf den Weben der Moose begegnen uns Käfer, Ameisen, Eidechsen; wir grüßen sie alle, und lustflunkernde Schmetterlinge laden wir ein, daß sie mit uns kommen sollten zum Kreuze. Die kleine bunte Welt hat davon nichts wissen wollen.

Mein Gefährte ist ein sehr seltsamer Kauz. Wer ihn nicht kennt, der kann ihn nicht glauben. Aber unter den Waldmenschen gibt es einmal die wunderlichsten Leute. Draußen in der durchgebildeten und abgeschliffenen Welt nennt man solche Erscheinungen Dichter; hier heißen sie Halbnarren.

Der Rüpel ist so ein Halbnarr. Sie heißen ihn auch den Fabelhans, weil er allfort was zu fabeln weiß; und sie heißen ihn den Reim-Rüpel, weil er – und das ist die Merkwürdigkeit – nicht zehn Worte sprechen kann, ohne zu reimen. Es ist eine tollwitzige Gewohnheit. Seine ganze Lebensgeschichte hat er mir unterwegs in Reimen erzählt. Die Reime haben zwar gottslästerlich geholpert; aber wer soll auf so steinigem Waldboden nicht holpern und stolpern? – Ich will es doch versuchen, mir seine Geschichte einzuprägen.

»Ein Küsterbüblein bin ich gewesen«, hebt er an, »draußen in Holdenschlag steht's noch zu lesen. Wenn ich den Strick hab' geschwungen und die Glocken haben geklungen, hab' ich den Takt gesungen und den Schwenkel nachgeahmt mit meiner Zungen. Beim Ministrieren hab' ich dem Pfarrer Wein in den Kelch gegossen; aber unter dem Wasserkrüglein hat er gleich gezuckt; kaum ein Tröpflein, ist er schon davongeruckt. Wasser und Wein als Fleisch und Blut, das ist unser höchstes Gut, aber wer in den Kelch zu viel Wasser tut, der verdirbt das rosenfarben' Christiblut. – Als ich von der Kirchen bin fortgekommen, hat mich ein Schmied in die Lehr' genommen. Der Blas'balg hat mit Gleichmaß angefangen und der Hammer ist taktfest mitgegangen, und der Amboß hat geklungen, sind die Funken gesprungen, und alles hat sich gefügt und gereimt, als wär' es gehobelt gewesen und geleimt. Gerade meinem Meister hat's nicht angepaßt, da hat er mich nach dem Takt beim Schopf gefaßt. Und schaut, bei diesen taktfesten Dingen, Klingen, Singen und Springen, hab' ich zum stillen Feierabendfrieden baß angefangen, Reime zu schmieden. Aber, wie auch geschmiedete Reime geraten, es sind keine Hufeisen, sind keine Spaten, und der Eisenschmied hat den Reimschmied bald verjagt hinaus in den Wald. – Im Wald hab' ich Moos gezupft und Wurzeln und Kräuter gerupft, bin federleicht geworden und mit dem Reh gesprungen, bin lustig geblieben, hab' mit den Vöglein gesungen. Der Förster, ein Vetter von mir, hat gedacht, ich kunnt bei dem Lungern gar leicht verhungern, und hat mich zum Jäger gemacht. – Wie ich die erste Büchs hab' umgehangen, haben die Tier' im Wald ein Freudenfest begangen. Ich hab' nach dem Wild geschossen und die blaue Luft getroffen, da bin ich dem Reh auf Versfüßen nachgeloffen. Das ist gar stehen geblieben: ich kunnt nach Belieben mich setzen auf seinen Rücken; auf so ungleichem Bein', das sehe es ein, könne das Gehen nicht glücken. – Das tat sich dem Förster nicht schicken, und von meinem Jagen und schießen will er gar nichts mehr wissen. – Bin eine Weil' in der Welt herumgegangen, hab' allerlei angefangen; mit allerhand Herren tät ich verkehren; teils haben sie mir gutherzig den Dienst aufgesagt, teils haben sie mich davongejagt. – Und schaut, so schleift es fort und so werd' ich alt, und so holper' ich wieder zurück in den Wald; und das ist mein Aufenthalt. Und wenn ich wo Leute find', die gutherzig und lustig sind, so mach' ich mich bescheiden und mit Freuden daran, und singe sie an; und singe zur Tauf' und Hochzeit und anderer Lustbarkeit um ein Stücklein Brot; ist's auch schwarz und trocken, gesegne mir's Gott! Bin ich gesund und wird mir die Zungen nicht lahm im Mund, so leid' ich keine Not. Und ist es Zeit, so kommt der Herr Tod, ich bin bereit und gehe heim, und das ist der allerbeste

Reim. Und hör' ich singen und Posaunen klingen, so steh' ich wieder auf. Und das ist des Reim-Rüpels Lebenslauf.«

Ich möchte den Mann die wilde Harfe oder den Waldsänger heißen, oder den evangelischen Sperling; er säet nicht und erntet nicht und bettelt nicht, und die braven Winkelwälder ernähren ihn dennoch, während draußen im weiten Land die Sänger hungern.

Nach vielen Stunden sind wir endlich hinaufgekommen in das Felsental. Als wir am zerrissenen Gewände hingehen, in deren Klüften das Grauen schlummert, und als wir mitten in den niedergebrochenen Klötzen das Kreuz ragen sehen, teilt mir mein Begleiter mit, es tät' ihm scheinen, als husche dort eine Menschengestalt zwischen den Steinen. Ich aber habe außer uns zweien niemanden bemerkt.

Vor dem Kreuze stehen wir still. Auf dem Felsklotz ragt es, wie es vor Jahren geragt, wie es nach der Menschen Sagen seit unerdenklichen Zeiten gestanden. Wetterstürme sind über ihn hingezogen und haben die Rinde [184] gelöst von dem Holze; sie sind dem Kreuzbilde nicht weiter gefährlich worden. Aber die milden Sonnentage haben Spalten gesprengt an den Balken. – Das Himmelsauge wölbt sich in lichter Bläue über den verlorenen Weltwinkel. Die niedergehende Sonne blitzt schräge hinter dem Gefelse hervor und spinnt in den uralten, kahlästigen Baumrunen und bescheint den rechten Arm des Kreuzes. Ein braunes Würmchen kriecht über den Balken dem sonnigen Arme zu, doch kaum es den Arm erreicht, ist die Glut erloschen. – Ein Kieferschabkäfer läuft an dem Stamme empor und eilt unter das letzte Rindenschüppchen, um etwan die Puppe einer Ameise zu erhaschen. – Dem ist das bestrahlte Kreuz ein Gottesreich; dem ist es ein Tummelplatz seines Strebens und Genießens.

Unserer Gemeinde möge es das erstere sein!

Es ist gut, daß kein Mensch weiß, wer den Pfahl im Felsentale gezimmert und aufgestellt hat. Denn niemals sollen sich unter den Anbetenden jene Hände falten, die das Bild der Gottheit geschnitzt haben. Von dem Berge Sinai herab hat Moses die Gesetztafeln geholt, dem Volke als wahres Bild Gottes. Erst als die Israeliten aus ihrem eigenen Geschmeide und mit eigenen Händen ein Bild geformt, ist ein Götzenbild daraus geworden.

Als wir auf den Fels gestiegen, um den Kreuzpfahl abzulösen, hat der Rüpel sein Gesicht bedeckt mit beiden Händen. »Wir brechen den Altar im Felsenkar!« ruft er in Erregung, »bei wem soll nun im Sturme beten der Baum und das verfolgte Reh am Waldsaum?«

Mir selbst haben die Hände gezittert, als wir das Kreuz ausheben und auf unsere Schultern nehmen. Ich habe es so getragen, daß der Querbalken an meinem Nacken gelegen, wie ein Joch; der Rüpel hat den Stamm nachgeschleppt.

Und so gehen wir mit der Last hin zwischen den Klötzen und zwischen den Baumrunen. Als wir zu dem Hange kommen, da bricht die Abenddämmer an.

Die ganze Nacht sind wir mit dem Kreuze gegangen her durch die Waldungen. In den Schluchten und Engpässen ist es ganz grauenhaft finster gewesen und an manch alten Stamm hat unser Pfahl gestoßen. Wo der Weg über Höhen geht, da rieselt durch das Geäste das Mondlicht, und wir schreiten hin über die weißen Tafeln und Herzen, die auf dem Boden liegen.

Mehrmals haben wir das Kreuz auf die Erde gestellt und uns den Schweiß getrocknet; gar wenig haben wir mitsammen gesprochen. Nur einmal hat der Rüpel den Mund aufgetan und folgende Worte gesagt: »Das Kreuz ist schwer und herb; mag's nur tragen, bis ich sterb'. Aber tun sie mich begraben, möcht ich ein grünes Bäumlein haben, das nicht zusammenbricht auf mein Gebein, das aufwächst gegen Himmel im Sonnenschein!«

Da ist es bei so einem Ablasten, daß neben uns eine dunkle Gestalt über den Weg huscht. Sie streckt eine Hand aus, deutet auf einen breiten Stein und dann ist sie verschwunden. Wir haben beide diese Erscheinung bemerkt, aber wir haben kein Wort gesagt, und erst, als wir auf der Wiese der Karwässer das Kreuz wieder aufrecht auf die Erde stellen, so daß dessen scharfer Schatten ruhesam über dem tauigen Grasgrunde liegt, sagt der Alte: »Wie in den bitteren Leidenstagen der Herr das Kreuz auf den Berg hat getragen, und wie er mit seinen schweren Lasten auf einem Stein hat wollen rasten, da tritt aus dem Haus ein Jud' heraus, und sagt: der Stein gehört mein. Und der Herr schwankt weiter in seiner Pein. – Und selbiger Jud' kann nicht sterben und ruhen, muß heut' noch wandern von Landen zu Landen, von einem Jahrtausend zum andern, in glühenden Schuhen.« – Dann nach einer kleinen Weile fährt der Rüpel fort: »Und weil in der heutigen Nacht *wir* mit dem Kreuze gehen, so haben wir gar den ewigen Juden gesehen. Er hat uns geladen ein zur Ruh' auf den Stein, das wäre gewesen nicht unsere Rast, aber die Ruhe sein.«

In der Kohlstatt der hinteren Lautergräben haben uns vier Männer aus dem Winkeltale erwartet. Diese nehmen uns das Kreuz ab, legen es auf eine grünsprossige Bahre und tragen es davon.

Wie wir herauskommen zu unserem Tale, da bricht der Tag an. Und es klingt und zittert ein Ton durch die Luft, der nicht vergleichbar ist mit Menschengesang und Saitenspiel und aller Musik auf Erden. Schon jahrelang habe ich diesen Ton nicht gehört, weiß ihn kaum mehr zu deuten. Wir alle stehen still und horchen; es ist die Glocke von unserer neuen Kirche.

Während wir im Felsentale gewesen, sind die Glocken angekommen und erhöht worden.

Wie ich an diesem Morgen das Glöcklein gehört, da hab' ich es nicht lassen mögen, habe laut gerufen: »Leute, jetzt sind wir nimmer allein! Alle Gemeinden draußen läuten zu dieser Stunde; wir haben mit ihnen den gleichen Morgengruß, den gleichen Gedanken. Wir sind nicht mehr stumm, wir haben unsere gemeinsame Zunge auf dem Turm, die in Freude und in Trübsal spricht, was wir empfinden, aber nicht vermögen zu sagen. Und der ewige Gottesgedanke, der überall weht und webt, aber nirgends faßbar und in keinem Bilde und durch kein Wort voll und ganz ausgedrückt werden kann, im klingenden Reife der Glocke allein nimmt er Gestalt an für unsere Sinne und wird faßbar unserem Herzen. Und so bringst du uns, du süßer Glockenklang, trostreiche Botschaft von außen und von innen und von oben!«

Die Männer haben mich angestaunt, daß ich rede, und was es denn viel zu reden gäbe, wenn Kirchenglocken läuten; das höre man draußen zu Holdenschlag doch alle Tage. Nur der gute Rüpel ist beiseite geeilt und hinter die Erlenbüsche hinauf, auf daß er unbeschadet von meiner heiseren Rede den reinen Glockenton hat hören können.

Vor der Kirche sind sehr viele Menschen versammelt, um die Glocken zu vernehmen und das Kreuz zu sehen. Jenes Kreuz, das entsprossen ist aus dem Samenkorne, so das Vöglein hat gebracht, welches alle tausend Jahre einmal durch den Wald fliegt.

Kirchweih 1818.

Sonntag ist!

Der erste Sonntag in den Winkelwäldern. Die Glocken haben es schon im Morgenrot verkündet, und da sind die Leute herbeigekommen aus dem Hinterwinkel, aus dem Miesenbacheck, von den Lautergräben, von den Karwassern und aus allen Klausen und Höhlen der weiten Wälder. Heute sind sie nicht Holzer oder Kohlenbrenner, oder was sie eben sonst sein mögen, heute zum erstenmal schmelzen sie zusammen in eins, in *einen* Körper und heißen: die Gemeinde.

Die Kirche ist fertig. Über dem Altartische ragt das Kreuz aus dem Felsentale; es steht hierorts so anspruchslos und schier so stimmungsvoll, wie es dort in der Einsamkeit gestanden. Unter den Leuten werden Äußerungen gehört, das sei das wahrhaftige Kreuz des Heilandes. Wenn sie Trost und Erhebung in diesem Gedanken finden, dann ist es, wie sie sagen.

Das Gezelt des Heiligsten ist ein Geschenk des Freiherrn; die Kerzenleuchter und das Speisegitter hat der Ehrenwald geschnitzt. Wer doch die zwei schönen Altarfenster mit den Glasmalereien gespendet hat? werde ich gefragt. Es ist gut, daß die Fenster so hoch sind, sonst müßte man es wohl merken, daß über den Glastafeln nur buntes Papier klebt. Die beiden Fenster stellen in einem grünen Dornenkranze mit roten und weißen Rosen die zwei Gesetztafeln Moses vor. Über dem Altare und dem Kreuze ist ein Rundfenster mit dem Auge Gottes und den Worten: »Ich bin der Herr, dein Gott, der dich befreit aus der Knechtschaft. Mache dir kein geschnitztes Bild, um es anzubeten.«

Der Pfarrer von Holdenschlag, der hier gewesen, um die Weihe und den Gottesdienst zu vollziehen, hat mir bedeutet, die obigen Worte paßten nicht. »Du sollst allein an einen Gott glauben!« müsse es heißen. Ich antwortete, daß ich die angewendeten Worte in einer sehr alten Bibel gelesen hätte.

Der Schulmeister von Holdenschlag hat die Orgel gespielt, die einen sehr reinen, ich möchte sagen, innigen Klang hat. »Die Freuden und Schmerzen, die der Mund nicht kann sagen, sie sprudeln aus Musik, wie ein Bronnen in der Sonnen!« sagt der alte Waldsänger.

Wie ich mich auf der Zither geübt habe, so übe ich mich nunmehr auf der Orgel. Jeder liebliche Ton ist ein Eimer, der niedersteigt in das Herz des Andächtigen und die Seele emporhebt zum Altare Gottes.

Der Pfarrer von Holdenschlag hat eine Predigt gehalten über die Bedeutsamkeit der Kirchweih und der Pfarrkirche und über das Leben des Menschen vom Taufstein bis zum Grabe. Da fällt mir ein, daß wir noch keinen Friedhof haben. Kein Mensch hat daran gedacht oder denken wollen, so oft auch die Rede vom Taufstein gewesen. – Meine ganze Andacht ist weg, und während hernach bei der Messe der Schleier des Weihrauches aufsteigt, habe ich immer daran denken müssen, wohin wir doch den Friedhof legen werden. Und nach dem Hochamte, da alles herausströmt auf den Platz zu den Verkaufsbuden der Hausierer, um die Schätze und Künste zu betrachten, die nun die Welt der neuen Gemeinde im Winkel hereinzusenden beginnt, steige ich den Hang hinan bis zur sanften Hebung, über die sich der finstere Hochwald hinzieht gegen das Gewände. Dort lege ich mich auf die abgefallenen Fichtennadeln des Bodens. Ich bin schier abgespannt von den ungewohnten Erregungen des Ereignisses und versuche des Friedhofes wegen, wie sich's hier oben ruhen läßt.

Vom Platze herauf höre ich das Geschrei der Marktleute und das Gesurre der Menge.

Vielen ist aber die Kirche nicht recht, weil noch kein ordentliches Wirtshaus dabei steht. Ei, der Branntweiner Hannes ist ja doch da, der hat sich unter Eschen ein Tischchen aufgeschlagen und große Flaschen und kleine Kelchgläser darauf gestellt. »Was wär' das für eine steintrockene Kirchweih, wenn wir nicht trinken täten!« sagen die Leute, und der Bursche will auch seiner Maid ein Gläschen zahlen. Und der Teufel ist ein frommer Mann, der will jede neue Kirche nachmachen, aber es wird halt immer ein Wirtshaus daraus. Der Schenktisch ist sein Hochaltar, die lose Wirtin sein Priester, das Gläserklingen sein Glocken- und Orgelspiel, des Wirts Säckel sein Opferstock, die Spielkarten sind sein Gebetbuch, und wenn einer im Rausch und Zank niedergeschlagen wird, so ist das sein Opferlamm.

190

Das ist der Schatten von der Kirche. Und der Arbeiter legt sich nach der heißen Woche nur zu gerne in den Schatten.

Bei dem Mittagsmahle, das wir selbander im Winkelhüterhause eingenommen, hat es der Holzmeister schon erzählt, der Grassteiger will um Erlaubnis einkommen, daß er eine Schnapsschenke errichten dürfe.

Den Wirt hätten wir schon, aber wo steckt unser Pfarrer?

»'s wird auch keiner hereinwollen in diesen mit Brettern verschlagenen Weltwinkel«, meint der Holdenschlager.

»Gelt, Hochwürden!« schreit die Winkelhüterin ins Gespräch hinein, »wahrhaftig, das sag' ich hundertmal. Fort möcht' ich von dieser Einöden, heut' lieber wie morgen. Es ist nichts anzuheben in diesem Winkel. Wie wär' es unsereinem so handsam gewesen, daß ein's an Sonntagen ein wenig Branntwein ausgeschenkt hätt', aber halt ja, der Grassteiger ist der Hahn im Korb!«

»He«, lacht der Pfarrer, »Wirtshäuser! Wird noch ein belebter Ort werden, dieses Winkel – Winkel – ei, die Gemeinde hat ja noch gar keinen Namen?!«

91

Über den Namen der Gemeinde ist nicht bloß nachgedacht, es ist ein solcher sogar schon bestimmt worden. Wie soll die Waldpfarr' heißen? Den Leuten wäre die Erörterung dieser Frage eine willkommene Veranlassung gewesen, bei dem neuen Wirt zusammenzukommen und die Gemeinde mit Schnaps zu taufen. Aber wir taufen mit Wasser. Unser Wasser heißt die Winkel; über die Winkel führt dahier seit unvordenklichen Tagen ein Steg; wenn ihn das Wasser fortgerissen, haben ihn die Leute wieder aufgebaut, weil er hier, am Kreuzpunkte der Talschluchten und der Waldpfade unentbehrlich ist. Den Platz um das Winkelhüterhaus nennen sie kurzweg »am Steg«.

Am Steg, am Winkelsteg, steht die neue Kirche. Und *Winkelsteg,* so heißt sie, und so heißt die Gemeinde. Unser Waldherr Schrankenheim hat's unterschrieben.

Wie unsere Kirchweih eingeläutet worden, so wird sie ausgeläutet. Da hat sich an diesem Tage noch etwas sehr Erregendes zugetragen. Die Holdenschlager Herren und der Förster sind fortgewesen; am Winkelsteg ist es wieder still. Es dunkelt schon früh und im Hochgebirge liegt der Nebel. Es ist bereits finster, da ich zu meinen Glocken gehe. Heute zum ersten Male brennt das rote Ämplein am Altare, das nun fortan das ewige Licht geheißen werden wird, und nimmer verlöschen soll, so lange das Gotteshaus steht. Das ist die Wacht vor dem Herrn.

Wie ich in die Kirche trete, sehe ich in dem matten Schein am Speisegitter eine Gestalt. Da kniet noch ein Mensch und betet. Wenn einer so lange leben muß in dem Elende des Tages, so wird hernach völlig Sonntag zu kurz, da man bei dem lieben Gott eingekehrt ist, oder bei sich selber. – So denke ich und stehe eine Weile still und trete endlich vor, daß ich den Beter aufmerksam mache auf das Absperren der Kirche. Wie mich aber die Gestalt bemerkt, rafft sie sich auf und will fliehen. – Zuletzt ist es gar kein Beter, sage ich, und fasse den Davoneilenden und sehe ihm ins Gesicht. Ein junger Bursche ist's.

92

»Was wirst du rot, Schelm!« rufe ich.

»Ich bin kein Schelm«, antwortet er, »und Ihr seid auch rot; das ist von der Ampel.« Da sehe ich ihn recht an. Wer wird es gewesen sein? Der Lazarus ist's gewesen, der verschollene Sohn der Adelheid.

Ich habe die Hände über dem Kopf zusammengeschlagen und ein Geschrei erhoben mitten in der Kirche.

»Junge, was ist das mit dir um Gottes willen, wo bist du gewesen? Wir haben dich gesucht, deine Mutter hat dich ausgraben wollen aus dem Gestein der Alpen. Und wie bist du heute da, Lazarus! Ja, das ist schon gar aus aller Weis'!«

Der Knabe ist dagestanden und hat auf meine Worte gar nichts geantwortet – nicht ein Wörtlein.

Darauf habe ich geläutet. Lazarus ist neben mir gestanden; seine Bekleidung ist eine Wollendecke, seine Haare gehen ihm über die Achseln hinab, sein Antlitz ist blaß. Er sieht mir zu, er hat noch keine Glocke läuten gesehen. Und was ich empfinde! Jetzt hab' ich eine hellklingende Zunge, jetzt kann ich das Ereignis ja verkünden hin in die Berge.

Endlich kommt meine Haushälterin: was denn das Läuten bedeute, ein halbdutzendmal habe sie schon den »englischen Gruß« gebetet und ich höre noch nicht auf!

193

Da lasse ich den Glockenstrick wohl fahren und deute auf den Jungen: »Seht, endlich ist er da. Habt Ihr das Läuten denn nicht verstanden? Der Lazarus ist gefunden.«

Besser als jegliche Glocke weiß solche Mär ein Weib zu verkünden. Kaum eilt die Winkelhüterin rufend davon, sind ich und der Lazarus schon von Menschen umringt. Ich weiß kaum, wie ich die Sache erzählen soll, und der Junge murmelt ein- um das andere Mal: »Paulus«, und sonst sagt er kein Wort.

Wir fragen ihn, wer Paulus sei? Statt auf die Frage zu antworten, versetzt er mit seltsam scheuem Blick: »Er hat mich hergeführt zum Kreuz.« Und laut und angstvoll ruft er: »Paulus!« Seine Zunge ist unbeholfen, seine Stimme fremdartig.

Wir führen ihn ins Haus; die Hauswirtin stellt ihm zu essen vor. Traurig blickt er auf den Eierkuchen, wendet den Kopf nach allen Seiten und immer wieder zurück auf den Kuchen und rührt keinen Bissen an.

Allmiteinander reden wir ihm zu, daß er essen möge. Seine mageren Hände strecken sich aus dem Lodenüberwurf hervor und nach der Speise aus, aber sie zucken wieder zurück und der Junge zittert und hebt endlich an zu schluchzen. Später bittet er um ein Stück Brot, das er mit Heißhunger verschlingt. Dabei fallen ihm die schwarzen Locken über die Augen herab, er streicht sie nicht zur Seite. Zuletzt taucht er das Brot in den

Wasserkrug und ißt mit gesteigerter Gier und trinkt das Wasser bis auf den letzten Tropfen.

Wir stehen herum und wir sehen ihm zu und wir schütteln unsere weisen Häupter und wollen fragen und fragen; und der Junge hört nichts und starrt in die Spanlunte, die an der Wand leuchtet, oder zum Fenster hinaus in die Dunkelheit.

Noch in derselben Nacht haben ich und der Grassteiger den Knaben hinaufgeführt in den Hinterwald zu seiner Mutter Hütte. Ein paarmal hat er uns davon und die Lehnen hinanklettern wollen in den Wald. Stumm wie ein Maulwurf und scheu wie ein Reh ist er gewesen.

Wir kommen zu des schwarzen Mathes Haus, die schwarze Hütte genannt. Da liegt alles in tiefer Ruh. Das Brünnlein flüstert vor der Tür; das Geäste der Tannen ächzt über dem Dache. In der Nacht hört man auf solche Dinge; am Tage ist, wenn einer so sagen dürfte, das stete Tönen des Lichtes, da wird dergleichen selten beachtet.

Der Grassteiger hält den Knaben an der Hand. Ich stelle mich an ein Fenster und rufe hinein durch die Papierscheibe: »Adelheid, wacht ein wenig auf!«

Da ist drinnen ein kleines Geräusch und ein verzagtes Fragen, wer denn draußen.

»Der Andreas Erdmann von Winkelsteg ist da und noch zwei andere!« sage ich. »Erschreckt aber nicht. In der neuen Kirche hat sich ein Wunder zugetragen. Der Herr hat den Lazarus erweckt!«

In der Hütte leckt mehrmals ein roter Schein an den Wänden, wie matte Blitze zu sehen. Das Weib hat an der Herdglut einen Span angeblasen.

Sie leuchtet uns zur Türe herein, aber als sie den Knaben sieht, fällt der Span zu Boden und verlischt.

Da ich endlich wieder ein Licht zuwege bringe, lehnt das Weib an dem Türpfosten und Lazarus liegt auf dem Angesichte. Er wimmert. Der Grassteiger hebt ihn empor und tut ihm die Locken aus dem Antlitz. Die Adelheid steht fast regungslos im Nachtkleide; nur in ihrer Brust ist Unruhe. Sie legt die beiden Hände über die Brust, sie wendet sich gegen die Wand und lechzt nach Atem, ich habe gemeint, sie bricht uns zusammen. Letztlich wendet sie sich zum Knaben und sagt: »Bist wohl einmal da, Lazarus?« – Und zu uns: »Tut euch ab dort auf der Bank, will gleich eine Suppe kochen!« – Und wieder zum Knaben: »Zieh' die nassen Schuh' aus, Bub!«

Er hat gar keine Schuhe an den Füßen; Sohlen aus Baumrinden hat er angebunden.

Das Weib geht zum Bette, weckt das Mädchen, es möge schnell aufstehen, es sei der Lazarus gekommen. Das Mädchen hebt an zu weinen.

Die Suppe steht fertig auf dem Tisch; der Knabe starrt mit seinen großen Augen den Tisch und die Mutter an. Und jetzt erst bricht das Mutterherz los: »Mein Kind, du kennst mich nimmer! Ja, ich bin alt geworden über die hundert Jahr'! Wo bist mir gewesen diese ewige Zeit! Jesus Maria!« Sie reißt das Kind an ihre Brust.

Lazarus läßt es geschehen und starrt zur Erde; ich merke wohl, wie seine Lippen zucken, aber er sagt kein Wort. Er muß Bedeutsames erfahren haben; seine Seele liegt unter einem Banne.

Als er hierauf seinen Lodenüberwurf austut, um auf das frisch bereitete Lager zu steigen, langt er aus diesem Übertuch eine Handvoll grauer Körner und streut sie mit einem Wurf über den Fußboden hin. Kaum das geschehen, hebt er an, sich zu bücken und die Körner, Steinchen sind es, wieder aufzulesen. Er zählt sie in seiner Hand und sucht dann in allen Fugen und Winkeln, und hebt mit Sorgfalt jedes der Körnchen, und zählt und sucht wieder, und sucht mit Gelassenheit eine lange Weile auf dem Estrich der Hütte, bis er das letzte Stück hebt und ihm die Zahl in der Hand voll ist. Und selbunter haben wir den Jungen zum ersten Male lächeln gesehen. Danach tut er die Steinlein wieder in die Tasche seines Überwurfes und geht zu Bette.

196

Er schläft bald ein.

Wir sind noch lange am Herd gestanden bei der Spanlunte und haben unsere Gedanken ausgesprochen über das Seltsame, wie es mit und in diesem Kinde ist.

Christmonat 1818.

Der Knabe Lazarus muß in einer wunderbar mächtigen Schule gewesen sein. Von seinem Jähzorne ist kaum eine Spur mehr, nur geht, wenn er erregt ist, ein kurzes, blitzartiges Zucken durch sein Wesen. Er wird auch wieder fröhlich und heiter. Von seinem Leben im Jahre seiner Abwesenheit will er nichts Rechtes aussagen. Paulus hätte ihm verboten, mehr zu reden, als nötig. Zuweilen erzählt er aber doch, nur sind die Worte unklar und verwirrt, schier wie Traumrednerei. Er spricht von einem Felsenhause und von einem guten, ernsten Manne, und von Bußübungen, und von einem Kreuzbilde.

Lebhaft und bestimmt werden seine Worte nur, wenn er in der Lage ist, seine und des Mannes Ehre irgendwie verteidigen zu müssen.

In der Gemeinde wird viel dem »Wunderknaben« gesprochen. Einige glauben, Lazarus sei bei einem Zauberer in der Lehre gewesen und werde noch große Dinge vollbringen.

Der alte Waldsänger sagt, er täte meinen, nun müsse bald der Messias erscheinen; Lazarus sei der neue Vorläufer, Johannes der Täufer, der sich in der Wüste genährt von Heuschrecken und wilden Schnecken.

Gott walte es. Ein tätiger und herzenswarmer Pfarrer wäre für Winkelsteg der Messias. Aber es ist, wie der Holdenschlager gesagt hat, es will keiner herein in die verlorenen Waldtäler.

Ich bin der einzige, der die Kirche verwaltet, läutet, Orgel spielt, singt und vorbetet, wenn Sonntag ist. Die Täuflinge und Toten müssen nach Holdenschlag wie vor und eh.

Im Hornung 1819.

Was geht das mich an? Gar nichts geht's mich an. Aber ich bringe es doch nicht aus dem Kopf, was mir der Förster von dem jungen Herrn erzählt hat.

Mit Verweichlichung seines Körpers sei es angegangen, mit losen, lockeren Spielen, Gelagen, Schlemmereien und Ausschweifungen gehe es weiter. Bah, wir sind Freiherr, wir sind Millionär, wir sind ein schöner junger Mann, also dreinfahren! – So hat's der Förster ausgelegt. – Ei, der wird's so genau nicht wissen.

Hermann soll in der Hauptstadt sein, weit von daheim und von seiner Schwester. Ja, selbunter wäre freilich alles möglich. – Gott schütze dich, Hermann! Es wäre auch nicht schön von mir, dem Schulmeister, wenn sein erster Schüler ein …

Heb' dich weg, du häßliches Wort! Hermann ist ein braver, junger Mann. Was weiß der Förster.

Im Frühjahr 1819.

Die Gegend altert schnell. Die Berge werden grau und kahl; der Wald wird verbrannt; in allen Tälern rauchen Kohlstätten.

Mit Mühe hab' ich es durchgesetzt, daß sie da oben an der Hebung einen kleinen Schachen stehen lassen. Der soll das letzte und bleibende

Stück Urwald sein und unter seinem Schatten sollen die toten Winkelsteger ruhen.

Der Pfarrhof ist fertig. Die Pfarre ist längst ausgeschrieben. Einen Lacher tun sie, wenn sie es lesen: »Das mag eine saubere Seelsorge sein in diesem Winkelsteg; der Meßopferwein besteht aus Holzäpfelmost, die Hostie aus Hafermehl. – Je, wenn in Winkelsteg der Pfarrer verhungert, so ist er selber schuld, warum speist er nicht Baumrinden; die Waldkatzen kommen ja auch davon.«

Winkelsteg ist bös' verschrien; es wäre aber so arg nicht. Ich kriege für das, daß ich die Kirche versorge und zuweilen auf den Predigtstuhl steige, um den Leuten zur Erbauung vorzulesen, reichlich Mehl und Wildbret. Die Leute sagen, es sei schade, daß ich nicht Pfarrer geworden.

Von der Herrschaft des Waldes sind Messengelder geschickt worden, daß in der Gemeinde Winkelsteg ein Gottesdienst gestiftet und gebetet werde auf eine gute Meinung. Es hat sich die Tochter des Hauses vermählt.

– – – Gott sei Dank, daß mein Körper und mein Geist hier so reichlich Beschäftigung findet. Dieser Einspanig gibt Nachdenken.

Öfter und öfter wird er im Orte gesehen, gebückt, wie ein leibhaftig Fragezeichen, gebückt und krumm, so geht er einher. Noch immer aber weicht er den Leuten aus; und wer ihm doch nahe zu kommen weiß, um eine Frage an ihn zu stellen, dem gibt er eine Antwort, die drei Fragen gebiert. Auch in der Kirche ist er schon gesehen worden, ganz zu hinterst in der Nische, wohin der Beichtstuhl kommen soll.

199

Der alte Rüpel hält das Wesen ganz entschieden für den ewigen Juden. – Nun, so viel mag ich selber glauben: der Einspanig ist ein Teil desselben. Der *ganze* ewige Jude hat meines Glaubens viele Millionen Köpfe.

Im Sommer 1819.

Da hätten wir nun auf einmal einen Pfarrer, und zwar einen so seltsamen, und der so geheimnisvoll ist, wie unser Altarbild, das Kreuz aus dem Felsentale.

Am letzten Tage des Heumonats, zur Mittagszeit ist es gewesen. Ich gehe in die Kirche, um die Gebetglocke zu läuten. Da steht der Einspanig auf der obersten Stufe des Altars, und übt die Förmlichkeiten des Messelesens.

Ich sehe ihm eine Weile zu. Er liest die Messe, wie sie der Holdenschlager nicht vollendeter darbringt. Als er aber damit fertig ist, ernsthaft von den Stufen niedersteigt und mit niedergeschlagenen Augen dem Ausgange zuwandelt, da ist es doch meine Pflicht, daß ich ihn anhalte und zur Rede stelle.

»Herr«, sage ich, »Ihr tretet in dieses Gotteshaus, wie es ja jeder darf, der aufrichtigen Herzens ist; aber Ihr steiget zu dem Allerheiligsten empor und übet Dinge, die nicht jedem zustehen. Ich bin der Hüter dieses Hause und habe Euch zu fragen, was Euer Treiben bedeutet?«

Er ist dagestanden und hat mich mit großer Gelassenheit angeblickt.

»Guter Freund«, sagt er hierauf mit einer Stimme, die wie eingerostet tönt: »Die Frage ist kurz und leicht; die Antwort ist lang und schwer. Weil Ihr aber das Recht habt, sie zu verlangen, so habe ich die Pflicht, sie zu geben. Bestimmet den Tag, an welchem Ihr hinaufgehen wollt zu den drei Schirmtannen in der Wolfsgrube.«

»Wozu?« sage ich.

»Die Antwort liegt nicht auf dem Wege. Unter den Schirmtannen mögt Ihr sie erfahren.«

»Wohl«, sage ich, »wenn es so ist, so will ich mich am nächsten Sonnabend um die dritte Nachmittagsstunde bei den drei Schirmtannen in der Wolfsgrube einfinden.«

Er neigt den Kopf und geht davon.

Ich will von diesem Vorfalle einstweilen den Leuten nichts melden. Das ist ein Narr! würden sie aufschreien allmiteinander.

Mag ja sein. Ich werde zu den Schirmtannen gehen und vielleicht Näheres über den Mann erfahren. Finde ich so viele und so schöne Narrheit in ihm, wie in dem alten Rüpel, so bin ich zufrieden. Sollte es in Winkelsteg schon mit Pfarrhof und Schulhaus nicht gehen, so bringe ich doch etwan einen lustigen Narrenturm zuweg.

Und das ist auch gut.

Die Antwort des Einspanig

Am Morgen.

Im Tannenwalde herrscht tiefe Trauer; wie Totenklage, wie Grabesschauer, so weht's durch der Wildnis umnachtete Mauer. Dahingestreckt am Waldessaum ins Leichenbett aus moosigem Flaum, gemordet liegt der urälteste Baum. – O, sehet den Mörder über die Steppe fahren, er rast in

Verzweiflung mit fliegenden Haaren, verfolgt und gegeißelt von rächenden Scharen. – Den armen Mörder, o laßt ihn ziehen, ihm ist's gegeben, Unheil zu sprühen. Und neu aus dem Tode wird Leben blühen.

Nicht der alte Rüpel ist es, der mich ansteckt, daß ich schon am frühen Morgen solche Zeilen schreibe, sondern eine innere Bewegung, die mich bei der Kunde von dem Sturme erfaßt, hat sich in Worten Luft gemacht.

In dieser Nacht hat ein Sturm gehaust. In Winkelsteg haben wir nichts verspürt; nur ein schweres Getose ist gehört worden von Mitternacht her. Im Schachen des Gottesackers ist kein Wipfelchen geknickt.

Am Abend.

Wie ich aber nun, da ich in den neuen Geschlägen drüben Geschäfte habe, über die Lauterhöhe geh', ist mir der Weg zehnfach verlegt durch wild zerzauste, zersplitterte, in Kreuz und krumm gefallene Bäume. Ein starker Harzduft weht in den Gräben; zahllose Waldvögel flattern heimatlos umher, denn ihre Nester sind zerrissen. Hier und da machen sich schon Holzhauer an das Gefälle, daß sie die Stämme glätten und schälen. In den Holzhauerhütten soll das eine fürchterliche Nacht gewesen sein. Einigen hat es den Dachstuhl zerrissen, daß am Morgen die treibenden Wolken des Himmels hineingeschaut auf den Feuerherd und die wirren Strohstätten. Bei den Köhlern im Karwasser ist ein abgerissener Fichtenstamm auf einen Meiler gefallen, so daß das Feuer herausgebrochen ist und die hingepeitschten Flammen schier einen Waldbrand erzeugt hätten. Der Berthold soll wie wütend mit dem Dämpfen des Feuers gearbeitet haben und dabei mit seinem linken Fuß zu Schaden gekommen sein.

202

Manch wüste Scharte ist den Wäldern geschlagen, und als ich am Nachmittage zu den Schirmtannen in der Wolfsgrube komme, sehe ich, daß die mittlere geknickt ist. Sie ist von den dreien die größte und wohl die älteste gewesen.

Auf dem hingestreckten Stamm, der sein Geäste tief in den Erdboden gebohrt hat, sitzt der Einspanig.

Er hat sich ein Wollentuch um die Schultern gelegt, und über das Tuch wallen die Strähne des schwarzen Haares mit seinen vielen grauen Fäden. Die Beine hält der Mann übereinander geschlagen, darauf stützt er seinen Ellbogen, und auf diesen das gesenkte Haupt mit dem blassen Antlitz.

Da ich nahe, erhebt er sich.

»Ihr kommt doch«, sagt er, »und ich hätte beinahe *nicht* kommen können. Die Sturmnacht hat meine Behausung gesperrt; sie hat einen

Felsklotz vor den Ausgang gewälzt.« Und nach einem schweren Atemzug sagt er das trübselige Wort: »Vielleicht wäre es besser gewesen, diese Nacht hätte mich in der Felsenhöhle begraben für alle Zeit, als daß ich Euch heute die Antwort gebe. Da ich sie aber gebe, so gebe ich sie *Euch* am liebsten. Ich habe Rechtschaffenes von Euch gehört und freue mich der Gelegenheit, Euch näher zu kommen. Meine Antwort, junger Mann, ist eine schwere Last; helfet sie mir tragen, wie Ihr ja auch die Mühsal der anderen Waldbewohner auf Euch geladen habt. Ich weiß wohl, Ihr versteht Priesteramt zu vertreten; so seid mein Beichtvater und erlöset mich von einem Geheimnis, von dem ich nicht weiß, ist es eine schwarze Taube oder ein weißer Rabe. – Wenn es aber wäre, daß Ihr mich nicht solltet begreifen können ...«

Er hat eingehalten; in seinem Blick ist etwas wie Mißtrauen gelegen.

Ich versetze hierauf, daß ich ihn nach nichts fragen wolle, als nach der Ursache seines Gebarens am Altare unserer Kirche.

»Da fragt Ihr mich ja nach allem!« ruft er mühsam lachend aus; »da fragt Ihr mich nach meinem Lebenslauf, nach meinem Seelenweh, nach meinem Teufel und nach meinem Gott. – Gut, gut, kommt nur her und setzet Euch zu mir auf diesen Stamm. Besser schickt sich keine Stätte für meine Antwort, als eine aus Vernichtung gebaute. So setzet Euch!«

Mir wird schier unheimlich. Im Tann ist es still, daß man das träge Ächzen des Geästes vernehmen kann; oben aber fliegt das Gewölke dahin von einem Gewände zum andern.

Ich setze mich neben den Mann, in dessen Augen und Worten aber viel mehr Kraft liegt, als man in dem gebückten, sich schwer schleppenden Einspanig hätte vermuten können.

Ja, der Einspanig geheißen, weil er nie in Gesellschaft eines zweiten gesehen worden. Jetzund sitzt das *Zwei*span auf dem Stamme, die Frage und die Antwort.

»Wisset, was das ist, ein Herrenkind?« frägt der Mann jäh und starrt mir ins Gesicht. – »In einem Palast geboren, in einer goldenen Wiege gewiegt werden. Der rauhe Erdboden ist verdeckt mit weichen Geweben; die brennenden Sonnenstrahlen und Wetterwolken des Himmels sind verhüllt mit schweren Seidenvorhängen; für jeden leisen Wunsch eine Dienerschar; – eine Gegenwart voll Ebenmaß und hundertfach gehüteten Behagens; eine Zukunft voll Genuß und hoher Würden: das heißt Herrenkindschaft. Auch ich bin ein Herrenkind gewesen, und als solches ärmer wie ein Bettelknab'. Ich habe es aber zur Zeit nicht gewußt, und erst als ich der Jahre zwölf oder vierzehn gezählt, ist mir die schreckliche Frage erwacht: Mensch, wo hast du deine Mutter? – Meine Mutter hat mir das Leben gegeben und das Sonnenlicht; – ihr eigenes war's gewesen – bei meiner Geburt ist sie gestorben.

Meinen Vater habe ich selten gesehen; er ist auf Jagden oder auf Reisen, oder in der großen Stadt Paris, oder in Bädern. Meine Liebe, für Vater und Mutter mir ins Herz gegeben, verschwende ich an meinen Hofmeister, der stets um mich ist als Lehrer und Gesellschafter und der mich sehr lieb hat. Er ist ein mildfreundlicher, heiterer Mann und sehr fromm und gut. Oft, wenn er in unserer Hauskirche die Messe gelesen, hat er ein verklärtes Antlitz gehabt, wie der heilige Franz Xaver auf dem Altare. Und hat gesagt, daß er eine Eingebung hätte: ich sei zu großen Dingen erkoren. Daraus habe ich seine außerordentliche Liebe zu mir wahrgenommen.

Und nun soll ich eines Tages diesen Freund verlieren. Da ist zur selben Zeit nämlich ein Gesetz herausgekommen und in den Ländern regt sich die Verfolgung gegen den Orden, dem jener Mann angehört. Mein Hofmeister muß fort, spricht aber die Zuversicht aus, daß wir nach überstandener Trübsal uns wiedersehen würden.

205

Und siehe, das Wort ist über alles Erwarten schnell in Erfüllung gegangen. Nach wenigen Monaten schon ist mein Erzieher wieder im Hause. Er ist, wie er sagt, aus dem Orden getreten.

Ich bin zum Jünglinge herangewachsen. Meinen Hofmeister liebe ich wie einen älteren Bruder. Oft habe ich ihn insgeheim um seine Ruhe beneidet. In mir hat sich zur selbigen Zeit ein Unstetes zu regen begonnen. Im Hause ist es mir zu eng, im Freien nicht weit genug; ist es still, so verlangt mir nach Lärm, und habe ich Lärm, so sehne ich mich nach Stille. Mein Drang ist gewesen wie ein blinder, heißhungeriger, pfadloser Mann auf der Heide.

Da sagt mir einmal mein Erzieher: Das, lieber Freund, ist der Fluch der Kinder der Welt. Das ist die rasende Sehnsucht, die trotz aller Güter und Genüsse der Erde keine Sättigung finden kann, außer sie flieht in die Burg, die Christus gegründet hat auf Erden.

– Wenn du zu *mir* sprichst – entgegne ich – du weißt doch, daß ich ein Christ bin.

– Das bist du nur in der Gesinnung – sagt er – aber dein Leib ist es, der so wild nach Erfüllung lechzt. Deinen Leib mußt du in die Burg Gottes einführen. Mein lieber Freund, alle Tage bete ich zu Gott, daß er dich so glücklich werden lassen möge, als ich es bin, daß du wie ein Bruder Jesu werdest.

Von diesem Tage an, als mein Hofmeister so gesprochen hat, empfinde ich die Last und das Unstete in mir doppelt schwer; aber als ich mich ernstlich prüfe, sehe ich, daß es mir unmöglich wäre, der Welt zu entsagen. – Du hast mich nicht verstanden, sagt hierauf mein Erzieher einmal, und es wundert mich, daß du nach den Jahren der Erziehung deinen Freund so mißverstehen kannst. Wer sagt dir, daß du den Freuden der Welt entsagen solltest? Die Freuden der Welt sind ein Geschenk Gottes; aber sie nicht genießen seiner selbst willen, sondern zu Gottes Ehre, das ist es, was uns wahre Befriedigung gewährt.

So geht mir nun ein neues Leben auf; mein sittliches Gefühl, das mich sonst zurückgehalten, eifert mich jetzt an, daß ich all den verlangenden Sinnen meines Wesens Sättigung verschaffe. In Freude und Genuß Gott dem Herrn dienen – so gibt es keinen Zwiespalt mehr.

Mein Freund lächelt und läßt gewähren. Die Welt ist *schön,* wenn man jung, und auch *gut,* wenn man reich ist. Ich lasse sie mir sehr gut sein; ich will ihren Becher leeren, ehe ich am Altare den Kelch trinken soll.

Und nach wenigen Jahren habe ich den Freudenbecher geleert bis zum Bodensatz. Da ekelt mich, da bin ich satt und übersatt. Und die Welt langweilt mich.

Und nun, da ich mittlerweile auch großjährig geworden, hat mein Freund wieder ein Wort gesprochen, und auf seinen Rat habe ich mich entschlossen. Ich trete der Gemeinschaft bei und tue das Gelübde. Mein Vermögen fällt dem Vereine zu und ich leiste das Gelöbnis des unbedingten Gehorsams.

Und nun – – da ist eines Tages ein Mädchen zu mir gekommen, das ich früher oft gesehen. Jetzt darf ich es nicht kennen. Es bittet mich, daß ich es mit dem Kinde nicht verlassen möge; es bittet um Gottes willen. Allein – ich bin bettelarm, darf mich auch für sie an niemand andern wenden, mich bindet der Gehorsam.

Wenige Tage danach ist das Mädchen als Leiche aus einem Teiche gezogen worden. – Schmerzerfüllt klage ich an der Brust meines Freundes, dieser schiebt mich sanft von sich und sagt: »Gott hat alles wohl gemacht!« –

Nach diesen Worten ist der Mann, den sie den Einspanig nennen, wie erschrocken zusammengefahren. Ein Häher ist über unseren Häuptern dahingeflattert. Hierauf greift der Einspanig rasch nach meiner Hand und ruft:

»Heute noch bin ich vermählt mit ihr. In jeder Nacht steht sie mit dem Kinde vor meinem Lager. Der Orden hat einen schönen Stern, das ist der Marienkult. Mancher Jüngling, der entsagen muß, blickt liebeglühend auf zu der Jungfrau mit dem Jesukinde. Mir aber wird das Bildnis zum Gespenst, ich sehe in demselben das betrogene Mädchen.

Ich bin zum Priester geweiht worden und habe statt meiner weltlichen Titel und Würden nichts als den Namen Paulus erhalten. Ich bin vorbereitet worden, viel eher, als ich und mein Vater es geahnt haben.

Ich habe Natur und Vermögen geopfert und meinen eigenen Willen; und nur eines habe ich noch besessen, das Vaterland. Auch daran kommt die Reihe. Es wird erklärt, unsere Vereinigung sei nach dem bestehenden Gesetze des Bodens im Lande verlustig. Fast war ich zu schwach gewesen, meine Heimat und meinen betagten Vater zu verlassen; allein, da gibt es kein Auflehnen des Herzens. Wir sind Märtyrer zur Ehre Gottes; und so sehr bin ich Schwärmer, daß mir dieser Gedanke Entschlossenheit gibt, mich von allem loszureißen.

Wir sind nach Welschland gezogen. Zu Rom habe ich die Gräber der Apostel und Märtyrer besucht; und habe gewähnt, in dem Lande ein still beschauliches Leben führen zu können. Aber bald werden wir ausgesandt zur Arbeit. Ich weiß kaum mehr durch welche Vermittlung, aber auf einmal sehe ich mich versetzt in eines der Länder, die gegen Abend liegen, an den Hof des Königs. Vielleicht ist es meine Abkunft, vielleicht die Erziehung, die ich genossen, vielleicht auch meine Gelehrsamkeit oder eine gewisse Klugheit, die ich mir nach und nach angeeignet, oder es kann meine Körpergestalt gewesen sein, die schön genannt war – oder all das zusammen oder noch ein anderes, was mich befördert hat, ich weiß es nicht. 208

Ich habe nach einiger Zeit ein einflußreiches Amt in der Staatskanzlei erhalten. Und mein Wahlspruch ist gewesen: Sei ein geheimes Rad.

Geschmeidigkeit, Sanftmut, Heiterkeit und Duldsamkeit sind die Tugenden, deren ich mich zu befleißigen gehabt habe. So bin ich der Freund des Hofes geworden, der gerne gesehene Gesellschafter, der gesuchte Ratgeber; und wenn ich in der Schloßkapelle meine Messe gelesen habe, so sind die hohen Frauen vor dem Altare auf den Knien gelegen. Endlich bin ich Beichtvater des Königs geworden.

Die Welt lächelt und mir gefällt ihr Lächeln wieder. Leicht trage ich das Gelübde der Armut, denn ich wohne im Königspalast. Treu bleibe ich dem Gelübde der Entsagung, denn was ich genieße, das genieße ich Gott zuliebe.

Da bricht eine bewegte Zeit an. In der Welt wütet die Empörung; auch in unserem Lande gärt ein Aufruhr. Öfter als sonst versammelt der König die Großen des Reiches um sich, und angelegentlicher wird die Beichte, die er an jedem dreißigsten Tag mir ablegt.

Da kommt eines Tages an mich ein Befehl; er ist mit großem Siegel verschlossen. Als ich ihn gelesen, lehnt sich etwas in mir auf. Nein, so kann ich nicht handeln, so mein Amt nicht mißbrauchen.

Zur selben Zeit erhalte ich die Nachricht von dem Tode meines Vaters. Das bringt mich zu mir selbst. Kindesliebe, Schmerz, Sehnsucht, Heimweh, Schuldbewußtsein und Reue graben in meinem Gehirne.

Da kommt plötzlich der Befehl, ich würde mich einschiffen nach Ostindien!

Das schmettert mich vollends nieder. Anstatt ins Vaterland, soll ich in einen fernen Weltteil reisen, Warum? Zu welchen Zwecken? Wer frägt? – Die erste Satzung lautet: Gehorsam!«

Hier hat der Mann seine Erzählung unterbrochen. Mit den Fingern ist er sich über seine hageren Wangen gefahren bis herab zu den Bartstoppeln des Backens. Sein Auge, in welchem Unruhe und Müdigkeit gelegen, hat sich schwermütig empor zur Höhe gewendet. Da oben haben die finsteren Wolkenlasten nicht mehr hingejagt, sondern angefangen, sich an den Felswänden niederzusenken. Tiefe Stille und Dämmerung ist gelegen über dem Waldkessel der Wolfsgrube.

Und endlich fährt der Einspanig fort: »Vier ewige Sommer habe ich mit einigen Gefährten in dem heißen Indien verlebt. Die Beschwerden sind groß gewesen. Nur in der Erfüllung des Berufes habe ich einigen Trost gefunden. Nicht mehr für besondere Vorteile eines Bundes haben wir gearbeitet, sondern für die gemeinsame Sache der Menschen, die Gesittung. Wir haben den Hindus den Pflug gegeben, auf ihren Berghöhen haben wir das Kreuz gepflanzt. Wir predigen ihnen die Gotteslehre der Selbstaufopferung und Liebe. Anfangs haben sie Mißtrauen und Verfolgung gegen uns, endlich aber öffnen sie ihr Herz. Als Boten des Himmels haben sie uns verehrt.

Bereits haben wie in Dekan eine christliche Gemeinde zustande gebracht, da kommen abendländische Scharen, Engländer und Franken, bekriegen

Teile des Landes und unterjochen sie. Da handelt es sich nicht mehr um die christliche Liebe, sondern um Reis und Gewürze. Und vorbei ist es gewesen mit dem Glauben der Hindus an unsere Lehre. Ermorden haben sie uns wollen. Auf ein fränkisches Schiff haben wir uns geflüchtet und sind zurückgekehrt nach Europa.

Nun sehe ich endlich mein Vaterland wieder. Eine andere Zeit ist. Das Volk ist lau und droht mit dem Abfalle. Wir werden planmäßig verteilt in Stadt und Land.

Da ich mich am Königshofe nicht bewährt habe, ich auch auf den Reisen verwildert und aus dem Geleise der gesellschaftlichen Verhältnisse gekommen bin, und da an mir ferner mehr Gewissensskrupel als Klugheit zu merken ist, so trifft mich das Los: ich werde den Volksmissionären zugeteilt. Kaum kann ich meine Geburtsstadt und das Grab meines Vaters besuchen, ehe ich fort muß in das Gebirge. Mit drei Genossen wandere ich von Gegend zu Gegend, um in bestimmten Pfarrkirchen sogenannte Missionen abzuhalten. Bei mächtigen Herren sind wir die Heiteren, Geschmeidigen, Duldsamen gewesen; bei den wilden Völkern die Apostel der Kultur, die strengen und liebevollen Lehrer des Christusglaubens. Hier aber, bei dem verknöcherten, trägen, leichtsinnigen und noch dazu durch neue Grundsätze verdorbenen Landvolke müssen wir erscheinen als Warner, als Richter der Sünde.

211

Anfangs, da kommen sie mit Übermut und Neugierde zur Kirche herein, um die Wanderprediger zu sehen; aber als sie die dumpfen Worte von der Not der Seelen, von der Gefahr der Welt, von der Sterbestunde und von dem schrecklichen Gericht hören, da heben sie an zu erbleichen. Bald liegen sie zerknirscht vor dem schwarzverhüllten Altare, drängen sich zu unseren Beichtstühlen.

Vor jeder Kirche haben wir ein hohes, kahles Kreuz aufgestellt. Christus ist für euch gekreuzigt worden, jetzt kreuziget euch selbst in Abtötung und Buße.

Ich bin in Eifer geraten, der mich fortgezogen hat in dem was unseres Amtes gewesen, und der mich fortgerissen hat in eine Schwärmerei, die ich bislang an mir nicht gekannt habe. – Mein beständiger Ruf: Tuet Buße! –

Wie lebendig und lustig es im Dorfe auch gewesen ist, wo wir eingezogen: es wird bald still in den Gassen und öde auf den Feldern und Wiesen.

Der Roggen verdorrt, unser Weizen reift. – Aber wenn die Stunden der Begeisterung vorüber, so ist eine Öde in mir und ein Dämon, der mich fortweg abwenden will von dem heiligen Beruf. Ich habe diesen Dämon für den Teufel gehalten. Es wird aber was anderes gewesen sein. – Nicht wahr, jetzt kommt schon die Nacht?«

Fast verwirrt hat mich der Mann angeblickt, als hätte er von mir die Beantwortung seiner Frage erwartet.

»Die Nacht kann das noch nicht sein«, habe ich entgegnet, »der Nebel legt sich so über den Wald.«

12 »Ja, ja«, fährt der seltsame Erzähler wie träumend fort, »es kommt die Nacht. Junger Freund, Ihr werdet sehen, es kommt die finstere Nacht.«

Nun ist es eine Weile so still, daß man vermeint, den Nebel spinnen zu hören in dem Geäste der Tannen. Nachher erzählt der Mann weiter:

»In einem großen Dorfe ist es gewesen. Ich sitze noch spät abends im Beichtstuhl. Die Kirche ist endlich leer geworden und die Ampel des Altars legt ihren Schein schon an die Wände. Ein einziger Mann steht noch neben dem Beichtstuhl und scheint unentschlossen, ob er sich nähern oder auch die Kirche verlassen soll.

Ich winke ihm. Er schrickt zusammen, tritt näher und sinkt auf die Knie vor dem Schuber des Beichtstuhles. Sein Bekreuzen ist ein krampfhaftes Zucken der rechten Hand über das Gesicht. Er sagt nicht das übliche Gebet; in wirren und hastigen Worten teilt er mir sein Bekenntnis mit. Dann faltet er die Hände so fest ineinander, daß sie zittern, und stammelt die Bitte um Lossprechung. – Ich will dem Geängstigten Worte des Trostes sagen. Aber unwirsch stoße ich mein eigen Herz zurück.

Und wie er stumm so dakniet, entgegne ich in ruhiger Weise: das Unrecht könne ihm nicht verziehen werden vor Gott, solange es nicht gutgemacht.

– Gutmachen, das kann ich nicht mehr, versetzt er, mein Nachbar ist fortgezogen; ich weiß nicht wohin. Er nicht ist nicht zu finden.

– So wandert, ihn zu suchen; besser die Füße abgehen bis auf die Knie, als daß die Seele ewig verloren gehe.

13 – Aber mein Weib, meine Kinder! ruft er.

– Um so mehr Seelen stürzet Ihr mit Euch in das Verderben!

– Ich will fasten, beten, will Almosen geben zehnfach mehr, als was ich betrogen.

Dem Betrogenen selbst müßt ihr das unrechte Gut zurückgeben!

Da schreit er fiebernd: ist der Herr nicht am Kreuz gestorben? Mord und Totschlag werden verziehen, und mir kann meine Verirrung nicht vergeben sein? – Der Mann ist nimmer zu finden!

Sein Widerspruch bringt mich in eine Erregung. Strenge den Unbußfertigen! lehrt die Satzung.

– Mäkelt nicht mit dem gerechten Gott! rufe ich. Dreimal höher ist der Himmel, seit er durch das Kreuzopfer ist erkauft worden, und neunmal tiefer die Hölle, seitdem die Menschen drei Nägel geschlagen durch Christi Händ' und Füße.

Über diese meine Worte ist ein Aufstöhnen, dann ein Fluchwort. Ich höre den Schall der Tritte eines Davoneilenden. – Ich bin in der nächtigen Kirche allein.

Ich trete aus dem Beichtstuhl, knie hin vor den hochragenden Altar und bete für den Verstockten. Und wie ich so emporblicke zu dem Bilde der Königin der Beichtiger, da ist es mir, als trete sie plötzlich hervor aus der Nische – aus dem Teiche sie, mit dem Kinde in blutrotem Schein.

Der Türe eile ich zu. Siehe, da ist der Ausgang verschlossen.

Ich habe die Sperrstunde nicht wahrgenommen. Die Kirche ist entlegen vom Orte; das nächste Haus ist die Totenkammer. Da hört es keiner, wie man auch rufen mag. 214

Eingeschlossen in den düsteren Raum, in welchem ich von dem leidigen Teufel so oft gesprochen und von der ewigen Höllenpein. – Dort im Gezelt der ewige Gott; jetzo bist du mit ihm allein.

Nein, ich habe es nicht vermocht, hinzublicken auf den Altar; das rote Licht schwebt auf mich zu. Ich verkrieche mich wieder in den Beichtstuhl.

So bin ich dagesessen mit erregten Sinnen. Jetzt und jetzt muß sich der Vorhang bewegen und eine kalte Hand hereinlangen. Aber es bleibt still.

Sonst knien sie da draußen vor dem Schuber, die armen Sünder, und erforschen das Gewissen; und jetzt erforscht es der Beichtiger selbst. Habe zurückgeblickt auf mein Leben. Wie ist es so bewegt, wie bin ich arm und einsam gewesen! Und so hart! – Und in dem Teiche ist ein Herz verloschen. – Das einzige, das mich lieb gehabt in der weiten Welt … Was ist gemeint gewesen mit meinen hohlen Taten? – Wenn ich vor Gottes Richterstuhl stehe? Wird auch nur eine Seele sein, die sagt: Er hat mich gerettet? –

Und als es in mir so schreit, da ist plötzlich ein Stöhnen vor dem Schuber des Beichtstuhles, als kniete jener Mann noch davor. Ich fahre empor, aber – still ist es, das Mondlicht rinnt durch das Fenster. –

An wem liegt die Schuld, als an mir? – Wie viele Jahre sind mir noch gegeben? O Gott, führe mich weg von deinem Altare, dem ich ein unwürdiger Diener gewesen. Und von den Menschen führe mich weg. Führe mich zu einer einsamen Stätte, wo ich mich selbst erlösen kann!

15

Diese Sehnsucht hat sich wie Tau gelegt auf mein Gemüt; ruhiger ist es geworden und meine Augen sind gesunken.

Jetzt aber höre ich plötzlich von außen eine Stimme, die Pater Paulus! ruft. Endlich befreit! denke ich und will mich erheben. In demselben Augenblick höre ich aufschreien: Jesus Maria! da ist er, da hängt er am Strick!

Ich tue einen Schrei, der in dem Kirchenschiffe gellt und von dem ich selbst erschrocken bin. Da ist draußen noch ein Klageruf und ich höre, wie sich die Leute eilig wieder davonmachen. Der Aufschrei in der Kirche, mein Hilferuf, hat sie verscheucht. Ich bin allein. Erregt, daß mir der Atem stockt. Mitternacht schlägt es. Und wie? Draußen hängt einer am Strick?

Auf mein Angesicht bin ich gefallen: Heiliger Gott, bewahre mich vor Selbstmord!

Aber jetzo steigt plötzlich eine Ahnung in mir auf. Wie, wenn es der Mann ist, dem ich zur späten Abendstunde die Lossprechung verweigert, den ich in die Verzweiflung zurückgestoßen habe? Wenn er hingegangen ist und sich das Leben genommen hat?! – In derselben Stunde, guter Freund, habe ich Schreckliches ausgestanden. Der Selbstmörder, wie er mich angrinst mit starrem Auge! – Und aus den Tiefen des Teiches …! Und all die unerlösten Seelen kommen, denen ich die Verdammung gepredigt. Und inmitten steht das hohe Kreuz und eine Stimme höre ich rufen: Du hast die Liebe getötet!«

Ächzend ist der Mann hingesunken auf das Geäste des Baumes. Kaum habe ich es vermocht, ihn wieder aufzurichten. Nebelfeuchtes Wildfarnkraut reiße ich ab und lege es auf seine heiße Stirne.

16

»Erzählet ein andermal zu Ende«, sage ich, »und gehen wir heute in unsere Wohnungen, es kommt wahrhaftig schon die Nacht.«

Er hat sich aufgerichtet, ist mit den Zipfeln seines Mantels sich über die Augen gefahren.

»Heute ist der Frieden in mir«, sagt er hierauf ruhig, »aber so oft ich an dieselbe Stunde denke, stockt mein Blut. Nun jetzo wird es schon besser. – Wie ich meine Augen wieder auftue, da schaut das Morgenrot zu den Fenstern herein. Wie ein gütiges Lächeln liegt es auf dem Altare und auf dem Bilde der Mutter Maria. – Ich habe mich aufgerichtet und ein Gelöbnis getan, und da ist mir gewesen, als müsse alles anders werden.

Bald danach haben die Schlüssel der Kirchentüre gerasselt; Leute kommen. Sie brechen in ein Frohlocken aus, als sie mich sehen, und führen mich an der Hand in das Freie. Sie erzählen, wie sie mich gesucht, wie sie wohl einen Schrei gehört in der Kirche, wie sie aber gemeint hätten, es sei eine Geisterstimme. Sie führen mich abseits vom Kirchhofe, denn dort ist an einem eisernen Grabkreuze der Selbstmörder gehangen.

Ich habe mich nachher in mein Zimmer verschlossen und bin in demselben verblieben den ganzen Tag. Ich hätte an dem Tage eine Predigt halten sollen über die Buße und die Erbarmungen Gottes. Ein anderer meiner Genossen hat es für mich getan. Die Leute sollen sich erzählt haben, ich sei die Nacht über absichtlich in der Kirche geblieben und hätte Offenbarungen gehabt.

Spät abends, als ringsum alles geschlafen, habe ich auf ein Blatt Papier die Worte geschrieben: Lebt wohl, meine Brüder. Forscht nicht nach mir.

Und dann habe ich genommen, was mein, und bin aus dem Hause gegangen und aus dem Dorfe, und die Landstraße entlang die ganze Nacht.

Planlos ist mein Wandern. Ich überlasse mich dem Zufall. Ich habe nichts zu verlieren; nur aus dem Bereiche der belebteren Gegenden trachte ich fortzugelangen. Ich habe meine Richtung gegen das Gebirge genommen.

Als der Morgen graut, bin ich zwischen Waldbergen; ein Bach rauscht mir entgegen. Ich trinke aus dem Wasser und ruhe auf einem Stein. Da kommt so ein Waldmensch des Weges, der zieht seine Kopfbedeckung ab vor meinem priesterlichen Kleide. Ich erhebe mich und bitte den Mann, daß er mir den Weg weise, ich wollte weit hinein ins Gebirg, bis dorthin, wo der allerletzte Mensch wohnt.

– Der allerletzte Mensch, der wird wohl der Kohlenbrenner, der Ruß-Bartelmei sein, hat der Mann geantwortet.

– So weiset mir den Weg zum Ruß-Bartelmei und bedeckt Euer Haupt.

– Habt Ihr mit dem Köhler was zu schaffen? frägt er dreister, da wir schon auf dem Wege sind, Ihr, der Köhler ist 'leicht schwarz an Leib und Seel'; den mögt Ihr nimmer weiß waschen. Schlechter wie andere wird er auch nicht sein. Was wollt Ihr ihm denn?

Ich glaube, ich habe dem Frager von einer weitläufigen Verwandtschaft was gesagt. Da bleibt er stehen und sieht mich an: Verwandtschaft! tät' mich wohl freuen! Der Ruß-Bartelmei bin ich halt selber.

Ich gehe mit dem Manne über Berge und durch Schluchten. Bis zur Mittagszeit sind wir bei seinem Hause.

Drei Tage bleibe ich bei den Leuten. Schwarz sind sie freilich. Bei einem Volke des Morgenlandes ist schwarz die Farbe der Tugend und der Seligen; sie malen dafür den Teufel weiß. – Ich habe das, in der Meinung, ihm ein Gefälliges mitzuteilen, dem Kohlenbrenner gesagt. Der aber guckt seltsam aus seiner Hutkrempe hervor und entgegnet: Wird doch nicht sein. Nachher wäre ja der Pfarrer auf der Gasse ein Engel und in der Kirche ein –. Diese grobe Rede hat mich wohl gestoßen.

Am dritten Tage, nachdem ich und der Bartelmei viel und über vieles miteinander gesprochen und uns gegenseitig Teile aus unserer Lebensgeschichte erzählt (die seine ist kohlschwarz und die meine noch schwärzer), da frage ich ihn, ob er mein Freund sein wolle. Ich hätte vor, in der Wildnis zu leben und zu arbeiten für meine Seele, und wolle redlich bestrebt sein, in der Einsamkeit Gutes zu stiften, da man unter Menschenscharen auch mit bestem Willen nicht immer das Rechte fördere. Als Freund habe er mich gegen Entgeltung mit den allernotwendigsten Bedürfnissen zu versehen, des weiteren aber mich als Geheimnis zu bewahren.

Der Mann hat sich lange besonnen; dann sagt er: So, ein Einsiedler wollt Ihr werden? Und da soll ich der Rab' sein, der Euch das Brot vom Himmel bringt?

Ich erkläre, daß ich mir das Brot selbst suchen wolle, daß man aber auch Kleidungsstücke und andere Dinge bedürfe, und daß ich nicht ermangeln würde, mit meiner kleinen Habe dafür zu danken.

So ist er bereit, mir zu dienen. Nur müsse ich ihm auch einmal eine Gefälligkeit erweisen, und vielleicht eine ganz absonderliche. Er habe schon auch sein Anliegen.

Ich habe das Köhlerhaus verlassen, und der Bartelmei hat mich geführt noch weiter in die Wildnis hinein. Bis in das Felsental bin ich hinaufgekommen; da sind gar keine Menschen mehr, da ist nur der Urwald und das starre Gewände. Und hier ist es mir recht gewesen; in einer verborgenen Höhle, an der eine Quelle vorbeirieselt, habe ich mich eingerichtet. Im Felsentale ist ein hölzernes Kreuz gestanden, das seiner Tage auch ein verlorener Waldmensch aufgerichtet haben mag. Das ist mein Versöhnungsaltar. Ein Kreuz ohne Heiland, wie ich es sonst den bedrängten Seelen vorgehalten, war mir endlich selber geworden.

Und so, junger Freund, habe ich nun gelebt in der Einsamkeit, habe mit den Wurznern und Pechern gearbeitet. Und so ist Jahr um Jahr verflossen. Von Entbehrung will ich nicht reden, schwerer ist mir das Gefühl des Verlassenseins geworden, und die Sehnsucht nach den Menschen hat mich oft hart gepeinigt. Nur der Gedanke, daß Entsagung meine Sühne ist, hat mich getröstet. Oft bin ich hinaus in die Täler gegangen, wo Menschen wohnen in lieber Geselligkeit. Ich habe mich gelabt mit dem Bewußtsein ihrer Gewissensruhe und Zufriedenheit und bin wieder zurückgekehrt in das ewig einsame Felsental zu meiner Höhle und zu dem stillen Kreuze auf dem Steingrunde.

Der Kampf in mir aber ist, statt geringer, größer und schwerer geworden, und zuweilen kommt mir der Gedanke: was ist das für ein Leben in lahmer Tatlosigkeit, in der man niemandem nützt, sich selber doch verzehrt? Kann das Gottes Wille sein?

Zurückkehren in den Orden, das wäre unmöglich. In der offenen Welt leben unter dem Schilde eines abtrünnigen Priesters, das wäre ein zu großes Ärgernis an der treuen Berufserfüllung im allgemeinen. Was bleibt mir übrig, als für das Völklein des Waldes nach Kräften wohltätig zu wirken? Aber ich weiß es nicht anzufassen. Mit trockenen Predigten stiftet man nicht immer das Wahre. Den Teufel habe ich ja so lange gerufen, bis er mir selber gekommen. Gott und die christliche Liebe lehren? Damit bin ich schlecht gefahren. So habe ich gar keine Neigung mehr, den Menschen mit Worten zu dienen. 220

Wo ich Kinder sehe, da gehe ich auf sie zu, daß ich ihnen ein Liebes könnte erweisen; aber sie haben sich vor mir gefürchtet. Ich bin gemieden und nirgends gern gesehen, selbst in der Hütte des Bartelmei nicht mehr. Ich bin auch so seltsam, so unheimlich; zuletzt hat mir vor mir selber gegraut. Ein Verbannter lebe ich im Felsentale und zwischen dem Gestein lechze ich nach Wohltun. Und ich bin doch wieder davongeschlichen gegen die Wässer hinaus.

Dem altersschwachen Weiblein habe ich die Holzschleppe vom Rücken genommen, auf daß ich sie in seine Klause trage. Dem Hirten habe ich die Herde von dem gefährlichen Gewände abgeleitet. Und im Winter, wenn gar keine Menschen sind weit und breit, habe ich mit dürren Samen und wilden Früchten die Vöglein gefüttert und die Rehe. Geweint habe ich über diesen meinen armseligen Wirkungskreis und vor dem Kreuze habe ich gebetet: Herr, vergib! und nur einmal laß mich was Gutes vollenden!

Und so habe ich, in der Absicht, etwas Rechtes zu vollbringen, den Jungen aus dem Hinterwinkel zu mir genommen. Ich hatte gehört, daß er von seinem Vater die Tobsucht geerbt haben soll. Ich habe bedacht, daß, wie der Mathes daran zugrunde gegangen, so auch der Lazarus daran 221 zugrunde gehen müsse, könne durch eine entsprechende Zucht dem Übel nicht gesteuert werden. Auch habe ich bedacht, daß ein schwaches, weichherziges Weib nimmer imstande ist, dem gefährdeten Kind die strenge Leitung, die nötig ist, angedeihen zu lassen. Da habe ich eines Tages im Walde den Knaben am Grabe seines Vaters getroffen. Er hat erbärmlich geweint und ist nicht von mir geflohen wie andere Kinder. Und als ich ihn frage, was ihn denn so sehr betrübe, da antwortet er, er hätte einen Stein geschleudert nach seiner Mutter, und so wolle er jetzt sterben.

Ich entgegne ihm, er möge getrost sein; ich hätte auch einmal so einen Stein geschleudert gegen Menschen, aber nun wäre ich in die Wildnis gegangen, daß ich Buße tue und einen besseren Mann aus mir mache. Und ich frage ihn, ob er es auch so halten wolle. Der Knabe hat mich flehend angeblickt und ja gesagt.

So habe ich ihn mit mir genommen in das Felsental und in mein Haus. Über ein Jahr habe ich ihn bei mir behalten, auf daß ich ihn an strenge Ordnung hielte und seine wilden Anfälle zu unterdrücken suchte. Täglich haben wir vor dem Kreuze gemeinsam unsere Andacht verrichtet. Und ich habe dem Knaben die Geschichte von dem Gekreuzigten erzählt, habe ihm mit aller Wärme eines sehnenden Herzens dargestellt die Liebe, Geduld und Sanftmut des Heilandes, und ich habe gemerkt, wie das Gemüt des Knaben davon ergriffen worden ist. Es ist ja ein herzensguter Junge.

Wir haben zusammen gearbeitet, haben Waldfrüchte, Kräuter und Schwämme gesammelt zu unserer Nahrung. Hirsche und Rehe haben wir nicht geschossen, wie der Lazarus einmal vorgeschlagen. Stühle und Fußmatten flechten wir für unsere Felsenwohnung und für den Branntweiner, der sie an den Mann zu bringen weiß. Viel Brennholz sammeln wir auf vor unserem Eingang. Gehe ich in die Lautergräben oder in die Winkelwälder hinaus, so bleibt der Knabe willig im Felsenhause und arbeitet allein. Gerne hat er mir von seiner kleinen Schwester erzählt, aber nie ein Wort von seiner Mutter, gleichwohl er im Traume oft genug von ihr gesprochen hat. Ich habe es ihm angemerkt, wie sehr das Gewissen seiner Tat ihn hat gepeinigt.

Auf daß der Knabe sich in Geduld und Sanftmut übe, habe ich ein Mittel erfunden, das, wie seltsam und einfältig es auch aussehen mag, doch eine schätzbare Wirkung in sich trägt. Ich fasse einen Rosenkranz aus grauen Steinperlen zusammen, und diesen Rosenkranz muß mir der Lazarus allabendlich abbeten, ehe er zu Bette geht. Aber nicht mit dem

Munde abbeten, sondern mit den Fingern und mit den Augen. Er muß nämlich alle Perlen von der Schnur streifen, daß sie auf den Erdboden hinkollern; und nun ist seine Aufgabe, daß er die in alle Winkel gerollten Kügelein mühsam wieder zusammensuche und auflese. Anfangs hat er bei dieser mühsamen Arbeit sein Zucken wohl bekommen, aber da er dadurch dem Geschäfte hinderlich statt förderlich ist, so hat er es nach und nach mit mehr und mehr Fassung verrichtet, trotzdem das Suchen oft stundenlang dauert, bis er die letzte und allerletzte Perle findet. Und endlich hat er es mit einer Ruhe und Selbstüberwindung getan, die verehrungswürdig [223] ist. – Kind, sage ich einmal, das ist das schönste Gebet, daß du Gott und deiner Mutter zu Liebe tun kannst, und damit erlösest du deinen Vater. Da blickt mich der Junge mit seinen großen Augen glückselig an.

Wir haben nicht gar viel miteinander geredet, aber um so gewichtiger und überlegter ist jedes gesprochene Wort gewesen. Er scheint mich lieb gehabt zu haben, er hat jeden Wunsch meiner Augen zu erfüllen gesucht. Nach meiner Weisung hat er mich den Bruder Paulus geheißen.

Wohl, es ist eine gewagte Art gewesen, wie ich den Knaben zu mir gerissen und geschult habe; aber ich mag hoffen, daß er glücklich auf einen besseren Weg geleitet ist. – O, mein Freund, wie oft habe ich mir gesagt: einem, und wenn auch nur einem Menschen mußt du von allen Seelengaben, die dem Priester zu Gebote stehen sollen, die Gabe der Selbstbeherrschung eigen machen, dann bist du erlöst.

Ich habe mich im Laufe des Jahres oft nach der Mutter des Knaben umgesehen; und so sehr ich mich selbst an den Knaben gewöhnt, habe ich doch den Tag ersehnt, an welchem ich dem armen Weibe das verschollene Kind wieder zurückgeben kann, wie ein Stück reinen Goldes nach der Läuterung.

Da finden wir eines Abends das Kreuz nicht mehr auf dem Steingrunde. Es war unser Gottesaltar gewesen und das Zeichen der Entsagung und Selbstbeherrschung. Und nun starrt uns die moderige Grube an, aus dem es emporgeragt.

Wer hat mir auch dieses Einzige noch weggenommen? Soll es Kohlen geben oder eine Herdflamme in der Hütte? Ist der weite Wald nicht mehr [224] groß genug, legen sie die Hand noch an das Kreuz? Was hat es ihnen getan? Oder schnitze einer den Heiland dazu? Oder hat es ein Kranker, ein Sterbender holen lassen, auf daß er davor bete?

So habe ich an jenem Tage gefragt und gegrübelt. Und am Abend noch eile ich durch das steinige Tal und meine, irgendwo müsse mein Gotteszeichen liegen. Ich laufe in den Wald hinab, den Fußsteig hin, da sehe ich zwei Männer, die das Kreuz auf den Schultern tragen.

Und nun ist es mir eingefallen, es kommt in die neue Kirche am Steg, die Wäldler stellen es auf den Altar. Sie verehren es, wie ich es verehre; auch sie wollen Entsagung und Aufopferung lernen; auch sie sind Menschen, die streben und ringen nach dem Rechten, wie ich. Da ist in mir eine Freude erwacht, die mir schier das Herz hat zersprengt. Um den Hals fallen hätte ich Euch mögen, Euch, der ganzen Gemeinde. Ich gehöre ja zu Euch – ein Pfarrkind.«

Dann sagt er noch: »Jetzo ist keine Zeit mehr zum Reden. Ich bin ja auch zu Ende. Kurze Zeit danach habe ich den Lazarus fortgeführt aus diesem Felsentale und hinaus zur neuen Kirche, auf daß er vor dem Kreuze bete. Ich habe ihn von Herzen gesegnet, denn ich habe wohl gewußt, daß er mir nicht mehr zurückkehren wird in das Felsenhaus.

Und allein habe ich weiter gelebt, wohl verlassener als je, und doch beruhigter, und mein Herz hat sich gehoben, als wollte der Bann anheben zu schwinden. Öfter und öfter bin ich hinausgegangen zur neuen Kirche, in der mein Kreuz steht. Und die Menschen haben mich nicht mehr gemieden; Almosen haben sie mir gereicht, auf daß ich beten möge vor Gott ihr Seelenheil. Daraus habe ich wohl mit Beschämung ersehen, daß sie mich für besser halten, als ich selber.

Ich bin auch wieder in das Haus des Bartelmei gegangen, in dem sie mehr von mir wissen, als in den anderen Hütten. Des Köhlers Mutter, die Kath, ist schon seit Jahren krank, die bittet mich, daß ich um Gottes Erbarmung Willen doch einmal eine Messe für sie lese zu einem glücklichen Sterben. Das habe ich dem alten Weiblein gerne versprochen und die Messe habe ich gelesen, und zwar vor meinem Kreuze in der Kirche am Steg.«

So weit hat der Mann erzählt.

Wir schweigen beide eine gute Weile. Endlich habe ich die Worte gesagt: »Wie sich das schon wunderbar fügt im Lebenslaufe, so ist das vielleicht Euere letzte Messe in unserer Kirche nicht gewesen.«

»Ich habe Euch die schuldige Antwort gegeben«, versetzt der Einspanig, »was daraus für Euch, für mich erwächst, davon kann heute noch nicht gesprochen werden.«

Mit diesen Worten hat er sich von dem Holzstamme erhoben. Und wie er nun so aufgerichtet vor mir steht, da ist er jünger und größer, als er sonst geschienen. Einen tiefen Atemzug hat er getan, und plötzlich hat er heftig meine Hände gefaßt in die seinen und mit bebender Stimme gerufen: »Ich danke Euch, ich danke Euch!«

Und hierauf ist er hastig davongegangen.

Er schreitet aufwärts in der Richtung gegen das Felsental. Ich schreite abwärts in die Lautergräben und gegen Winkelsteg. 226

Meine Schuhe stoßen oftmals an Gestein und Gefälle. Eine nebelfeuchte, finstere Nacht liegt über den Wäldern.

So ist mein Mißtrauen gegen den Einsiedler glücklich zuschanden geworden.

Wenn einer auf die Welt verzichtet, sie mag ihm sein, was sie will, und jahrelang in der Wildnis lebt unter unerhörten Entbehrungen und mit eisernem Willen die Wünsche seiner Seele bekämpft – dem ist es ernst. – Zu welchem Zwecke wäre er auch in die Wälder gegangen, lange ehvor am Steg noch ein Kirchenstein gelegen, zu welchem Zwecke hätte er sich gemieden gemacht von den Leuten und seinem Wohltätigkeitsdrang nur im Verborgenen zu genügen gesucht? – Und vor mir armem Mann hat er die Fasern seines Herzens entwirrt, daß ich hineinsehe in sein Inneres, wie es auch dasteht in der Schuld.

Oft habe ich mir gedacht, der erste Seelsorger in Winkelsteg darf kein Gerechter sein, sondern ein Büßer. Nicht ein Mann sei es, der nie gefallen, sondern einer, der aus dem Falle ist aufgestanden. In der Tiefe und Finsternis der Wäldler muß er stehen und sich zurechtfinden können, auf daß er diesen Menschen vorauszugehen weiß hinan zur lichten Höhe.

Im Sommer 1819.

Das ist sauber! das ist possierlich! das ist schon gar zu lustig, jetzund!

Ich habe heute den ganzen Tag gelacht und geweint.

Es wird nur eine scherzhafte Mär sein, aber sie wird allenthalben ernsthaft erzählt. Und bei dem, was bislang schon zu hören gewesen, kann es ja möglich sein. 227

Verspielt soll er uns haben, der schlechte Mensch!

Verspielt, uns samt und sonders, die ganzen Winkelwälder mit Stock und Stein, mit Mann und Maus und mit dem Andreas Erdmann, verspielt am grünen Tisch in einer einzigen Nacht. Und verspielt an einen Juden.

Einige Tage später.

Sei es, wie es sei, wir wollen an unserem Tagwerk weiter arbeiten. Ich bin heute in dem Miesenbachwald gewesen, um die Bäume zu besehen, die für den Schulhausbau bestimmt sind. Sie müssen im Christmonat gefällt werden; das ist für Bauholz die beste Schlagzeit; über den Sommer können sie trocknen und im nächsten Herbst muß der Bau aufgeführt werden.

Als ich an der Schwarzhütte vorübergehe, tritt der Einspanig heraus. Er hat den Lazarus besuchen wollen; der Knabe ist aber nicht daheim, der ist jetzt Ziegenhirt bei den Holzern im Vorderwinkel. Adelheid soll den Einspanig anfangs bittere Vorwürfe gemacht haben; hierauf aber habe sie ihr Gesicht in die Schürze verborgen und schluchzend ausgerufen: »Ich weiß es wohl, Ihr habt Euch das Himmelreich verdient mit meinem Kinde!«

Ich und der Einspanig sind mitsammen gegen Winkelsteg gegangen. Leute, die uns begegnen, lachen sich die Hälse dick über die Geschichte, daß wir verspielt seien. Der alte Rüpel sagt, er schneide dem Moisi zu Ehr' seinen Bart nicht mehr.

28

»Ja, Ja«, sage ich zu meinem Begleiter, »so sind wir jetzund jüdisch, und in unseren neuen Tempel kriegen wir einen polnischen Rabbi herein. So säuberlich hat uns der junge Herr Judas Schrankenheim verraten.«

Da bleibt der Einspanig stehen und starrt mich an. Vom Fuß bis zum Kopf und wieder vom Kopf bis zum Fuß starrt er mich an und sagt endlich: »Ihr seid mir sonst nicht dumm vorgekommen, Erdmann.« Und da wir wieder einige Schritte gegangen sind, versetzt er: »Ein ordentlicher Mensch sollte so alberne Dinge nicht glauben. Wie kann uns denn der junge Herr Schrankenheim verspielt haben? Mit dem besten Willen nicht. Er ist nicht Herr über die Güter seines Vaters und noch gar nicht großjährig.«

Da glotz' ich einmal drein.

Eine Bergeslast ist mir vom Herzen gefallen; aber im zweiten Augenblick bin ich wieder erschrocken. Ich hab' ja noch gestern vor aller Leute Ohren den jungen Herrn einen schlechten Menschen geheißen.

Das wird mich noch in der Ewigkeit martern. Aber, wenn ich ein Ehrenmann bin, dann mach' ich's gut. Ein lockerer Vogel mag er ja sein; doch redlich und hochherzig bist du, Hermann, und das müssen die Leute wissen. An drei Sonntagen nacheinander verkünde ich es von der Kanzel: unser junger, zukünftiger Herr, Hermann von Schrankenheim, ist redlich und brav. Gott erhalte ihn! – Und das Schmachwort bitte ich dir ab bis zu meinem Tode.

Der Einspanig ist bei mir eingekehrt. Eines meiner Stubenfenster geht gegen die Kirche und den Pfarrhof hinüber. An demselben sitzen wir und verfallen in ein Gespräch, das zwei Stunden lang dauert. 229

Wir können jetzt, wenn schön Wetter, die Zeit schon nach Stunden messen; der Franz Ehrenwald hat an die Mittagsseite des Turmes eine Sonnenuhr gemalt.

Als der Einspanig fort ist, schreit die Haushälterin: »Wie närrisch, jetzt hat uns der Kuckuck *den* auch wiederum ins Haus getragen.«

»Der Kuckuck?« entgegne ich übermütig, »ja wohl, dieser Mann ist selber wie der Kuckuck, hat kein Nest, muß ruhelos von einem Baum zum andern flattern, ist überall gemieden und nirgends daheim. Aber im Lenz hören wir ihn doch gern, denn er bringt uns ja das Frühjahr, und er ist ein Wahrsager und zählt uns die Lebensjahre vor.«

»Ja«, schreit das Weib, »und fabelt uns himmelblau an, wie mich damalen; und ist ihm die Welt leicht nicht mit Brettern verschlagen, so ist es sicherlich sein Kopf. Geht mir weg mit Eurem Einspanig!«

Wenn die gute Winkelhüterin wüßte, was ich in einer Stunde darauf dem Freiherrn für einen Brief geschrieben habe!

Im Mai 1820.

Hier im Walde ist Tag und Nacht, ist Winter und Sommer, ist Friede und Not, ist Sorge und zuweilen ein wenig Behagen im Ausruhen von der Arbeit. So schleppt es sich fort. Der Wagen der Zeit hat bei uns das vierte Rad verloren, da geht es zuweilen schief und unschön, aber es geht.

Draußen, sagt man, wollen sie wieder die Welt umkehren. Von Krieg wird gesprochen. Um uns Winkelsteger kümmert sich kein Mensch mehr. Aber ich erlebe eine Freude. Mehrere junge Winkelsteger wollen sich freiwillig anwerben lassen zu den Soldaten. Das ist ein Anzeichen ihres erwachten Bewußtseins, daß sie ein Vaterland und eine Heimat haben, die sie verteidigen müssen. – Es ist eine erste, schöne Frucht der jungen Gemeinde. 230

Das Wäldermorden ist für eine Zeit eingestellt; draußen sind die Hämmer geschlossen. Viele heben jetzt an, die Geschläge zu roden und daraus Äcker zu machen. Aus Holzschlägern und Kohlenbrenner werden Ackersleute. Das ist gut; der Holzschläger vernichtet, aber der Bauer richtet auf.

Von der Herrschaft ist auf mein Drängen ein Schreiben gekommen. Anders, als ich vermeint. Jetzt sei nicht die Zeit für Kirchen- und Pfarrergeschichten; wir sollten uns behelfen.

Das ist ein sehr weiser Rat. Aber die Leute wollen nicht mehr in die Kirche gehen. »Wenn es keine Mess' und keine Predigt gibt«, sagen sie, »still beten kann eins auch unter dem grünen Baum.« Sie stellen sich aber nicht unter den grünen Baum, sondern in die Branntweinschenke.

Die Herde zerstreut sich wieder, wenn kein Hirte ist.

Der Förster ist auch davon, da er in anderen Gegenden zu walten hat. So bin ich allein mit meinen Winkelstegern, wie Moses mit den Israeliten allein ist gewesen in der Wüste.

Die Gebote sind verkündet, aber die Leute bauen wieder an dem goldenen Kalb. Und Manna fällt nicht mehr vom Himmel.

31

Pfingsten 1820.

Heute ist der Einsiedler aus dem Felsentale in unserer Kirche vor dem Altare gestanden, hat die Messe gelesen.

Das Kirchengeräte haben wir aus Holdenschlag, wie es dort in der Pfarrkammer gelegen und nicht mehr benützt worden ist. In das Meßkleid haben die Mäuse Löcher gefressen, aber die Spinnen haben diese Löcher wieder zugewoben.

Ich habe die Orgel gespielt. Die Kirche ist just so groß, daß man es vom Chor aus noch sehen kann, wenn dem Priester am Altare Tropfen im Auge stehen.

Die Leute haben wenig gebetet und viel geflüstert. – Dieser Einspanig, das ist zuletzt ja der zweite heilige Hieronymus.

Und der Waldsänger hat mir nach dem Gottesdienst die Worte gesagt: »Habt Ihr den ewigen Juden gesehen? Er hat in den Leidenstagen für den Heiland das Kreuz getragen heut' hinauf nach Golgatha. Er ist erlöst, hosianna!«

Ich habe dem Einsiedler diese Worte mitgeteilt und beigesetzt: »Laßt Euch die Rede freuen; der Mann ist voll des heiligen Geistes!«

Am Feste Allerheiligen 1820.

In Welschland haben sie Händel. Ansonsten ist es blinder Lärm gewesen und unsere Vaterlandsverteidiger sind wieder zurückgekommen. Es geht in das alte Geleise und wir stecken dem Wagen der Zeit das vierte Rad wieder an.

Ich habe die Leute veranlaßt, daß sie unter sich ein Oberhaupt wählen, auf daß jemand sei, der Verordnungen erteile, Streitigkeiten schlichte und die Gemeinde zusammenhalte. 232

Sie haben den Martin Grassteiger gewählt und nennen ihn nun den Richter.

Und bei derselben Versammlung hat der neue Richter den von dem Waldherrn anerkannten, zukünftigen Schullehrer der Gemeinde Winkelsteg vorgestellt.

Dieser Schullehrer bin denn ich. Die Leute sagen, das hätten sie längst schon gewußt, daß ich der Schulmeister sei. Der Grassteiger sagt, es müsse alles auch Form Rechtens geschehen.

Wenige Tage nach dem obigen läßt der Richter durch mich die Pfarrerwahl ausschreiben. Darüber lacht alles. – »Sollen wir aus den Pechhackern und Kohlenbrennern einen wählen? 's wird aber keiner taugen. Studiert ist für uns Winkler gleich einer genug, aber so närrische Gewohnheiten haben unsere Männer, keine Häuserin mögen sie nit leiden.«

So machen sie ihre Späße, wissen aber recht gut, auf wen es abgesehen ist.

Und sie haben ihn auch gewählt.

Wir sollen uns selber behelfen, hat der Waldherr gesagt; so haben wir uns selber beholfen.

Der Einsiedler aus dem Felsentale ist Pfarrer von Winkelsteg.

Martini 1820.

Die Ruß-Kath ist gestorben.

Sie ist neunzig Jahre alt geworden. Ihr letzter Wille ist, daß man ihrer Leiche feste, nägelbeschlagene Schuhe anziehe; sie würde den Weg aus der Ewigkeit oftmals zurückmachen müssen auf die Erde, um zu sehen, wie es ihren Kindern und Kindeskindern fortan gehe. 233

Die Ruß-Kath ist die erste, die sie in die Walderde unseres neuen Friedhofes hinabtun werden.

Auf zwei Stangen haben sie zwei Männer herübergetragen aus den Lautergräben. Der weiße, noch harzduftende Tannenbrettersarg ist mit Erlstrauchbändern auf der Bahre befestigt gewesen. Der Ruß-Bartelmei und sein

Schwestermann Paul Holzer mit einem Knäblein sind hinter den Trägern dreingegangen. Sie haben laut gebetet und stets auf die Wurzeln der Bäume geblickt, über die sie geschritten. Auch die Träger haben sehr behutsam gehen müssen, denn der Boden mit dem Spätherbstreif ist jetzt gar schlüpfrig.

Vor Jahren soll es gewesen sein. Da haben sie von den Almen einen Hirten herabgetragen, um ihn draußen auf dem Holdenschlager Kirchhof zur Ruhe zu bringen. Wie sie sich da oben an den schmalen Steigen der Miesenbachwände herauswinden, strauchelt einer der Träger und und der Sarg rollt über den Hang und stürzt in den Abgrund, so daß nicht ein Splitterchen davon mehr gesehen worden ist.

Das soll den Leuten sehr arg gewesen sein, und der Totengräber zu Holdenschlag hat doch bezahlt werden müssen.

Wir Winkelsteger haben keinen Totengräber. Wir können ihn nicht ernähren. Wenn doch einmal einer stirbt, so tut er's nicht eher, als bis sein letzter Groschen vertan ist. So müssen eben ein paar Holzerburschen her und die Grube ausschaufeln. Sie verlangen nichts dafür, sie sind froh, wenn sie aus der Grube frisch und gesund wieder hervorkriechen mögen.

Während der Totenmesse ist der Sarg ganz allein vor der Kirche auf der harten Erde gestanden. Da kommt ein Vöglein geflogen, hüpft auf den Sargdeckel und pickt und pickt, und flattert wieder davon.

Der Rüpel hat es gesehen; und das sei, habe es ihn nicht betrogen, der Vogel gewesen, der alle tausend Jahr' einmal in den Wald kommt geflogen.

Nach der Messe haben wir die Ruß-Kath hinaufgetragen zum bereiteten Grab. Die Angehörigen blicken starr in die Grube.

Nach der Einsegnung hat der Pfarrer eine kurze Rede gehalten. Ich habe mir nur davon gemerkt, daß wir durch den Tod der Unsern an Gleichmut gewinnen für die Widerwärtigkeiten dieses Lebens, und einen ruhigen, ja vielleicht freudigen Hinblick auf unser eigenes Sterben. Jede Stunde sei ja ein Schritt dem Wiedersehen zu; und bis uns jene Pforte der Vereinigung wird aufgetan, leben unsere Heimgegangenen fort im heiligen Frieden unseres Herzens.

Er kann's auslegen. Wie es unsereins wohl auch empfindet, aber man weiß die Worte nicht dazu. Er hat die Sach' nicht verlernt, und ist er gleich jahrelang oben im Felsental gewesen.

Jetzt ist noch ein anderer gekommen. Der Rüpel schiebt sich sachte vor, da machen ihm die Leute Platz: »Schauen, was der Rüpel heut' weiß!«

Und als der Waldsänger auf dem Erdhügel steht und den Spatenstiel als Stock in der Hand hält, daß er auf dem lockeren Grund nicht strauchelt, und als er einen Blick hinabtut auf den Schrein, da hebt er an zu reden, wie hier aufgeschrieben: 235

»Geboren ist sie worden vor neunzig Jahren. Ihr Lebtag ist sie mit keinem Rößlein gefahren. Mit ihren Füßen ist sie gegangen talab und bergauf ihren ganzen mühseligen Lebenslauf. Sie ist beigesprungen den Leuten in Kummer und Nöten, und dabei hat sie hundert Paar Schuh' zertreten. Und andere hundert Paar Schuh' tät sie wagen, um ihren Kindern das Brot auf den Tisch zu tragen. Und weitere hundert Paar Schuh' sind zerrissen auf Schmerzenswegen, die sie hat wandeln müssen. Für Tanz und sonstige Lustbarkeiten fürwahr, tät' sie brauchen nicht ein einziges Paar. Dann hat sie angezogen die letzten Schuh' und ist fortgegangen in die ewige Ruh'. Die heiligen Engel taten ihre Seele führen wohl durch das Fegefeuer bis zu den himmlischen Türen. Und unter der Erde tut ruhen der arme Leib in seiner hölzernen Truhen. – Schlaf' wohl, Kathrin, in deiner neuen Wiegen, wir werden bald an deiner Seiten liegen; bis der Herr uns tut wecken zu seinen heiligen Scharen, auf daß wir mit Leib und Seel' in den Himmel mögen fahren!«

– –

»Der Rüpel wäre der Pfarrer für die Winkelsteger!« hat nun der Mann gesagt, den sie den Einspanig geheißen.

Ja, wenn er nicht unter ihnen aufgewachsen wäre!

Als wir, der Pfarrer und ich, mit der Schaufel einige Erdschollen auf den Sarg geworfen, tritt der Ruß-Bartelmei ganz betrübt zu uns und frägt, was uns seine Mutter denn getan habe, daß wir ihr noch in das Grab die Klötze nachschleuderten? Da haben wir es ihm dargelegt, daß das einen letzten Liebesdienst bedeute, und daß Erde die einzige Gabe sei, die man einem Toten zu Lieb' könne reichen. 236

Darauf hebt der Bartelmei an und schaufelt Erde hinab, bis man keine Ecke mehr sieht von dem weißen Schrein und die Leute ihm die Schaufel aus der Hand nehmen, auf daß sie die Grube schließen.

Nach dem Begräbnisse sind sie in das Wirtshaus des Grassteigers gegangen und haben sich mit Branntwein erfrischt ... so wie auch die Alten ihren Toten haben nachgetrunken.

Gott zählt seine Leute auch in Winkelsteg und da darf ihm keines fehlen.

Kaum ist auf dem Friedhofe das Gräblein zugemacht, wird in der Kirche das Taufbecken aufgetan. Der erste Tote und der erste Täufling an einem Tage – aus einer Familie.

Auf demselben Waldweg, den heran vor ein paar Stunden der Sarg ist geschwankt, haben zwei Weiber ein neugebornes Kind herübergetragen aus den Lautergräben.

Das Kind ist eine Enkelin der Ruß-Kath und gehört der Anna Maria.

Es klopft an die Kirchentür, tät' bitten um die Taufe und heißen möcht' es gern: Katharina.

Wir haben alle Heiligen des Himmels zur Auswahl und der Name der Großmutter wird ihm nicht versagt sein.

Dritter Teil

Im Jahre 1830. Zur Winterszeit.

Die sechzehn Jahre her, seit ich in den Winkelwäldern bin, weiß ich keinen solchen Schnee, als in diesem Jahre. Schon seit Tagen kommt mir kein Einziges mehr in die Schule. Die Fenster meiner Stube sehen aus wie Schießscharten. Wenn es noch ein wenig so fortgeht, so sind wir allmiteinander verschneit. Zweimal des Tages wird von mir bis zum Pfarrhofe ein Pfad ausgeschaufelt, der an der Tür des Grassteigerhauses vorübergeht.

In dem Grassteigerhause haben wir, der Pfarrer und ich, unser gemeinschaftliches Mittagsmahl. Das Frühstück bereitet sich jeder in seiner Wohnung. Am Abende kommen wir stets zusammen, entweder im Pfarrhofe oder bei mir im Schulhause.

Wie es nur denen in den Gräben und Karwässern gehen wird! Da drüben ist ein Schneegestöber noch viel wüster, als im Winkel. Es liegen um diese Zeit in den Häusern viele kranke Leute, und es werden sich keine Wege machen und erhalten lassen, daß sie einander beispringen könnten. Und über die Lauterhöhe zu kommen, ist schon gar eine Unmöglichkeit. Die Markstangen, die an den Steigen stecken, gehen kaum mehr aus dem Schnee hervor, die Lasten auf den Bäumen reißen die Äste ab und brechen die Stämme. Des Schneiens ist kein Ende. Keine Flocken fallen mehr, es ist ein schweres, undurchsichtiges Staubwirbeln. Und die Hauben der Geäste und Pfähle, und die Dachgiebel bauen sich höher von Minute zu Minute. 238

Wenn ein Wind kommt, so rettet das vielleicht den Wald, kann aber zu unserem Verderben sein. Eine Stunde Sturm über die lockeren Schneelehnen her, und wir sind eingedeckt.

Der Pfarrer hat alle Waldarbeiter, denen nur beizukommen ist, gedungen, daß sie Pfade herstellen in die Lautergräben, Karwässer, und daselbst von einer Hütte zur andern. Einmal sind sie richtig hinübergekommen, aber die Rückkehr ist doch wieder die neue Mühe. Die verschneiten Leute drüben werden doch vorgesorgt sein; sie haben ihre Welt ja in ihren Hütten.

In einer Klause des Karwasserschlages soll wohl schon seit fünf Tagen die Leiche eines alten Mannes liegen.

Der Pfarrer hat sich heute Schneeleitern an die Füße gebunden, um bei den Kranken Besuche zu machen. Aber der Schnee ist zu locker, der

Mann hat wieder umkehren müssen. Nun macht er Pakete zusammen, sie sind aus der Speisekammer unseres Wirtes und sollen durch kräftige Holzhauer in die Lautergräben zu den Kranken getragen werden.

Das sind kurze Tage und doch so lang. Ich habe meine Zither, habe die neue Geige, die mir der Pfarrer zu meinem jüngstvergangenen Namenstage hat bringen lassen, ich habe andere Dinge, die mir sonsten Zerstreuung geboten haben. Aber jetzt mutet mich nichts an. Stundenlang gehe ich in der Stube auf und ab und denke nach, was dieser Winter noch für Folgen haben kann. Es gibt Hütten genug in den Gräben, wo die Leute mit ihren Schaufeln nicht gewesen sind. Wir wissen nicht, wie es in denselben aussieht.

Auf daß ich mich von der drückenden Tatlosigkeit erlöse, habe ich heute die Lade unter der Ofenbank aufgemacht und meine alten Tagebuchblätter herausgenommen, um nachzuschlagen, was die Gemeinde seit ihrem Bestehen für Schicksale gehabt.

Da sehe ich, es ist seit zehn Jahren nichts mehr geschrieben worden. – Zwei Dinge mögen die Ursache gewesen sein, daß ich die Aufzeichnungen unterbrochen habe. Erstens ist das Bedürfnis nicht mehr in mir gewesen, meine Gedanken und meine Empfindungen aufzuschreiben, da ich an unserem Pfarrer einen Freund gefunden habe, dem ich mich unverhohlen mitteilen kann, wie er sich mir mitteilt, und mir seine seltsame Lebensgeschichte dargelegt, ehe er mich noch gekannt hat. Das ist einer der wenigen, die durch Drangsale geläutert edel und rein aus den Wirren und Irren der Welt hervorgehen. Die Wäldler lieben ihn von Herzen; er leitet sie nicht durch Worte bloß, sondern mehr durch seine Taten. Seine Sonntagspredigten erhärtet er an den Wochentagen durch Beispiele. Er opfert sich auf, er ist den Leuten alles. Seine Haare sind nicht mehr schwarz, wie vormaleinst im Felsentale, sein Gesicht ist ernst und immer gütig. Die Betrübten blicken ihm in die Augen und empfinden Trost.

Gerne erzählt er, wenn wir auf der Bank oder um den Tisch beisammensitzen, von der weiten, schönen Welt, von fremden, merkwürdigen Ländern, von den Wundern der Natur. Pfeifenfeuer gehen dabei aus, denn alles hört ihm zu mit Ohren und Mund. Nur die alte Frau aus dem Winkelhüterhause erklärt des Pfarrers Erzählungen für vorwitzige Fabeleien; ein ordentlicher Priester, meint sie, müsse hübsch von Himmel und Fegfeuer reden, und nicht allweg von der Erden. Sie horcht aber zu und es gefällt ihr doch.

Vor mehreren Jahren hat die kirchliche Behörde unsere Pfarrerfrage einmal aufgetischt, hat unsern Vater Paul nicht anerkennen wollen, sondern einen neuen hereinzustellen Miene gemacht. Hei! da haben die Winkelsteger zu toben angefangen und die Sache ist beim alten belassen worden. Dagegen aber wird Winkelsteg draußen nicht als Gemeinde und Seelsorge anerkannt, sondern als eine Niederlassung von Halbwilden und verkommenen Menschen, wie sie das früher gewesen.

Mir hat das anfangs sehr wehe getan, wir hätten uns so gerne der Allgemeinsame angeschlossen, aber da sie uns zurückdrängen, so sage ich schier am liebsten: um so besser, so lassen sie uns fürder in Ruh und wir können ungefährdet und unbeschränkt – wie sie es draußen nicht können, noch wollen – dem Ziele einer Mustergemeinde zustreben.

Die zweite Ursache der Vernachlässigung meines Tagebuches ist die viele und mannigfaltige Arbeit, die mein Beruf mir auferlegt.

Anfangs ist es der Bau des Schulhauses gewesen, der mir keine Ruhe gelassen. Es ist denn alles hergestellt worden, wie ich es für die wichtige Sache am zweckmäßigsten halte.

Das Haus ist von Meister Ehrenwald aus Holz aufgeführt. Das Holz regelt Wärmezustand besser, als der Stein, auch zerstreut es mehr die Dünste und gibt frische Luft. Dann ist mir darum zu tun gewesen, den Leuten einen zweckmäßigen und geschmackvollen Holzbau als Muster aufzustellen. Es ist zu meiner Freude die leichte, zierliche und doch haltfeste Art meines Schulhauses und seine bequeme Einteilung und Einrichtung schon vielfach nachgeahmt worden. Meine Fenster, Türen, Maurer- und Schlosserarbeiten werden bereits von der ganzen Umgebung als mustergültig betrachtet.

241

Um das Haus ist ein Garten und ein geräumiger Spielplatz mit Werkzeugen für körperliche Übungen angelegt. Das Haus ist zum Schutze gegen die Unbill der Witterung ringsum mit einem breiten Vordache versehen, aber so, daß es dem Lichte des Innern nicht Eintrag tut. In der Schulstube ist vor allem auf die Gesundheit der Kinder Rücksicht genommen worden. Die Bänke stehen nicht zu dicht aneinander und die Tischläden sind hoch, damit sich die Schüler das gebückte Sitzen nicht angewöhnen. Bei dem Lesen lasse ich den Schüler aufstehen, damit er das Buch von den Augen in entsprechender Entfernung halten kann. Die Fenster sind so verteilt, daß das Licht den Lernenden von der linken Seite oder von rückwärts kommt. Zum Ablegen der Überkleider ist ein Vorkämmerchen eingerichtet, auf daß bei schlechtem Wetter uns die Ausdünstung nicht schädlich werde. Den Wärmegrad der Stube suche ich immer mit jenem von draußen in einem gewissen Verhältnisse zu halten, damit die Ein- und Austretenden nicht ein zu jäher Wechsel treffe.

Was meine Wohnung im Schulhause anbelangt, so ist sie nicht groß, aber sehr traulich. Und tausendmal traulicher noch macht sie mir jene Winterfahrt durch Rußland, der ich zuweilen wie eines wilden Traumes gedenke. – Wohl, ich bin seit jenem Traume um viele Jahre jünger geworden; wie mich die Stürme der Welt zu Boden geschlagen, so habe ich mich aufgerichtet an der Ursprünglichkeit des Waldes.

Ein weit schwereres Amt als die Schulangelegenheiten und eine weit größere Pflicht ist mir die Überwachung der *geistigen* Gesundheit der mir Anvertrauten. Klugheit und für ihren eigenen Vorteil zu denken und zu handeln, lernen sie leicht; aber sich dem Ganzen anzupassen, daß ihr Dasein mit jenem der Mitmenschen und jenem der Außenwelt im allgemeinen stimme, das findet sich viel schwerer. Es ist einmal so. Das erste und allererste Lebenszeichen, welches in dem jungen Menschenkinde die aufkeimende Seele von sich gibt, ist die Offenbarung der Selbstliebe. Ob Menschenliebe daraus wird oder Selbstsucht, das entscheidet die Anlage und die Erziehung. Wer Kinder zu starken und rechten Menschen machen will, der pflege in ihnen die harmlosen Freuden, den Mut, das Gerechtigkeitsgefühl und die Wahrheitsliebe. – Mehr braucht es nicht, möchte ich fast sagen.

Waldlinie im Schnee

Im Winter 1830.

Uns ist ein Stein vom Herzen. Das Unwetter hat sich gelegt. Ein ganz leichter Wind ist gekommen, hat die Bäume sachte von ihren Lasten erlöst. Ein paar mildwarme Tage sind gewesen, da hat sich der Schnee gesetzt und man kann mit Fußleitern gehen, wohin man will.

Es hat sich in dieser Zeit aber doch etwas zugetragen drüben in den Karwässern. Der Berthold, dessen Familie von Jahr zu Jahr wächst und von Jahr zu Jahr weniger zu essen hat, ist ein Wilderer geworden. Der Holdenschlager versteht es besser, als unsereiner, der ein weichmütiger Spiegelfechter ist sein Lebtag lang. Arme Leute dürfen nicht heiraten, sagt der Holdenschlager. Nun, nach Sitte und Brauch haben sie nicht geheiratet, aber vor mir sind sie gekniet im Walde … und – jetzt hungern sie allmiteinander.

Meinetwegen? Nein, nein, mein Segen bedeutet ja nichts. O Herrgott, dein ist die Macht und mich lasse nicht *noch* einmal versinken in Schuld!

Ist also ein Wilderer geworden, der Berthold. Das Holzen wirft viel zu wenig ab für eine Stube voll von Kindern. Ich schicke ihm an Lebensmitteln, was ich vermag; aber das genügt nicht. Für das kranke Weib eine kräftige Suppe, für die Kinder ein Stück Fleisch will er haben und schießt die Rehe nieder, die ihm des Weges kommen. Dazu tut die Leidenschaft das ihre, und so ist der Berthold, der vormaleinst als Hirt ein so guter, lustiger Bursch gewesen, durch Armut, Trotz und Liebe zu den Seinigen, und durch Torheit anderer recht sauber zum Verbrecher herangewachsen.

Einmal schon bin ich bittend vor dem Förster gelegen, daß er es dem armen Familienvater um Gottes willen ein wenig, nur ein klein wenig nachsehen möge, er werde sich gewiß bessern und ich wolle mich für ihn zum Pfande stellen. Bis zu diesen Tagen hat er sich nicht gebessert; aber das Geschehnis dieser wilden Wintertage hat ihn laut weinen gemacht, denn seine Waldlilie liebt er über alles. 244

Ein trüber Winterabend ist es gewesen. Die Fenster sind mit Moos vermauert; draußen fallen frische Flocken auf alten Schnee. Berthold wartet bei den Kindern und bei der kranken Aga nur noch, bis das älteste Mädchen, die Lili, mit der Milch heimkehrt, die sie bei einem nachbarlichen Klausner im Hinterkar erbetteln muß. Denn die Ziegen im Hause sind geschlachtet und verzehrt; und kommt die Lili nur erst zurück, so will der Berthold mit dem Stutzen in den Wald hinauf. Bei solchem Wetter sind die Rehe nicht weit zu suchen.

Aber es wird dunkel und die Lili kehrt nicht zurück. Der Schneefall wird dichter und schwerer, die Nacht bricht herein und Lili kommt nicht. Die Kinder schreien schon nach der Milch, den Vater verlangt schon nach dem Wild; die Mutter richtet sich auf in ihrem Bette. »Lili!« ruft sie, »Kind, wo trottest denn herum im stockfinsteren Wald? Geh' heim!«

Wie kann die schwache Stimme der Kranken durch den wüsten Schneesturm das Ohr der Irrenden erreichen?

Je finsterer und stürmischer die Nacht wird, je tiefer sinkt in Berthold der Hang zum Wildern und desto höher steigt die Angst um seine Waldlilie. Es ist ein schwaches, zwölfjähriges Mädchen, es kennt zwar die Waldsteige und Abgründe, aber die Steige verdeckt der Schnee, den Abgrund die Finsternis.

Endlich verläßt der Mann das Haus, um sein Kind zu suchen. Stundenlang irrt und ruft er in der sturmbewegten Wildnis; der Wind bläst ihm

Augen und Mund voll Schnee; seine ganze Kraft muß er anstrengen, um wieder zurück zur Hütte gelangen zu können.

Und nun vergehen zwei Tage; der Schneefall hält an, die Hütte des Berthold wird fast verschneit. Sie trösten sich überlaut, die Lili werde wohl bei dem Klausner sein. Diese Hoffnung wird zunichte am dritten Tag, als der Berthold nach einem stundenlangen Ringen im verschneiten Gelände die Klause vermag zu erreichen.

Lili sei vor drei Tagen wohl bei dem Klausner gewesen und habe sich dann beizeiten mit dem Milchtopf auf den Heimweg gemacht.

»So liegt meine Waldlilie im Schnee begraben«, sagt der Berthold. Dann geht er zu anderen Holzern und bittet, wie diesen Mann kein Mensch noch so hat bitten gesehen, daß man komme und ihm das tote Kind suchen helfe.

Am Abende desselben Tages haben sie die Waldlilie gefunden.

Abseits in einer Waldschlucht, im finsteren, wildverflochtenen Dickichte junger Fichten und Gezirme, durch das keine Schneeflocke vermag zu dringen, und über dem die Schneelasten sich wölben und stauen, daß das junge Gestämme darunter ächzt, in diesem Dickichte, auf den dürren Fichtennadeln des Bodens, inmitten einer Rehfamilie von sechs Köpfen ist die liebliche, blasse Waldlilie gesessen.

Es ist ein sehr wunderbares Ereignis. Das Kind hat sich auf dem Rückweg in die Waldschlucht verirrt, und da es die Schneemassen nicht mehr hat überwinden können, sich zur Rast unter das trockene Dickicht verkrochen. Und da ist es nicht lange allein geblieben. Kaum ihm die Augen anheben zu sinken, kommt ein Rudel von Rehen an ihm zusammen, alte und junge; und sie schnuppern an dem Mädchen und sie blicken es mit milden Augen völlig verständig und mitleidig an, und sie fürchten sich gar nicht vor diesem Menschenwesen, und sie bleiben und lassen sich nieder und benagen die Bäumchen und belecken einander, und sind ganz zahm; das Dickicht ist ihr Winterdaheim.

Am andern Tage hat der Schnee alles eingehüllt. Waldlilie sitzt in der Finsternis, die nur durch einen Dämmerschein gemildert ist, und sie labt sich an der Milch, die sie den Ihren hat bringen wollen, und sie schmiegt sich an die guten Tiere, auf daß sie im Froste nicht erstarre.

So vergehen die bösen Stunden des Verlorenseins. Und da sich die Waldlilie schon hingelegt zum Sterben und in ihrer Einfalt die Tiere hat gebeten, daß sie getreulich bei ihr bleiben möchten bis es aus ist; da fangen die Rehe jählings ganz seltsam zu schnuppern an und heben ihre Köpfe und spitzen die Ohren und in wilden Sätzen durchbrechen sie das Dickicht und mit gellendem Pfeifen stieben sie davon.

Jetzt arbeiten sich die Männer durch Schnee und Gesträuche herein und sehen mit lautem Jubel das Mädchen, und der alte Rüpel ist auch dabei und ruft: »Hab' ich nicht gesagt, kommt mit herein zu sehen, vielleicht ist sie bei den Rehen!«

So hat es sich zugetragen; und wie der Berthold gehört, die Tiere des Waldes hätten sein Kind gerettet, daß es nicht erfroren, da schreit er wie närrisch: »Nimmermehr! mein Lebtag nimmermehr!« Und seinen Kugelstutzen, mit dem er seit manchem Jahre Tiere des Waldes getötet, hat er an einem Stein zerschmettert.

Ich habe es selber gesehen, denn ich und der Pfarrer sind in den Karwässern gewesen, um die Waldlilie suchen zu helfen. 247

Diese Waldlilie ist schier mild und weiß wie Schnee und hat die Augen des Rehes in ihrem Haupte.

Im Winter 1830.

Von dem Sohne unseres Herrn wollen die Gerüchte nicht schweigen. Wenn es auch nur zur Hälfte wahr ist, was von ihm gesagt wird, so ist das ein toller Mensch. So fährt kein Vernünftiger drein.

Ich will mir's doch anmerken und demnächst seinem Vater schreiben. Hermann möge einmal in unseren Wald hereinkommen und sehen, wie es allhier aussieht und wie *arme* Leute leben.

Solche Gebirgsreisen können auch von Nutzen sein.

Winterszeit.

Der Lazarus Schwarzhütter sieht des Grassteigers Töchterlein Juliana gern. Das Töchterlein mag auch den Burschen leiden; so gucken sie zusammen. Jetzt hat aber der Pfarrer das Zusammengucken so junger Leute verboten. Gut, er hat das Recht zu predigen; sie gucken zusammen und vermeinen dazu auch ein Recht zu haben, ein Recht, von dem der Lazarus erklärt hat, daß sie nimmer davon lassen wollen.

Wohlan, denkt sich der Pfarrer, vor dem Altar gebe ich dem Lazarus, was ich selber nicht habe.

Weihnachten 1830.

In der heiligen Christnacht sind die Leute schon wieder von allen Seiten herbeigekommen. Die von den Spanlunten abgefallenen Glühkohlen sind lustig hingeglitten über die Schneekruste wie Sternschnuppen.

Viele Wäldler sind in ihrem Begehr nach der mitternächtigen Feier ein gut Stück zu früh dran. Da die Kirche noch nicht aufgesperrt und im Freien es kalt ist, so kommen sie zu mir in das Schulhaus. Ich schlage Licht, und da ist bald die ganze Schulstube voll Menschen. Die Weiber haben weiße, bandartig zusammengelegte Tücher um das Kinn und über die Ohren hinaufgebunden. Sie huschen recht um den Ofen herum und blasen in die Finger, um das Frostwehen zu verblasen.

Die Männer halten sich fest in ihren Lodengewändern verwahrt. Sie behalten die Hüte auf den Köpfen, sitzen auf den Tischbrettern der Schulbänke und besehen mit wichtigtuender Bedächtigkeit die Lehrgegenstände, welche die Jüngeren den Älteren erklären. Einige gehen auch über den Boden auf und ab und schlagen bei jedem Schritte die gefrornen Schuhe aneinander, daß es klappert. Fast alle rauchen aus ihren Pfeifen. Der Urwald ist auszurotten, aber das Tabakrauchen nimmer.

Ich kleide mich rasch an; ich soll in der Kirche doch der erste sein.

Jählings klopft es sehr stark an der Tür. Die Waldleute klopfen nicht, wer ist es also? Eine weiße Schafwollenhaube guckt herein, und unter der Haube steckt ein alter Runzelkopf mit weißen Lockensträhnen. Alsogleich erkenne ich den Waldsänger. Heute trägt er einen gar langen Rock, der bis zu den Waden hinabgeht und mit Messinghäkelchen zugeknöpft ist. Darüber hängt ein Schnappsack und eine Seitenpfeife, und auf einen Hirtenstab stützt sich der Alte und seinen braunen, weltumfassenden Hut hält er in seinen Händen. Dieser Hut ist seine Hütte und sein Heim und seine ganze Welt. Ein guter Hut, denkt er, ist das beste im Weltgetümmel, und der Erde Hut nennen sie den Himmel.

»Was hocket ihr denn da, ihr Bärenhäuter!« ruft der Rüpel laut und lustig, »draußen scheint schon lang' die Sonnen! – Gelobt sei der Herr, und ich bring' auch die wundersame Mär, die sich heut' zugetragen hat drunten in der Bethlehemstadt. Hört ihr keine Schalmei und kein Freudengeschrei? So luget zum Fenster hinaus, taghell beleuchtet ist jedes Haus!«

Die Leute stecken ihre Köpfe richtig zu den Fenstern; aber da ist nichts als der finstere Wald und der Sternenhimmel. – Was sollten sie ansonsten denn noch sehen?

Der Alte guckt schmunzelnd nach links und nach rechts, wie viel er wohl Zuhörer habe. Sonach stellt er sich mitten in die Stube hin, pocht mit dem Stocke mehrmals auf den Fußboden und hebt so an zu reden:

»Da steh ich allein draußen auf der Heid, und schau' schläfrig herum weit und breit, und treib meine Schäflein zusamm'; hab' dabei gehabt ein wutzerlfeist's Lamm. Und wie ich das anschau eine Weil, da hör ich ein G'hetz und ein G'schall, grad hoch in der Luft, es ist wahr, und sie musizieren sogar. Ich hab nit g'wußt, was das bedeut't, und wer denn da tobt voller Freud. Die Lämmlein sein g'sprungen drauf eins nach dem andern auf; das feiste hat so lieblich plärrt, wie es das Wunder hat g'hört. Drauf seh' ich – hab g'meint, 's ist ein' Mär – kleine Bub'n fliegen in Lüften umher. – Ein Engel fliegt grad auf mich zua, den frag ich: was gibt's denn heut, Bua? Da schreit er gleich lustig und froh: *Gloria in excelsis Deo!* – 250 Das kunnt ich, mein Eid, nicht versteh'n: Geh', Bübel, mußt deutsch mit mir red'n; ich bin ein armer Hirt in der G'mein, und die Lämmlein können auch nit Latein. – So mach' sich der Hirt nur geschwind auf und geh' er nach Bethlehem drauf, dort wird er finden ein neugebor'n Kindelein; ja gar ein wunderschön Kind liegt zwischen Esel und Rind. Nicht in einem Königssaal, nur in einem Ochsenstall liegt unser eing'fatschter Gott, der uns hilft aus aller Not.«

Das ist des alten Sängers »Botschaft«, die er während der Weihnachtszeit in allen Häusern verkündet.

Wir haben ihm einen kleinen Botenlohn gegeben, da sagt er noch ein paar heitere Sprüche und humpelt wieder zur Tür hinaus.

Die Leute sind ganz schweigsam und andächtig geworden; und erst als die Kirchenglocken zu läuten anheben, werden sie wieder lebendiger und verlassen, unbeholfen in Worten und Gebärden, die Stube.

Ich habe das Licht ausgelöscht, das Haus verlassen und bin in die Kirche gegangen. Das ist die Nacht, in welcher vom Orient bis zum Okzident die Glocken läuten. Ein Freudenruf schallt durch die Welt und die Lichter strahlen wie ein Diamantgürtel um den Erdball. – Auch in unserer Kirche ist es licht, wie am hellen Tage, nur zu den Fenstern schaut die schwarze Nacht herein. Jeder hat ein Stück Kerze, oder gar einen ganzen Wachsstock mitgebracht, denn in der Christnacht muß er seinen Glauben und sein Licht haben. Die Leute drängen sich zum Kripplein, das heute an der Stelle des Beichtstuhles aufgerichtet worden ist. Ich habe vor mehreren Jahren aus Linden- und Eschenholz die vielen kleinen Figuren geschnitzt 251 und sie zur Versinnlichung der Geburt Christi zusammengestellt. Es ist der Stall mit der Krippe, mit dem Kindlein mit Maria und Josef, mit Ochs und Esel, es sind die Hirten mit den Lämmlein, die heiligen Könige mit den Kamelen; es sind ferner spaßhafte Gestalten und Gruppen, wie sie Freude, Wohltun und Liebe zum Christkinde nach der Leute Auffassung ausdrücken sollen. In der Luft hängen die Engel und die Sterne und im Hintergrunde ist die Stadt Bethlehem.

Was der Rüpel weiß zu sagen in Worten, das will ich durch diese Bilder erzählen. Und die Leute erbauen sich baß an dieser Darstellung. Aber sie halten sie, Gott sei Lob, eben nur wie ein Bild, von dem sie wissen, daß es nichts bedeuten und nichts wirken kann, als die Erinnerung.

Mit einem Heiligenbilde auf dem Hochaltare wäre das anders; das hätten sie Jahr um Jahr und in allen Lebenslagen vor Augen, das täten sie wohl zum Herrgott selber machen.

Auf dem Chore ist in dieser Nacht Unheil gewesen. Der Pfarrer stimmt schon das ambrosianische Loblied an, ich sitze an der Orgel und ziehe zur hohen Festfreude alle sechs Stimmenzüge auf – da platzt jählings der Blasebalg und die Orgel stöhnt und pfaucht und gibt keinen einzigen klingenden Ton. Meiner Tage bin ich nicht in solcher Verlegenheit gewesen, als in dieser Stunde. Ich bin der Schulmeister, der Choraufseher, ich muß Musik machen; und die Musik ist ja eigentlich das Fest und ohne Musik gibt es in der Kirche gar keine Christnacht. Aller Leut' Herzen hüpfen, aller Leut' Ohren spitzen sich der Musik entgegen, da schürft mir der Teuxel jetzt den Blasbalg auf. Ich habe meinen Kopf in die Hände genommen, hätte ihn am liebsten zum Fenster hinausgeworfen. Vergebens hüpfen meine Finger alle zehn über die Tasten hin; taubstumm ist das ganze Zeug und wie maustot.

Der Paul Holzer, sein Weib und die Adelheid von der Schwarzhütte, die auf dem Chore neben mir sitzen, merken wohl meine Pein, aber sie rücken nur so her und hin und hüsteln und räuspern sich und heben an in hellen Stimmen zu singen: »Herrgott, dich loben wir all!«

Das ist mir wie Öl ins Herz gegangen.

Aber das Lied wird bald aus sein und danach kommt das Hochamt, und da muß Musik, Chormusik sein um alle Welt.

Holpert der alte Rüpel die Treppe herauf: »Schulmeister! Will schon heut' die Orgel schweigen, so nimm die Geigen!«

»O Gott, Rüpel, die ist zu Holdenschlag beim Leimen!«

»Und kunnt ich auch die Geigen nicht zuwege bringen, so tät ich bei meiner Treu die Kirchenlieder auf der Zither singen!«

Für dieses Wort habe ich den Alten so stürmisch umarmt, daß er erschrocken ist. Ich eile und hole die Zither, und bei dem Hochamte klingt auf dem Chor ein Saitenspiel, wie es in dieser und etwan auch in einer andern Kirche niemalen so gehört worden ist. Die Leute horchen, der Pfarrer selber wendet sich ein wenig und tut einen kurzen Blick gegen mich herauf.

Und so ist mitten in der langen Winternacht zu Winkelsteg das Christfest gefeiert worden. Leise zittern und wiegen die Saitentöne; sie [253] singen dem neugeborenen Jesukindlein das Wiegenlied und dem Menschen den Frieden. Und sie schrillen und wecken das schlafende Kind, ehe der falsche Herodes kommt; und sie trillern ein Wanderliedchen für die Flucht nach Ägypten.

Ich spiele den Meßgesang, spiele Lieder, wie sie meine Mutter gesungen, und mein Nährvater, der gute Schirmmacher, und im Hause des Freiherrn die Jungfrau …

Und letztlich weiß ich selber nicht mehr, was ich kindischer Mann der Gemeinde und dem heiligen Kind hab' vorgespielt in dieser Christnacht.

Ich werde den Winkelstegern noch so verrückt, wie der Reim-Rüpel.

Nach dem Mitternachtsgottesdienst hat der Pfarrer durch mich die Ärmsten der Gemeinde, die Alten, die Bresthaften, die Verlassenen, zu sich in den Pfarrhof rufen lassen.

Je! da ist es noch heller, wie in der Kirche! Da ist mitten in der Stube ein Baum aufgewachsen, und der blüht in Flammenknospen an allen Ästen und Zweigen.

Da gucken die alten Männlein und Weiblein gottswunderlich drein, und kichern und reiben sich die Augen über den närrischen Traum. Daß auf einem Baum des Waldes Lichter wachsen, das haben sie all ihrer Tage noch nicht gesehen.

– Jenes Wundervöglein von den tausend Jahren, sagt der Pfarrer, sei wieder durch den Wald geflogen, habe ein Samenkorn in den Boden gelegt und dem sei dieses Bäumchen mit den Flammenblüten entsprossen. Und [254] das sei der dritte Baum des Lebens. Der erste sei gewesen der Baum der Erkenntnis im Paradiese; der zweite sei gewesen der Baum der Aufopferung auf Golgatha; und dieser dritte Baum sei der Baum der Menschenliebe, der uns das Golgatha der Erde wieder zum Paradiese gestalte. Im brennenden Dornbusch habe Gott vormaleinst die Gebote verkündet, und in *diesem* brennende Busche wiederhole er es heute: du sollst den Nächsten lieben, wie dich selbst!

Hierauf hat der Pfarrer die Kleidung und Nahrung verteilt, wie die Gaben bestimmt gewesen und die Worte gesagt: »Nicht mir danket, das Christkind hat's gebracht!«

»Du mein, du mein!« rufen die Leute zueinander, »jetzund steigt uns das Christkind schon gar in den Bald herein! Ja, weil wir halt eine Kirche haben und so viel einen guten Herrn Pfarrer!«

Der Rüpel, auch einer der Beschenkten, ist allein kindischer, wie die andern allmitsammen. Er eilt um den Baum herum, als täte er das Christkind suchen im Gezweige. – »Aber mein!« schreit er endlich, »die Sonn darf nicht bös auf mich werden, ich weiß kein Licht auf der Erden, weiß keins zu nennen, das so hell tät brennen, wie dieser Wipfel mit seinem Gipfel! Seid fein still und lauscht! Hört ihr, wie's in den Zweigen rauscht? Wie Spatzen fliegen die Engelein und bauen ein Nest fürs Christkind zum heiligen Fest. Der Weiße dort, der Kleine – Flügel hat er noch keine – der wär' jetzt schier herabgefallen. Geh, lass' dir ein paar Steigeisen teilen vom Schmied, ich will sie schon zahlen. Schau, ich hab heut' ein warm Jöpplein kriegt, und in jedem Säckel ein Taler liegt. – Und kommet, ihr Engel, nur auch bald zu allen anderen Bäumen in unserem Wald, auf daß ihr tätet anzünden die Lichterkronen zu tausend Millionen!«

Keinen Löffel voll hat der alte Rüpel gegessen, als die andern beim Grassteiger warme Suppe genießen. Und als Stroh in die Stube getragen und ein Lager bereitet ist worden, daß die Leutchen nicht in der Nacht zu ihren fernen Hütten wandern müssen, da ist der Rüpel hinausgegangen unter den freien Himmel und hat die Sterne gezählt und jedem einen Namen gegeben. Und der aufgehende Morgenstern hat den Namen »Vater Paul« erhalten.

Der Pfarrer hat sich mehrmals an den Waldherrn gewendet, auf daß den Kleinbauern hier – die sich den schlechten Boden mit vieler Mühe nutzbar gemacht haben – dieser Boden gegen Entgelt zu eigen überlassen werden möge. Es ist aber kein Bescheid zurückgekommen. Es heißt, der alte Herr sei auf Reisen und der junge in der Hauptstadt, und die Welt sei zu weit und die Hauptstadt zu laut, als daß so ein Wort aus dem Walde gehört werden könne.

Wir Winkelsteger bleiben denn Lehensleute.

Am 14. des Eismonats 1831.

Heute habe ich die Nachricht von dem Tode meiner Base, der Muhme-Lies, erhalten. Sie hat mich zu ihrem Erben eingesetzt. Alte Jugendbekannte, die sich seit zwanzig Jahren nicht mehr um mich gekümmert haben, beglückwünschen mich zur Erbschaft. Ich weiß aber noch nichts Näheres. Wie viel kann die alte Frau denn besessen haben? Wohl war sie reich 256 gewesen, hat aber alles in Glücksspielen versetzt.

Und wenn nur ein Groschen ist, und wenn gar nichts ist – bei meiner Seel', so freut es mich doch, daß sie meiner gedacht hat. Sie hat mir es stets wohlgemeint. Jetzt hab ich gar keinen Verwandten mehr auf dieser Welt.

Ostern 1831.

In den Winkelwäldern müssen die kirchlichen Feste und Darstellungen das ersetzen, was sie draußen in der Welt die Kunst nennen.

So wie ich nach meinem armen Können für die Weihnachtszeit ein Kripplein aufgestellt, so hat nun der Ehrenwald mit seinen Söhnen ein Grab Christi geschaffen.

Da stehen im Seitenschiffe der Kirche vier hohe, mit Bildern aus der Leidensgeschichte gezierte Bretterbogen, wie Eingangspforten, die von der vordersten bis zu der hintersten immer enger und dunkler werden. Und im dämmerigen Hintergrunde ist in einer Nische die Grabesruh Jesu, und darüber der Tisch für das Heiligste, umgeben von einem Kranze bunter Lampen. An beiden Seiten des Grabes stehen zwei römische Kriegsknechte zur Wacht. Bei der Feier der Auferstehung verschwindet der Leichnam und in dem Lampenkranze erhebt sich das Bild des auferstandenen Heilandes mit den Wundmalen und mit der Fahne.

Ein tiefer Sinn liegt in der ganzen Begehung. – Die Fastenzeit schreitet vor, wird ernster und ernster; die Musik verstummt wochenlang, die Bildnisse verhüllen sich. Es naht die Charwoche, der würdevolle Palmsonntag, der geheimnisvolle Gründonnerstag, der düstere, tiefbetrübte Char- 257 freitag, der stille Samstag. In der Ruhe liegt ein Ahnen und Sehnen, und leise mahnt des Propheten Wort: Sein Grab wird herrlich sein! – Noch einmal verdüstert sich das Gotteshaus, wie Golgatha in der Finsternis; aber die roten und grünen Lampen glühen, die Festkerzen strahlen – da erschallt hell und freudevoll der Ruf: Er ist auferstanden! – Jetzt klingen die Glocken, klingt die Musik, knallen die Böller; und die Fahnen, rot wie brennendes Feuer, wehen, und die Menschenschar zieht in das Freie, und ihre Lichter flammen in Abenddämmerung hin durch den Wald.

In den Städten haben sie einen noch viel größeren, einen schweren Prunk. Aber wo nehmen sie die Stimmung und wo nehmen sie die wahre, hoffende Freude an der Auferstehung, die in der gläubigen Armut liegt! Inneren Frieden suchend, schleichen sie abseits an der Kirchhofsmauer hin und murmeln mit dem unseligen Doktor: »Die Botschaft hör' ich wohl ...«

Lenzmonat 1831.

Ich hebe bereits an, aus der Erbschaft Bauten aufzuführen. Ich baue mir in Winkelsteg ein großes, schönes Haus, größer wie der Pfarrhof. Den Plan dazu hab' ich schon fertig. Aber ich selber will darin nicht wohnen, so lang' in die Schulmeisterei mag betreiben. Einmal dem siechen Reutmann im Karwasserschlag gebe ich im Hause eine Stübchen; und die alte, kinderlose Brunnhütterin aus den Karwässern führe ich hinein und die kranke Aga; dann führe ich den Markus Jäger herbei, der erblindet ist, und den Josef Ehrenwald, den ein fallender Baum geschädigt hat. Und andere und andere, und so wird das große Haus nach und nach voll werden. Es torkeln viele mühselige Leute herum in den Winkelwäldern.

Einen Arzt und frische Arzneien stelle ich ihnen auch her, das heißt, wenn das Geld auslangt. Dann nehme ich possierliche Leute auf, die viel Musik machen und ansonsten allerhand unterhaltlich Spiel treiben. Ein Armenhaus muß man nicht auch noch mit Einsamkeit und Trübsal umgeben; die lustige Welt soll ihm zu allen Fenstern hereinlugen und sagen: ihr seid auch noch mein und ich lass' euch nicht fahren!

Den Baugrund für dieses Haus brauche ich heute noch nicht zu zahlen, denn ich baue einstweilen mein Schloß nur so in die Luft hinein. Die Erbschaft ist noch nicht da. Aber es heißt, meine Base hätte im Glücksspiel große Summen gewonnen.

Dem alten Rüpel werde ich in meinem Armenhause das freundlichste Kämmerlein weisen. Der arme Mann ist schier ganz verlassen. Seine Sprüche lohnen die Leute kaum mehr mit einem Stück Brot. Sie haben vergessen, wie sie vormaleinst zu festlichen Stunden so oft von den heiterfrommen Liedern erbaut worden sind, wie sie gelacht und geschluchzt haben dabei, und wie sie so oft zu einander gesagt haben: »'s ist, wie wenn der heilige Geist aus ihm tät' reden.«

Freilich wohl ist bei dem Alten heute nicht mehr viel zu holen und er wird schon recht kindisch. Jetzund hat er sich aus Baumästen einen Reifen gebogen und in demselben eitel Strohhalme wie Saiten aufgezogen. Das ist seine Harfe, er lehnt sie an seine Brust, legt die Finger auf die Halme und murmelt seine Gesänge. 259

Es ist doch ein rührender Mensch, wenn er so dasitzt auf einem Stein im Waldesdunkel, gehüllt in seinen fahlfarbigen, weiten Mantel, umwuchert von seinem langen, schneeweißen Bart, von seinen schimmernden Lockensträhnen, die voll und wild über die Achsel wallen. Sein starres, tautrübes Auge richtet er zu den Wipfeln empor und singt den Vöglein, von denen er es gelernt.

Die Tiere des Waldes fürchten sich nicht vor ihm; zuweilen hüpft ein Eichhörnchen nieder vom Geäste auf seine Achseln und macht ein Männchen und sagt ihm was ins Ohr.

Seine Worte werden immer unverständlicher, so wie seine Lieder. Er paßt seine Gesänge auch nicht mehr den Menschen und ihren Gelegenheiten an. Er singt tolle Liebes- und Kindeslieder, als träume er seine Jugend. Wenn der Weißbart zur Sommerszeit unbeweglich auf einer Bergeshöhe sitzt, so meint man von weitem ein Sträußchen Edelweiß zu sehen.

Dann laufen Käfer und Ameisen an seinem Rock und krabbeln an seinem Bart empor; und Hummeln umkreisen sein Haupt, als ob wilder Honig drin wäre.

Der Pfarrer hat mir eine Besorgnis mitgeteilt.

Er sagt, es sei möglich, daß ich ein reicher Mann würde. Und als reicher Mann zöge ich fort in die Welt, um all die Wünsche mir zu erfüllen, die ich in der Einsamkeit ausgeheckt und großgepflegt hätte. Ganz selbstlos sei kein Mensch.

Diese Äußerung hat mir eine ruhelose Nacht gekostet.

Ich habe mein Herz erforscht und wahrhaftig einen Wunsch in demselben gefunden, der weit über die Winkelwälder hinausgeht. 260

Aber mit Gut und Geld ist er nicht zu erfüllen. Sie ist vermählt …

Was lästerst du, Andreas? Dein Wunsch ist ja erfüllt. Sie ist glücklich.

Am 24. des Lenzmonats 1831.

Heute haben sie in den Lautergräben den Sturmhans von der Wolfsgrubenhöhe tot gefunden. Es ist an der Leiche der Bart versengt. Die Leute sagen, eine blaue Flamme, die aus dem Mund hervorgestiegen, habe ihn getötet. Sie erklären es sich so: der Sturmhans habe sehr viel Wacholderbranntwein getrunken, habe sich dann etwan eine Pfeife anzünden wollen, und anstatt des Tabaks habe der Atem Feuer gefangen und dem Manne die Seele herausgebrannt.

Gut zur Hälfte wird das wohl richtig sein.

Am 1. April 1831.

Heute ist mir meine Erbschaft behördlich zugewiesen worden.

Sie besteht aus drei Groschen und einem Brief von der Muhme-Lies.

Der Brief liegt bei:

»*Lieber Andreas!*

Ich bin alt und krank und hilflos. Du bist, Gott weiß wo, im Gebirge. In meiner Krankheit denke ich über alles nach. Ich habe Dir wohl Unrecht getan und bitte Dich um Verzeihung. Dieses Geld drückt mich am meisten, es ist Dein Patengeschenk; Du hast es seiner Tage für Deinen Vater in den Himmel schicken wollen. Ich habe es Dir damals genommen. Nimm das Andenken zurück, Andreas, und verzeihe mir. Ich will ja ruhig sterben. Gott segne Dich, und eines muß ich Dir noch sagen: wenn Du im Gebirge bist, so gehe nicht mehr zurück. Alles ist eitel. In guten Tagen sind mir meine Freunde getreu gewesen; jetzt lassen sie mich in der Armut sterben.

Ich küsse Dich viel tausendmal, mein lieber einziger Blutsverwandter. Wenn mich Gott in den Himmel nimmt, so will ich Deine Eltern grüßen.

Deine bis in den Tod

liebende Muhme
Elise.«

Fronleichnam 1831.

Seit drei Jahren schon sammeln wir Geld für einen Traghimmel. Aber wir Winkelsteger können uns den Himmel nicht kaufen. Wir müssen uns selber einen machen.

Der alte Schwamelfuchs hat aus grünenden Birkensträußen ein tragbares Zelt gebaut, auf daß wir zu diesem Feste das Hochwürdigste nach gebührender Weise aus der Kirche in das Freie tragen können.

Das ist ein feierlicher Umgang gewesen im Sonnenschein. Und die Leute, von dem harten Winter endlich befreit, haben hellen Lobgesang gesungen. Im Walde haben wir geruht und der Pfarrer hat mit dem Heiligsten den Segen gegeben nach allen vier Gegenden des Himmels hin.

Es ist noch nicht erhört worden, daß mitten im Gottesdienst ein weltlicher Mensch so seine Stimme hätt' erhoben. Der alte Rüpel hat's getan, voll Seele wie in seinen besten Zeiten, und das ist sein Fronleichnamsspruch gewesen: 262

»Klinget alle Glöckelein, singet alle Vögelein; der große Gott kommt aus himmlischen Türen, geht im grünen Wald spazieren. Er rastet süß auf dem grünen Rasen, wo die Hirschlein und Rehlein grasen. Er sagt sein erstes, mächtiges Wort, da steigen alle Blümlein aus der Erden hervor. Er spricht sein zweites mit hellem Schall, das weckt jeglich Samenkorn im Tal. Und ruft er sein drittes Wort, da müssen die Donner schweigen und die Blitze sich neigen, und vor seinem Hauch sind die bösen Schloßen in Wasser zerflossen. O, dir sei Preis und Ehr', du großmächtiger Herr! Und wirst du einstmals dein letztes Wort sprechen, so werden die Berge beben und die Felsen brechen; werden die Himmel krachen, werden die Toten erwachen; wird das Feuer die Welt vernichten. Zu dieser lieblichen Stund' im grünen Wald sei gebeten, o Gott, in Brotesgestalt: tu' uns gnädiglich richten!«

Der alte Mann weiß immer noch ans Herz zu stoßen mit seinen Worten. Erschüttert und gehoben sind wir, besonders der Pfarrer und ich, wieder zurückgekehrt zur Kirche. Und das grüne Birkengezelt mit den weißen Tragsäulen wird über dem Altare stehen, bis seine tausend Blätterherzen werden verwelkt sein.

Endlich ist die Antwort wegen der Grundablösung in unserem Pfarrhofe eingelangt.

Der Gutsherr gibt dem Pfarrer zu verstehen, er möge sich als gewissenhafter Seelsorger, der er sei, nicht auch noch weltliche Sorgen aufbürden.

Des Weiteren steht nichts zu lesen. 263

Von einem sterbenden Waldsohne

Im Winter 1831.

Wer hätte das vorzeiten von dem Einsiedler im Felsentale gedacht! Die Tatlosigkeit nach dem bewegten Leben, die Abgeschiedenheit von den Menschen hätte ihn zum Narren machen können!

Es ist wunderbar gekommen. Nur die großen Sorgen und kleinen Leiden eines Waldpfarrers und der einförmige und doch so vielseitige und vielbedeutende Zustand einer Waldgemeinde in der Ursprünglichkeit und Abgeschlossenheit ist das Rechte für ihn, das ihn gerettet hat.

Nun hat er sich hineingelebt in die Verhältnisse, kennt jedes seiner Pfarrkinder inwendig wie auswendig und leitet es mit seinen Beispielen.

Es wütet jetzt eine böse Seuche in den Winkelwäldern; es wird uns der Friedhof zu klein und wir können schier die Totengräber nicht auftreiben; die kräftigsten Männer liegen auf dem Krankenbette.

Der Pfarrer ist Tag und Nacht nicht daheim, sitzt in den entlegensten Hütten bei den Kranken, sorgt für Seelentrost und auch für leiblich Wohl, hat ihm gleichwohl der Freiherr geraten, sich nicht mit weltlichen Dingen zu befassen.

Letztlich, da er doch einmal daheim in seinem warmen Bett schläft, klopft es jählings ans Fenster.

»'s ist eine rechte Grobheit, Herr Pfarrer!« ruft es draußen in der pechfinsteren Nacht. »Ein Versehgang ist in die Lautergräben hinüber. Wir wissen uns nicht zu helfen. Steht uns bei; mein Bruder will versterben!«

264

»Wer ist denn draußen?« fragt der Pfarrer.

»Die Anna Maria Holzer bin ich. Der Bartelmei will uns verlassen.«

»Ich komme«, sagt der Pfarrer, »wecket nur auch den Schulmeister, daß er die Laterne und das Heiligste bereite. Das Läuten soll er lassen, es schläft ja alles.«

Das Weib hat mich aber doch gebeten, daß ich die Zügenglocke läute, auf daß auch andere Leute für den Sterbenden beten möchten. Und als der Pfarrer danach zwischen den Häusern hingeht und das Weib mit der Laterne und dem Glöcklein vorauswandelt, da knien an den Haustüren schlaftrunkene Menschen und beten.

Es ist eine stürmische Winternacht; der Wind saust über die Lehnen und pfeift durch das kahle, gefrorne Geäste der Bäume. Schneestaub wirbelt heran und verlegt den Weg und stiebt in alle Falten der Kleider.

Das Weib eilt mit Hast voran und die roten Scheintafeln der Laternen zucken auf dem Schneegrunde hin und her und das Glöcklein schrillt unablässig, aber die Töne verklingen im Sturmwind und die Menschen des Dörfleins sind wieder zur Ruhe gegangen, und auch ich bin, nachdem ich den Zweien eine Weile nachgeblickt, in meine Stube zurückgekehrt.

Ich will es aber niederschreiben, was dem Pfarrer in derselbigen Nacht begegnet ist. Es ist durch kein Beichtsiegel verschlossen.

Als unser Vater Paul an dem Bette des Kranken steht, sagt dieser: »Gedenkt es der Herr Pfarrer noch, wie er in die Karwässer gekommen ist? Gedenkt er's? 's ist lang vorbei; wir beid' haben seither wohl was erfahren, sind eisgrau geworden, bei meiner Treu!« 265

Der Pfarrer ermahnt den alten Kohlenbrenner, sich durch angestrengtes Reden aufzuregen.

»Und kann er sich erinnern, was ich damalen hab' gesagt: ich hätt' auch mein Anliegen und kunnt 'leicht einmal von einem geistlichen Herrn eine große Gefälligkeit brauchen. Dieselb' Zeit ist jetzt da. Ich lieg' auf dem Todbett. Den Ehrenwald-Franz hab' ich schon angeredet, daß er mir die Truhen zimmert. Und mit meinem Leib tät's nachher in Richtigkeit sein; – aber mit meiner Seel'! Pfarrer, verzeih' mir's Gott, die ist dir schwarz wie der Teufel.«

Der Pfarrer sucht zu sänftigen und zu trösten.

»Warum denn?« frägt der Bartelmei, »bin ja gar nicht verzagt. Weiß gleichwohl, daß alles recht muß werden. – Was macht denn der Herr Pfarrer für Geschichten mit seiner weißen Pfaid? Nein, das brauch' ich nicht; wir tun die Sach' kurzweg ab. Wenn einer so auf dem letzten Stroh liegt, ist man zu nichts mehr aufgelegt. Tu' sich der Herr nur setzen. – Das sag' ich aber gleich, mit dem Glauben steht's bei mir schlecht; glauben tu' ich, wenn ich's recht will sagen, an gar nichts mehr. Der Herrgott ist selber schuld, daß ich so bin herabgekommen. Er hat auf mich schön sauber vergessen. Er hat mir's versagt, und er hätt's in seiner Allmächtigkeit wahrhaftig bei meiner Seel' leicht tun mögen! – Ich mag davon ja wohl reden. Selbunter, wie die Sepp-Marian ist gestorben, die ein wenig mein ist gewesen, hab' ich an ihrem Todbett gesagt, Marian, hab' ich gesagt, wenn du jetzund mußt verlöschen, du junges Blut, und ich allein sollt verbleiben meiner Tage lang, so ist das die größte Grausamkeit von Gott im Himmel oben. Aber wissen möcht' ich's, Marian, und vor meinem 266 Tode möcht' ich's wissen, was es mit der Ewigkeit ist, von der sie sagen allerweg, daß sie kein End' hätt', und daß die Menschenseel' in ihr tät' fortleben. Es ist nichts Rechtes zu erfahren, und da sollt' einer fremder Leut' Reden glauben und etwan wissen die auch nichts. Und jetzt, Marian, hab' ich gesagt, wenn du doch wohl fort mußt, und du bist in der Ewigkeit weiter, gleichwohl wir dich begraben haben, so tu' mir die Freundschaft und komm', wenn du kannst, mir noch einmal zurück, und wenn's auch nur ein Viertelstündlein ist, und richt' mir's aus, damit ich weiß, wie ich dran bin. – Die Marian hat's versprochen, und wenn sie kann, so wird sie's halten, davon bin ich überzeugt gewesen. – Darauf, wie sie verstorben, hab' ich viele Nächte nicht schlafen mögen, hab' immer gemeint, jetzt und jetzt wird die Tür aufgehen, wird die Marian hereinsteigen und sagen: Ja, Bartelmei, magst es wohl glauben, 's ist richtig, 's ist eine Ewigkeit drüben und du hast eine unsterbliche Seel'! – Was meint der Herr Pfarrer, ist sie gekommen? – *Nicht* ist sie gekommen, gestorben und tot und weg ist sie gewesen. Und seither – ich kann mir nicht helfen – glaub' ich schon an gar nichts mehr.«

Er schweigt und horcht dem Tosen des Wintersturmes. Der Pfarrer soll eine Weile in die flackernde Spanflamme gestarrt und endlich die Worte gesagt haben:

»Zeit und Ewigkeit, mein lieber Bartelmei, ist nicht durch einen Heckenzaun getrennt, über den man hin- und herhüpfen kann, wie man will. Der Eingang in die Ewigkeit ist der Tod; im Tode streifen wir alles Zeitliche ab, denn die Ewigkeit ist so groß, daß nichts Zeitliches in ihr bestehen kann. Darum ist der Verstorbenen auch dein vorwitzig Wort ausgelöscht gewesen und alle Erinnerung an das zeitliche Leben. Frei von allem Erdenstaub ist sie in Gott eingegangen.«

»Tu' er das lassen, Herr Pfarrer«, unterbricht ihn der Kranke, »es drückt mich auch gar nicht. Ist das, wie es ist, es wird schon recht sein. – Aber einen andern Haken hat's; mit mir selber bin ich noch nicht in der Ordnung. Ich bin nicht gewesen, wie ich hätt' sein sollen, aber ich möcht' gern meine Sach', und andere tuen auch gern ihre Sach' richtig stellen. Lang' hab' ich nicht mehr Zeit, das merk ich wohl, und desweg hab' ich den Pfarrer aufschrecken lassen aus dem warmen Bett, und will ihn zu tausendmal bitten, daß er's wollt vermitteln. Jetzt – 's ist zwar heimlich geblieben, aber sagen will ich's wohl: ein arger Wildschütz bin ich gewesen; viel Rehe und Hirschen hab' ich dem Waldherrn gestohlen.«

Hier bricht der Köhler ab.

»Und weiter?« fragt der Pfarrer.

»So! und ist ihm das noch nicht genug?« ruft der Alte, »aufrichtig, Herr Pfarrer, sonst weiß ich nichts. – Meine Bitt' wär' halt nachher die, daß mir der Herr Pfarrer bei dem Waldherrn mein Unrecht wollt' abbitten. – Hätt's wohl lang' selber schon getan, hab' mir aber allfort gedacht, eine Weil wartest noch zu; könntest 'leicht wieder was brauchen vom Wald herein, müßtest später *noch* einmal abbitten, wär' mir unlieb. Tu's nachher mit einem ab. – Allzulang' hab' ich gewartet; jetzt kann ich nimmer. Der Waldherr ist, wer weiß wo, zu weitest weg. Aber gelt, der Herr Pfarrer ist so gut und gleicht's bei ihm aus mit einer christlichen Red' und tut sagen, ich hätt's wohl bereut, könnt' es aber nicht anders mehr machen. 268 – Jetzt, gewesen ist's halt so: Kohlenbrennerei gibt wohl ein Stückel Brot, aber wenn einer zum Feiertag einmal so einen Bissen Fleisch dazu wollt' beißen, so muß man schnurgrad mit der Büchs hinaus in den Wald. Man kann's nicht lassen, und wenn sich einer noch so lang' spreizt, 's ist gar schad', man kann's nicht lassen. – Wenn sie mich etwan einmal erwischt hätten, die Jäger, so wär' jetzund das Gered' nicht vonnöten, und ich müßt' dem Herrn Pfarrer nicht so schmerzlich zu Gnaden fallen. – Ei, der Tausend, jetzt hab' ich mich dennoch wohl angestrengt; es steigen mir die Ängsten auf.«

Sie haben ihn mit kaltem Wasser gelabt. Der Pfarrer hat seine Hände gefaßt, hat ihn mit guten Worten versichert, daß er bei dem Waldherrn Verzeihung erwirken werde. Danach hat er dem Kranken die Lossprechung erteilt.

»Bedank' mich, bedank' mich fleißig«, sagt drauf der Bartelmei mit schwacher Stimme, »nachher wär' ich so weit fertig, und – Pfarrer, jetzt tät's mich bei meiner Seel' schon selber freuen, wenn es wahr wär', dasselb' von der Ewigkeit, und wenn ich nach der unruhevollen Lebenszeit und nach dem bitteren Tod schön langsam könnt' in den Himmel einrücken. Wär' wohl eine rechtschaffen bequeme Sach', das!«

So hat sich in dem armen, schwerkranken Mann das Bedürfnis und die Sehnsucht nach Glauben und Hoffen ausgesprochen. Unser Herr Pfarrer hat ihn dann gefragt, ob er die heilige Wegzehrung empfangen wolle.

»Nicht vonnöten«, ist die Antwort gewesen.

»Mußt doch, Bruder, mußt doch«, meint die Anna Maria, »einem Geistlichen, der mit dem heiligen Leib unverrichteter Sach' muß zurück- 269 kehren, tanzen die Teufel nach bis zur Kirchentür!«

»Du närrisch Weibmensch, du!« schreit der Bartelmei, »jetzund Kindergeschichten erzählen, daß dich der Herr Pfarrer recht mag auslachen. – 's wär mir doch all doch eins und gern möcht' ich das Teigblättlein verschlucken, daß der Herr unangefochten könnt' nach Haus gehen, aber ich halt' nichts drauf, und da, hab' ich oftmalen gehört, wär's eine großmächtige Sünd', wollt' einer in vorwitziger Weis' das heilige Sakrament empfangen.«

Auf dieses Wort hat der Pfarrer des Kranken Hand gedrückt. »Hochmütig, Bartelmei, mußt du desweg nicht werden, jetzt in deinen alten

Tagen, aber das sag' ich dir, du denkest schon das Rechte. Du bist Büßer, du glaubst an Gott und an der Seele ewiges Leben; ob du dir's gestehen magst oder nicht, ob du das heiligste Brot zu dir nimmst oder nicht, rein ist dein Herz und dein ist die Seligkeit!«

Da soll sich der alte Mann hoch emporgerichtet haben; die Hände hätte er ausgebreitet, mit nassen Augen hätte er gelächelt und gerufen: »Jetzt hab' ich das Rechte gehört. Der Pfarrer mag so gut sein und mir die Wegzehrung reichen. Nachher mag er kommen, der Knochenhans – Jesus, Jesus! was ist das? die Marian!« schreit der Bartelmei jählings. Dann richtet er die Augen nach der Spanflamme und flüstert: »Ja, Mädel, wie steigst denn du daher heut' in der finsteren Nacht? Marian! Botschaft bringst mir? – Botschaft?«

Immer höher richtet er sich auf, immer wiederholt er das Wort »Botschaft!« endlich sinkt er zurück und schlummert.

70

Nach einer Weile schlägt er die Augen auf und sagt mit matter Stimme: »Bin ich kindisch gewesen, Schwester? Ein b'sunderlicher Traum! Es steigt mir das Geblüt so auf. Ich verspür's, lang' wird's nimmer dauern; es kommt mir schon zum Herzen. – Ich muß euch behüt' Gott sagen, allen miteinander. Hab' auf deine Kinder acht, Schwester, daß sie dir nicht in den Wald laufen mit der Büchs. – Für die Truhen ist der Ehrenwald schon bezahlt. – Und tut mich fleißig waschen; will nicht als der kohlschwarze Ruß-Bartelmei in den Himmel eingehen.«

Als das Morgenrot durch die Fensterlein schimmert, ist der Mann tot. Sie ziehen ihm sein Sonntagsgewand an und legen ihn auf das Brett. Seiner Schwester Kinder besprengen ihn mit Wasser des Waldes.

Gestern haben wir ihn begraben.

Zur Faschingszeit 1832.

Das geht toll zu. Das ganze Grassteigerhaus wollen sie umkehren; über den Kirchplatz johlen sie hin und treiben Unfug.

Im Pfarrhofe liegt ein Bauernknecht, dem haben sie den Kinnbacken zerschmettert.

Faschingsonntag ist das. An die Seuche wird nicht gedacht. In das Wirtshaus kommen sie zusammen und trinken Branntwein; sie sind heiter und lachen und necken sich. Es röten sich die Gesichter, da will jeder sticheln und spotten, aber keiner mehr geneckt sein. Eines krummen Wortes, eines scheelen Blickes, oder auch eines Mägdleins wegen entsteht ein Streit. Es setzt Backenstreiche mit flacher Hand – das ist zu wenig;

sie schlagen mit den Fäusten drein – ist auch zu wenig; sie brechen Stuhlfüße, schwingen sie mit beiden Armen wütend, lassen sie niedersausen auf die Köpfe. Das ist genug. Streckt sich einer auf den Boden. Die Unterhaltung ist aus. 271

»Seid gescheit, Leutchen«, hab' ich beim Grassteiger unten einmal gesagt, »wollt ihr an den Ruhetagen so wüst sein, so weicht der Segen von euerer Arbeit und es kommt noch eine böse Zeit über Winkelsteg.«

Da tut sich ein Meisterknecht aus dem Schneetale hervor: »Weil wir Wildlinge sind, desweg bleiben wir arme Teufel! Glaub's schon auch. Recht hat er, der Schulmeister; gerauft wird nimmer, und ich sag' dir's, Grassteigerwirt, wenn noch einmal ein Raufhandel geschieht in deinem Haus, so komm ich mit einem Zaunstecken und klieb euch allen die Schädel auseinand!«

Es steckt einmal so in den Leuten. Nur daß bei solchen Händeln der Lazarus nicht mittut, das ist mein Trost. Sie wollen wohl mit ihm anhäkeln, aber da macht er sich aus dem Staub. Es zuckt zuweilen in ihm, aber er dämpft wacker nieder. Er ist ein Mann durch und durch. Auch ist die Juliana ein Schutzengel und hilft ihm getreulich, daß er sich beherrsche.

Der Förster hat den Lazarus wollen auf das flache Land hinaus befördern; wenn einer einmal ein so seltsames Geschick habe, wie dieser junge Mensch, meint er, so müsse auch ganz was Besonderes aus ihm werden. Aber der Lazarus will nicht fort vom Wald. Er wird ein braver Mann und zu etwas Besserem könnte er es auch draußen nicht bringen, und wollt' ihn gleich Kaiser und König an seinen Thron setzen.

Ein gutes Zeichen ist, daß er keinen Branntwein trinkt. Der Branntwein ist Öl ins Feuer und so geschehen die bösen Händel. 272

Wir Gemeindehäupter trinken nie einen Tropfen davon. Nun, um so mehr bleibt für die anderen.

Der Pfarrer hat schon mehrmals scharf vor diesen Getränken gewarnt. Letztlich hat er in seinem Zorn den Branntwein einen Höllenbrunnen, ein Gift für Leib und Seele, und die Branntweinbrenner und Schenker mit heller Stimme Giftmischer geheißen.

Der alte Grassteiger hat an seiner Nase hinabgelugt, und nicht lange danach hat er bekannt werden lassen, daß bei ihm frischer Obstmost angekommen sei.

Der Kranabethannes aber hat es so glatt nicht abgehen lassen. Mit einem größeren Stock, als er sonst gewöhnlich bei sich trägt, ist er vor zwei Tagen im Pfarrhofe erschienen.

Er klopft an die Tür; und selbst als der Pfarrer schon zweimal vernehmlich herein ruft, klopft er noch ein drittesmal. Schwerhörig ist er nicht; er will nur zeigen, daß, wenn gleich ein Waldteufel, er bei den Herren doch Schick und Anstand zu halten weiß, und wäre es auch vor seinem Feind, den er heute niederschmettern will.

Endlich in der Stube, bleibt er eng an der Tür stehen, preßt die Hutkrempe in die Faust und murmelt in seinen fahlen Stoppelbart: »Hätt' ein Wörtel zu reden mit dem Herrn Pfarrer.«

Der Pfarrer bietet ihm freundlich einen Stuhl.

»Hätt' ein kleines Anliegen«, sagt der Mann und bleibt auf seinem Flecken stehen, »bin der Branntweinbrenner vom Miesenbachwald, ein armer Teufel, der sich seinen Brotgroschen hart muß erwerben. Arbeiten mag ich gern, so lang' mir altem Manne Gott das Leben noch schenkt, wiewohl mich die Leute schon niederdrucken möchten und mir die Kundschaften abzwicken.«

»Setzet Euch«, sagt der Pfarrer, »Ihr seid erhitzt, seid etwan recht gelaufen?«

»Gar nicht. Hübsch stad bin ich gegangen und hab' unterwegs gedacht bei mir selber, daß keine Gerechtigkeit mehr ist auf der Welt, und bei keinem Menschen mehr – bei gar keinem, er mag noch so heilig ausschauen. Was ist denn das für ein Pfarrer, der einem armen Familienvater seiner Gemeinde das letzt' Stückel Brot aus der Hand und schlägt? – Ist und trägt schon die ehrlich' Arbeit nichts, recht, so muß einer halt stehlen, rauben; wird wohl besser sein, als wenn ein armer, abgematteter so ein Tröpfel Branntwein in den Mund tut; – ist ja der Höllbrunnen das!«

Der Mann schnauft sich aus; der Pfarrer schweigt; er weiß, daß er den Sturm vertoben lassen muß, will er bei ruhigem Wetter säen.

»Und wer den Höllbrunnen braut«, fährt der Mann fort, »der muß wohl mit dem Teufel bekannt sein. Die Leut' schauen mich auch richtig für so einen an. Sollen recht haben. Aber wenn ich schlecht bin, aus mir selber bin ich's nicht. Und wer mir mein Geschäft verdorben, der wird wohl anderweitig für mich sorgen, Herr Pfarrer, umsonst bin ich nicht da!«

Der Branntweiner vergißt ganz seine gewohnte Geschmeidigkeit und nimmt schier eine bedrohliche Stellung an.

»Wenn Ihr der Branntweiner vom Miesenbachwald seid«, sagt der Pfarrer in seiner Gelassenheit, »so freut es mich, daß ich Euch sehe. Da Ihr so selten nach Winkelsteg herauskommt, so habe ich schon zu Euch gehen wollen. Wir müssen miteinander reden. Ihr gebt den Winkelwäldlern keinen Branntwein mehr, da seid Ihr ein Ehrenmann, ein großer Wohltäter der Gemeinde. Ich danke Euch, Freund! – Und auch Euere Umsicht ist sehr zu loben. Es ist doch wahr, daß Ihr jetzt mit den Kräutern und Harzen und Wurzeln Arzneien, Öle und kostbaren Balsam bereitet und draußen im Lande dafür Abzugsquellen suchet. Ich gehe Euch nach meinen Kräften und Erfahrungen gerne dabei an die Hand. Ei gewiß, das ist ein guter Griff, den Ihr gemacht habt, und in wenig Jahren seid Ihr ein wohlhabender Mann.«

Da weiß der Branntweiner gar nicht, wie ihm geschieht. Er hat *gar* keinen Griff gemacht, hat niemals an Balsam und Öl-Erzeugung gedacht; aber die Sache kommt ihm auf der Stelle so vernünftig und faßlich vor, daß er dem Pfarrer nicht widerspricht und schmunzelnd als angehender Balsam-Erzeuger den Kopf wiegt.

»Und solltet Ihr, lieber Freund, vorläufig etwas für Weib und Kind benötigen – mein Gott, zu Anfang behilft man sich, wie man kann – so mag ich gerne, gerne mit einer Kleinigkeit dienen. Ich bitt' Euch recht, mich ganz als Euren Freund zu kennen!«

Der Hannes hat ein unverständliches Wort gebrummt, ist aus dem Hause gestolpert, hat seinen Knittel über den Rain geschleudert.

In der Fastenzeit 1832. 275

Die kirchliche Behörde fängt wieder an. Ihr ist unser Pfarrer noch immer nicht rechtmäßig genug; sie will ihm die Kirche verschließen.

Die Kirche, die wir gebaut haben mit Mühe und Sorgen.

Es ist still genug in unserer Kirche; Vater Paul hält den Gottesdienst in den Krankenstuben und auf dem Friedhofe. Die Leute kommen nur mehr in den Särgen zur Pfarrkirche heraus. Die Seuche ist zur »Sterb« geworden. Die Schule ist schon seit Monaten geschlossen.

Es geht die Sage, der Pfarrer wäre schuld an der Seuche, da er das Branntweintrinken abgesagt. Der Branntwein sei das allersicherste Mittel gegen Ansteckungen.

Der Hannes lauert. Erst jetzt lehnt sich sein Stolz auf gegen den Pfarrer, dessen Schalkheit und Milde er vor wenigen Wochen unterlegen ist.

Es ist ein immerwährender Kampf gegen das Geschick und gegen die Bosheit. Wer ausharrt im Ringen und in seiner inneren Überzeugung, der erlangt das Ziel. Das ist ein schönes Wort, aber ich habe es noch nicht recht erproben können.

Am 22. März 1832.

Heute ist unser Pfarrer gestorben.

Zwei Tage später.

So hat sich noch keiner selbst erlöst, wie dieser Mann – dieser seltsame Mann, der an einem Fürstenhof regiert, in Indien gepredigt und in der Höhle des Felsentales gebüßt hat.

Alle Irrpfade des Priestertums hat er durchwandeln müssen, bis er das Wahre gefunden: den Armen im Geiste ein Helfer und Freund zu sein.

Er hat sich in den Häusern der Kranken seinen Tod geholt. Die Verlobung des Lazarus Schwarzhütter mit der Juliana Grassteiger hat er gesegnet. Ein kleines Unwohlsein hat ihn von der Feierlichkeit weg auf seine Stube gerufen. Er hat sie nicht mehr verlassen. Und ein guter, getreuer Hirt, hat er uns in seiner letzten Stunde noch das Bedeutsamste gelehrt, das Sterben. Wie ein lächelndes Kind ist er entschlummert. Wir, die wir es gesehen, fürchten keiner mehr das Sterben; und wir haben uns gelobt, nach seinem Vorbilde streng unsere Pflichten zu erfüllen.

Und ich kann's nicht glauben. Ohne Ruh' und Rast schau ich zum Fenster hinaus, ob er nicht des Weges kommt in seinem braunen Rock. Er hat sich schon ein wenig stützen müssen; ist wohl doch gebeugt gewesen unter seinen weißen Haaren.

Ohne Ruf' und Rast geh' ich am Pfarrhofe vorüber; es ist kein Klopfen mehr an den Fensterscheiben, es lächelt kein freundliches Gesicht mehr heraus.

Da stehe ich still und meine, ich müsse laut seinen Namen rufen.

Und ich kann es nicht glauben, daß er dahin ist.

Bei dem Leichenbegängnisse ist der Holdenschlager Pfarrer dagewesen. Er hat sich baß gewundert über die allgemeine Trauer, die in den Winkelwäldern herrscht.

Selbst der Branntweiner Hannes ist zum Grabe gekommen und hat eine Scholle hinabgeworfen. Nur der alte Rüpel ist nicht zu sehen gewesen; der hat wohl im Urwaldfrieden das Grablied gesungen. Zu Winkelsteg haben die Glocken gesprochen.

Und als letztlich auch die Glocken stumm geworden, da sind die Leute still davongezogen in ihre armen, zerstreuten Wohnungen.

Nur ich allein stehe noch da und starre hinab auf den falben Tannensarg. Vor achtzehn Jahren habe ich den Mann das erstemal gesehen. Er ist am Grabe gestanden, das sie in der Wolfsschlucht dem »Glasscherbenfresser« gegraben. Seit zwölf Jahren ist er Pfarrer zu Winkelsteg gewesen. Die Leute wissen es nicht und messen es nicht, wie viel sie ihm zu verdanken haben. Heute blicke ich nieder auf seinen Schrein; ja, das ist der Schlußpunkt zu der Antwort Einspanig.

Wie ich darüber noch sinne, kommt die alte Haushälterin des Winkelhüterhauses, meine ehemalige Wirtin, herbeigewackelt. Sie guckt auch in die Grube, fährt sich mit der Hand über das Gesicht, tappt nach meinem Arm und sagt: »Gott geb' ihm den ewigen Frieden! Das ist ein braver Mann gewesen. Aber ein Fabelhans auch! Wie ein Vogel ist sein Sinn herumgeflogen in der weiten Welt, und auf keinem Fleck, hat er gesagt, wär' die Welt mit Brettern verschlagen. Und jetzt – gucket einmal recht hinab, Schulmeister! Da unten ist sie – Gott geb' ihm den ewigen Frieden – da unten ist sie mit Brettern verschlagen.«

Das Wort ist gesagt und hastig humpelt sie auf ihren Krücken davon.

Und sie hat halt doch endlich recht, die Alte. So unbegrenzt der menschliche Geist auch fliegen mag in den Weiten, sein letztes Ziel wird umschlossen von den Brettern des Sarges. – Glücklicher Schläfer, dir ist ein unendlicher Raum jetzt die Truhe. Noch nicht lang', und dir war zu eng die unendliche Welt. – 278

Großer Dichter, vergib, daß ich dein Wiegenlied zur Grabschrift wandle.

Ostern 1832.

Die Seuche ist erloschen. Man sieht viele blasse, abgehärmte Gesichter umherwandeln.

In den Mulden der Waldberge und in den Spalten der Felsen schießen Wildwasser zur Tiefe. Der Wasserfall über die Breitsteinerwand ist meines Erlebens noch nie so groß und schön gewesen, als jetzt. Aber es ist gar kein Fallen, es ist ein lindes Niederschweben von der Höhe, aus der Ferne gesehen. Doch wer die Wassermassen in der Nähe betrachtet! Das ist ein gar gewaltiges Losreißen und wuchtiges Niederstürzen, daß der Erdboden klingt. Warum erhebt sich unsere Seele zu einem Wohlbehagen, wenn man die Wirkung einer großen Kraft sieht? – Im Miesenbachgraben und in den Karlehnen donnern die Schneelahnen. Hoch über den Firnen blaut der Himmel.

Da wir in der Kirche keine Auferstehungsfeier haben, so drängt es die Leute, das Osterfest in anderer Weise zu begehen.

Der Charsamstag ist vorbei; das Turmkreuz der Kirche schimmert im Abendrot viel glühender als sonst. Es wird heute aber nicht Nacht; ein neues Leben steht auf. Die Leute gehen im Festkleide aus ihren Wohnungen hervor. Ein neuer Tag bricht an am Abende und Festfeuer leuchten auf den Höhen. – Wer von diesen Menschen weiß es denn, daß auch die alten Deutschen zu solcher Jahreszeit der Göttin des Frühlings Freudenfeuer angezündet?

Wem nur dieser Einfall ist beigekommen? Da oben auf dem Bühel steht ein alter, einzelner Fichtenstamm; den haben sie vom Fuß bis zur Wipfel mit dürrem Gezweige, Moos und Stroh umflochten.

Wenige Schritte seitwärts haben sich die Leute um ein kleines Feuer versammelt und singen Lieder. Weiber mit verdeckten Handkörben sind auch dabei und Kinder spielen mit gefärbten Eiern.

Es ist schon spät in der Nacht; der Lazarus will mit der Lunte gehen, daß er die Osterkerze in Brand stecke, da huscht durch den finsteren Wald der alte Rüpel herbei, reißt seine Binsenhaube vom Haupte und sagt: »Gelobt sei Jesu Christ, der am Kreuz gestorben ist!«

Wir sind alle hellverwundert, daß der Alte wieder einmal unter die Leute geht, und ich will ihn sogleich einladen, daß er sich zu mir und dem Grassteiger setze, wo wir einen Mostkrug stehen haben.

»Dank für die Ehr'!« sagt der Rüpel und zieht seine Strohharfe unter dem Rock hervor, und in die Flamme hineinstarrend, hebt er an zu reden:

»Komm just von Jerusalem her. Alle drei Kreuz auf dem Berg Kalvari stehen leer. Christi Leib haben sie gelegt in ein neues Grab, die Seel' ist gefahren zur Höllen hinab. Die Altväter täten warten schon hart. Dem Abraham hat das Feuer versengt den langen Bart; der Moses ist schon tausend Jahr im Rauchfang gesessen und hat auf seine zehn Gebot vergessen. Der Adam, der vorwitzig' Mann, und die Eva haben gehabt kein Röcklein nit an – die tät' das Feuer wohl saggrisch beißen. Das Paradies ist ihnen schon lang' verheißen, und durch die Leidensnot und den bittern Tod tät's ihnen jetzt Christus erlauben. – So hat mir's der recht' Schächer erzählt, dem linken tät' ich's nit glauben.«

»Nu, Rüpel«, sagen die Leut', »wenn du sonst nichts mehr weißt, so bist auch grad kein heiliger Geist.«

Unbekümmert um diesen Spott, fährt der Alte fort: »Am heutigen Morgen sind unsere lieben Frauen zum Felsengrab gegangen schauen. Ist ein Junggesell gesessen auf dem Stein; die Magdalena gucket schon vorwitzig drein, kreiselt ihr güldenes Lockenhaar fein und denkt: wie alt mag er sein? – Mit Verlaub, schöne Frauen, der liebe Herr Jesus ist nit hie, der ist auferstanden schon in allerfrüh! Da haben die Frauen für die fröhliche Mär ein Trinkgeld wollen geben Gott zu Ehr; aber der Junggesell ist gelaufen zum Himmel hinein; ich tät's auch – täten mich tragen meine alten Bein'.«

Wieder schweigt der alte Rüpel. Da aber keiner die Anspielung auf ein Trinkgeld verstanden hat, so fährt er fort: »Der Herr Jesus geht spazieren im Wald, tät' sich ausruhen von bitteren Leiden; ein Hirtenknab' steht auf stiller Heid, der tät' weiße Schäflein weiden. Tät' weiden die Schäflein und weinen dabei, gar bitterlich, bitterlich weinen. Da fragt ihn Herr Jesus: was weinst du mein Kind, es tut ja die Sonnen scheinen! – Ja freilich, sie scheint auf den Rasen grün, der mir meinen Vater tut decken; und der Heiland ist gestern am Kreuze gestorben, wer wird mir den Vater wecken? – Da spricht der liebe Herr Jesus: »Mein Kind! siehst du die Felsen beben? 281 Der Herr ist erstanden, wird wecken dereinst die Toten zum ewigen Leben.«

Der alte Mann schweigt und starrt in die Flamme. Sein Haar und Bart ist im Scheine des nächtlichen Feuers rot wie Alpenglühen.

Und der Schein des Feuers fällt in Bändern hin durch das Gestämme auf die frischen Gräber des nahen Kirchhofes.

Eine schwere Stille ruht über der Versammlung; als erwarte sie schon diese Osternacht die Auferstehung der Toten.

Da richtet sich jählings der Kopf des Alten wieder auf, anmutig zart gleiten seine Finger über die Saiten aus Stroh; wie Schalkheit zuckt es in seinen Zügen, und als wollte er seine frühere Rede ergänzen, sagt er mit fast kecker Stimme: »Der Hirtenknab', der junge Tropf, schüttelt ungläubig seinen großen Kopf. Da langt ihm der Herr die Hand hin zumal, und weist ihm sein heiliges Wundenmal; just so fürwahr, und das Wundmal ist groß, wie ein Groschenstück gar ...«

Überzeugend genug streckt der Greis die hohle Hand aus, und mancher legt richtig ein »Wundmal« hinein – einen guten Pfennig oder ein Groschenstück. Ich hätte ihm diesmal nichts geschenkt. Was hat er denn so fromme Sprüchlein zu singen, wenn er sie nachher allemal wieder mit einem losen Frevel zerstört! –

Der Alte bedankt sich für die kleinen Gaben, dann ist er im Walde verschwunden. Man wundert sich, daß er neuerdings wieder so lebendig wird.

Der Grassteiger hat den armen Mann suchen lassen, um ihn für die Ostern an seinen Tisch zu führen. Der Rüpel ist nicht gefunden worden.

So geht's immer tiefer in die Nacht; zum großen Glück eine recht laue Nacht, denn keiner, auch von den erst Genesenen, keiner ist zu bewegen gewesen, nach Hause zu gehen.

Der Stand eines Sternbildes weist die Mitternacht, den Beginn des Ostertages. Da fährt ein Flämmchen in den strohumwundenen Baum, und die Osterkerze lodert hoch über dem Waldtale gegen den Sternenhimmel auf.

Nun jubeln die Kinder, die Weiber und die Männer; aber weiterhin, als Hall und Schall vermag zu dringen, leuchtet die Feuersäule und verkündet dem Waldlande ringsum den Ostertag.

Und zur selbigen Stunde haben die Weiber ihre Handkörbe aufgedeckt, auf daß die Gottesgaben darin, Brot, Eier und Fleisch, der liebe Osterhauch mag befächeln. Und so ist unserem Festbrote die Weihe zuteil geworden, die der Vater Paul uns für diese Ostern nimmer vermag zu spenden.

Erst gegen Morgen ist die Osterkerze, deren hochstrebende Flamme sie gar in den Miesenbachgräben sollen gesehen haben, verlodert zusammengebrochen.

Dann sind wir von dem nächtlichen Osterfeste heimgekehrt in unsere Hütten.

Von diesen Tagen an, Andreas, wirst du nicht mehr jünger. – Jünger? wer hat dich gelehrt so ungereimt zu schwätzen? Zähl' deine Eisfäden auf dem Haupte, zähle sie, wenn du kannst, du alter Mann!

Ich meine, der Pfarrer hat mich mitgenommen.

Mai 1832.

Von unserem jungen Herrn hört man große Dinge. Und diesmal sind sie amtlich erhärtet. Hermann hat die Güter des Vaters übernommen und ist demnach unser Herr.

Als Angebinde hat er den Winkelstegern alle rückständigen Arbeitsleistungen und die Grundeinzahlungen auf zehn Jahre hinaus nachgesehen. Das ist ein guter Anfang. Die Winkelsteger wissen ihre Dankbarkeit nicht anders zum Ausdrucke zu bringen, als daß sie in der Kirche eine zwölfstündige Andacht halten, um für die Gesundheit des jungen Herrn zu beten.

Hermann soll kränklich sein.

Gestern ist der Berthold zu mir gekommen. Seit jenem Tage, da er sein vermißtes Kind unter den Tieren des Waldes gefunden, wildert er nicht mehr, sondern arbeitet mit Fleiß und Schick in den Holzschlägen, und seine Kinder erwerben sich ihr Brot durch Sammeln von Waldfrüchten.

Der Mann hat mir gestern ein Bündel gedörrter Blätter gebracht; dieselben wüchsen nur drüben im Gesenke und besäßen eine wunderbare Heilkraft, die auch der jahrelang kränkelnden Aga die Gesundheit wieder gegeben hätte. Die Lili habe die Blätter gesammelt und getrocknet, und da sei es ihnen beigefallen, dieselben dem jungen, gnädigen Herrn Schrankenheim zu schicken; es sei kein Zweifel, daß er bei entsprechendem Gebrauche des Krautes genesen würde. Ob ich nicht so freundlich sein wolle, die Arznei zu übermitteln?

Ich habe es dem Berthold zugesagt. 284

Alpenrot

Fronleichnam 1832.

Der Waldsänger ist nun auch verstummt. Sein ganzes Leben und Sterben ist angelegt wie ein rosenprangender Dornstrauch in der Wildnis.

Ich habe seine wunderlichen Worte so gerne aufgeschrieben und bin gegen seine Sprüche ein paarmal ganz pharisäisch worden! Als ob eine solche Einfalt freveln könnte! Er hat eben Himmel und Erde vermengt, wie das jeder Dichter tut. Und Humor ist lange noch kein Frevel. – Nun lege ich in diesen Blättern sein Ende nieder.

Der Kropfjodel hat auf der Breitsteinalm eine Hirtenhütte. Und in dieser Hirtenhütte hat er zur Sommerszeit zwei übermütige Söhne, welche die Rinder versorgen und zu ihrem Zeitvertreib allerhand Tollheiten begehen. In letzter Zeit hat sich der Rüpel bei ihnen aufgehalten und ihnen durch seine Lieder und Strohharfenspiele Spaß gemacht. Der Alte ist zeitweilig verwirrt und schwachsinnig gewesen. Und das ist den Jungen just ein rechtes Spielzeug. Allerwege ist der Alte der Bock, auf dem sie reiten; und er läßt es nicht ungerne geschehen; es freut ihn schier, daß er bei »Teppen« noch Anwert hat, sagt er, zu gescheuten Leuten tauge er nimmer.

Des Abends ist der Rüpel stets in die Hütte gekommen, hat was zu essen erhalten und die Nachtruhe auf dem Heuboden.

Da ist es eines frühen Morgens, daß der alte Rüpel vor der Hütte auf einem taufeuchten Stein sitzt. Er spielt auf der Strohharfe und wendet seine matten Augen empor gegen das Morgenglühen der Felsen. Gellt 85 ihm jählings ein wüster Schrei in das Ohr. Er schrickt empor, da stehen die Jodelbuben neben ihm und lachen. Der Alte blickt sie gutherzig an und lächelt auch ein wenig.

»Tust strohdreschen, Rüpel?« frägt der Veit und deutet auf die sonderlichen Saiten.

»Und schon so zeitig!« sagt der Klaus.

Der Alte wendet sich: »Ihr wisset das von der Morgenstund?« Dann legt er die Hände an die Lippen und lispelt den Burschen vertraulich ins Ohr: »Sie hat Gold im Mund!«

»Geh!« entgegnet der Klaus spottend, »du, da heißt sie sich ja die Zähn aus!« – Die Hirten erheben über diesen ihren Einfall ein Lachen.

»Da oben habt ihr's ja, das Gold, da oben!« Der Alte deutet zitternd gegen die glühenden Wände.

»Ja, du Rüpel, das ist wahr!« sagt der Veit ernsthaft, das ist richtig Gold; geh nur hinauf und schabe es herab.«

Der Greis blickt befremdet drein.

»Da kriegst du einen ganzen Korb voll Gold zusammen, und etwan mehr noch!« sagt der Klaus, »da kannst du dir ein goldenes Schloß bauen und einen goldenen Tisch kaufen und einen goldenen Wein und eine goldene Harfe und eine goldene Frau!«

»Eine goldene Harfe!« murmelt der Rüpel und seine Augen leuchten auf. Dann fährt er sich mit der Hand über die Stirne. – Er hat das vom goldenen Morgen zuerst selber gesagt, gleichnisweise. – Und jetzt sollte es wirklich so sein?

»Und das Zeug da gibst du des Grassteigers Esel in die Krippe!« ruft 86 der Veit.

Bei diesem Spott auf seine Harfe soll es wie der Schatten einer Wolke über des Alten Antlitz gezogen sein.

»Du, Veit!« droht er, »mein Harfenspiel, das legt dir nichts vor dein Ziel. Das laß du in Ruh!«

Das Wort reizt den Burschen. »So spielt man auf dieser Harfe!« ruft der Veit und fährt mit der Hand über die Saiten, daß es rauscht und alle Halme springen. Dann sind sie davongelaufen.

Der Alte sitzt noch eine Weile und bewegt sich nicht. Er starrt auf die zerrissene Harfe, er wischt mit beiden Händen die Augen, er will sich aus dem Traume helfen; er kann es nicht glauben, daß es wahrhaftig sei. Sein Alles und Einziges haben sie ihm zerstört – sein Saitenspiel. Erst als oben in den Felsen schon der helle Sonnenschein liegt, erhebt er sich. Den Astreifen mit dem Strohgewirre hat er sich umgehangen, zu den beleuchteten Wänden hat er emporgestarrt, und mit schweren Schritten ist er davongewankt, hinan gegen die Schroffen, über die der Wasserfall niederrieselt, im Sonnenleuchten zu sehen wie flüssiges Gold …

An dem Abende desselben Tages ist es, daß die beiden Hirten wieder lustig um den Herd ihrer Hütte wirten, wie sie es gewohnt. Sie kochen Mehlklößchen, welche sie »Fuchsen« nennen, da sie fuchsbraun geröstet sind. Die Herde ist von ihren Weiden geholt und in Sicherheit des Stalles gebracht.

Lustig sind die Jodelbuben allerwege, aber zum Feierabend am lustigsten. Ist der alte Harfner in der Hütte, so necken sie diesen; ist er nicht da, so necken sie sich selbander. Der Harfner ist heute noch nicht da, so hüpft der Klaus wie ein Affe dem Veit auf die Achseln, reitet auf dessen Nacken und ruft: »Esel, wer reitet?« 287

»Einer über dem andern.«

So treiben sie es. Dann verzehren sie ihre Mehlfuchsen und mit dem Pfannenruß streichen sie sich Schnurrbärte an. Nach einem Schnurrbart geht ihr Sinn, und ein Mägdlein möchten sie küssen, weil das – nach dem Sprichwort – den Bartwuchs fördert. – Der alte Rüpel könnt' aus seinem Bart Silbersaiten spinnen für die Harfe.

Heute ist der Alte noch nicht da; hat ihn etwan doch der Spaß am Morgen verdrossen? – Die Burschen mögen davon nicht reden. Eine gelinde Reue verspüren sie, und ein Stück Mehlfuchs tun sie in eine Holzschüssel und tragen die Holzschüssel auf den Heuboden und stellen sie auf die Lagerstätte des Alten. Dabei faßt sie schon wieder der Schalk; sie verrammeln das Lager mit Rechen und Heustangen. – Und nun wird der Alte kommen und sich die Rase anrennen und rechtschaffen brummen und zuletzt auf den Mehlfuchs stoßen. Und der Mehlfuchs wird ihn für alles versöhnen.

Die Burschen haben in derselbigen Nacht prächtig geschlafen. Und als sie erwachen, sind in den Wandfugen schon die goldenen Saiten des Morgens gezogen.

Das Lager des Alten aber und das Mehlgericht ist noch unversehrt und verrammelt mit Rechen und Heustangen.

Der Klaus geht zu der Herde; der Veit geht in das Freie. Und das ist heute wiederum eine Morgenfrühe! Frisch und klar und tauig die Almen und Wälder, der Himmel reingeküßt von der Morgenluft. Und hoch auf den Zinnen des nahen Felsgewändes leuchtet die Sonne. Ein Vöglein wirbelt übermütig auf dem Giebel der Hütte, und der Brunnen plätschert emsig in den Trog.

Der Veit geht zum Brunnen. Die Älpler waschen sich des Morgens Hände und Gesicht so gerne am kalten Quell. Das schwemmt alle Schläfrigkeit hinweg und macht Auge und Herz heiter – heiter wie der junge Tag. Veit kraut mit den Fingern emsig sein wirres Haar zurecht und hält die beiden Hände unter die sprudelnde Rinne. Wohl tut die rieselnde Kühle, Veit! Aber da spinnt sich im Wässerlein heran ein blutroter Faden und er schwimmt und schlingelt und ringelt sich in der hohlen Hand. Erschrocken zieht der Bursch die Arme zurück und starrt in die Rinne, auf der ein zweites, drittes Fädchen und Fäserchen heranschwimmt, und er starrt in den Trog, wo die Fädchen und Fasern sich winden und einigen und teilen und lösen.

Veit eilt in den Stall: »Klaus, komm', es sind heut' so Dinger im Wasser!«

Klaus kommt und sieht und sagt halblaut: »Das ist Blut!«

»So ist da oben eine Gemse ins Bächl gestürzt«, versetzt Veit.

»Aber, daß der Rüpel nicht da ist!« sagt der Klaus, und ein wenig später setzt er bei: »der tät's leicht kennen, ob es Gemsenblut kann sein.«

Der Veit ist blaß; »Klaus«, sagt er, »steig' mit hinauf in die Schlucht!«

Sie sind dem Wässerlein entlang gegangen; es rieselt wieder klar.

Tiefer und tiefer steigt die Sonne nieder an den stillen Felsen; höher und höher und mit jedem Schritte hastiger steigen die beiden Burschen empor und zwängen sich durch enge Schluchten, wie sie das Wasser in wildem Wettertoben gerissen, oder in ruhigem Zeitlaufe gehöhlt hat. Die Burschen sagen kein Wort zu einander, sie winden sich durch taunasses Himbeergesträuche und Knieholz; sie klettern an den schroffen Wänden hin; sie hören ein Rauschen. Sie kommen der Stelle nahe, wo das Wasser wie ein Goldband über die sonnige Wand stürzt.

»Da ist ein Strohhalm«, sagt der Klaus jählings. Es sind zwei aneinandergeknüpfte Halme. Und daneben liegt der Reifen aus Tannengeäste. An den Gestrüppen des Hanges hängt mancher Halm zerrissen und zerknittert, und darunter in der Tiefe des Grundes –

In der Tiefe ist der alte Mann gelegen.

Der Kopf ist zerschmettert; in der linken Hand hält er starr gepreßt den Zweig eines Alpenrosenstrauches. Über die Rechte rieselt das Wasser.

So haben sie ihn gefunden. Wer kann es sagen, wie der alte Mann verunglückt ist? Etwan hat er da oben nach dem Golde des Alpenglühens gefahndet, auf daß er sich eine neue, goldene Harfe erwerbe. Und da ist der mühselige Greis gestürzt. Noch im Fallen hat er sich halten wollen am Rosenstrauche, dessen Zweig mit einem glühenden Röslein ihm in der Hand geblieben. – Und das ist des Waldsängers Ende.

An diesem Fronleichnamsfeste haben wir ihn in die Erde gelegt. Gar viel Leute sind nicht dabei gewesen. Aber die Waldvögel auf den Wipfeln des Schachens haben ihrem Sangesbruder ein helles Schlummerlied gesungen. 290

So arm hat keiner geschienen in den Winkelwäldern als dieser Mann, und so reich ist keiner gewesen. Das allwaltende, allumfassende und unfaßbare heilige Sängertum des Volkes hat in diesem Manne seine Verkörperung gefunden.

Auf Vater Paulus' Grab steht ein Kreuz aus dem Holze einer uralten Tanne. Auf des Sängers Hügel pflanze ich einen jungen Baum.

Juli 1832.

Mit den Jodelbuben haben wir ein Elend. Sie wollen oben in der Almhütte nicht mehr bleiben; sie sollen in den Nächten immer Klopfen und Stöhnen auf dem Heuboden vernehmen. Mitten im Sommer muß der Kropfjodel abtreiben und die Hütte sperren. Der Veit will sich an keiner Quelle mehr waschen. Er sieht in jedem Brunnen Blutstropfen, die sich anklagend an seine Hand wollen legen, an dieselbe übermütige Hand, welche die Harfe des Alten zerbrochen.

Im Herbst 1834.

Die Schule ist auf einige Wochen geschlossen. Die Kinder helfen bei der Ernte; diese ist spät reif geworden und muß nun noch vor dem Frost gewonnen werden. Oben auf den Felsenhöhen gibt es schon Schneestürme.

Ich hätte doch wieder einmal hinaufsteigen mögen auf den hohen Berg, auf daß ich könnte hinausblicken. Ich lebe gar so vereinsamt in mich hinein. Die Alten sind mir weggestorben; die Jungen habe ich erzogen, aber nicht zu meinen Genossen. Ich bin ihr Schulmeister. Den Schulmeister lassen sie in Frieden ziehen, und wenn er, alt und grau, auf seinem einschichtigen Bänklein sitzt, so werden sie meinen, ein Schulmeister müsse so sitzen.

Der neue Pfarrer ist ein junger Mann, der schickt sich besser für sie; der tut mit im Wirtshaus und auf der Kegelbahn. Als er sich letztlich aus der Kreisstadt das neue Meßbuch verschrieben, hat er auch Spielkarten kommen lassen.

Der Lazarus und sein Weib, die Juliana, sind Besitzer des Grassteigerhofes; sie setzen das Wirtshaus fort, handeln mit Tabak und allerhand Kleinigkeiten. Gar ausländische Kleiderstoffe sind bei dem Grassteiger zu haben. Es gibt Leute in der Gemeinde, die nicht mehr mit den Loden- und Zwilchjacken vorliebnehmen, die was Besonderes am Leibe haben wollen; so zum Probieren, sagen sie heute noch. Aber ich achte, es ist Untreue!

Manchmal durchstreifen, wie voreh, Häscher unsere Gegend, um Schwärzer und Soldatenflüchtlinge einzufangen.

Sommer 1835.

Ich erzähle die Dinge wieder nur meinen geduldigen Blättern; sie bewahren die Geschehnisse länger in Erinnerung, als ich und ganz Winkelsteg. Es ist mir wie eine Pflicht geworden, unsere Schicksale aufzuzeichnen. Dereinst werden andere Menschen sein; sie sollen auch von uns wissen.

Zuweilen kommt Hagel und großes Wasser und vernichtet die Ernten und schleudert die strebsamen Ackerbauwirte in der Entwicklung ihres Wohlstandes auf Jahre zurück.

So auch wieder in diesem Jahre. Die Leute dörren nun das Stroh, bringen es in die Mühle – es sind deren ein halb Dutzend im Tale – und das wird Brot für den Winter sein.

In *meinem* Leben ist kein Wettersturm und kein Sonnenschein.

Aber ich will mein Frühjahr und meinen Sommer haben, und jetzt habe ich zu meiner Wanduhr eine Vorrichtung gemacht. Die Metallschelle des Schlagwerkes habe ich weggetan und dafür aus zwei Blättchen und einer Feder ein Ding zusammengetan, das zu jeder Stunde den Wachtelschlag nachahmt. Hier in der Gegend hört man die Wachtel kaum alle drei Jahre einmal; aber in meiner Stube bleibt es nunmehr Sommer zu allen Jahreszeiten. Die Kinder und ich haben eine rechte Freude daran.

Da draußen im Holdenschlager Graben, durch den jetzt eine neugebaute Straße zieht, dort, wo die Winkelsteger Gemeinde begrenzt ist, haben unsere Bauern ein Wetterkreuz setzen lassen. Es hat drei Querbalken, an denen die bildlichen Leidenswerkzeuge des Herrn ragen. Das Kreuz wird als Schutz gegen böse Wetter hoch verehrt. Der uralte Schwamelfuchs aber meint, dasselbe sei mehr schädlich als nützlich; es lasse die bösen Wetter, die ja alle vom Zahn herabkämen, nicht weiter, und so müsse es sich über Winkelsteg entleeren.

Auf die Meinung des Schwamelfuchs hin haben die Bauern das Wetterkreuz richtig niederreißen lassen. Hingegen haben nahe an derselben Stelle die Holdenschlager ein ganz ähnliches aufgestellt, auf daß die Gewitter hier gebannt und nicht hinaus auf ihre Felder gelangen können. 293

Jetzt sind die Winkelsteger in doppelter Verlegenheit und ich, ihr Lehrer, mit ihnen.

Schulhalten und nichts als Schulhalten, und die Hirngespinste unter diesen Filzhüten sind nicht umzubringen. Schulhalten! Es ist viel, und dennoch ist es ein tatenloses Leben. Wie ist das anders gewesen zur Zeit, als wir die Gemeinde erweckt haben! – Es gäbe auch heute noch genug und übergenug zu schaffen und zu erschaffen; aber der alte Pfarrer ist gestorben, der neue schiebt mich beiseite und soll letzthin gesagt haben, es gäbe Wichtigeres zu tun, als was so ein Abc-Jäger plane.

Ich bin so alt noch nicht und täte noch arbeiten. Ein paar Stunden schulhalten, Schreibbogen linieren, Federn und ein saures Gesicht schneiden, ein wenig Brennholz klieben und die paar Geschäftchen in der Kirche, das macht meinen Kopf leer und meine Zeit nicht voll.

Der Schlaf ist bald satt, und wenn ich, bis die lange Nacht vergeht, im Bette müßig liege, so ist das noch das Allerschlechteste. Da kommen mir Gedanken zum Närrischwerden – alte Zeiten – blütenzarte Gesichter und totenblasse – ja zum Närrischwerden. Und dann höre ich eine Stimme: ich hätte meinen Weg verfehlt, könnte in Glanz leben und sehr glücklich sein … Aufspringe ich vom Lager, die Geige reiße ich von der Wand und hebe an zu scharren an den Saiten, auf daß ich die Gespenster wieder verscheuche.

Und die Saiten, die wissen mir besseren Trost; sie flüstern, ich möge zufrieden sein, ich hätte das Glück gehabt, ersprießlich für die Menschen zu arbeiten, ich hätte den Hang, stets der Vollkommenheit meines eigenen Wesens zuzustreben, ich hätte die Herrlichkeit der Schöpfung um mich, 294 ich hätte die Geister großer Menschen in meinen Büchern versammelt. Ich würde noch manches nach meinen Kräften wirken und dereinst mit Befriedigung die Augen schließen.

Ich habe mir wieder, wie seiner Tage einmal, aber ernstlicher vorgenommen, in meinen freien Stunden des Sommers mich mit der Pflanzenwelt abzugeben, sie wissenschaftlich zu zerlegen und zu betrachten. Aber wie geht es mir dabei? Da habe ich heute ein Pflänzlein gefunden, gepflückt und hier auf meine Mappe gelegt.

Mich reut der Mord. Es ist so frisch und hold gestanden am Rain und hat seine kleinen Arme ausgestreckt, den lieben Sonnenschein zu umarmen. O, zürne mir nicht, du liebholdes Wesen, du bist in deiner Jugend gestorben, es hat dir ein Menschenauge gelächelt, es hat dich ein Menschenherz geliebt …

Und so geht es mir. Zu schluchzen hab' ich angefangen, ich altes Kind. Und das heißt Pflanzenkunde treiben? – Andreas, für die Wissenschaft bist du ganz und gar nicht zu brauchen, du bist ein Träumer.

Letztlich habe ich wieder einmal das Zeichnen versucht, habe eine Karte von den Winkelwäldern gemacht. Hätte ich nur auch die Meßkunst gelernt; das gäbe jetzt ein anregendes und nützliches Geschäft. Denn diese Gegend muß nun doch auch der Welt zurechtgelegt werden.

Waldlilie im See

Maria Himmelfahrt 1835.

Jählings ist was Unvorhergesehenes gekommen.

Vor mehreren Tagen erhalte ich ein Schreiben von meinem einstigen Schüler, unserm jetzigen Herrn.

Hermann schreibt mir, daß er jene Kräuter, die ich ihm von einem Holzer gesandt, richtig verwendet habe und seither eine Linderung in seinem kränklichen Zustande empfinde. Dieser Umstand habe ihn auf den Gedanken gebracht, das Gebirge, welches er bisher ohnehin noch nicht kenne, zu besuchen und in der milden Frühherbstzeit einige Tage daselbst zuzubringen. Er beabsichtige ganz allein zu reisen, denn die Menschen, namentlich die Städter, seien ihm unsäglich zuwider; das sei wohl eine Eigenheit seines abgespannten Zustandes, aber er könne sich derselben nicht entschlagen. An der Welt habe er sich krank genossen; in der Ursprünglichkeit der Alpen, in ihren Wildnissen wolle er Heilung suchen. – Er erinnere sich noch an mich, seinen ehemaligen Lehrer; er erinnere sich auch meiner Verdienste um die Winkelwäldler, und er bitte mich nun, ihm im Gebirge ein Führer zu sein und mich an dem bestimmten Tage in der Ortschaft Grabenegg einzufinden.

Grabenegg, eine gute Tagereise von hier entfernt, ist keine Ortschaft; es sind nur einige Steinschlagerhütten, die an der Zillerstraße stehen und von einem dort auslaufenden Berggraben den Namen haben.

Ich habe mich denn an dem bestimmten Tag in Grabenegg eingefunden, habe dort den Waldherrn erwartet, der in einem gemieteten Wagen auch richtig angekommen. Dann bin ich mit ihm weiter gegen das Hochgebirge 296 gefahren.

Der Herr hat mich völlig erschreckt; ich habe ihn schier nicht mehr erkannt, aber er hat mich auf den ersten Blick als den Andreas begrüßt. Sein Gruß ist höflich gewesen, und der arme Mann ist lebenssatt.

Bis zum ersten Felsentore führt der Fahrweg. Hier hat der Herr das Fuhrwerk zurückgeschickt und wir sind auf rauhen Steigen, wie sie das Hochwild getreten, in die Wildnis hineingegangen, auf deren Höhen die Eisfelder liegen. Der Herr ist vorangeschritten, fast finster und trotzig, zuweilen mit der Begier des Jägers, der dem Hirsch auf der Fährte ist. Ich habe nicht gewußt, wohin und was der Mann will; er auch nicht. Ich habe gewaltige Angst gehabt, daß wir für die Nacht kein Obdach finden könnten, habe dem Herrn dieses Bedenken mitgeteilt, er hat darüber eine Lache geschlagen und ist weiter gestürmt.

Da ist mir jählings der Gedanke beigefallen: Andreas, du wanderst mit einem Irren! – Wäre der graue Zahn vor mir niedergestürzt, so sehr hätte mein Herz nicht erschrecken können, als vor diesem Gedanken.

Ich habe gefleht und gewarnt, ich habe ihn nicht zu halten vermocht; nur an Hängen ist er stehen geblieben, hat einen Blick in den Abgrund getan, um sofort wieder weiter zu eilen. Alle Glieder haben ihm gezittert, große Tropfen sind ihm auf der Stirne gestanden, als er in der Abenddämmerung an einer Felsenquelle zusammengebrochen ist.

Ich habe in derselbigen Stunde meinem lieben Gott alles, alles versprochen, wenn er uns ein Obdach finden ließe. Er hat mich erhört. Unweit 297 der Quelle habe ich in der Kluft zweier Wände eine Klause entdeckt, wie solche gerne von Gemsjägern aufgerichtet und zum Schutze benützt werden.

Und unter diesem Dache, mitten in den Schauern der Wildnis ist ein Feuer angemacht und dem Freiherrn aus Moos und Strauchwerk eine Ruhestätte bereitet worden.

Wir verzehren, was wir bei uns haben, und trinken Wasser. Als das Mahl vorüber ist, lehnt sich der Herr aufatmend an die Mooswand und haucht: »Das ist gut, das ist gut!«

Und nach einer Weile richtet er sein Auge auf mich und sagt: »Freund, ich danke Ihnen, daß Sie bei mir sind. Ich bin krank. Aber hier werde ich genesen. Das ist ja das Wasser, von dem der angeschossene Hirsch trinkt? – Ich hab' es toll getrieben – toll! Ist kein Spielzeug, der Mensch. Schließlich bin ich zum Glücke den Ärzten entkommen. Ich mag in keinem Metallsarg liegen, er riecht nach Prunk, nach erkünstelten Tränen – pfui!«

Zu meinem Troste ist er bald eingeschlummert. Ich habe die ganze Nacht gewacht und auf Mittel gesonnen, den armen, kranken Mann unter Menschen zu bringen. Wir sind weit ab; wollen wir nach Winkelsteg, so müssen wir über das Gebirge.

Am andern Morgen, als ich bereits ein neues Feuer angemacht habe und als schon Sonnenstrahlen durch die Fugen blicken, erwacht der Mann, übersieht anfangs wie staunend seine Lage und sagt: »Guten Morgen, Andreas!«

Hierauf hebt er sogleich an, sich reisefertig zu machen.

»Ich will auf den hohen Berg steigen, den sie den grauen Zahn heißen«, sagt er, »ich will diese Welt einmal von oben ansehen. Begleiten Sie mich und machen Sie, daß wir noch einen oder zwei Männer mitbekommen. Haben Sie keine Sorge meinetwegen. Gestern ist ein böser Tag gewesen. Wie gehetzt bin ich durch die wüsten Gegenden gezogen, ohne Ziel. Mir selber hätte ich entrinnen mögen, wie ich denen da draußen entronnen bin. Der ganze Jammer meines Elends war über mich gekommen. Aber diese Luft heilt mich – oh, diese reine heilige Luft!«

Als wir aus der Klause treten, müssen wir die flachen Hände über die Augen halten. Es ist ein mächtiges Leuchten. Die Äste des Tanns allein verschleiern noch das Licht, in den Schatten des Geflechtbodens zittern Tautropfen. Viele davon trinken schon von den glühenden Quellen der durch das Geäste rieselnden Sonne. Auf den Wipfeln jauchzen die Vogelscharen. Eichhörnchen hüpfen herum und lugen nach Morgenbrot und Gespielen.

Da lächelt Hermann.

Wir schreiten weiter. Wie lichtes Nebelgrau schimmert es uns zwischen den Stämmen entgegen. Ein fast lauer Lufthauch zieht. Da lichtet sich jählings der Wald und jeder Baum am Rande streckt seine Arme aus – weist lautlos vor Ehrfurcht, ein wunderbares Bild.

Ein stiller See liegt da, weit hingedehnt, blau, grün, schwarz – wer kennt die Farbe? An den Ufern der Morgenseite erhebt sich über graues Gestein der dunkle Bergwald, mild umschleiert von den Lichtfäden der Sonne. An dem gegenüberliegenden Strande baut sich eine ungeheuere Felswand, hinter der sich Höhen und Höhen, Hänge und Hänge schichten, bis hinan zu den höchsten Riffen und Zinnen und Zacken am Saume des blauen Himmels. Mannigfaltig und herrlich über alle Beschreibung zieht sich das Hochgebirge hin in einem Halbrund. Hier unten noch Lehnen, Rasen und samtgrüne Filze der Wacholdersträucher. Dann die milchweißen Fäden der niederstürzenden Wasserfälle, deren Tosen von keinem Ohr vernommen in den Räumen der Lüfte verhallt. Dann die Geröllfelder, die Schuttrisen, jedes Steinchen klar gezeichnet in der reinen Luft; dann Klüfte mit Schatten, mit Schründen, mit Schnee; dann verwitterte Felsgestalten, wild und hochragend, dämonenhaft in ihrer Ungeheuerlichkeit und ewigen Ruhe.

299

Ein Steinadler schwingt sich im Blau, jetzt wie ein schwarzer Punkt, jetzt wie ein silbernes Blättchen umkreist er eine Felsenspitze. Und in den hintersten Höhen aufgerichtet, sanft lehnend, lichte Gletscher und rötlich leuchtende Tafeln der Wände, in welchen der Griffel der Zeit stetig meißelt, um einzugraben in den Bau der Alpen die ewige Geschichte und die ehernen Gesetze der Natur …

Ich sehe es noch, sehe alles noch vor meinen Augen – es ist der See im Gesenke mit dem Bergstocke des grauen Zahn.

Ich habe Ähnliches schon geschaut, und dennoch hat mich die Herrlichkeit fast erschreckt. Der Freiherr aber steht da wie ein Stein. Seine Augen haben sich verloren in dem unendlichen Bilde; seine Lippen saugen bebend die Seeluft ein.

Danach sind wir hinabgestiegen zu den Ufern des Sees. Hier plätschert das Wasser an den stumpfkantigen Steinen.

300

»Der See kann auch wild sein«, hat hier der Herr bemerkt, »sehen Sie, wie weit den Hang hinan die Steine glatt geschwemmt sind?«

Aus diesen Worten habe ich ersehen, daß Hermann ein verständiges Auge für die Natur besitzt. – Freilich, freilich kann dieser See ein wüster Geselle werden, so mild und lieblich er heute ruht. – – – Und jetzt kommt jählings das Wundersame. Dort unten, wo das Gebüsche der Wilderlen in den See taucht – dort guckt ein Menschenhaupt aus dem Wasser hervor!

Es hebt sich das Haupt und von den braunen, langen Locken und von dem blühenden Antlitz rieseln die Tropfen der Flut. Hals und Nacken sind ein wenig sonnengebräunt, aber die sanftgebauten, wiegenden Achseln schimmern durch das Wasser wie schneeweißer Marmor. Ein junges, schönes Weib, eine Wasserjungfrau! Weiß Gott, ein Dichter könnt' einer werden! So was Schönes! – Und es hat sich noch mehr zugetragen.

Der Waldherr ist kurzsichtiger als ich und hat sich dem Bilde genähert; in demselben Augenblick ist die Gestalt untergesunken und nur die Erlen haben gefächelt über dem Wasser und sonst haben wir nichts mehr gesehen.

Hermann starrt mich an. Ich starre in den See. Der wirft im Lufthauche leicht wuppende Reifen, ist hier spiegelglatt, dort zitternd. Und das Haupt taucht nicht mehr hervor.

Minuten vergehen. Ich spähe mit Herzklopfen nach dem badenden Wesen, wer weiß, ob es schwimmen kann? Mir fährt es durch den Kopf: Wie, wenn sich das Mädchen aus Schamgefühl im Wasser vergräbt?

Nach einer Weile der Angst und Not habe ich das atemlose Kind aus den Wellen hervorgezogen. – Mit der wenigen Erfahrung, die uns zu Gebote steht, haben wir sein Leben wieder erweckt, sein siebzehnjähriges Leben. Und siehe das wildscheue Wesen! Kaum erwacht und von unseren Händen bekleidet, hat ihm die Angst Kraft geliehen, ist es aufgesprungen und hingeflohen am Waldhange.

Der Herr hält sich den Kopf mit beiden Händen. »Andreas!« ruft er, »mein Übel kehrt wieder; ich habe Erscheinungen, eine Fee habe ich gesehen!«

»Das ist keine Fee«, gebe ich ihm zur Antwort, »das ist die Tochter jenes Holzers, der dem gnädigen Herrn die Kräuter geschickt hat.«

Die Waldlilie ist es gewesen.

Einige Tage später.

Heute ist der Herr mit dem Schimmel des Grassteiger davongefahren.

Aus der Besteigung des Zahns ist nichts geworden. Als uns am See die Waldlilie entschwunden gewesen, hat Hermann gesagt: »Mein Schicksal ist gekommen; ich steige nicht auf den Berg. Führen Sie mich in Ihr Winkelsteg, Andreas.«

Und in Winkelsteg ist er drei Tage verblieben, hat unsere Einrichtungen betrachtet und zum Teile belobt, hat viel von unserem Wasser getrunken. Die Leute haben es nicht glauben wollen, daß das der Waldherr sei; ein

Weiblein hat gemeint, der Waldherr müsse einen goldenen Rock tragen, und dieser Mann hat einen aus braunem Tuche. Sein Gesicht ist wie mit Asche bestreut, aber unter der Asche merke ich Funken. Vor wenigen Tagen habe ich gesagt, er sei lebenssatt; heute meine ich schier, er sei lebenshungrig. 302 Es ist recht seltsam. Gestern hat er den Berthold zu sich gerufen, daß er ihm das Heilkraut bezahle.

Der alte Rotbart ist längst im Ruhestand, so ist der Berthold Förster in den Winkelwäldern geworden und wohnt nun mit den Seinen im Winkelhüterhause. In wenigen Tagen wird die kirchliche Trauung des Försters mit dem Weibe Aga still vollzogen werden. So hat es der Herr angeordnet. Zu tausendmal freut es mich: Hermann hat eine kerngesunde Seele; ein Kranker kann so rasch und sicher nicht handeln. Aber ein absonderlicher Mensch ist er doch. Ehe er davonfährt, kommt er zu mir in das Schulhaus, zieht mich zu sich auf eine Bank nieder und sagt: »Schulmeister! sie hat ihr Magdtum höher gehalten, als ihr Leben; hätte ich denn geglaubt, daß es ein solches Weib gibt auf Erden? Sie, Erdmann, haben voreinst die Welt von unten herauf kennen gelernt. Ich habe die Welt von oben hinab durchschaut. Wir sind ihrer beide satt. Mir ist nichts Außerordentliches widerfahren, Erdmann, ich habe nur gelebt – bis an die Grenzen des Wahnsinns. Ich gehöre auch herein in diesen Wald – Andreas – ich gehöre auch herein! Aber ich muß wieder zu meinem alten Vater. Gott bewahre, daß ich sie mit mir nehme! Glückselig, daß sie die Welt nicht kennt! Ihnen vertrau' ich sie, Schulmeister. Hat sie das Bedürfnis, einiges zu lernen, so lehren Sie sie; hat sie das Bedürfnis nicht, so ehren und bewachen Sie sie wie eine wilde Lilie im Wald. – Und bewahren Sie das Geheimnis, Schulmeister. Wenn ich genesen kann, so werde ich wiederum kommen.«

303 Und nachdem er mit seinen mächtigen Worten die großen Änderungen vollzogen hat, ist er mit dem Knecht und dem Schimmel des Grassteigers gegen Holdenschlag gefahren.

Andere hat das Leben, wie es unser junger Herr geführt, zugrunde gerichtet; ihn hat es zum Sonderling gemacht. Sein tief angelegtes Wesen ist zwar erschüttert, aber nicht gestürzt worden.

An demselben Tage, als des Morgens Hermann von hier abgereist ist, sind drei Steckbriefe angekommen. – Der junge, gnädige Herr von Schrankenheim, seit längerer Zeit schon an Schwermut leidend, sei in Verlust geraten. Aller Wahrscheinlichkeit nach sei er in das Gebirge gezogen, denn er habe sich mit Kleidern versehen, wie sie Bergreisende tragen. – Und nun sind die Kleider, ist mein ganzer lieber Zögling Hermann beschrieben gewesen, so genau wie ein entsprungener Sträfling.

Gut, er wird ja zurückkehren. Er hat seine Waldbesitzungen bereist, was weiter? Sollt' er denn just in der Weise der Reichen reisen? Sollte ein Schrankenheim denn niemals aus seinen Schranken treten dürfen.

Das ist einmal ein Herr für Winkelsteg, Gott sei Dank!

Und mir ist Heil widerfahren, ist ja doch der Berthold und seine Familie gerettet. Ich habe die Leute so schwer auf meinem Gewissen getragen.

Die unklaren Worte unseres Waldherrn, die er mir bei seinem Abschiede gesagt, sind zum Teile klar geworden. Die Waldlilie besucht das Schulhaus, und wir üben uns im Lesen und Schreiben und allem, was daranhängt, so weit ich selber Bescheid weiß. Sie ist gar fleißig und gelehrig, kann selbständig denken und wird von Tag zu Tag noch schöner.

Fürs erste in sie in ihren Namen hineingewachsen und hat etwas von einer Lilie an sich; so schlank und weiß und mild, und doch verspürt man auf ihren runden Wangen den Kuß der Sonne. Fürs zweite ist ihr von den Rehen jener Winternacht was geblieben, die anmutige Behendigkeit und das Auge …

Du, Andreas! Siehst du jeden deiner Schüler so genau an?

Ja, sie gefällt aber allen.

Sie gefällt den Armen, den sie beizustehen weiß. Manchen Traurigen hat sie schon getröstet durch ihre warmherzigen Worte; manchen Verzagten hat sie erheitert durch ihren liebholden Gesang. Und es ist zu herzig, alle Kinder von Winkelsteg kennen die Waldlilie und hängen ihr an. Tät' nur der Pfarrer noch leben, der hat an so Leuten seine Freude gehabt.

Und ritterlich ist das Mädchen; trutz wilder Tiere und böser Leute steigt sie im Gebirge umher, um Früchte und Pflanzen zu sammeln. Es steht ja geschrieben auf ihrer Stirne: »Machtlos ist vor dir alles Böse!«

Letztlich bringt sie mir eine blaue Enziane mit hochroten Streifen, wie solche nur drüben im Gesenke wachsen.

»Bist du wieder am See gewesen, Lilie?« frage ich. Da wird sie rot wie die Enzianstreifen und läuft davon.

Etwan hat sie es gar nicht gewußt, daß ich einer jener Männer bin, von denen sie in ihrem Wildbade überrascht worden, vor denen sie sich in ihrer Not in die Tiefe des Sees geflüchtet, und von denen sie der eine ans trockene Land gezogen hat?

Der Vorfall muß ihr wie ein Traumbild sein, er möge nie mehr erwähnt werden.

Aber von dem Waldherrn, der ihre Familie aus Not und Armut gezogen, spricht sie mit Freude und Begeisterung.

Zur Auswärtszeit 1837.

Es hat sich erfüllt. Die Anzeichen sind in der Luft. gelegen seit jenem Tage im Vorsommer, an welchem Hermann, wie neu erwacht zum gesunden Manne, in Winkelsteg wieder angekommen ist und als sein erstes mich nach der Waldlilie gefragt hat.

Er findet keinen Gefallen mehr an den lauten, schwelgenden Kreisen, von so vielen die »Welt« genannt, aber nichts weniger, als die Welt bedeutend. Den Wendepunkt hat er überstanden. Er ist eingetreten in das gereifte Leben, in welchem man nach der Schönheit der Schöpfung und nach dem inneren Werte des Menschen frägt. – Die Waldlilie ist eine wundersam schöne Jungfrau geworden, und meine Mühe um die Ausbildung ihrer Seelenanlagen ist herrlich belohnt.

So hat es sich erfüllt. Der Schrankenheimer hat seine Schranken durchbrochen. Vor zwei Tagen, am Feste der Himmelfahrt des Herrn, ist in unserer Kirche der Waldherr mit der Waldlilie getraut worden.

Hermann hat drüben am See im Gesenke ein Sommerhaus bauen lassen wollen, um mit seiner Gattin alljährlich einige Frühherbstwochen daselbst zu wohnen. Aber die Waldlilie hat ihn gebeten, das zu unterlassen. Sie liebe jene Gegend, aber sie könne den See nicht besuchen. 306

Sie haben uns verlassen und sind davongezogen in die schöne Stadt Salzburg.

Im Winter 1842.

In Einöde und Einförmigkeit vergehen die Jahre; warum nennt mich niemand den Einspanig?

Die junge Frau hat sich seither doch besonnen, am See im Gesenke steht das Sommerhaus. Da geht es in den Wochen des Frühherbstes gar lebendig zu, und die Bergwände bewachen das Familienglück unseres Herrn.

Der Förster, Vater Berthold mit seinem Weibe wohnt jahraus, jahrein in dem Hause am See, und die Geschwister der Frau von Schrankenheim dürfen auf ein besseres Los hoffen, als jenes, von dem ihnen an der Wiege ist gesungen worden.

Der alte Herr von Schrankenheim hat noch zwei Enkel gesehen, ehe er zu Salzburg im Winter des Jahres 1840 verstorben ist.

Winkelsteg hat durch das Haus im Gesenke nichts gewonnen. Dorthin ist eine gute Straße gebaut worden, von dort aus werden die Wälder bewacht und die Arbeiten geleitet. Dorthin kommen die Besuche fremder Herrschaften, dort werden die großen Jagden angestellt. Das Haus in dem voreh so öden und verrufenen Gesenke ist das *Herrenhaus;* und Winkelsteg bleibt die arme Bauern- und Holzschlägergemeinde, und die Zustände zu Winkelsteg werden nicht besser, und der Schulmeister zu Winkelsteg …

Laß das gut sein, Schulmeister.

Vor einiger Zeit habe ich mir aus vielen Papierbogen ein Schreibebuch zusammengeheftet und es zum Schutz mit Deckeln aus weißem Lindenholze versehen. In demselben führe ich nun ein heimliches Leben, von dem niemand was weiß[1].

1. August 1843.

Heute nacht ist dem Reiterbauer in den Karwässern ein Knäblein geboren worden. Sie haben es zur Taufe gebracht. Da der Pfarrer auf einige Tage verreist und das Kind schwächlich ist, so habe ich ihm die Nottaufe gegeben. Auf den Wunsch des Vaters bin ich gleich auch der Pate gewesen. Die drei lieben Herrgottsgroschen, meine Erbschaft von der Muhme, vormaleinst auch *mein* Patengeschenk, jetzund soll sie der kleine Peter haben.

Im Sommer 1847.

Als ich in den Wald gekommen bin, habe ich die Menschen zerstreut, verkommen, ungezählt gefunden. Heute sehe ich ein neues Geschlecht.

Um die Kirche steht ein Dorf. Um das Dorf stehen Apfel- und Birnbäume und tragen Früchte; in allen Winkeln ist versucht worden, aus Wildlingen Edelbäume zu ziehen; großenteils ist es gelungen.

Zum Sonntag kommen schmucke Menschen aus allen Gräben. Die Männer tragen in ihrer Eigenart schwarze Kniederhosen und grüne Strümpfe; die Weiber bauschige Samtspenser und wunderspaßhafte Drahthauben mit Vergoldung und Bänderwerk. Das ist keine Kleidung mehr, wie sie im Walde wächst. Sonst haben sie die Leinwand von ihren

1 Dieses »Schreibebuch« ist in den Schriften nicht vorgefunden worden.
Der Herausgeber.

Flachsäckern, den Loden von ihren Schafen, das Schuhleder von ihren Rindern, die Felle und Pelze von ihrem Wildstande getragen; heute streichen Hausierer in den Winkelwäldern um, schleppen wertvolle Rohstoffe fort und lassen Prunk und Flitter dafür da. Zum Probieren, »aus Spaß« haben die Leute anfangs die neuen unzweckmäßigen Dinge genommen, heute haben sie sich hineingelebt und der Spaß ist Ernst geworden.

Die Jungen sind wohl weit vielseitiger, als die Alten, aber auch weit anspruchsvoller; auch haben sie mir zu wenig Sinn und Ehrfurcht für das Alte, aus dem sie hervorgegangen sind. Nur den Tabak rauchen sie und den Branntwein trinken sie noch, wie es die Alten haben getan.

Was kann der alte Schulmeister allein machen? Ach, lebte mein Pfarrer noch!

Der kleine Reiter Peter, mein Patenkind, ist ein ganz netter Junge; aber es ist ein Unglück mit ihm geschehen, er hat durch einen Fall aus dem Bette die Stimme verloren.

Gerne wollte ich ihm die meine überlassen, für mich hat sie keinen Anwert mehr. Des alten Schulmeisters Stimme ist heiser geworden, da wird nicht mehr auf sie geachtet.

Im Frühjahr 1848.

Ich weiß nicht, wie das für mich nun werden wird. Ob es nicht am besten wäre, ich nähme auf einige Wochen Urlaub und ginge davon. 309

Draußen zieht das Kriegsvolk, in den Städten verrammeln sie die Gassen und die Straßen und reißen die Paläste ein. Eben deswegen kommt sie ja. Die Frau des Feldherrn kommt, Hermanns schöne Schwester, die mich so hat närrisch gemacht.

Im Hause am See ist kein Platz mehr, so flüchtet sie sich mit ihren Kindern zu uns.

Das Winkelhüterhaus wird für sie eingerichtet. Wie danke ich Gott, daß unser Winkelsteg ihr eine Zuflucht bieten kann in dieser Zeit!

Ich will denn doch nicht weggehen. Will bleiben und sehr stark sein und mich nicht verraten. Ich will ihr einmal recht ins Auge schauen, ehe ich sterbe.

Ich sehe es wohl, Gott meint es gut mit mir. Ihr Auge wird die dunkelnden Waldberge lichten, ihr Atemhauch wird die Alpenluft mildern und weihen. Und zieht sie auch wieder davon, Winkelsteg, wo *sie* geweilt, wird meine Heimat sein.

Vor den Eingang des Hauses bauen wir einen schönen, hohen Bogen aus Tanngezweige, und wir bekränzen den Altar in der Kirche.

Alles wird fein bereitet, aber kein Mensch denkt daran, daß die Steine aus dem Wege geschafft werden müssen. Solche Frauen haben zartere Füße als unsereiner im Gebirge.

Jetzund klaube ich schon einen Tag und zwei Nächte an den Steinen des Weges. Die Leute laß ich lachen und es ist nur gut, daß der Mond scheint.

Einige Tage später.

Jetzt sind sie da. Sie und die zwei Kinder und die Dienerschaft. Da hätte ich freilich die Seine nicht wegzuräumen gebraucht; sie sind mit Roß und Wagen gekommen.

Bei der Ankunft sind schier alle Winkelsteger auf dem Platze versammelt gewesen. Der Pfarrer hat eine Begrüßung gehalten; ich habe mich in das Schulhaus verkrochen. Aber ich bin im Herzen erschrocken; just vor meinem Fenster sind sie ausgestiegen, und da hab' ich gemeint, sie wollten zu mir herein.

Ich habe sie sehr gut gesehen; sie ist ja noch jünger geworden. Kaum aus dem Wagen gehoben, läuft sie einem Falter nach. – Das ist aber ihre jüngste Tochter gewesen. Sie selber …

Bei meiner Treu, ich hätt' sie nicht mehr erkannt.

Sie hat alte Spiegel mit goldenen Rahmen, aber so treu ist keiner, daß er, wie mein Herz, ihr herrliches Bild so bewahrt hätte bis auf den heutigen Tag.

Das Bild ist jetzt verloschen und meine Jugend wie Nebel zergangen.

Brachmonat 1848.

Gestern bin ich den ganzen Tag im Gebirge herumgestiegen, bin gar auf dem Zahn gewesen. Unterwegs hab' ich mich zehnmal gefragt: warum steigst du hinauf, du altes Kind? – Oben wird die Antwort sein, hab' ich gedacht. Ich habe Alpenkrone gesehen, ich habe in die blauende Tiefe des Gesenkes geblickt, wo an der schwarzen Tafel des Sees das Herrenhaus liegt, ich habe gegen Mittag hin mein Aug' angestrengt, mein schon recht schwaches Aug' aber – es ist gar umsonst. So oft ich hinauf mag klettern, das Meer hab' ich noch immer und immer nicht geschaut.

Man soll es sehen können, heißt es, aber an einem klaren Wintertag. – Jetzund hab' ich sonst nichts mehr zu wünschen, so will ich das eine noch.

Bei meinem Herabsteigen habe ich einen Strauß von Alpenrosen, Edelweiß, Kohlröslein, Speik, Arnika und anderen Blumen und Pflanzen gesammelt, hab' ihn vornehm auf meinen Hut gesteckt, wie ein tollverliebter Bursch. Für wen trägst du den Buschen heim? – Ich? für Weib und Kind. – Hei, du verrückter Alter, du!

Aber, wenn ich weg von ihr bin, wie da oben auf der Alm, so sehe ich doch wieder, daß sie hold ist. – Einen Alpenblumenstrauß wird sie von mir nehmen, ich will ja recht artig und nicht zudringlich sein. – Hätt' ich nur eine einzige Ader von dem alten Rüpel, wie wollt' ich ein Lied hersagen, das sich zum Strauß tät' schicken! – So meine Gedanken; es ist schrecklich, wie ich noch übermütig bin.

Wie ich herabkomme zur Lauterhöhe, wo der Schirmtanner ein Kreuz hat setzen lassen und wo heute auf dem Waldanger des Holzmeisters Rinder grasen und lustig dabei schellen, setz' ich mich zur Rast unter einen Baum. Ich gucke auf einen arg verwüsteten Ameisenhaufen hin. Nur wenige der Tiere kriechen ratlos herum auf der Trümmerstätte ihres Fleißes.

Ich merke es, ein Ameisengräber ist dagewesen, hat den herrlich eingerichteten Staat zerstört und beraubt. Mit den geraubten Eiern füttert er gefangene Vögel, die frei sein sollten im Himmelslichte, die aber in der Gefangenschaft schmachten ihr Lebtag lang, weil sie das Unglück haben, die Lieblinge der Menschen zu sein. Es ist die Sage, daß über den Grabhügel eines Ameisengräbers keine Ameise geht. 312

Aus dergleichen Gedanken weckt mich ein Zupfen an meinem Hut; ich wende mich, um zu sehen, wer mich neckt. – Eine braune Kuh steht da und zerkaut meinen Alpenstrauß.

Bin aufgefahren, hab' das vorwitzige Rind mit meinem Stab wollen züchtigen, da fällt es mir ein: gutes Tier, etwan machen meine Blumen dir mehr Vergnügen, als ihr; so gesegne dir sie Gott! Sie trinkt dafür deine gute Milch.

Als ich zum späten Abend in das Dorf herabkomme, sind ihre Fenster hell beleuchtet.

Einen Spaß muß man auch haben.

Einer von den Bedienten der Frau, der Jakob, ist ein Kreuzköpfel. Können tut er alles; er kann musizieren, kann schneidern und schustern und kann zeichnen; gar Komödie spielen kann er. Die Frau muß aber solche Dinge nicht recht leiden mögen, denn der Jakob kommt allerweg zu mir in das Schulhaus her, wenn er seine Künste üben will. Da hab' ich meine Kurzweil und muß oft närrisch lachen.

Ich habe dem Jakob einen Pfeifenkopf geschnitzt, dafür schenkt er mir allfort den besten Tabak. So schnitzen, sagt er, das könne er nicht. Die Höflichkeit hat mir noch kein Mensch gesagt, wie der Jakob. Auch macht er mir allerhand Schwänke vor; auf dem Kopf kann er stehen, bauchreden kann er, wahrsagen kann er und Karten aufschlagen. Meiner Tag' hab' ich keinen so geschickten Menschen gesehen. Aber eines habe ich ihn gebeten, in Gegenwart der Schulkinder möge er nicht allzu viel so Künste treiben; 's ist mir lieber.

Letztlich hat mich der Jakob gar gezeichnet. Auf Ehre, ich hab' nicht sitzen wollen, aber er hat mich herumgekriegt, bis ich all meinen Staat um mich getan und dort auf dem Holzblock Platz gefaßt habe. Er hat mich gezeichnet und mit Farben bemalt, daß es eine Herrlichkeit ist. Das rote Halstuch ist gar zum Sprechen getroffen.

Das Bild hat er mir geschenkt. Ich guck' es heimlich an; aber die Schulkinder dürfen mir's nicht sehen!

Will's wohl fleißig verstecken.

Hab' gemeint, ich werd' mich recht an ihre Kinder machen. Aber sie sprechen eine welsche Sprache, und die versteh' ich nicht. Der junge Herr ist fortweg bei Pferden und Hunden; das Mädchen möchte sich auf den Wiesen umhertreiben bei den Blumen und Käfern. Aber das wird ihr verwiesen. Sie ist schon völlig zu groß, um glückselig sein zu dürfen.

Dieser Tage ist Hermann – verzeih' mir's Gott, daß ich ihn allfort noch so nenne – vom Gesenke herübergekommen, um seine Schwester zu besuchen. Die Frau hat sich krank gemeldet. Der Jakob sagt, die beiden hätten kein rechtes Zusammensehen. Die Gnädigste erkenne keine Schwägerin an, die nach Tannenpech rieche.

Heute hat die Frau eine Tafel gegeben und dazu den Pfarrer und den Grassteiger eingeladen. Mir ist ein Stück Braten und ein Glas Wein ins Haus geschickt worden. Zum Glück geht ein Bettelmann vorbei, daß mir die Speisen nicht verdorben sind.

So sind heute zwei Bettelmänner abgespeist worden.

Bei der Tafel sei von mir gesprochen worden, sagt der Jakob. Die Frau habe erzählt, ich hätte als armer Student in dem Hause ihres Vaters eine Weile das Gnadenbrot genossen, dann sei ich aus der Schule davongegangen und als Vagabund zurückgekehrt; dann hätte mich ihr Vater um Gottes willen in den Wald getan und mir das Brot gegeben.

So weißt du's nun, Andreas Erdmann; aber kein graues Haar desweg, es täte die weißen entstellen.

August 1848.

Nun sind sie wieder fort. Jakob hat mir ein schwarzes Beinkleid und einen weißen Handschuh dagelassen.

Juli 1852.

Die Grundablösungen sind bewilligt worden. Die meisten Bauern von Winkelsteg sind nun ihre eigenen Herren. 's ist ihnen vom Herzen zu gönnen. Aber ihre Augen sind schlechter geworden; jeder sieht mich nicht, wenn ich des Weges an ihm vorüberkomme.

In diesem Sommer bin ich wieder auf dem Berg gewesen. Hab' schon gemeint, ich sehe es gegen Mittag hin. Ist aber nur ein Nebelstreifen gelegen.

315

Ich habe mir bei dieser Bergfahrt, ich weiß nicht, durch das grelle Licht der Weiten, oder durch einen scharfen Wärmewechsel, wieder das böse Augenleiden zugezogen, das viele Wochen gewährt und mich an meinem Berufe gehindert hat.

Ich denke, dem stummen Peter Reiter sollte man ein wenig Musik lehren. Er muß doch was haben, um sein Herz auszulegen. Es ist unglaublich, wie das weh tut, wenn man alles in sich verschließen muß.

1853.

Der Peter hat Schick; er spielt schon auf der Zither und auf der Geige. Später muß er mir an die Orgel. Die Winkelsteger werden auch in Zukunft noch ihr Meßlied haben wollen. Ich werde nicht immer sein.

Der Grassteiger, oder wie sie ihn jetzt heißen, der Winkelwirt ist mir gut, und er ist gegen jeden gut; ganz Winkelsteg hat an ihm einen Freund.

Aber seine alte Krankheit will sich wiederum melden. Wenn ihn zuweilen etwas erregt, so muß er gar sehr mit sich kämpfen. Ich hab' gesagt, er sollt' wieder anheben mit den Rosenkranzkügelchen; täten aber vielleicht nicht mehr viel helfen; es ist Gefahr vorhanden, daß er ins Trinken kommt. Der ginge zu Grund', wenn er nicht eine so brave Frau hätt'. Die Juliana weiß mit ihm umzugehen, ihr zu Lieb' leidet er den bittersten Durst.

Der Branntweiner Schorschl – der Hannes ist schon tot – wirft mir dann und wann die Fenster ein. Er hält mich für seinen größten Feind, weil ich die Kinder vor dem Branntwein warne.

Die Fenster verklebe ich mit Papier. Die Kinder warne ich vor Schädlichem, so lang' ich lebe.

1855.

Der Pfarrer ist uns ausgetauscht worden gegen einen blutjungen. Der Blutjunge sagt, die Seelsorge sei arg vernachlässigt, und will das Krumme auf einmal gerade machen. Er ordnet Betstunden, Buß- und Bittgänge an. Seine Predigten sind scharf wie Lauge. Für manche mags taugen. Aber – es gibt so viele wunde Herzen.

Seit der neue Pfarrer da ist, bin ich in der Schule schier überflüssig geworden. Er füllt die Stunden mit Glaubensunterricht aus.

Die Kinder haben mehr Fähigkeit, als ich je erfahren – den ganzen Katechismus kennen sie auswendig.

Der Kaiser und der Papst sollen miteinander ein eigenes Gesetz für das Seligwerden herausgegeben haben, und seit ewigen Zeiten ist zu Winkelsteg nicht so viel vom Teufel gesprochen worden als jetzt.

24. August 1856.

Heute ist öffentliche Schulprüfung gewesen. Der Dechant von der Kreisstadt ist da. In Glaubenssachen ist er sehr zufrieden. Was das Übrige anbelangt, hat er den Kopf geschüttelt. Beim Kommen hat er mich artig gegrüßt, beim Fortgehen hat er mich nicht gesehen.

Oft sitze ich eine lange Weil' da oben im Schachen unter den alten Bäumen. Dieser Schachen ist noch übrig geblieben, von den großen Wäldern, über dessen Gründen sich die Gemeinde breitet, als ein in die Kette der Menschheit eingereihtes Glied.

Ich mag unter dem Schachen sitzen, so lange ich will, kein Mensch ruft mich.

Wenn die Toten nur nicht gar so fest schliefen!

Ich bin ein alter Späher. Meine Augen sind krank und müd' und gucken doch zuweilen was aus.

Durch den Bretterzaun habe ich es gesehen, wie der Reiter Peter das Schirmtannermädchen an der Hand gefaßt und nicht mehr lassen hat wollen. Durch tausend Gebärden hat er ihr was erzählt, das Blut ist ihm in die Wangen gestiegen, aber das Mädchen hat fortweg gesagt: »Nein, Peter, nein.«

Da hat der Junge jählings die Geige bei der Hand und spielt der Rosa ein Stück vor, das ich ihm nicht gelehrt hab'. Wundersam ist es gewesen, wie ich es meiner Tag nimmer hätt' gemeint, daß der Peter spielen könnt'.

Ja, und so lange hat er's getrieben, bis ihm die Rosa ist an den Hals gefallen: »Hör' auf, mir tut's zu weh! Peter, ich hab' dich ja gern.«

's ist ein Gescheer mit den jungen Leuten. Hat so ein Bursch' keine Stimm' zum Schwätzen, so hebt er seine Liebschaften gar mit der Geige an.

Zur Winterszeit 1857.

So ein Tagebuch ist doch ein treuer Freund. Was man ihm auch anvertrauen mag, es vergißt nichts und plaudert nichts aus. Wenn ich diese Schriften durchsehe, so kann ich es gar nicht glauben, daß ich das alles mit erlebt und geschrieben habe. Es sind wunderliche Geschichten. 318

Ich bin doch einmal wer gewesen! Aus einem alten Mann bin ich ein junger geworden; aus einem jungen wieder ein alter, halbblinder, dem bei dem Meßliede schon die Noten tanzen auf dem Blatt. Die Leut' haben mich beiseite geschoben …

Mein Gott, anderen geht es auch nicht besser. Ich verlang' ja nichts; ich hab' mein Teil getan und bin's zufrieden.

1864.

Und seit fünfzig Jahren bin ich nicht mehr aus diesen Wäldern gekommen.

Und die Waldleute entstehen, leben und vergehen, dahier und steigen in ihrem ganzen Lebenslauf nicht ein einzigmal auf den Berg, wo man die Herrlichkeit kann sehen, und am hellen Wintertag das Meer.

Das *Meer!* Wie wird es da leicht und weit im Herzen! Dort zieht ein Kahn, steht ein Jüngling darin, der winkt –

Heinrich! Was ist das? –

Der Narr! Versitzt seine Lebenszeit im Winkel und hätt' ein Schiffer werden sollen!

Heiliger Abend 1864.

Die Laufbahn ist kurz. Vom Winkelhüterhause bis hinab zu der Kirchhofsmauer rutschen sie auf ihren Brettchen und Schlittchen dahin über den gefrorenen Schnee. Und wie sie dabei lärmen und die Sache beeifern! – Ich warte auf den Reiter Peter, er kommt mit seiner Geige, daß wir zusammen das neue Krippenlied versuchen. Einstweilen gucke ich den lustigen Kindern zu und schreibe.

Pelzhauben haben sie auf, die Kleinen und eine ganze Weile haben sie zu trippeln und zu schnaufen, bis sie mit ihrem Fahrzeug oben ankommen – und unten sind sie in zehn Augenblicken. Lange Müh' und kurze Freud'!

Der Peter kommt mit der Weihnachtsprobe. »Schlaf' süß, schlaf' in heiliger Ruh'!« Das Lied soll morgen –

Das letzte Blatt

– morgen –

Mit diesem Worte enden die Schriften.

Zwei lange Regentage hatte ich gelesen. Aus dem vorigen Jahrhundert hatte ich mich durch ein merkwürdiges Leben herangelesen bis zu dem letztvergangenen Weihnachtsfeste.

– morgen –

Der Kopf war mir heiß und schwer, ich blickte nach der Tür. Der Mann muß ja hereintreten und weiter schreiben, was am nächsten Morgen gekommen, wie es weiter gewesen war. Denn das ist kein Abschluß und kein Abschied, das ist ein hoffender Blick in die Zukunft, ein Morgenstern.

Fast wie eine Überzeugung empfand ich's: der Schulmeister lebt. In der Fremde wird er wandern und irren, der arme Mann mit der großen Sehnsucht, die keinen Namen hat. Es ist die Sehnsucht, die wir alle empfinden, ob seichter, ob tiefer, die Sehnsucht nach dem Ganzen, Allgemeinsamen, nach dem Wahren aber Unfaßbaren, in dem unsere drängende, strebende, bangende Seele Ruhe und Erlösung zu finden hofft.

Mir war, als müßte ich auf und davon und den alten, guten, kindlichen Mann suchen allerwege. – Was war das für ein großes Streben und Ringen gewesen! Ein vergebliches Aufraffen nach den Zielen der Gesellschaft; ein krampfhaft unterdrücktes Auflodern jugendlicher Leidenschaft, ein verzweifeltes Hineinstürzen in die Wirren des Lebens, ein begeisterter Flug durch die Welt, ein furchtbares Erwachen aus Täuschung, ein Fliehen in die Öden der Wildnis, ein stilles, stetes Wirken in Ergebung und Aufopferung, ein großes Gelingen, eine tiefe Befriedigung. Da naht das Alter, ein junges Volk und neue Verhältnisse bieten keine Gelegenheit zu Taten mehr; ein betrübtes Zurückziehen in sich selbst, Verlassenheit und Einsamkeit, Zweifeln, Grübeln und Träumen und ein stilles Ergeben und Versickern. In Alter, Unbehilflichkeit und Einfalt ist er ein Kind geworden; ein in Träumen lächelndes, glückliches Kind. Aber die Sehnsucht und das Ahnen des Jünglings ist ihm geblieben. Und ein großer Lohn ist ihm geworden, ein Entgelt, das uns mit seinen Schicksalen versöhnt; ein Entgelt, wie es die Welt nimmer gibt und geben kann, wie es nur aus treuer Erfüllung des Lebens entsteht: der Frieden der Seele.

Die Wachtel der Uhr schlug achtmal. Ich verschloß die Blätter sorgsam in die Lade und ging hinab gegen das Wirtshaus. Es dunkelte schon; eine frostige Trübe lag allerseits und eine scharfe Luft strich durch den feinrieselnden Regen.

321

Der Lazarus stand vor der Haustür, wendete sein Gesicht nach allen Himmelsgegenden und sagte: »'s wird anders werden.« Er sagte es zu sich selbst. Er hatte gewiß keine Ahnung, daß der junge, fremde Mensch, der ihm nun nahte, seine ganze Geschichte wisse.

Der Wirt war an demselben Abend recht redselig, aber ich war schweigsam und begab mich bald wieder in mein Schulhaus zur Ruhe.

Wie sah ich nun alles ganz anders an, als vor zwei Tagen. Fast daheim war ich in diesem Alpendörfchen, in welchem ich gleichsam mit dem Schulmeister jung gewesen und alt geworden.

Und der Mann, der die Gemeinde gegründet und großgezogen mit seinem Lebensmark, sollte fremd sein und vergessen?

Nein, er ist überall zu verspüren. Unsichtbar steigt er in Winkelsteg herum Tag und Nacht, zu jeder Stund'! – hatte nicht so der Kohlenbrenner gesagt?

Der nächste Morgen war so hell, daß er mir durch das geschlossene Augenlid drang. Als ich es öffnete, sah ich einen lichten, klaren Wintertag.

Ich sprang auf. Es hatte geschneit; die weiße Hülle lag über dem ganzen Tale, auf allen Dächern und Bäumen. Der Himmel war rein.

Bald war ich gerüstet zu meiner Alpenfahrt.

»Heut' wohl!« sagte die Wirtin, »heut' ist es sein auf der Höh', wenn den Herrn der Schnee nicht irrt. Wer Geduld hat, sag' ich fort, der erwartet alles auf der Welt, gar ein schön' Wetter in Winkelsteg. Mitnehmen muß der Herr halt wen.« Dann zu ihrem Manne: »Du, leicht will sich der Reiter Peter einen feinen Führerlohn verdienen?«

»Der Reiter Peter«, sage ich, »der ist mir schon recht; das Schwätzen unterwegs ist mir ohnehin zuwider.«

»Ei, der Herr weiß es schon, daß der Peter nicht schwätzt; ja, der ist fein still, hat er die Geigen nicht bei sich.«

Der Peter war jener stumme, junge Mann, der mir vor zwei Tagen nach der Messe an der Kirchtür begegnete. So stieg ich denn mit dem Patenkind des Schulmeisters, mit allem Nötigen wohl versorgt, das Gebirge hinan.

Der Schnee war weich und leuchtete in der Morgensonne, und hub an zu schmelzen. Bald standen die niedergedrückten Pflanzen und Blumen wieder auf, und die Vögel sangen und hüpften in dem Geäste und schüttelten die Flocken von den Bäumen. Frisch und neulebendig grünte es zwischen dem rosig angehauchten Weiß, und in einer großen Klarheit lagen die Waldberge. Es war in einer wundersamen Weise der Sommer vermählt mit dem Winter.

Wir gingen an dem Schachen des Friedhofes vorüber; der Peter zog seinen Hut vom Kopfe und trug ihn solange in der Hand, bis wir vorbei waren. Die alten Bäume flochten hoch über den wenigen Gräbern die Äste und Kronen so ineinander, daß es war wie in einem gotischen Dome. Wohl legte sich über den Wipfeln noch der Schneeschleier hin, im Schatten auf den Gräbern aber prangte frisches Gras und Moosgeflechte, und darüber ragten und lehnten an den Stämmen, oder lagen verwahrlost hingestreckt die grauen, bild- und inschriftlosen Holzkreuze.

Ich wollte mir die Ruhestätte des Pfarrers Paulus und des Reim-Rüpels zeigen lassen. Der Peter sah mich fragend an; davon wußte der junge Mann nichts.

Später kamen wir auf einen Bergsattel.

»Wir sind auf der Lauterhöhe?« fragte ich meinen stillen Gefährten. Er nickte bejahend mit dem Kopfe. Ich dachte an den zerstörten Ameishaufen, an das Rind, das den Alpenstrauß fraß, an die Schirmtannen da hinten, an den Schirmtanner, und plötzlich fragte ich den Peter: »Die Schirmtanner-Rosel, die kennst du?«

Er wurde rot wie eine Alpenrose.

Von diesem Bergsattel aus hatte sich gegen Mitternacht hin eine ganz neue Gegend aufgetan; Täler und Waldberge zogen sich in tiefer Klarheit hin; links erhoben sich Felswände, die weit über die Wälder weg einen schründig durchbrochenen Wall bildeten. In dieser Richtung hin dachte ich mir die Gegenden der Lautergräben, Karwässer, der Wolfsgrube und des Felsentales.

Der Weg führte talab; wir aber bogen links ein und stiegen durch Fichtenwald, Zirmgesträuche immer höher empor bis zu den Almblößen, die sich hinanziehen gegen die ragenden Felsmassen.

Die Schneehülle war hier zwar etwas dichter und spröder, hinderte aber nicht sonderlich im Wandern. Ein paar Hütten standen da, aus deren Dachfugen Rauch hervordrang und in deren Ställen die Rinder schellten. Diese mußten heute Heu fressen, aber nach dem Schnee sollen gute, warme Tage kommen. In welchem Fenster dieser Hütten wohl der Meisterknecht Paul gesteckt sein mochte?

Wir schritten weiter; bald merkte ich, daß mein Begleiter selbst den Weg nicht kenne. Der Schnee war hier schon fast geschmolzen in der Sonne. Wir gingen den Felsen zu, stiegen an den Mulden empor, wie ich mich erinnerte, daß der Schulmeister gegangen war, und endlich kamen wir auf das Grat. 324

Das Bild war unvergleichlich. Der Schulmeister hat es geschildert.

Wir gingen dem Grat entlang, ruhten dann ein wenig, um uns mit Brot und Fleisch zu laben und die Steigeisen an die Füße zu schnallen. Hierauf gingen wir langsam über das Gletscherfeld hinan gegen den Kegel.

Die Luft war außerordentlich rein und ruhig; ich empfand in mir eine Frische und ein Wohlbehagen zum Aufjauchzen. Je näher wir der Spitze kamen, je flinker förderten wir unsere Schritte; auch der Peter war lustig geworden.

Nun waren wir oben, standen auf der Spitze des Zahn. Mir war zumute, als wäre ich schon früher mehrmals auf dieser Höhe gewesen. Um uns lag in einer unendlichen Ruhe – wie der Schulmeister sagt – die Krone der Alpen.

Selbst dort hinter den weiten Wäldern, im sonnendurchwobenen Mittag ragten die Kanten und Spitzen eines fernsten Gebirgszuges noch deutlich, und darüber hinaus, schnurgerade hingezogen lag ein schimmerndes Band – das Meer!

Mir war zumute, als müßte ich fortrasen hinab von Fels zu Fels und hin über Berg und Tal, den Schulmeister zu suchen, ihm zuzurufen: »Kommet und sehet!«

In lauter Begeisterung und in stiller Versunkenheit habe ich wohl lange hinausgestarrt. Dann stiegen wir einige Schritte niederwärts unter den Steinvorsprung, wohl denselben, an welchem der Mann vor fünfzig Jahren gesessen war und geträumt hatte.

Hier war noch ein wenig Schnee. Wir setzten uns auf trockene Klötze und hielten Mahlzeit. Der Peter spielte mit seinem Stock im Schnee; er zeichnete Buchstaben hin; ich meinte, er wolle mir etwa seine Gedanken und Empfindungen aufschreiben. Aber er zerstörte die Zeichen wieder und es war nur loses Spiel.

Mein Auge schweifte hinaus, flog von einem Berg zum andern, bis zu den fernsten, italischen Höhen. Es glitt hin, es trank vom Meere. Über den Wassern sah ich das Lichtwogen der mittägigen Sonne …

Plötzlich gellte neben mir ein Schrei. Der Bursche war emporgesprungen und wies mit beiden Händen auf den hügeligen Schneeboden hin.

Ich forschte nach der Ursache, da waren noch des Jungen Buchstabenreste, da war aufgewühlter Flaum, da war –

Es war grauenhaft zu sehen. Von der Schneehülle halb bloßgelegt starrte ein Menschenhaupt hervor.

Nur wenige Augenblicke war der Bursche schreckerstarrt, tatlos dagestanden; dann eilte er, die Erscheinung von der Schneehülle vollends zu befreien. Mit Fieberhast arbeitete er, und als ein ganzer Menschenkörper dalag, da verbarg er sein Gesicht, sank mir in die Arme und wimmerte.

Da lag ein mumienhafter Mann, gerollt in einen braunen Mantel, die Züge eingetrocknet, die Augen tief gehöhlt, die wenigen Locken des Hauptes wirr – – –

»Kennst du ihn?« fragte ich den Burschen.

Er neigte traurig den Kopf.

»Ist es der Schulmeister?« rief ich aus.

Der Peter neigte das Haupt. –

Als wir endlich einige Fassung gewonnen hatten, huben wir an, den Toten näher zu betrachten. Er war sorgsam in den Mantel geschlagen, an die Schuhe waren Steigeisen geschnallt, daneben lag ein Bergstock. In dem halb offenen Ledertäschchen fanden sich einige verdorrte Brotkrumen und ein zusammengeknülltes feuchtes Papier. Nach diesem griff ich und zog es auseinander. Da standen Worte, Worte in schiefen, regellosen Zeilen, mit Bleistift unsicher hingedrückt.

Die Worte sind leserlich und lauten:

»Christtag. Ich habe bei Sonnenuntergang das Meer gesehen und das Augenlicht verloren.« – – –

So hatte er sein Ziel geschaut. Als Erblindeter hatte er das Blatt beschrieben, das letzte Blatt zu seinen Schriften. Dann hatte er sich wohl hingelegt auf den Steinboden, hatte die eisige Winternacht erwartet und war in derselben gestorben.

Wir bauten aus Steinen einen Wall um den Toten und wölbten ihn notdürftig ein. Dann stiegen wir nieder zu den Almen und den kürzeren Weg über Miesenbach nach Winkelsteg.

Des andern Morgens zur frühen Stunde stiegen ihrer viele empor gegen den grauen Zahn, und ich mit ihnen. Der alte Schirmtanner war auch dabei, der wußte vieles von dem Schulmeister zu erzählen und seine Worte stimmten mit den Schriften überein.

Und so trugen wir den alten Andreas Erdmann, der in der trockenen, kalten Alpenluft fast zur Mumie vertrocknet war, herab in das Tal der Winkel zur Pfarrkirche, die unter seinem Walten erbaut worden war; trugen ihn auf den Friedhof, den er selbst angelegt hatte im Schatten des Waldes.

Die Nachricht, der alte Schulmeister sei aufgefunden worden, hatte sich bald verbreitet in den Winkelwäldern, und alles strömte herbei zum Begräbnisse, und alles pries den guten Mann. Der Winkelwirt weinte wie ein Kind. »*Der* hat meinen verlassenen Vater gesegnet auf dem Todbett!« rief er. Den Peter mußte der Schirmtanner von der Bahre hinwegführen. 327

Der Förster vom Herrenhaus war da. Ganz in der Nähe des Grabes wuchs eine Waldlilie.

Der Branntweiner Schorschl hielt einigen, die am Friedhofseingange standen, eine Rede; er habe nichts, gar nichts gegen den Schulmeister gehabt, doch der Schulmeister sei eigensinnig gewesen. Das eine sei zu bedenken: hätte der Schulmeister ein Fläschel Wacholderbranntwein bei sich gehabt, er wäre nicht erfroren.

Zur Abendstunde unter Fackelschein ist der gute, alte Mann in die Erde gesenkt worden.

Die Schriften, zu denen ich in so eigentümlicher Weise gekommen bin, habe ich mir von der Gemeinde Winkelsteg erbeten, auf daß ich sie der Öffentlichkeit übergebe, als Zeugenschaft von einem armen, reichen, fruchtbaren und selbstlosen Leben in der Verborgenheit des Waldes.

In schmerzlicher Bewegung habe ich das letzte Blatt mit den Bleistiftworten zu den Schriften gelegt. Schlage nach, mein Leser, es wird dir ein Umstand nicht entgehen: das erste Blatt ist von einem Kinde an das Jenseits gerichtet. Und von demselben Kinde wird nach der Erfüllung der Zeit das letzte Blatt gleichsam *aus* dem Jenseits herübergesandt, uns Ringenden auf Erden als des Vermächtnisses Siegel mit der Inschrift:

28

Entsagung und Ergebung!

Biographie

1843	*31. Juli:* Peter Rosegger wird in Alpl bei Krieglach in der Obersteiermark als ältester Sohn eines Bergbauern geboren.
1860–1863	Er ist als Hüter tätig und lernt Lesen und Schreiben bei einem pensionierten Schullehrer. Weiterhin absolviert er eine Lehre als Schneider. Er bildet sich autodidaktisch weiter und befasst sich mit Literatur. Teilweise kopiert er Werke in kunstvolle Handschriften und macht dadurch den Chefredakteur der »Grazer Zeitung« auf sich aufmerksam.
1865	Rosegger beginnt eine kurze Lehre als Buchhändler in Laibach.
1865–1869	Er besucht die Akademie für Handel und Industrie. 1867 lernt er Adalbert Stifter kennen. Weitere Bekanntschaften während dieser Zeit verhelfen ihm zu Stipendien und ermöglichen ihm so seine Reisen in den folgenden Jahren.
1870	Rosegger veröffentlicht den Gedichtband »Zither und Hackbrett« und die Sammlung »Tannenharz und Fichtennadeln«, sowie die »Sittenbilder aus dem steirischen Oberlande« in Graz.
1870–1872	Peter Rosegger unternimmt verschiedene Reisen nach Deutschland, in die Niederlande, die Schweiz und nach Italien. In dieser Zeit werden die Erzählungen »Geschichten aus der Steiermark« verfasst. Nach den ersten Erfolgen Entschluss, die Schriftstellerei hauptberuflich auszuüben. Sein erster Mentor mit liberaler Gesinnung, der Prager Verleger Gustav Heckenast, besorgt bis zu seinem Tod 1878 die Herausgabe seiner Werke.
1872	Sein erster Roman »In der Einöde« wird in Pest veröffentlicht.
1875	Der Roman »Die Schriften des Waldschulmeisters« erscheint. Im selben Jahr stirbt seine Ehefrau Anna Pichler, worauf Rosegger in Depressionen verfällt.
1876	Er siedelt nach Graz über, wo er Gründer und Herausgeber der Monatszeitschrift »Heimgarten«, einem politischen und literarischen Forum wird. Die Zeitschrift besteht bis 1935. Peter folgt der Tradition der Dorfgeschichte Berthold Auer-

	bachs und lässt sich vom österreichischen Schriftsteller Ludwig Anzengruber inspirieren. Rosegger veröffentlicht die eigenen Werke, viele davon in Mundart verfasst, unter dem Pseudonym »Petri Kattenfeier«.
1877	»Waldheimat« erscheint in Pressburg/Leipzig. Das Buch beinhaltet Kindheitsgeschichten, die mehrfach ergänzt wurden.
1879	Rosegger heiratet die Unternehmertochter Anna Knaur.
1888	Sein Roman »Jakob der Letzte« erscheint in Wien.
	1890er Jahre Rosegger gehört dem »Verein der Friedensfreunde« von Bertha von Suttner an.
1900–1902	»Als ich noch ein Waldbauernbub war«, Erzählungen Roseggers in 3 Bänden, erscheinen in Leipzig.
1901	»Mein Himmelreich« erscheint in Leipzig.
1903	Rosegger erhält die Ehrendoktorwürde der Universität in Heidelberg.
1905	»I.N.R.I.« erscheint in Leipzig.
1907	Rosegger wird Ehrenmitglied in der »Royal Society of Literature« in London.
1913	Rosegger wird Ehrendoktor der Universität in Wien.
1913	Er erhält die Ehrendoktorwürde in Graz.
1918	*26. Juni:* Der Schriftsteller Peter Rosegger verstirbt in Krieglach in der Steiermark.

Karl-Maria Guth (Hg.)
Dekadente Erzählungen
HOFENBERG

Dekadente Erzählungen

Im kulturellen Verfall des Fin de siècle wendet sich die Dekadenz ab von der Natur und dem realen Leben, hin zu raffinierten ästhetischen Empfindungen zwischen ausschweifender Lebenslust und fatalem Überdruss. Gegen Moral und Bürgertum frönt sie mit überfeinen Sinnen einem subtilen Schönheitskult, der die Kunst nichts anderem als ihr selbst verpflichtet sieht.

Rainer Maria Rilke Die Aufzeichnungen des Malte Laurids Brigge **Joris-Karl Huysmans** Gegen den Strich **Hermann Bahr** Die gute Schule **Hugo von Hofmannsthal** Das Märchen der 672. Nacht **Rainer Maria Rilke** Die Weise von Liebe und Tod des Cornets Christoph Rilke

ISBN 978-3-8430-1881-4, 412 Seiten, 29,80 €

Karl-Maria Guth (Hg.)
Erzählungen aus dem Sturm und Drang

HOFENBERG

Erzählungen aus dem Sturm und Drang

Zwischen 1765 und 1785 geht ein Ruck durch die deutsche Literatur. Sehr junge Autoren lehnen sich auf gegen den belehrenden Charakter der - die damalige Geisteskultur beherrschenden - Aufklärung. Mit Fantasie und Gemütskraft stürmen und drängen sie gegen die Moralvorstellungen des Feudalsystems, setzen Gefühl vor Verstand und fordern die Selbstständigkeit des Originalgenies.

Jakob Michael Reinhold Lenz Zerbin oder Die neuere Philosophie **Johann Karl Wezel** Silvans Bibliothek oder die gelehrten Abenteuer **Karl Philipp Moritz** Andreas Hartknopf. Eine Allegorie **Friedrich Schiller** Der Geisterseher **Johann Wolfgang Goethe** Die Leiden des jungen Werther **Friedrich Maximilian Klinger** Fausts Leben, Taten und Höllenfahrt

ISBN 978-3-8430-1882-1, 476 Seiten, 29,80 €

Karl-Maria Guth (Hg.)
Erzählungen aus dem Sturm und Drang II

HOFENBERG

Erzählungen aus dem Sturm und Drang II

Johann Karl Wezel Kakerlak oder die Geschichte eines Rosenkreuzers **Gottfried August Bürger** Münchhausen **Friedrich Schiller** Der Verbrecher aus verlorener Ehre **Karl Philipp Moritz** Andreas Hartknopfs Predigerjahre **Jakob Michael Reinhold Lenz** Der Waldbruder **Friedrich Maximilian Klinger** Geschichte eines Teutschen der neusten Zeit

ISBN 978-3-8430-1883-8, 436 Seiten, 29,80 €

Lightning Source UK Ltd.
Milton Keynes UK
UKHW021050200820
368549UK00013B/1526